한국 근대
괴담
자료집

『매일신보』 수록
괴담 모음

엮은이

배정상 裵定祥, Bae Jeong-sang 연세대학교 미래캠퍼스 국어국문학과 교수
손성혁 孫聖赫, Son Seong-hyeok 연세대학교 미래캠퍼스 국어국문학과 대학원 석사과정
최석열 崔碩烈, Choi Seok-yeol 연세대학교 미래캠퍼스 국어국문학과 대학원 박사과정

한국 근대 괴담 자료집－『매일신보』 수록 괴담 모음

초판 1쇄 발행 2023년 2월 20일
초판 2쇄 발행 2023년 12월 1일
엮은이 배정상·손성혁·최석열 **펴낸이** 박성모 **펴낸곳** 소명출판 **출판등록** 제1998-000017호
주소 서울시 서초구 사임당로14길 15 서광빌딩 2층
전화 02-585-7840 **팩스** 02-585-7848 **전자우편** somyungbooks@daum.net **홈페이지** www.somyong.co.kr

값 37,000원 ⓒ 배정상·손성혁·최석열, 2023
ISBN 979-11-5905-739-7 93810

이 책은 2017년 정부(교육부)의 재원으로 한국연구재단의 지원을 받아 수행된 연구임(NRF-2017S1A6A3A01079581)

한국 근대

괴담

자료집

『매일신보』 수록 괴담 모음

배정상 손성혁 최석열 엮음

Korean Modern
Ghost Story
Collection

차례

제2부 괴기행각怪奇行脚 ─────────────

일러두기

이 책은 1927년 「괴담(怪談)」, 1930년 「괴기행각(怪奇行脚)」, 1936년 「괴담특집(怪談特輯)」이란 제목으로 『매일신보(每日申報)』에 게재된 '괴담'을 모은 자료집이다.

표기는 원문에 충실하되, 띄어쓰기만 현대 어문규정에 맞게 고쳤다.

단어의 뜻풀이나 설명이 필요한 어휘의 경우 주석을 달아 독자의 이해를 돕고자 했다.

「괴담」에서 제목이 없는 경우, 독자의 편의를 위해 임의로 제목을 붙여 놓았다.

자료 본문에서 사용된 부호와 기호는 다음과 같다.

1) 본문 가운데 해독 곤란한 글자는 □로 처리하였다. 그중에 추정 복원이 가능한 경우는 [ ] 안에 해당 글자를 표기하였다.

2) 자료 본문에서 사용된 ◇, ‖, ★, ○, × 나 글자 반복에 사용된 々 등은 원문을 그대로 따랐다. 다만, 세로쓰기에서 두 글자 이상 반복될 때 사용된 〈 는 ～기호를 해당 길이만큼 넣는 것으로 대체하였다.

3) 강조 및 외국어 표기 등에 사용된 『 』는 ' '로, 대화문에 사용된 『 』는 " "로 대체하였다. 그리고 부분적으로 겹낫표가 생략되어 있는 경우는 이해를 돕기 위해 임의로 적절한 위치에 큰따옴표 및 작은따옴표를 추가하였다.

4) 이야기의 '끝' 또는 '계속'을 나타내는 표기로 사용된 '끗, 계속, 계속, 續' 등은 모두 괄호 안에 넣어 표기하였다.

한국의 근대 괴담, 공포 서사의 기원을 찾아서

배정상

1. 자료집을 발간하며

'괴담怪談'은 근대적 합리성으로 설명하기 어려운 괴이한 존재, 초현실적인 사건들에 관한 이야기이다. 괴이한 존재, 초현실적인 사건에 대한 호기심은 인간의 원초적 감각을 반영한다. 따라서 '괴담'은 어느 시대에나 존재했고, 또한 전승·변용되거나 새롭게 생성되기도 하였다. 괴담은 인간이 지닌 근원적 두려움을 반영하고 있다는 점에서 그 시대를 읽어내기 위한 문화적 코드가 되기도 한다. 어릴 적 들었던 무서운 이야기들도 실은 이러한 전승과 변용의 맥락 속에서 바라볼 수 있다. 그렇다면 '괴담'은 어떠한 과정을 거쳐 하나의 서사 장르가 되었을까. 한국적 '괴담'의 서사적 계보를 밝히는 일은 가능한 것일까.

식민지 시기 총독부 기관지 『매일신보』는 '괴담怪談'을 가장 적극적으로 활용한 매체이다. 『매일신보』는 1927년 「괴담怪談」란을 새로 만들고, 23회에 걸쳐 총 15편의 다양한 이야기를 연재하였다. 또한 1930년에는 「괴기행각怪奇行脚」이라는 란을 만들어 총 20편의 괴담을 연재하였으며, 1936년에는 한 면 전체에「괴담특집」을 기획하여 3편의 괴담을 함께 제시한 적도 있었다. 이처럼 하나의 장르적 인식을 바탕으로 '괴담'을 본격적으로 다룬 것은 『매일신보』가 처음이었다. 이처럼, 귀신, 도깨비, 정령 등 과학적이고 이성적인 논리로 설명하기 어려운 존재들과 초현실적인 이야기들은 신문이라는 근대의 미디어 속에서 하나의 이야기 장르로 자리 잡게 된다.

한편, 『매일신보』의 '괴담'이 다양한 삽화揷畫를 포함하고 있다는 점도 시선을 끄는 부분이다. 『매일신보』의 '괴담'에는 귀신, 도깨비, 정령 등에 대한 다양한 삽화가 매회 포함되어 있다. 이러한 삽화는 독자의 시선을 '괴담'에 주목하게 하고, 이야기에 더욱 몰입하게 만드는 장치가 되었다. 이전 시대에도 '괴담'은 존재했지만 이는 주로 구비전승의 방식으로 이루어졌으며, 도깨비나 귀신의 형상을 시각 이미지로 공유하기는 어려웠다. 하지만『매일신보』의 '괴담'에 포함된 삽화는 근대 매체의 인쇄 기술을 통해 구현될 수 있었으며, 이를 통해 귀신이나 도깨비의 모습을 특정한 시각 이미지로 재현하여 유포할 수 있었다. 따라서 이러한 삽화가 괴이한 존재에 대한 일종의 스테레오타입stereotype으로 작동했을 가능성도 배제할 수 없다.

이 자료집은 『매일신보』에 수록된 '괴담' 시리즈를 한데 정리하여 모아놓은 것이다. 이에 따라 『매일신보』에 수록된 '괴담', '괴기행각', '괴담특집'을 수집하여 최대한 원본의 형태 그대로 복원하고자 했다. 또한 삽화를 나란히 게시하여 '괴담'이 지닌 이미지 텍스트로서의 성격 역시 재현하고자 했다. 한편, 원문에서 잘 보이지 않는 부분이나 분명한 오기誤記의 경우 최대한 바로잡고자 했으며, 최대한 주석을 달아 독자의 이해를 돕고자 했다. 이자료집의 출간이 관련 분야의 연구를 활성화시키고, 창의적인 대중문화 콘텐츠를 창조하는 데 기여할 수 있기를 바란다.

2. 『매일신보』 소재 '괴담'의 게재 현황과 특징

1927년 8월 9일 총독부 기관지 『매일신보』는 3면에 「괴담怪談」란을 설치하고, 다양한 소재의 이야기들을 연재하기 시작했다.[1] 당시 『매일신보』는 『동아일보』, 『조선일보』와 독자 유치를 위한 치열한 경쟁 구도에 놓여 있었다. 귀신이나 도깨비와 관련한 '괴담'이 근대 신문에서 다루어진 적은 간혹 있지만, 「괴담」이라는 표제의 독립된 '난欄'으로 기획된 것은 『매일신보』에서가 처음이다. 당시 신문들은 독자 경쟁에서 우위를 점하기 위해, 소설을 중심으로 독자의 흥미를 끌기위한 다양한 글쓰기를 시도하고 있었다. 이러한 가운데 『매일신보』의 「괴담」은 다른 신문과의 경쟁에서 우위를 점하기 위한 독자 유치 전략의 일환으로 기획되었다.

『매일신보』에서의 「괴담」 연재는 지면을 채우기 위한 단기 이벤트가 아니라 꽤나 비중 있는 기획으로 이루어진 것으로 보인다. 「괴담」은 벽강생碧岡生의 장편소설 「애愛의 개기凱歌」의 연재가 끝난 직후 연재를 시작하여, 남상일의 장편소설 「이대장전李代將傳」의 연재가 시작되기 전 한 달 남짓한 기간 동안 『매일신보』의 장편소설을 대체하여 연재되었다. 창간 이후 거의 빠짐 없이 연재되었던 장편소설의 역할과 비중을 생각했을 때, '괴담' 역시 장편

---

1 '괴담'에 대해서는 지금까지 매우 의미 있는 연구 성과들이 축적되어 있다. 대표적인 연구 성과들을 소개하면 다음과 같다. 나카무라 시즈요, 「『매일신보』와 『경성일보』의 괴담 연구」, 『일본문화연구』 56, 동아시아일본학회, 2015; 이주라, 「일제강점기 괴담의 특징과 한국 공포물의 장르적 관습」, 『우리문학연구』 45, 우리문학회, 2015; 염원희, 「일제강점기 괴담의 특징과 현대 도시전설의 형성에 관한 시고」, 『한국민족문화』 69, 한국민족문화연구소, 2018; 박선영, 「근대적 '괴담(怪談)'의 등장과 진화 가능성」, 『한국문예비평연구』 62, 한국현대문예비평학회, 2019; 김지영, 「계몽의 불안과 공포의 영토화」, 『어문논집』 87, 민족어문학회, 2019; 김지영, 「미결정의 공포에서 숭고한 공포로」, 『민족문화연구』 89, 민족문화연구원, 2020.

〈그림 1〉「괴담」로고 이미지

소설을 대체할 만한 역할과 비중을 염두에 두고 이루어진 특별기획이었던 셈이다. 한편, 「괴담」은 첫 회 연재분부터 나뭇가지에 앉아 있는 부엉이 그림의 로고 이미지를 삽입하였다. 이 역시 이 난欄이 일회성 이벤트가 아니라 나름의 장기적 기획에 의해 이루어진 것임을 보여준다. 이러한 로고 이미지는 주로 장편소설과 같은 연재물에 활용되었으며, 「괴담」역시 그에 준하는 기대와 관심을 바탕으로 이루어진 것임을 짐작케 한다.

「괴담」의 첫 회 필자인 '고범생孤帆生'은 서두에 「괴담」의 연재 이유와 목적을 다음과 같이 제시하고 있다.

> 독갑이가 잇느냐? 업느냐? 이것은 학자들이나 싱각할 문졔이다 엇재ㅅ든 어느 곳치고 독갑이 이야기 하나 업는 곳은 업고 더욱히 녀름이면 그 이야기가 성풍하다 이졔 독갑이에 대한 이야기를 사원들 중에서 격거나 쏘는 사원의 가족이 톄험 목도한 가쟝 밋을만한 이야기만을 틕하야 몃칠동안 소개하야 독자의 흥미의 일난을 도웁고자 한다.[2]

그는 도깨비의 존재 유무는 학자들이나 따져볼 문제라고 눙치며, 「괴담」이 다루는 대상이 주로 '도깨비'라는 점을 밝히고 있다. 물론 여기에서 '도깨비'는 「괴담」이 목표로 한 무섭고 두려운 초현실적인 존재를 총칭하는 표

---

2 「제목없음」, 『매일신보』, 1927.8.9, 3면.

현으로 보인다. 실제로 「괴담」에는 도깨비뿐만 아니라 귀신이나 정령, 구미호 등 다양한 존재들이 등장한다. 사실을 중시하는 근대의 신문에서 도깨비 이야기는 「괴담」란이라는 문학적 서사의 장르적 테두리 안에서 이루어질 수 있었다. 그는 본격적인 '괴담' 이야기를 시작하기 전 어디에나 존재하는 이러한 '괴담'이 무더운 여름 독자의 흥미를 끌기 위해 비롯된 것임을 밝히고 있다. 실제로, 「괴담」의 연재 기간은 8월 한 달간 가장 더운 여름에 집중적으로 이루어졌는데, 이는 '괴담'의 연원이 여름이라는 계절과 밀접한 연관을 맺으며 이루어진 것임을 확인케 한다.

한편, 그는 「괴담」에서 소개하는 이야기들이 『매일신보』 사원들이나 그 가족들이 직접 경험하거나 목도한 '가장 믿을 만한' 이야기임을 강조하고 있다. 실제로 「괴담」은 이서구, 남상일, 백대진 등의 『매일신보』 기자들이 담당했으며, 실명을 확인하기 어려운 다른 필명들의 경우에도 대부분 『매일신보』의 사원들이었을 것으로 짐작된다. 이는 「괴담」에서 다루어지는 이야기가 신뢰할 만한 화자를 통해 이루어졌으며, 머나먼 과거의 이야기가 아니라 근대 세계의 일상에서 만날 수 있는 이야기임을 부각시키기 위한 것이다. 이러한 전략은 독자로 하여금 더욱 이야기에 몰입할 수 있는 환경을 조성하고, 공포감을 극대화시키기 위한 방편이 되었다.

「괴담」은 1927년 8월 9일부터 9월 2일까지 총 15편의 작품이 연재되었다. 그 목록을 정리하면 〈표 1〉과 같다.

〈표 1〉『매일신보』 1927년 「괴담(怪談)」 게재 현황

번호	날짜	제목	작자	주요 소재
1	8월 9일	제목 없음 (*도깨비 장난)	孤帆生	도깨비
2	8월 10~12일	흉가 上·中·下	雨亭生	원귀, 흉가
3	8월 13일	독갑이불	漢水春	도깨비
4	8월 14일	제목 없음 (*어린애 울음소리)	YJ生	처녀 귀신 아이 귀신
5	8월 16~18일	원귀 一~三	樂天生	원귀 (총각귀신)
6	8월 19~20일	자정 뒤 上·下	體府洞人	도깨비
7	8월 21일	졔사날 밤	冠岳山人	귀신(친부)
8	8월 22~23일	想思구렁이 上·下	古紀子	구렁이
9	8월 24일	우물귀신	太白山人	귀신 (며느리)
10	8월 25일	死後의 사랑	대머리생	귀신(아내)
11	8월 26일	독갑이 심술	五章生	도깨비
12	8월 28일	도갑이 우물	仙影生	도깨비
13	8월 29~31일	귀신의 문초 一~三	一憂堂 飜案	혼령(남편)
14	9월 1~2일	나무귀신 一~三	東啞子	목신
15	9월 2일	독갑이 쓰름	飛葉生	도깨비

　실제로 이들 작품의 작자는 대부분 『매일신보』에서 근무하던 사원들이다. 「괴담」의 첫 회를 열었던 '고범생孤帆生'은 극작가로 잘 알려진 고범孤帆 이서구李瑞求이다. 당시 『매일신보』의 사회부장이었던 이서구는 첫 회의 연재분을 맡았으며, 서두에 「괴담」의 연재 이유와 목적을 제시한 것으로 보아 「괴담」 시리즈를 주도한 인물일 가능성이 크다. 한편, 8월 21일의 「졔사날 밤」은 '관악산인冠岳山人'이라는 필명으로 연재되었는데, '관악산인' 역시 이서구가 사용하던 필명 중 하나이다.

　두 번째 작품인 「흉가」를 연재한 '우정생雨亭生'은 당시 『매일신보』 기자였던 남상일南相一의 필명이다. 남상일은 1918년 처음 『매일신보』에 입사하였

으며, 『동아일보』 광고부장을 거쳐 1926년 『매일신보』에 재입사하여 편집 주임과 정치부장을 역임했다. 남상일은 「괴담」 연재 직후 '금화산인金華山人' 이라는 필명으로 이완대장의 일대기를 그린 역사소설 「이대장전李大將傳」을 연재하게 된다. 그밖에도 그는 신문기자이면서도 번안소설 「순정純情」, 정치 희곡 「고민苦悶」을 비롯하여, 『매일신보』 안에서 다양한 문학적 글쓰기를 시 도한 작가이기도 했다.

「원귀」의 작자 낙천생樂天生은 백대진의 필명이다. 그 역시 기자와 작가를 병 행했던 인물이다. 그는 1920년 무렵 『매일신보』 기자로 활동했으며, 1922년 에는 번안소설 「유정有情」을 연재하기도 했다. 다만, 그가 1927년 무렵 『매일 신보』의 기자였다는 기록을 찾을 수는 없다. 1927년 7월 16일 자에 기사에 그가 『현대상인現代商人』이라는 월간잡지의 창간을 준비 중이라는 기사가 있다. 따라서 백대진은 전직 『매일신보』 기자의 입장에서 편집진의 부탁을 받고 「괴담」에 참여한 것으로 보인다.

그밖에도 「死後의 사랑」의 '대머리생'은 실명이 누구인지 확인할 수 없지 만 당시 『매일신보』의 기자임이 분명하다. 1928년 1월 29일 자 「신문기자新 聞記者의 추회록追懷錄」란에는 대머리생의 「내가 늦겨 깨다른 신문기자의 철학 신문긔자의 긔맛친 싱애」라는 글이 게재된 바 있다. 그는 이 글을 통해 자신 이 사회부기자로 여러 해 지내며 느낀 점을 회고하고 있다. 한편, '태백산인 太白山人'은 1927년 3월 9일 「부인과 자선―본사가 발긔한 본의」이라는 글에 서 『매일신보』가 설립한 '전조선부인연맹'에 대해 다루고 있는데, '본사'라 는 표현을 쓴 것으로 미루어보아 『매일신보』의 사원임이 분명하다. 그는 1927년 1월 7일부터 21일까지 10회에 걸쳐 「운명예언運命預言」이란 글에서 여배우의 사진과 함께 가십성gossip 이야기들을 연재하기도 했다.

그밖에도 신문사의 정식 사원은 아니지만 외부 필진으로 보이는 인물도 있다. 예컨대, '동아자東啞子'는 1927년 5월 8일 문예면에 「베루이의 詩를 읽고」라는 글을 게재한 바 있으며, 1927년 5월 22일부터 6월 19일까지 「上黨城踏査記 史的考察이 一材料」라는 글을 4회 연재한 바 있다. 1927년 7월 3일에는 「逍遙의 遺稿를 읽고」, 1927년 7월 24일에는 「愚狂妄談」이라는 글을 게재한 바 있다. 그가 청주의 상당산성上黨山城에 대한 답사기를 연재하거나, 자신의 글 끝에 청주에 "淸州城西書舍"라고 거주 지역을 밝힌 것으로 보아 청주에 거주하던 인물임을 알 수 있다. 한편 '체부동인體府洞人'은 1927년 9월 22일 「인생애화 모성애」, 1928년 5월 10일 「K가 가즌 두 가지 秘密」 등의 글을 게재하기도 하였다. 이들은 외부 필진의 자격으로 '괴담'에 참여했을 가능성이 크다. 결국, 「괴담」의 필진들은 서두에 제시된 것처럼 대부분 『매일신보』의 사원이거나 여러 편의 글을 작성하여 기고한 외부 필진이었음을 확인할 수 있다.

이러한 「괴담」은 주로 도깨비와 귀신에 대한 이야기들을 다루고 있다. 사람들에게 짓궂은 장난을 치는 도깨비, 흉가에서 사람들을 괴롭히는 원귀, 창밖에서 엿을 달라고 우는 아이귀신과 처녀귀신, 사람들을 유혹하는 아름다운 여자귀신, 마을 홰나무에 붙어 있는 귀신, 제삿밥의 머리카락을 치워달라는 아버지 귀신, 구렁이가 된 총각귀신, 우물에 빠져 죽은 며느리 귀신, 과거 보러 간 남편을 기다리다 죽은 아내귀신, 신발을 훔쳐 홰나무 가지에 걸어 놓는 도깨비, 마을을 수호하는 나무귀신 이야기 등이 다채롭게 수록되어 있다. 이들 이야기는 대체로 전래되던 설화 속 이야기 화소를 공유하고 있지만, 그 주 무대를 근대 세계의 일상으로 치환하여 새롭게 재편하고자 했다. 특히, 서두에 『매일신보』의 사원들과 그 가족들이 직접 경험한 이야기라는 점을 부각시킨 점도 이러한 측면을 강화하기 위한 방편이었던 셈이다.

『매일신보』의 「괴담」에는 8월 9일, 11일, 23일, 9월 2일 총 4회를 제외하고는 모두 삽화가 들어 있다. 이들 삽화에는 대부분 '청사화靑士畵'라는 사인sign이 들어 있다. '청사'가 누구인지는 아직까지 밝혀지지 않았다. 그는 1927년 1월 13일 『매일신보』 연재소설 「하니야」의 삽화가로 처음 등장한다. 그는 「하니야」의 삽화를 담당하던 석영 안석주를 대신하여, 92회부터 98회 완료 시점까지 '청사생靑士生'이라는 이름으로 삽화를 그렸다. 또한 '청사생'은 「하니야」의 후속 작품인 '벽강생碧岡生'의 「애愛의 개가凱歌」의 삽화를 전담했다. 이후 '청사생'이라는 이름은 「괴담」의 삽화를 마지막으로 『매일신보』는 물론 『동아일보』, 『조선일보』 등 신문 매체에서 완전히 모습을 감추게 된다.

「괴담」의 삽화는 작품에 등장하는 귀신이나, 도깨비를 비롯하여, 연재된 '괴담' 속 이야기의 가장 결정적인 국면을 포착하여 그림으로 재현하고자 했다. 이러한 삽화는 신문 독자들의 시선을 「괴담」의 지면으로 모으고, 「괴담」 속 이야기에 더욱 몰입할 수 있도록 만들었다. 『매일신보』의 「괴담」이 더 중요한 이유는 바로 이 삽화의 존재 때문이다. 이러한 삽화는 오늘날 우리가 상상하는 귀신이나 도깨비의 이미지가 형성되어가는 과정의 일면을 직접적으로 드러낸다. 예컨대, 하얀 소복을 입고 긴 머리를 풀어헤친 귀신의 모습이나, 두 손을 모으고 우물에 빠져 죽은 여귀의 모습 등은 오늘날 우리가 상상하는 여귀의 모습과 매우 흡사하다.

1927년 「괴담」의 연재가 끝나고 3년 후, 『매일신보』 1930년 9월 20일 자에는 〈그림 2〉의 광고가 게재되었다.

〈그림 2〉 괴담·기담 대모집(『매일신보』, 1930.9.20)

'괴담'과 '기담'의 투고를 모집하겠다는 위 광고는 1930년 9월 20일부터 10월 9일까지 총 10회에 걸쳐 게재되었다. 『매일신보』의 학예부 편집진은 1927년 『매일신보』 사원들이 주축이 되었던 '괴담'의 연재를 독자들의 투고를 모집하여 지속하고자 했던 것이다. 이러한 시도는 흥미롭게도 우리 문학사에서 신경향파 작가로 잘 알려진 최서해와 관련이 깊다. 최서해는 1930년 2월 창립 25주년을 기념한 『매일신보』의 체제 변화에 따라 『매일신보』에 정식으로 입사하게 되었으며, 학예부장이 되어 학예면을 주관하게 되었다. 최서해의 『매일신보』로의 이동은 많은 문인들의 비판을 받았지만, 최서해는 자신의 유일한 장편소설 「호외시대」를 연재하는 한편 『매일신보』의 학예면을 활성화하기 위한 다양한 노력을 기울이게 된다. 특히, 이때 『매일신보』는 4면에서 8면으로 지면을 두 배 확장하였는데, 「괴기행각」은 늘어난 지면을 효과적으로 채우고 독자들을 유인하기 위한 방편으로 기획되었다.

『매일신보』의 편집진은 '괴담怪談'은 물론 기이한 이야기 즉, '기담奇談'에까지 그 범위를 확장하고자 했다. 이러한 이야기는 '보통 인간으로서는 상상하기 어려운 괴기한 생각과 괴기한 힘과 괴기한 동작으로 구성된' 것으로 단순히 무료함을 달래기 위한 것에 그치지 않는다. 예컨대, '괴담·기담'은 상상력을 넓히고 호기심을 일으켜 생활을 윤택하게 하는 동시에 그 시대의 종교관이나 인생관 등에 관한 지식을 확장할 수 있다는 것이다. 한편, 편집진은 문체, 범위, 분량, 시상에 대한 투고 규정을 구체적으로 제시하고 있는데, 이는 「결혼이혼사실담」을 통해 축적된 독자투고 관련 노하우라고 볼 수 있겠다. 특히, 조선문한글으로 적어야 하며 어느 나라 것이든 제한하지 않겠다는 규정은 이와 같은 투고를 통해 만들어진 「괴기행각」의 특징과 방향을 암시한다.

〈표 2〉『매일신보』 1930년 「괴기행각(怪奇行脚)」 게재 현황

번호	날짜	제목	작자	주요 소재
1	10월 4~8일	神出鬼沒한 脫獄 一~五	曹柱鉉	범죄자 (탈옥수)
2	10월 9~13일	문어 그림자에 루명 쓰는 며느리 一~五	金末禮	오해[無知]
3	10월 14~17일	끔직한 죽음을 한 김선달네 막내딸 一~四	李貞根	뱀(상사뱀)
4	10월 18~22일 (20일 제외)	내가 격거본 것 一~四	金永在	도깨비, 시체
5	10월 23~30일	薛壽情話 上 一~四 薛壽情話 下 一~四	李應	귀신(정령)
6	10월 31일~11월 3일	만득의 어머니와 정체 몰을 그 아들 一~四	鎭川郡 梨月面 申福均	영아 유괴
7	11월 5일~9일	山上의 怪火 一~五	鄭學哲	괴화(도깨비불)
8	11월 10~14일	은인의 보복 정체 모를 총각 一~五	龍洙生	보은, 복수
9	11월 15~18일	새쌜안 그 눈쌀 一~四	鄭澤洙	혼령(새빨간 눈알), 흉가
10	11월 19~22일	선왕당 소나무 一~四	金永在	서낭나무, 목매어 죽은 혼령(자살)
11	11월 23~25일	목 업는 그 사람 一~三	价川 白柳香	목 없는 귀신
12	11월 26일~12월 3일 (2일 제외)	수동이의 죽엄 一~七	丁學得	귀신(상사병 걸린 처녀)
13	12월 4~10일 (9일 제외)	처가의 비밀 一~六	吳國周	괴현상
14	12월 11~12일	幽靈探訪 一~二	金鋧	귀신(일본 여자), 소문(오해, 착각)
15	12월 13~14일	陶醉菊 一~二	尹楷炳	(국화의) 정령
16	12월 15~16일	녀자 통곡성 一 녀자의 곡성 二	金石龜	구미호
17	12월 17~18일	怪美人 一~二	金石峰	귀신 (미인인 과부)
18	12월 19일	凶家	金石峰	흉가, 나무 신
19	12월 20~25일 (23일 제외)	長老집의 『사탄』 一~五	崔聖碩	처녀 귀신 (청상과부)
20	12월 26~28일	봉루방 哀話 一~三	鄭珍	살인

1930년 10월 4일 신설된 「괴기행각」에는 12월 28일까지 총 20편의 작품들이 연이어 게재되었다. 첫 회 연재분에서는 이 「괴기행각」이 지금까지 모집하던 괴담들을 모아 놓은 것이라며, 독자들의 열렬한 투고에 감사의 인사를 전하고 있다. 또한 앞으로도 지속적인 투고를 요청하면서 본격적인 이야기를 시작하고 있다. '괴기행각怪奇行脚'이라는 제목은 '괴담'과 '기담'의 앞글자를 조합하여 만든 '괴기'에 '행각'이라는 단어를 붙여 만든 것으로 보인다. 따라서 「괴기행각」은 도깨비, 귀신, 정령 등에 관한 이야기를 넘어 신출귀몰한 탈옥 이야기, 영아 유괴 사건, 살인 사건, 괴이한 현상 등에까지 그 범위를 넓힌다. 또한 투고규정에서 제시한 것처럼 미국, 프랑스, 영국, 중국 등 외국의 괴담·기담을 포함하고 있다는 점도 특징적이다.

　「괴기행각」은 독자들의 투고 모집과 선정 과정을 통해 이루어졌다. 따라서 작자의 이름이 빠짐없이 기록되어 있지만 각각의 인물에 대해서는 구체적으로 알기 어렵다. 작자 이름 앞에 거주지역의 이름이 함께 게재된 경우도 있는데, 이는 「괴기행각」이 독자의 투고의 형식으로 이루어져 있음을 확인케 한다. 또한 두 차례씩 같은 이름이 등장하는 경우도 있다. 김영재金永在는 「내가 격거본 것」과 「선왕당 소나무」, 김석봉金石峰은 「怪美人」과 「凶家」가 선정되어 두 작품씩 게재하였다. 1927년 「괴담」의 작자가 전문적 글쓰기 경험이 많았던 『매일신보』의 사원이었던 것에 반해, 1930년 「괴기행각」은 아마추어 독자들의 작품으로 이루어져 있다. 따라서 작품의 수준도 「괴담」에 비해 부족함이 있다. 삽화의 경우, 「神出鬼沒한 脫獄」을 제외하고 대부분 포함되어 있다. 하지만 삽화가의 단서를 찾기는 어렵다. 삽화는 작품의 공포스러운 분위기를 효과적으로 표현하고 있는데, 특히 귀신의 형상이나 구미호의 모습은 꽤나 흥미를 끈다. 삽화가의 이름이 없으며, 그림 속 싸인도 없는 것으로 보아 비중 있는 화가의 그림이라고 보기는 어려울 듯싶다.

결국 「괴기행각」은 1930년 체제 변화와 지면 확대의 과정 속에서 독자들을 유입시키고, 늘어난 지면을 효과적으로 채우기 위한 전략의 일환으로 기획된 것이다. '괴담'에서 '기담'으로 대상의 범위를 넓히고 외국의 이야기까지 확장하려는 시도는 독자들의 원고를 더욱 효과적으로 모집하려는 의도에서 비롯된 것으로 볼 수 있다. 결국, 「괴기행각」의 이야기는 '괴담'의 장르적 성격을 오히려 산만하게 만들기도 했지만, 전국 각지의 독자들의 이야기를 수집한 것이라는 점에서 또 다른 의미가 있다.

1930년 「괴기행각」의 연재가 끝나고 6년 뒤인, 1936년 6월 25일 자『매일신보』6면에는 지면 전체를 활용한 「괴담특집」이 게재되었다. 「괴담특집」은 1936년 6월 25일 하루치 분량으로 이루어진 특집 기사였는데, 몇 편의 작품들이 삽화와 함께 게재되었다. 다만, 묘지이변墓地異變의 경우 그 후속 편이 7월 2일 자 신문에 게재되었다.

〈표 3〉『매일신보』 1936년 「괴담특집(怪談特輯)」 게재 현황

번호	날짜	제목	작자	삽화가	주요 소재
1	6월 25일	怪談 第一席 : 怪火	庾秋岡	李承萬	묘구도적
2	6월 25일	怪談 第二席 : "해골"의 재채기	金井鎭	〃	해골, 보은
3	6월 25일	怪談 第三席 : 墓地異變	柳光烈	〃	천년 묵은 여우
	7월 2일	墓地異變의 續 怪談 : 吸屍血		〃	

「괴담특집」에 참여했던 작자는 유추강庾秋岡, 김정진金井鎭, 유광렬柳光烈 삼인이며, 이들은 모두『매일신보』의 편집진이나 외부 필진들이었다. 먼저, 유추강은 당시 신정언, 현철 등과 함께 활약한 야담 전문가로 신문과 라디오

등에서 매우 활발하게 활동하였으며, 이 무렵『매일신보』에도 지속적으로 야담을 게재한 바 있다. 또한 김정진은 운정雲汀이라는 호를 사용하며, 당시 언론인이자 극작가로 활발하게 활동하던 인물이다. 그는『동아일보』,『시대일보』 등에서 활동했으며, 이후 조선방송협회 제2과장으로 재직한 바 있다. 유광렬은 언론인으로서 당시『매일신보』에서 국장대리 겸 학예면을 담당하고 있었다. 따라서「괴담특집」의 경우『매일신보』의 편집진이나 외부 필진들을 중심으로 이루어진 일회성 이벤트였던 셈이다.

「괴담특집」의 내용은「괴담」,「괴기행각」에 비해 크게 달라진 것이 없다. 도깨비불이나 시체가 일어난다는 괴소문이 사실 묘구도적의 속임수였다거나, 한 선비가 해골의 코와 입에 엉켜있는 칡넝쿨을 제거하고 과거에 급제했다는 이야기, 시체를 파먹는 천년 묵은 여우의 이야기 등이 게재되어 있다. 특히, 세 번째 이야기인「묘지이변」의 경우 마지막 '부기附記'에 유물사관을 신봉하던 자가 목격했다는 말을 덧붙이고 있는데, 이는 독자의 판단에 혼란을 주어 작품 속 이야기에 몰입하게 하는 장치로 활용된다는 점에서 인상적이다. 당시 라디오에서는 전설이나 괴담 등을 소개하는 코너를 마련하여 구연의 형태로 방송하기도 했는데,「괴담특집」은 이러한 맥락을 일정부분 반영하고 있다는 특징을 지닌다.

이처럼,『매일신보』의「괴담」,「괴기행각」,「괴담특집」은 '괴담'이라는 특정한 이야기 장르가 근대의 미디어를 통해 어떻게 소개되었는지를 보여주는 구체적인 자료가 된다. '괴담'은 도깨비, 귀신, 정령 등 두려운 존재나 사건에 대한 인간의 원초적 감각을 자극하는 대중적 서사양식이었다. 이들 '괴담'은 대체로 이전 시대부터 전승되던 이야기에 기반하고 있지만, 때로는 근대적 시공간을 무대로 하여 변용된 경우도 있었다. 인간의 이성이나 합리성으로 설명하기 어려운 두려운 존재와 기괴한 사건들에 대한 이야기들이 근대의 최신 미디어인 신문과 결합하여 활용되었다는 것이 흥미롭다. 백여 년이 지난 오늘날에도 여전히 '괴담'은 하나의 이야기 장르로서 대중들의 관심을 받고 있다. 만약, 한국적 공포 서사의 기원을 탐색하는 이들이 있다면 『매일신보』의 '괴담'은 반드시 살펴보아야 하는 자료인 셈이다.

3. 작품의 줄거리

1927년 「괴담怪談」

1. 고범생孤帆生, 「제목 없음(*도깨비 장난)」, 1927.8.9

의지할 가족도 없는 가난한 노인 김감역은 술자리에는 빠지지 않고 참석하며 친구들에게 신세를 졌다. 하루는 친구들이 김감역에게 구룡산 느티나무에 종이를 걸고 오면 어느 술자리든 환영해주겠다는 제안을 했다. 그 느티나무가 있는 곳은 낮에는 소풍 장소로 이용되지만, 밤에는 도깨비장난이 심해 인적이 드물었다. 그 제안에 따라 느티나무로 향한 김감역은 나무에 목을 매고 있는 한 여인을 발견하였다. 김감역은 청상과부였던 여인을 구하고, 자신도 홀아비이니 같이 살자고 제안하였다. 그 여인은 김감역의 제안을 받아들이고, 패물을 팔아 집을 장만하였다. 그 둘은 자식을 낳고 행복한 나날을 보냈다. 그러던 중 김감역은 병에 걸려 드러눕게 되었고, 아내와 아들들은 그를 정성스럽게 간호하였다. 그런데 앞선 모든 일은 사실 도깨비에게 홀려 일어난 환상이었고, 김감역은 이튿날 아침 느티나무 뿌리를 베고 누운 채 입에는 말똥, 개똥을 물고 깨어났다. 이는 도깨비에게 홀리면 하룻

밤도 몇십 년이 된다는 이야기다.

2. 우정생雨亭生, 「흉가」上·中·下, 1927.8.10~12

비 내리는 무더운 여름, 김 씨 일가는 새로운 집으로 이사를 했다. 이사한 날 밤, 집 전체에 불이 꺼지고 누군가가 허공에서 모래를 뿌리는 기이한 현상이 발생했다. 이어서 김 씨의 누이인 일순이 원귀에 빙의되었다. 일순에게 빙의한 원귀는 자신이 시어머니에게 구박을 받아 목을 매어 자살한 이판서의 며느리라고 말했다. 그리고 부자인 김 씨 일가에게 억울하게 죽은 자신을 위해 굿이나 고사를 지내달라고 요청하였다. 하지만 김 씨는 무시무시한 원귀의 협박에도 굴하지 않고 의연하게 맞서 싸웠다. 이에 원귀는 김 씨의 어머니인 박씨에게 빙의하여 더욱 강도 높은 위협을 가했으나 김 씨의 고집을 꺾을 수는 없었다. 그러자 원귀는 김 씨의 갓난아이에게 빙의하였고, 아이는 새파랗게 질리고 사지가 뻣뻣해졌다. 그런데도 여전히 물러서지 않는 김 씨의 태도를 보고, 원귀는 "아이고 지독한 놈이다"라고 탄식하며 행동을 멈추었다.

3. 한수춘漢水春, 「독갑이불」, 1927.8.13

본래 태화궁 근처는 도깨비가 많다는 소문이 있는 곳이다. 어느 무더운 여름 저녁, 종로 인사동 태화궁 근처 한 집 화로에서 파란 불길이 일어났다. 그 집에서 자고 있던 어머니는 용기를 내어 소리를 질렀고, 곧 그 불은 꺼져버렸다. 얼마 후, 이웃집에서는 밤마다 맷돌 가는 소리, 말 달리는 소리가 요란하게 들렸다. 그러자 이웃집의 젊은 새댁은 독이 올라서 "우리 집 도깨비는 장난뿐이지"라며 중얼대었다. 그 순간 미닫이가 열리며, 무엇이 방바닥으로 떨어졌다. 후에 집안 식구들이 돌아와서 보니 새댁은 기절해있었고,

방바닥에는 떡시루와 소 족^足이 놓여 있었다.

4. YJ生,「제목 없음(*어린애 울음소리)」, 1927.8.14

개성 룡수산 뒤 촌락에 엿 장사하는 육십 먹은 노파가 살고 있었다. 어느 가을밤 노파는 산 위에서 들려오는 어린아이의 울음소리를 들었다. 룡수산 산봉우리에서 시작된 울음소리는 점점 노파의 집으로 가까워졌다. 이윽고 들창이 열리며 흰 손이 그 틈으로 나오더니 "엿 한가락 주세요!" 하였다. 노파가 얼른 엿 한가락을 그 손에 쥐어주자, 고맙다며 들창은 닫히고 어린아이의 울음소리도 그쳤었다. 이러한 현상은 가을을 지나 겨울까지 계속되었다. 동네에는 룡수산 위 공동묘지에서 어린아이 울음소리를 들었다는 둥, 룡수산 산봉우리 위에 콩가루가 흘러있는 것을 보았다는 둥 이와 관련된 소문이 무성했다. 지금 그 노파의 집터는 공동묘지가 되었고, 그 노파의 생사도 알 수 없어서 진실을 물어볼 곳이 없다.

5. 낙천자^{樂天生},「원귀」, 1927.8.16~18

평안남도 대동군 ××섬에 무신론을 주장하는 젊은 과학자 황진사가 있었다. 그는 일찍이 신학문을 배워 무신론을 주장했고, 학교와 야학교를 설립하며 동네 사람들에게 신학문을 전파하였다. 그 무렵, 동네 뒷마을에는 인물 좋은 청년 김장손이 살고 있었다. 김장손은 잘난 인물로 여자를 많이 농락하였다는 소문이 퍼져 동네 사람들에 의해 죽임을 당했다. 김장손이 죽자 그가 살던 집은 매일 밤 울음소리가 났고, 그 집은 모두의 발길이 끊겨 흉가가 되었다. 이에 황진사는 귀신의 존재를 부정하며 그 집을 헐어버렸다. 그날 밤 황진사의 집에는 정체불명의 그림자가 나타났고 알 수 없는 발소리가 들렸다. 황진사의 누이인 보비와 어머니는 정체불명의 존재에 의해 기절하였는데, 이상하게도 보비는 발가벗은 상태로 발견되었다. 그리고 보비의 몸에서 변화가 일어났다. 아무런 남자와 관계하지 않았음에도 불구하고 보비는 아이를 가졌다. 그 후 어느 새벽, 보비와 황진사 집의 머슴 최총각은 자취를 감추었다. 사실 보비의 배 속에 든 아이는 최총각의 아이였다. 최총각은 보비를 사랑하였지만, 자신의 신분상 그것이 불가능함을 알고 있었다. 그래서 모든 것을 귀신의 장난인 것처럼 꾸미고 보비를 임신시켜 데리고 떠난 것이었다.

6. 체부동인體府洞人, 「자정 뒤」上·下, 1927.8.19~20

−계동에 흉가 하나가 있었다. 그 흉가는 하룻밤만 자면 살아오지 못한다는 소문이 있는 곳이었다. 남촌에 사는 한 한량과 그의 외사촌 되는 한 선비는 이 소문을 확인하기 위해 그 흉가로 향했다. 시간이 흘러 그 흉가에서 새벽에 닭 우는 소리까지 들은 이들은 기세등등하였으나, 때마침 뒤뜰에서 한 여인이 나왔다. 이 여인은 한량을 대접하고 싶었으나, 밤에 와서 대접하면 자기를 도깨비로 의심할까 봐 새벽에 온 것이라 했다. 그리고 약주 상을 자신의 집에 준비해두었으니 그 집으로 가자고 했다. 그때 '형님' 소리가 들리고 깜짝 놀라 정신을 차린 한량은 자신을 말리는 외사촌의 모습을 보았고, 자신은 어느새 연못 안으로 들어가고 있음을 깨달았다.

−북촌 한 예배당에 외국인 선교사가 들어와 큰 홰나무 가지를 제치고 예배당을 신축하였다. 그런데 그 홰나무에는 귀신이 있다 하여 동네에서 해마다 대대손손 고사를 지내오던 나무였다. 선교사는 이를 마귀로 인식하고 동네 사람들의 권유에도 불구하고 고사를 지내지 않았다. 그런데 어느 날 선

교사의 아들이 홰나무 가지에 걸리는 사건이 발생했다. 선교사 내외는 하나님께 기도를 드렸으나, 아무 소용이 없었다. 그러자 동네 늙은이들은 고사 지내기를 권하였고, 고사를 지냈더니 아이는 안전히 선교사 내외의 품으로 돌아왔다. 이 일이 있고 난 후, 선교사 내외는 해마다 예배당 경비로 고사를 지내기로 하였다.

7. 관악산인冠岳山人, 「제사날 밤」, 1927.8.21

K는 친구 Y의 아버지 제삿밥을 얻어먹으러 Y의 집으로 갔다. Y의 집으로 가는 길에 K는 Y의 아버지로 보이는 귀신을 만났다. Y의 아버지는 K에게 자신의 제삿밥에 머리카락이 들어서 아무것도 먹지 못했다고 말하며 Y에게 그 사실을 알려주라고 부탁했다. Y의 아버지는 K가 Y에게 의심당할 것까지 염려하여 제사상에 있는 강정 한 조각을 K에게 건네주었다. K가 당장 Y의 집으로 달려가 보니, Y의 아버지에게서 받은 강정 한 조각이 강정 접시에 딱 맞았고 제삿밥에도 머리카락이 들어 있었다. 전설에 따르면 귀신은 머리카락을 뱀이라 생각해서 가장 꺼린다고 전해진다.

8. 고기자古紀子, 「상사想思구렁이」 上·下, 1927.8.22~23

황해도 어떤 산촌에 김선달이라는 부자가 있었는데 그에게는 막내딸이 있었다. 그녀는 매우 아름다워 동네 청년들의 흠모를 받고 있었다. 하루에도 몇 번씩 중매를 서지만, 김선달은 신랑감들이 마땅치 못하다며 매번 퇴짜를 놓았다. 한편 김선달네 집에서 머슴살이하는 홍가마는 막내딸확실이의 아름다운 모습에 반해 그녀를 사랑하고 있었다. 어느 날 확실이가 뒤뜰에서 옥수수를 따고 있을 때, 가마는 그녀를 몰래 꼭 껴안았다. 그러자 놀란 확실이가 비명을 질렀고, 이 소리를 들은 가족들이 집에서 달려 나왔다. 당황하여 달아날 길을 찾던 가마는 끝내 우물 속에 빠져 죽고 말았다. 가마가 죽은 지 한 달 후, 확실이의 꿈속에 죽은 가마가 나타났고, 때로는 구렁이로 변해서 나타나기도 했다. 또 가끔 그 우물 속에서 울음소리가 난다고 하여 그 우물도 메워버렸다. 그 후 추석날 밤, 확실이가 덮고 자던 이불 안에 구렁이가 나타났고, 그 구렁이는 확실이의 몸을 감고 있었다. 그 구렁이를 떼어주려 하였으나 방법을 찾을 수 없었고, 결국 서너 달 뒤에 확실이도 죽고 말았다. 그제야 그 구렁이도 사라졌다.

9. 태백산인太白山人, 「우물귀신」, 1927.8.24

동소문 안 성균관 근처, 어느 집의 젊은 며느리는 시어머니와 시누이의 괴롭힘에 시달리고 있었다. 며느리가 아이를 낳자, 시어머니는 그 아이가 집 안에서 우는 것이 방정맞다고 야단을 쳤다. 집안 사정 모르는 남편과 야단치는 시어머니와 그 옆에서 부추기는 시누이, 그리고 배고프다고 철없이 우는 아이 탓에 며느리는 우물에 빠져 죽고 말았다. 며느리가 죽고 일 년 후, 악독한 시어머니가 자기 아들을 데리고 잘 때, "아가! 젖 먹으련" 하는 소리가 들렸다. 이는 죽은 며느리의 소리가 분명했고, 그날 밤 악독한 시어머니와 시누이는 한숨도 자지 못하였다. 그 후로 우물에서 소복 입은 여자 귀신이 나온다는 소문이 퍼져 그 우물가에는 사람이 없었다.

10. 대머리생, 「사후死後의 사랑」, 1927.8.25

남편은 과거를 볼 목적으로 3개월 동안 기한을 두고 산으로 공부하러 갔다. 혼자 남은 젊은 아내는 남편이 과거 보러 갈 때 입을 모시옷을 짜는 데

열심이었다. 산으로 간 남편의 소식을 알 길이 없었던 아내는 혼자 맘을 졸이며 밤새 모시를 짰다. 모시를 짜고 남편을 위해 기도하느라 젊은 아내의 건강은 극도로 나빠졌고, 끝내 남편이 과거 보러 가는 것도 보지 못하고 죽고 말았다. 그런데 그 아내가 죽고 나서도 그 집에서는 모시 짜는 소리가 들렸다. 사람들은 그 아내가 원귀가 되었다고 생각하여 가엾어했다. 3개월의 공부를 마치고 돌아온 남편은 아내가 죽은 사실을 알고 슬퍼하였다. 그런데 그날 밤 문을 열고 아내 귀신이 들어왔고, 남편에게 모시 한 필을 내놓고 사라졌다.

11. 오장생五章生, 「독갑이 심술」, 1927.8.26

평양 어느 집에 큰 홰나무가 있었다. 그 집 주인인 기생의 생일을 기념하기 위하여 평양 기생집 식구들이 그 집에 모였다. 한참 떠들고 놀다가 마당을 내다보니 그들의 신발이 모두 사라진 상태였다. 신발은 모두 홰나무 가지에 걸려 있었는데, 이를 본 집 주인은 도깨비의 장난이니 그저 빌라고 할 뿐이었다. 그런데 술이 거나하게 취한 평양 마누라 한 명이 나서서 도깨비의 존재를 부정하며 그 나무를 흔들었다. 그 순간 그 마누라는 그 자리에서 졸도하였다. 이 모습을 보고 남은 사람들은 술과 떡을 놓고서 빌기 시작하였다. 그러자 어느 틈에 신발도 제자리로 돌아갔고, 평양 마누라도 깨어났다. 그 후부터는 집에 새로운 물건을 사 오면 반드시 없어졌다. 그러나 한 사람의 몫을 더 구해오면 아무 일도 없었다.

12. 선영생仙影生, 「도갑이 우물」, 1927.8.28

한 전설에 도깨비의 장난이 심해서 매일 한 사람씩 빠져 죽었다는 우물이 있었다. 매일 저녁이면 그 우물 위에는 술집이 생겨 술판이 벌어졌다. 누구든지 술 한 잔 먹고, 어여쁜 주모를 데리고 놀아보겠다는 사람들은 모두 우물 속으로 떨어져 죽었다. 그리하여 무수한 주객과 오입쟁이들이 그 우물속에 빠져 죽었다고 한다. 어느 날 한 칠십 먹은 노인은 술에 취해 잔디밭에서 잠들었는데, 어느 순간 눈을 떠보니 눈앞에 잔치가 벌어졌다. 그 노인은 잔치를 즐기다가 배가 불러서 남은 음식을 모조리 싸서 집으로 돌아갔다. 그런데 노인이 집으로 돌아왔을 때, 노인의 전신에는 말 오줌이 흘러있었고 손에는 썩은 소 뼈다귀가 가득하였다.

13. 일우당ㅡ憂堂 번안飜案, 「귀신의 문초」 ㅡ ~三, 1927.8.29~31

평안도 성천 어느 뒷산에 시체 하나가 발견되었다. 이를 수사하기 위해 형리는 나무꾼, 중, 주막집 주인, 피해자의 장모 등을 심문한 끝에, 고수뢰라는 산적과 시체의 부인되는 사람을 용의자로 한정하였다. 그러나 이 둘의 진술이 너무도 달랐기에 사건을 해결할 수 없었다. 때마침 근처에 유명한 무녀가 있어서, 무녀를 통해 시체의 원귀를 불러 문초하였다. 그 원귀는 자신을 버리고 도적에게 가려고 한 아내에 대한 분노로 인해 자신의 신세를 한탄하며 자살한 것이라 하였다. 오랫동안 해결되지 못했던 이 살인 사건이 원귀의 문초를 통해 해결되었다는 거짓말 같은 이야기다.

14. 동아자東啞子, 「나무귀신」 一 ~二, 1927.9.1~2

시골 어느 역 마을에 신성한 참나무 한 그루가 있었다. 어느 날 그 마을에 배동지라는 옛 관료의 후손이 내려와 동네 사람들의 왕처럼 군림하였다. 배동지는 신성한 참나무를 베어 방아를 만들려 하였다. 그날 밤 배동지 앞에 키가 구 척이나 되는 노인의 모습으로 나무의 신이 나타났다. 그리고 배동지에게 나무를 베면 그대로 복수할 것이라고 경고했다. 또한 나무의 신은 올해 제사를 맡은 김첨지에게 현몽하여 배동지의 계획을 알려주었다. 그러자 김첨지는 배동지에게 나무를 베지 말 것을 다시 강권하였다. 하지만 배동지는 도끼로 나무를 베어버렸고, 그 순간 그 도끼가 도로 날아가 배동지의 다리를 잘라버렸다. 배동지는 살려달라고 애원하였지만, 복수를 마친 나무의 신은 그대로 떠나버렸다. 그 후로 베어놓은 나무는 아무도 건들지 않았다. 그리고 원래 부유하던 그 동네도 갈수록 빈약해졌다. 그리하여 김첨지는 나무를 향해 제사를 지내고 정성을 다했다. 그러자 나무의 신은 베어놓은 나무로 마을의 공동 방아를 만들라 하였고, 이내 그 동네는 점점 안정을 되찾아갔다.

15. 비엽생飛葉生, 「독갑이 쓰름」, 1927.9.2

독립문 근처에 술을 좋아하는 노인이 살고 있었다. 어느 날 밤, 노인은 집에 가는 길에 협수룩한 남자를 만나서 씨름을 했다. 노인은 씨름에서 이기고, 취중에 흥을 못 이겨 그 남자를 큰 소나무에 자기의 허리띠로 묶어 매어버리고 집에 돌아왔다. 다음 날 아침 노인은 기분이 이상해서 그 소나무로 다시 찾아갔으나, 그 자리에는 자기의 허리띠로 꽁꽁 묶어 놓은 빗자루만 있었다.

1930년 「괴기행각怪奇行脚」

1. 조주현曺柱鉉, 「신출귀몰神出鬼沒한 탈옥脫獄」 — ~五, 1930.10.4~8

─미국에서 포리스타와 롤푸는 어떤 농부를 처참하게 살해하여 체포되었다. 그리고 이 둘은 전기의자에서 죽는 사형선고를 받았다. 이들은 더 살고 싶은 마음에 탈옥을 결심하게 되었다. 포리스타는 사형 집행일 전날 밤에 아픈 척을 하며 교도관을 방으로 불러들여 죽이고, 열쇠를 훔쳐 롤푸와 함께 감옥 지붕으로 탈옥하였다. 곧바로 그들은 뉴욕 사리뿐의 집으로 향했다. 사리뿐이 미국을 떠들썩하게 했던 노파 살인범이란 사실을 유일하게 알고 있는 포리스타는, 그의 약점을 쥐고 그의 집에 숨었다. 롤푸는 약간의 의복과 여비를 받아 브라질로 떠났다. 이후 경찰이 사리뿐의 집을 수색했지만, 포리스타는 술통 속에 숨어 위기를 넘겼다. 그 뒤 포리스타는 사리뿐을 협박하여 많은 돈을 얻어 멕시코로 떠났다.

─린티하운은 그가 모시던 안주인을 빈집에 넣고, 그 집에 불을 질러 안주인을 태워 죽였다. 그래서 그는 징역 40년형을 선고받고, 최신식 설비가 갖춰진 메리보로 교도소에 수용되었다. 그 교도소의 최신식 설비 중 하나는 감방 문의 잠금 여부를 알려주는 둥근 흰 널빤지였다. 방문이 잘 잠기면 흰 널빤지가 밖으로 나오고, 잘 잠기지 않으면 흰 널빤지가 밖에서 보이지 않았다. 이 설비의 원리를 안 린티하운은 교도관에게 큰 책을 얻어 흰 널빤지를 만들었다. 그리고 자신이 만든 흰 널빤지로 눈속임을 해서 포리스타처럼 지붕으로 탈옥하였다.

─프랑스의 조지 부란은 스무 번이나 탈옥한 괴인이다. 탈옥한 만큼 탐정에게 잡히기도 했던 조지 부란은 자신을 잡았던 탐정에게 언젠가 인사차로 찾아뵙겠다고 하였다. 하루는 그 탐정의 집에 도둑이 들었는데, '부란'이란

서명이 남겨진 종이가 있었다. 부란은 교도관의 옷을 훔쳐 탈옥하고, 그 탐정의 집으로 간 것이었다. 끝내 부란은 감옥에서 죽음을 맞이하였다.

－넷트라이다는 수감 생활 중 모범수로 지목을 받아 교도소장 관사 유리창을 닦는데 뽑히게 되었다. 넷트라이다는 청소를 나갈 때마다 몰래 교도소장 부인의 의복을 조금씩 훔쳤다. 그 의복의 양이 충분해졌을 때, 넷트라이다는 그 옷으로 교도소장 부인인 것처럼 변장하고 교도관들의 인사를 받으며 탈옥에 성공하였다. 그 뒤 그는 훌륭한 농부가 되어 일반인들의 신망을 받는 사람이 되었다.

－영국 다 롬아 교도소에 수감 되어 있던 찰스 우에부스타는 두 사람의 동지와 함께 탈옥을 계획하였다. 병든 죄수를 두는 감방 바닥에 널빤지를 뜯어 탈옥하고자 한 우에부스타는 교도관의 눈을 피해 탈옥에 성공하였지만, 동지 두 사람은 잡히고 말았다. 그 뒤 우에부스타는 잘못을 뉘우치고 런던한 통신사의 사원으로 일하였다.

2. 김말례金末禮, 「문어 그림자에 루명 쓰는 며느리」 － ~五, 1930.10.9~13

황해도 ××도에 부자이자 명문가의 한 사람인 김좌수는 그의 아들 길순이를 그의 선배인 김일선의 맏딸과 결혼시켰다. 신혼 첫날 밤, 김좌수는 아들의 신혼 방에서 중의 그림자를 보았다. 그로 인해 김좌수는 그의 며느리가 중과 간통하였다고 의심하기 시작했다. 이후 김좌수는 그 섬의 유일한 사찰인 청도사의 중을 결박하여 고문하였으나, 그림자의 정체는 알 수 없었다. 며느리의 불량한 행실을 보고 불안해진 김좌수는 그의 딸 탄실이도 서둘러 시집을 보내기로 하였다. 탄실이는 김진사의 아들과 결혼하여, 김좌수의 집으로 들어왔다. 그날 밤 김진사의 아들은 머리 깎은 사람의 그림자를 보았다. 그러자 그는 탄실이를 의심하고, 몰래 새벽에 도망쳐 나왔다. 순식간에 김좌수는 며느리와 사위를 잃고 말았는데, 사실 그 그림자는 중이 아니라 뭍으로 올라온 문어의 그림자를 오해한 것이었다.

3. 이정근李貞根, 「씸직한 죽음을 한 김선달네 막내딸」 ─ ~四, 1930.10.14~17

충청도 서촌 가난한 농부였던 김선달은 부지런히 돈을 모아 살림살이가 넉넉해졌고, 명예를 얻고자 '첨지'에서 '선달'로 호칭을 변경하였다. 그리고 그의 자식을 양반가와 혼인시키려 하였고, 그중 막내딸 옥경이를 서승지의 셋째 아들과 결혼시키려 하였다. 옥경이의 소꿉친구 순동이는 그녀를 좋아했지만, 집안의 재산 차이로 서로 멀어진 상태였었다. 그런데 순동이는 그녀의 충격적인 결혼 소식에 그만 놀라 죽고 말았다. 얼마 후, 옥경이의 결혼식을 진행하는 중에 뱀 한 마리가 옥경이의 치마 속으로 들어갔다. 이에 옥경이는 기절하고 방으로 옮겨졌다. 그 뱀은 사람들이 있으면 경계심이 강해졌고, 사람이 없어지면 경계심도 사그라들었다. 이러한 옥경이의 간호는 죽은 순동이의 팔촌 누이인 순예가 했는데, 그녀와 옥경이는 뱀을 겁내지 않았고 그들은 마치 친한 친구처럼 보이기도 하였다. 시간이 흘러 어느 날, 김선달 내외가 옥경이의 방문을 열자 그곳에는 두 처녀와 뱀이 나란히 죽은 채로 누워있었다. 김선달은 그들을 가까운 곳에 묻어주고 '처녀묘'라는 비석을 세워주었다.

4. 김영재金永在, 「내가 격거본 것」 ─ ~四, 1930.10.18~22

─나는 동네에서 삼십 리나 떨어진 '림명' 장터에 왔다가 외삼촌을 만나고자 했다. 그런데 시간이 맞지 않아 외삼촌을 만날 수 없었던 참에, 나는 그

날 밤 장 보러 왔던 동네 아이들과 함께 다시 집으로 돌아가기로 했다. 집으로 돌아가는 길에 있는 '솔벌'이라는 곳에서 친구들은 구척장신의 괴물을 목격하였다. 공포감에 사로잡혀 집에 돌아온 내게 어머니는 그것이 도깨비라 말하며 이제 밤에 다니지 말라고 하였다. 한편 그날 키 큰 괴물을 목격한 순돌이는 그날 밤부터 앓기 시작하더니 석 달이 지나 죽고 말았다.

　－눈이 많이 온 어떤 날 새벽, 읍내의 회사에서 일하는 나는 집에 다녀오려고 길을 떠났다. 커다란 산 하나를 넘어 집에 가는 중에, 눈 속에 파묻혀 얼어버린 시체를 발견하였다. 나는 관리소에 신고하였고, 사건은 해결되었다. 이듬해 봄, 나는 한 산촌에 갈 일이 생겼는데 거기에서 호기심에 용한 노인 무당을 찾아가게 되었다. 노인 무당은 내게 얼어 죽은 귀신이 붙어있다는 말과 함께 그 귀신을 쫓아주었다. 그러자 곧 어머니의 병은 말끔하게 나았다.

5. 이응李應, 「벽도정화薜濤情話」 上(一 ~四)·下(一 ~四), 1930.10.23~30

　중국 성도에 교관 전백록은 학식과 덕행이 높고, 인물이 좋은 귀한 아들 맹소를 둔 것으로 유명하였다. 어느 날 맹소는 언덕 위에서 그림같이 아름다운 문효방의 딸 설에게 반하게 되었다. 설 또한 맹소를 이전부터 사모하고 있었다고 하며, 그에게 당나라 시인 고변, 원진, 두목의 시를 모아둔 '육필시고'를 주었다. 그리고 그중에서도 설은 고변을 가장 좋아한다고 하였다. 매일 밤 설의 집에 드나들며 사랑을 키워간 맹소는, 전백록과 그가 머물고 있던 집의 주인 장 씨의 의심을 사 미행을 당하였다. 그날 밤, 설은 이미 모든 걸 알고 있는 듯이 맹소에게 영원한 이별을 고하였고, 눈물 젖은 정표인 마뇌필통을 주었다. 맹소가 장 씨 집에 오자 전백록은 그를 추궁하였고, 맹소는 어쩔 수 없이 설의 집으로 향했다. 하지만 그 자리에는 복숭아나무 숲이 우거져있을 뿐이었고 '소도화요설도분'이란 글귀가 적힌 무덤이 있었다. 그 글귀를 보니, 맹소가 사랑했던 설은 당나라의 절세미인이자 문장가였던 설도란 것을 알게 되었다. 설이 맹소에게 주었던 황옥문진과 마뇌필통 또한 그녀가 고변에게서 받은 것이었다. 후에 이 두 미술품의 유래를 묻는 사람이 많았지만, 맹소는 그의 자녀들에게까지 이 비밀을 말하지 않았다.

6. 진천군鎭川郡 이월면梨月面 신복균申福均, 「만득의 어머니와 정체 몰을 그 아들」 ─~四, 1930.10.31~11.3

××촌 정참봉은 농업과 상업에 모두 재주가 있고, 체격과 용모도 위엄있어 동네 사람에게 많은 존경을 받는 인물이었다. 단지 그가 아쉬워하는 건 아들이 없는 것이었다. 때마침 그의 아내는 아이를 가지게 되었다. 그런데 새삼스레 아내는 여기서 출산하는 것이 불안하다며 서울에 가서 아이를 낳겠다고 하였다. 정참봉은 아내의 강경한 주장에 어쩔 수 없이 여비를 주어 아내를 서울에 보내었다. 그러나 시간이 흘러도 아내의 소식은 알 수 없었던 차에, 어느 날 정참봉은 읍내 시장에서 아내를 보았다. 아내의 품에는 어떤 갓난아이가 있었고, 신기함과 반가움을 느끼며 정참봉은 그 아이의 이름을 만득이라고 지었다. 그런데 얼마 지나지 않아 아내의 배가 다시 만삭이 되었다. 그 아이도 곧 낳게 되었고, 이 기묘한 일은 동네를 넘어 읍내 전체에 소문으로 퍼졌다. 그 소식을 듣고 한 젊은 부부가 정참봉에게 찾아와 한 이야기를 들려주었는데, 알고 보니 정참봉의 아내가 그 젊은 부부의 아이를 유괴한 것이었다. 그 즉시 만득이는 그 젊은 부부가 데려갔고, 정참봉은 그의 아내와 이혼하였다.

7. 정학철鄭學哲, 「산상山上의 괴화怪火」 ― ~五, 1930.11.5~9

젊었을 적에 팔도를 누비고 돌아다녔던 김병설은, 삼십여 년 전 강원도 산골 속에 틀어박혀 있었다. 그때 그는 고양이를 먹고 싶다는 생각 하나로, 고양이를 잡아 죽이고 죽을 끓여 동네 사람들에게 나눠주었다. 그런데 같이 고양이 고기를 먹은 친구가 가끔 고양이 우는 흉내를 낸다는 기괴한 소문이 돌기 시작했다. 이에 대해 별로 신경 쓰지 않던 김병설은 어느 날 술에 취해 집에 돌아가는 길에 새파란 불덩이를 보았다. 겁에 질린 그는 자기도 모르게 고양이 우는 소리를 냈는데, 그때 화염 속에서 이마에 피를 흘리고 있는 회색 고양이가 자신을 노려보는 모습을 발견하고 정신을 잃었다. 그는 한 나무꾼의 도움으로 집에 돌아왔지만, 헛간 밖에 언제 자랐는지 모를 나팔꽃이 잔뜩 얽혀있었다. 그곳을 파헤쳐보니 고양이의 해골이 있었고, 그는 서둘러서 그곳을 떠나버렸다. 하지만 그는 눈에 보이는 모든 것이 다 고양이의 환영으로 보이는 신경증에 걸리게 되었다. 그런데 김병설이 보았던 괴화怪火는 방전현상의 일종인 '에루모'였고, 현재 김병설은 건강한 정신과 신체를 가지고 용감히 세상과 싸워나가고 있다.

8. 용수생龍洙生, 「은인의 보복 정체 모를 총각」 ― ~五, 1930.11.10~14

어린 나이에 부모를 잃은 김일선은 은인 서영천의 도움을 받아 성장하였다. 그런데 서영천은 리정경의 학정에 저항하다가 끝내 죽고 말았다. 김일선은 은인의 복수를 위해 리정경을 찾아내 죽이려 시도했지만, 리정경을 보호하고 있던 경주 관찰사의 방해로 복수에 실패하고 경주를 떠나게 되었다. 김일선은 자신을 쫓는 리정경의 무리를 피해 경주를 떠나 평양성에 다다르도록 걸었다. 겨울이라 눈발이 날리고, 걸어온 고단함이 더해져 김일선은 길가에 쓰러졌다. 이때 프랑스 선교사는 김일선을 도와주었고, 김일선은 그 선교사에게 의술을 배워 의사가 되었다. 선교사가 선교회의 사정으로 중국으로 떠나자 김일선은 그의 복수를 다시 계획하였다. 김일선은 복수를 위해 경주로 향하던 중, 사냥꾼의 활에 다리를 맞아 다친 총각을 만나 그를 치료해주었다. 총각은 은혜에 보답하기 위해 김일선에게 식량과 숙소를 제공해주었고, 그의 복수 계획에 대해서 듣게 되었다. 그의 계획을 듣고 동참하기로 한 총각은 그에게 계획에 쓰일 호피 한 장을 선물로 주었다. 복수를 위해 어두운 밤 경주에 다다른 그들 앞에 파계승이 나타났다. 파계승 또한 리정경에게 원한이 있는 자였기에 복수에 동참하게 되었다. 이 셋은 리정경이 공불을 드리러 절에 왔을 때, 계획을 실행하였다. 김일선은 총각에게 선물로 받은 호피를 뒤집어쓰고 리정경의 목을 베어 죽였다. 경주성에는 리정경이 범한테 물려 죽었다는 소문이 떠돌았으며, 석불암 일대의 산을 뒤졌으나 호피 한 장만이 남아있을 뿐이었다. 김일선은 경주성에서 의사로 살았고, 범 모양으로 달아난 총각은 그 후 중과 함께 소식이 없었다. 범인지 사람인지 그 총각의 정체는 알 수 없었다.

9. 정택수鄭澤洙, 「새빨안 그 눈살」 ― ~四, 1930.11.15~18

나는 딸 옥순이와 함께 함경도 경성 군수로 부임한 남편을 따라 군수 사택으로 이사했다. 세 식구만 살기에 오래되고 큰 집은 무서운 분위기를 풍겼다. 하루는 웃방에서 무시무시한 기운을 느꼈고, 옥순이도 웃방에서 새빨간 눈알의 시선을 느꼈다. 나는 겁에 질려 웃방으로 목침을 던졌지만, 그에 화답하듯 웃방의 가구가 떨어져 부서졌다. 그날 밤 남편은 악몽에 시달렸다. 그러자 집에서 밥을 지어주는 노파는 점을 쳐보라고 내게 권했지만, 나는 신여성이라는 이유로 점치는 것을 꺼렸다. 그 후 별일 없이 두 달이 지나 겨울이 되었다. 눈 오는 날 밤중에 웃방 미닫이가 열리는 소리가 났다. 남편을 깨워 확인해보았지만 아무런 흔적도 찾을 수 없었다. 그리고 그해 섣달그믐 남편은 병들어 눕고 말았다. 어느 날 나는 밤늦도록 약을 달이다 또 인기척을 느꼈다. 그때 옥순은 겁에 질려 울고 있었고 누군가가 웃방에서 자꾸만 자기를 보고 있다고 말했다. 나는 웃방을 확인해보았으나 역시 아무런 흔적도 발견할 수 없었다. 그 후 얼마 안 되어 남편은 죽었다. 나중에 들으니 그 집은 이전부터 흉가였고 거기 살았던 사람들은 모두 좋지 않은 일을 겪었다고 한다.

10. 김영재金永在, 「선왕당 소나무」 — ~四, 1930.11.19~22

내가 어려서 글방에 다닐 때, 글방과 우리 집 사이에 조그마한 고개가 있었다. 그 고개에 올라서면 서낭당과 오래된 소나무가 있었다. 가끔 그 소나무에 목을 매어 죽는 사람들이 있어서 모두 그 소나무를 무서워하였고, 그 근방 사람들은 봄, 가을 그 나무에 제사를 지냈다. 어떤 늦은 봄밤, 글방에서 가장 똑똑한 순돌이는 선생님들의 만류에도 불구하고 제사를 지내야 한다고 집에 갔다. 불안한 마음에 순돌이를 찾으러 나선 선생님들은 얼마 지나지 않아 목을 매어 죽은 순돌이를 업고 돌아왔다. 이 소식을 듣고 달려온 순돌이의 부모님은 그의 죽음을 슬퍼하며, 순돌이가 평소에 서낭당을 지나면서 목을 매고 싶어 했다는 소리를 들려주었다. 그 뒤로 순돌이의 유령은 가끔 글방에 나타나서 친구들의 이름을 불렀다. 이름을 불린 친구들은 이유 없이 앓게 되었고, 학부모들의 권유로 글방은 이사하게 되었다. 그 후에 글방은 불 질러버렸고, 그 잔해로 베틀을 만들었다. 아직도 비 오고 안개 낀 밤이면 그 베틀에서 울음소리가 들린다.

11. 개천价川 백유향白柳香, 「목 없는 그 사람」 — 一~三, 1930.11.23~25

이십 년 전 박영감이 헌병 보조원으로 일할 때, 윗마을에 육혈포를 가진 강도가 들었다는 신고를 받고 일본 헌병 스기우라와 박영감은 윗마을로 출장을 갔다. 날이 저물고 비까지 와서 그들은 그곳에서 하룻밤 자기로 하였다. 그날 밤 박영감이 동장의 집에서 묵을 때 어떤 사람이 찾아와 그에게 물 한 그릇만 달라고 청하였다. 박영감은 경계심을 늦추지 않고 물을 주었으나, 그 사람은 목이 없어서 물을 마시지 못하고 바닥에 쏟아버렸다. 그리고 그는 고맙다는 인사와 함께 내일 모레 또 오겠다는 말을 남기고 떠났다. 박영감은 이 일을 스기우라에게 말하였고, 스기우라는 이를 직접 보기 위해 동장의 집에서 자기로 하였다. 그리고 새벽 세 시가 되자 물 달라는 사람이 또 나타났다. 스기우라가 정체를 묻자 그 사람은 자신이 원한 많은 귀신이라 하며, 이 마을에서 돈 관리를 담당하는 사람의 내력을 조사해보라고 하였다. 그들은 이를 토대로 배삭주라는 인물을 특정하여 조사하였다. 그의 이야기를 들어보니 과거 이 마을에 부자 김진사가 살았는데, 김진사는 과거 참빗장수에게 은혜를 입은 적이 있었다고 하였다. 그에 보답하기 위해 김진사는 참빗장수에게 땅을 주어 살게 하였으나, 참빗장수는 욕심에 못 이겨 김진사를 죽이고 김진사의 아내를 범하였던 것이다. 그리고 그는 김진사의 재물을 뺏어 마을에서 가장 부자가 되었는데, 그 참빗장수가 바로 배삭주였던 것이다. 현대 과학으로는 이해할 수 없는 귀신 이야기가 박영감에게만은 부정할 수 없는 사실이었다.

12. 정학득丁學得, 「수동이의 죽엄」 — 一~七, 1930.11.26~12.3

H읍에서 유명한 김치명의 막내아들인 수동이는 온고학숙에 다니며 동몽선습을 공부하는 아이였다. 그가 온고학숙에 가는 길에는 한 고개가 있었는

데, 거기에는 낡은 집 한 채가 있었다. 수동이의 친구들은 그 집을 귀신 집이라고 불렀는데, 그 집에 대한 이야기 하나가 H읍에 떠돌았다. 오 년 전 그 집에는 사랑이 가득한 젊은 부부가 살고 있었다. 그들은 가난했지만, 가난마저도 사랑으로 극복하였다. 아내를 사랑했던 남편은 고된 노동으로 인해 몸져눕고 말았다. 아내는 매일 어느 의사의 집을 드나들며 남편의 병을 고치기에 힘썼으나, 한 달 만에 남편은 죽고 말았다. 얼마 지나지 않아 H읍에서는 그 아내가 죽는 살인 사건이 발생하였다. 그 범인은 의사였는데, 의사는 그 아내를 탐하여 일부러 남편이 먹는 약을 조작해 그를 죽이고 자신을 거절하는 그 아내마저 죽인 것이다. 이렇게 젊은 부부는 사랑의 원귀가 되었던 것이다. 그런데 어느 날 수동이가 좋아하던 뚝쇠의 누이가 귀신 집 우물에 빠져 죽는 일이 발생했다. 이를 원귀의 소행으로 생각한 수동이와 친구들은 귀신 집을 더욱더 보기 싫어하였다. 하루는 그 집에서 뚝쇠 누이가 둥둥 떠서 아이들을 쫓아오는 사건도 벌어졌고, 이 일이 있고 나서 수동이는 귀신 집을 지날 때마다 얼굴이 창백해지거나 그 집을 유심히 바라보곤 하였다. 얼마 지나지 않아 수동이는 앓게 되었고 그 병은 점점 심해졌다. 어느 날 수동이의 방으로 다홍 저고리 청치마 입은 여자가 들어갔고, 저녁마다 지붕 위에서는 누군가가 모래와 흙을 뿌린다는 소문이 돌았다. 모든 사람이 두렵고 기이한 귀신의 행동에 놀라고 있을 때, 대담한 몇 사람이 모래가 날아오는 곳으로 갔다. 가서 보니 그것은 원귀가 아닌 갑득이였는데, 사람들을 놀라게 하려고 그랬다는 것이다. 하지만 끝내 수동이는 뚝쇠 집 처녀를 입으로 외며 죽고 말았다.

13. 오국주吳國周, 「처가의 비밀」 一 ~六, 1930.12.4~10

나는 부모의 강권과 결혼에 대한 호기심에 못 이겨 조혼하였다. 신혼 첫 날밤 신부는 창문을 바라보며 공포에 질렸다. 창문은 신혼 첫날밤을 지켜보려는 장난꾼들에 의해 수많은 구멍이 뚫려있었는데, 그 구멍들 틈으로 무언가가 반짝거리고 있었다. 괴현상에 겁에 질린 나는 병풍으로 그 창을 막았다. 그리고 나는 과학을 배우는 학도이기 때문에 이 괴현상의 원인이 분명 사람의 장난일 것으로 생각하였다. 뜬눈으로 밤을 새운 나는 다음날 사랑에 있는 젊은 사나이와 함께 처가 근처 한 동산으로 갔다. 그리고 그 동산을 조사하던 중, 그곳에 사는 젊은 아들을 의심하게 되었다. 그리고 그날 밤 신부와 내가 신혼 방에 머물고 있었는데, 갑자기 촛불이 꺼지더니 신부가 사라졌다. 이에 깜짝 놀란 나는 동산에 사는 그 아들을 잡아 오라고 하였으나, 그 아들 또한 아침에 나가 집에 돌아오지 않은 상황이었다. 다시 방에 들어와 보니 신부는 아랫목의 병풍 속에서 게거품을 머금고 쓰러져 있었다. 이 일을 해결하고자 나는 동산에 올라가 그 집의 동정을 살폈지만, 여전히 그 젊은 아들은 찾을 수 없었다. 나는 돌아와 신혼 방에서 세 번째 밤을 맞이하였다. 새벽이 되자 갑자기 전기가 꺼지고 누군가가 모래를 퍼붓기 시작했다. 후에 전등 꺼진 원인을 알고자 사람을 불렀으나 이 방의 스위치가 끊어져 있었다는 답뿐이었다. 그 뒤, 동산의 젊은 아들은 일본으로 노동을 한다고 건너가 버렸기에 아직도 이 일은 나에게 하나의 괴현상으로 남아있다.

14. 김황金鎤, 「유령탐방幽靈探訪」 — ~二, 1930.12.11~12

오 년 전 이른 봄, 군산에는 이상한 소문이 떠돌았다. 군산공원 부근에서 어여쁜 일본 색시가 젊은 사내만 보면 홀리기도 하고, 다른 거리에서는 누가 새빨간 피를 퍼붓는다고도 하고, 어여쁜 일본 여자의 손짓을 피해 달아난 사람의 이야기도 들렸다. 사람들은 이를 도깨비의 장난이라거나 천년 묵은 여우의 짓 또는 색광녀의 짓이라 추측하였다. 그리고 군산에서 발행하는 ××일보에서는 유령의 전설에 관한 이야기를 하고 있어, 그 공포는 더해졌다. 나는 모 신문지국을 경영하던 차에, 일종의 직업적 호기심으로 그 유령의 정체를 탐방하고자 하였다. 유령을 보기 위해 공원으로 향하던 중, 마침 '전'이란 친구를 만나 동행하게 되었다. 이들은 공원 근처 골목에 쪼그리고 앉아있었는데, 때마침 공원 쪽으로부터 일본 여자가 등불을 켜 들고 오고 있었다. 그 여자는 갑자기 으악 하며 나에게로 달려들었다. 나는 이 여자가 색광녀라고 생각하고 싸움을 계속하였지만, 알고 보니 이 여자는 자혜병원에서 남편을 간호하던 사람이었다. 그녀는 검은 양복을 입고 쪼그리고 있는 나를 보고 유령이라 착각하여 소리를 질렀던 것이었다. 한 번의 실패를 뒤로 하고 나는 유령의 소리에 귀를 기울였으나, 떽떼글 하는 소리만 들릴 뿐 다른 것은 듣지 못하였다.

15. 윤해병尹楷炳, 「도취국陶醉菊」 — ~二, 1930.12.13~14

국화를 좋아하는 마자재는 금릉에서 국화 씨를 얻어 돌아오는 길에 한 소년과 젊은 여자를 만났다. 그 소년은 도 씨라는 성을 가진 사람이었고, 젊은 여자는 도 씨의 누님 황영이었다. 이들은 때마침 이사할 집을 찾던 중이었기에, 자재는 이들을 자신의 집에서 살게 하였다. 도 씨 남매는 자재처럼 국화 심는 일을 하였는데, 도 씨는 말라 시든 국화도 다시 푸르게 만드는 신기한 능력이 있었다. 이런 능력을 바탕으로 도 씨는 자재에게 국화 장사를 권하였으나, 자재는 이를 거절하였다. 결국 도 씨 남매만 국화 장사를 하였고, 그들은 부자가 되어 큰 집을 짓고 국화밭을 만들었다. 시간이 흘러 자재의 아내는 죽고, 자재는 아내의 유언과 도 씨의 편지로 인해 황영과 결혼하였다. 어느 날 자재의 친구 증생과 도 씨는 술자리를 가졌는데, 도 씨는 술에 취해 땅에 넘어져 국화로 변하였다. 이를 알게 된 황영이 그 국화를 뽑아 조처하자, 다음날 도 씨는 원래 모습으로 돌아왔다. 며칠 뒤 도 씨는 또 술에 취해 몸이 국화꽃으로 변하였다. 자재는 황영이 하던 조처를 흉내 내었지만, 도 씨는 끝내 국화가 되고 말았다. 황영은 그 줄기를 꺾어 화분에 꽂아두었고, 며칠 후 국화에서 꽃이 피고 술 향기가 났다. 자재는 그 국화를 '도취'라하고 사랑하였다.

16. 김석구金石龜, 「녀자 통곡성」・「녀자의 곡성」, 1930.12.15~16

삼화읍 금당리에 향리 토반 차좌수는 좋은 글솜씨와 덕의심으로 사람들에게 존경을 받았다. 차좌수는 아무리 술에 취했어도 외박하는 일은 없었다. 어느 해 봄날 밤, 차좌수는 술 마시고 집에 가는 길에 고개에서 울고 있는 젊은 여자를 보았다. 먼저 떠난 남편을 따라 죽으려 하는 여자의 사정을 듣고 딱한 마음이 생긴 차좌수는 그녀를 자기 집에 데려왔다. 그런데 동네 근처에 다다르자 개들이 여자를 향해 짖고 달려들었다. 차좌수는 의심이 생겨 그 여자를 모닥불에 내던졌다. 그러자 그 여자는 달아나는데 그 모습을 보니 백 년 묵은 구미호였다. 며칠 뒤 차좌수는 업무차 평북 운산 북진 여행을 하였다. 밤이 늦어 한 여관에 머무는데, 여관 주인은 차좌수에게 동네의 용한 무당 조막손에 관해 이야기해주었다. 이야기를 들은 차좌수는 그 무당이 이전 구미호임을 알아차렸다. 다음 날 차좌수가 그 무당이 굿하는 장소에 찾아가자 그 무당은 꼬리를 보이며 달아났다. 이어서 차좌수는 군중들 앞에서 구미호의 이야기를 해주었고, 군중은 요물에게 속은 것을 분하게 여기며 헤어졌다.

17. 김석봉金石峰, 「괴미인怪美人」─~二, 1930.12.17~18

어느 동네와 ○○항구 사이에는 큰 고개가 있었다. 지금 이 고개는 신작로가 되었는데 그 과정에 수많은 노동자가 동반되었고 희생되었다. 그 길에는 임금을 달라고 하거나 웃음소리 혹은 고함이 들리기도 한다는 소문이 있어서 대낮에도 사람들이 이 길을 혼자 지나기를 꺼렸다. 어느 날 김서방이 장을 보러 ○○항구에 갔다가 저녁이 되어도 돌아오지 않았다. 김서방의 아내는 크게 걱정하지 않았는데, 그 순간 집 대문을 두드리는 소리가 들렸다. 문 앞에는 선혈이 낭자하고 진흙이 묻은 김서방이 쓰러져 있었다. 김서방의 아내는 그를 한 달이 넘게 간호하여 결국 김서방의 병은 완치되었다. 그제야 김서방은 그날 일을 말해주었다. 그날 김서방은 그 고개를 지날 때, 싸늘한 기분에 사로잡혀 한 기와집에 들어가게 되었다. 그 집 안에는 여러 음식이 차려져 있었고, 한 미인이 김서방을 반기며 대접하였다. 대접을 받는 동안에 김서방의 정신은 차차 희미해졌다. 김서방은 집으로 오려고 노력했으나, 그가 밟는 곳마다 진흙투성이였다. 그렇게 애쓰다가 순찰하던 순사에 의해 목숨을 건진 것이었다.

18. 김석봉金石峰, 「흉가凶家」, 1930.12.19

평안도 북쪽 어느 동네에 한 흉가가 있었다. 그 흉가는 벼슬에서 물러난 재상이 머물기 위해 지은 것이었는데, 그곳에 머무는 사람은 모두 3년을 넘기지 못하고 떠났다. 그 후 주인 없는 그 집은 동네의 괴물로 여겨졌다. 어느 추운 겨울날, 한 거지가 추위를 피해 그 흉가에 들어가게 되었다. 거지는 매서운 추위와 무서운 분위기에 잠 못 이루고 있었는데, 자정이 지나자 방문이 열리는 소리가 났다. 방문이 열리고 나온 시커먼 괴물은 거지를 위협하였으나, 거지는 대담하게 괴물에게 반항하였다. 다른 사람과는 다른 거지의 용감함을 느낀 괴물은 거지에게 한 가지 부탁을 하였다. 괴물은 땅을 지키는 어둑시니인데, 자신이 붙어살던 큰 나무가 잘려서 이 집의 대들보가 되었다며 그 대들보를 찾기 위해 이 흉가에 머물고 있다고 하였다. 하지만 대들보를 빼면 집이 무너질 것을 안 거지는 괴물이 편하게 머물 자리를 만들어주겠다고 제안하였다. 괴물은 그 제안에 승낙하였고, 거지는 주인 없는 큰 집을 소유하게 되었다.

19. 최성석崔聖碩, 「장로長老집의 『사탄』」 — ~五, 1930.12.20~25

집안 식구 모두 삼일예배를 보러 예배당에 간 뒤, 나는 홀로 집을 지키고 있었다. 공포심에 두려워하고 있을 때 이상한 무언가가 부엌 속으로 뛰어들어갔다. 그러나 부엌에는 아무것도 없었다. 나는 그것이 악마라고 생각했다. 내가 공포감에 사로잡혀있을 때, 대문 쪽에서 여자의 웃음소리가 들렸고, 대문을 향해 뛰다가 나는 아버지와 부딪쳐 정신을 잃고 말았다. 얼마 뒤 깨어난 나는 가족들에게 이전 일에 대해 말하지 않았다. 그날 밤 아내와 잠을 자던 중, 별안간 아내가 사라지고 말았다. 도저히 아내를 찾을 수 없기에 나는 그제야 집안 식구들에게 앞서 보았던 악마의 이야기를 하였다. 반신반의하며 기도하는 집안 식구들을 뒤로한 채, 나는 문득 아랫방에 가보지 않은 것이 떠올랐다. 아랫방에 가보니 아내는 수건으로 목을 매어 죽어있었다. 그러나 집안 식구들은 이 괴변을 내가 집에서 겪었던 일과는 관련짓지 않았다. 아내의 상을 치르던 중, 뒷간에서 젊은 여인 하나가 게거품을 물고 쓰러졌다. 우선 그 여인을 살리고 그 여인에게 이야기를 들은즉, 윤곽이 희미한 여자가 손짓했다고 말하였다. 이 이야기를 듣자 그제야 집안 식구들은 불안에 사로잡혔다. 나는 아내를 묻고 집에 돌아와 다시 괴현상이 일어나기만을 기다렸다. 때마침 윤곽이 희미한 여자가 나를 깨웠고, 나는 아랫방을 향해 들어갔다. 나는 그 이튿날 대낮에 정신을 차렸고, 집안 식구들은 결국 이사하기로 하였다. 그리고 이후 이 집은 헐어버렸고, 일본 사람의 손에 넘어가고 말았다. 알고 보니 이 집은 옛날 청상과부가 누명을 쓰고 아랫방에서 자살한 사건이 있었다고 했다. 나는 지금도 그 근처를 지나가면 온몸에 소름이 끼치지만, 일본 사람이 새로 집을 지은 뒤에는 그런 소문이 없다.

20. 정진鄭珍, 「봉루방 애화哀話」 ― ~三, 1930.12.26~28

경북 영일군 기계에 있는 산촌 장터의 여러 주막에는 등짐장수들이 머물고 있다. 그중 한 주막에 나이 팔십 정도 되는 등짐장수 하나가 앓고 있었다. 이 노인은 한 소년과 눈이 마주쳤고, 노인은 눈물을 흘렸다. 이어서 소년은 자신의 슬픈 이야기를 들려주었다.

그 노인의 성은 김이고, 황해도에서 참봉까지 지낸 사람이었다. 김참봉은 아들이 하나 있었다. 딸을 얻고 싶어서 첩을 얻었지만, 끝내 딸은 얻지 못했다. 그래서 며느리라도 보기 위해 아들을 일찍 장가보냈는데, 신혼 첫날밤에 아들은 목이 잘려 죽고 말았다. 이 일로 며느리는 오해를 받았고 모진 구박에 시달렸다. 그런데도 며느리는 김참봉에게 정성을 다하였다. 어느 날 며느리는 꿈을 꿨는데, 누구인지 모를 인물이 현몽해서 남편이 묻혀있는 곳을 알려주었다. 꿈을 토대로 며느리는 남편의 잘린 머리를 찾았고, 이를 김참봉에게 말하였다. 이에 분노한 김참봉은 아내와 노비를 잡아 매질하였다. 알고 보니 모든 일은 김참봉의 첩이 김참봉 전처의 아들을 질투해 죽인 것이었다. 이후 김참봉은 분을 이기지 못하고 며느리에게 모든 것을 맡기고 집을 떠났다. 며느리는 김참봉이 자연히 돌아올 것이라 믿으며 아들을 낳아 길렀고, 아들이 자라 열두 살이 되었을 때 김참봉을 찾으러 가기로 하였다. 이 아들은 망건 장수의 모습으로 사람이 모일만한 곳은 모두 찾아다닌 끝에 그 주막에서 김참봉을 만나게 된 것이었다.

그 둘은 가락지 한 짝과 가첩, 그리고 집안 이야기로 서로를 확인하였다. 소년은 할아버지 김참봉을 정성껏 간호하였으나, 사흘을 넘기지 못하고 김참봉은 죽고 말았다. 소년은 망건 대신 할아버지의 시체를 어깨에 짊어지고 길을 떠났다.

1936년 「괴담특집怪談特輯」

1. 유추강庾秋岡, 「괴담怪談 제일석第一席 : 괴화怪火」, 1936.6.25

삼청동 형제 우물 근처에 매일 밤 괴화(도깨비불)가 나타나고, 다방골에 살던 부자 마동지의 시체가 살아 움직이는 사건이 발생하여 신 포장은 걱정으로 밤잠을 설쳤다. 도깨비의 장난이 갈수록 심해지자 신 포장은 포교들에게 삼 일 내로 그 정체를 밝혀 잡아 오라고 하였다. 포교 중에서 젊고 담대한 위홍운은 밤중에 조사에 나섰다. 그때 삼청동 쪽에서 빨랫방망이 소리가 들렸고, 위 포교는 빨래하고 있는 여자를 잡아서 괴화 및 시체 사건의 경위를 밝혀냈다. 빨래하던 여자는 묘구도적이었다. 그녀는 유황과 인을 이용해 불덩이를 만들어 그것을 솔개의 발에 매달아 도깨비불을 만들어낸 것이었다. 그리고 시체를 두려워하는 사람들의 심리를 이용해서 사람들을 겁주고 수의를 가져간 것이었다. 위 포교는 이 사실을 널리 알리고 소동을 진정시켰다.

2. 김정진金井鎭, 「괴담怪談 제이석第二席 : "해골"의 재채기」, 1936.6.25

영남 안동의 류서방은 해마다 과거를 보았지만 몇 번이나 떨어지기를 거듭하였다. 그런데도 류서방의 부인은 삯바느질하여 남편의 이동 경비를 매번 마련해주며 남편이 과거에 급제하기를 온 정성을 다하여 바랐다. 올해도 역시 류서방은 과거를 보러 서울로 향했다. 때마침 장맛비가 계속되는 여름이었는데, 류서방은 그 비를 뚫고 남태령에 다다랐다. 주막에 머물 여유가 없던 류서방은 남태령 고개에 큰 고목 밑동에 생긴 공간을 보았다. 거기서 류서방이 휴식을 취하려는데 목덜미에 무언가가 느껴졌다. 그가 목덜미에 무언가를 메어치고 그곳을 나오는데, 발에 무엇이 걸리더니 사람의 재채기 소리가 들렸다. 자세히 보니 그것은 해골이었다. 그 해골에는 칡넝쿨이 엉켜서 코와 입에까지 뻗쳐있었다. 류서방은 재채기의 원인을 알고 그 칡넝쿨을 빼주었다. 그리고 그 해골을 근처에 깊이 묻어주었다. 이러한 괴이한 일 때문인지 몰라도 류서방은 그해 과거에 급제하였다.

3. 유광렬柳光烈, 「괴담怪談 제삼석第三席 : 묘지이변墓地異變」·「묘지이변墓地異變의 속續 괴담怪談 : 흡시혈吸屍血」, 1936.6.25·7.2

경기도 ○○군에 소문난 명문가의 한 사람인 심진사가 있었다. 그의 아들은 일찍 죽고 그의 손자를 장가들였는데, 그 손주 며느리 또한 이웃 사람들이 칭찬할 정도로 참하였다. 그런데 그 손주 며느리 몸에서 원인 모를 악취가 나기 시작했다. 어느 날 밤, 동네에서 말 잘하고 술 잘 먹기로 유명한 김선달은 술에 취해 공동묘지 앞을 지나는데 무덤을 파고 있는 소복 입은 여자를 보았다. 김선달은 그 여자가 여우라고 생각하고 그 손을 잡는 순간, 그 여자는 달아나며 심진사 집 높은 대나무 울타리를 훌쩍 뛰어넘어 방으로 들어갔다. 김선달은 그 여자가 심진사의 손주 며느리임을 확신하고 심진사에게 이 사실을 말하였으나, 심진사는 믿지 않았다. 그 후 김선달은 다시 한 번 그 광경을 목격하였으나 여전히 심진사는 믿지 않았다. 그래서 그 이튿날은 가족 모두가 깨어 손주 며느리를 지켜보기로 하였다. 곧 가족들은 손주 며느리가 어린아이의 썩은 고기와 피 묻은 뼈를 바구니에 갖다 놓는 것을 목격하였다. 이에 심진사는 손주 며느리를 고치기 위해 굿도 하고 명의에게 진찰도 받게 하였으나 방법이 없었다. 결국 손주 며느리는 병을 치료해준다는 독한 약을 먹다가 죽고 말았다. 이어서 심진사의 집안은 망하고, 심진사도 몇 년 전에 죽고 말았다.

제1부

괴담怪談

『매일신보』, 1927.8.9

제목 없음(*도깨비 장난)

고범생狐帆生

◇

독갑이가 잇느냐? 업느냐? 이것은 학자들이나 싱각할 문졔이다 엇재ㅅ든 어느 곳치고 독갑이 이야기 하나 업는 곳은 업고 더욱이 녀름이면 그 이야기가 성풍하다 이졔 독갑이에 대한 이야기를 사원들 중에셔 격거나 쏘는 사원의 가족이 톄험 목도한 가장 밋을만한 이야기만을 틱하야 몃칠 동안 소개하야 독자의 흥미의 일난을 도웁고자 한다

◇

룡산! 지금 구룡산 강가로 도는 촌댁에는 자고로 독갑이 이야기가 만타 한강에 불이 써나린다 자셰히 보면 사람도 업고 배도 업시 불덩이만 써나린다 처음에는 한 개가 써나리든 것이 차차 수효가 느러서 나중에는 몃빅간 동식불이 길게 쌔친다 이것은 구룡산 사는 사람은 대개 본 일이 잇다는 이야기이다

◇

구룡산 뒤 언덕에 큰 느틔나무가 잇다 녀름이면 동리 사람들이 거긔서 소풍을 한다 그러나 그 나무밋에는 독갑이 작란이 심하다 하야 밤만 이슥하면 너나 업시 달아나 바리는 곳이다 이제로부터 칠팔 년 젼 내가 동막 살 째에 동리 사람들에게 드른 이약이다 우리 동리 김감역이라는 중로인이 하나 잇섯다 가세가 빈한하고[1] 사고무친[2]하야 친고[3]의 사랑으로 단이며 한 놀님거

리가 되앗섯다

령감님이 오입개나 해서 롱담도 잘하고 시조 한 쟝은 거침 업시 쎄는 터이라 모々한 술좌석에는 쌔지지 안코 싸러 단니며 신셰를 씻치는 터이다

하로는 어느 술좌석에서 김감역[4]을 보고 여러 사람들이 만일 자네가 구룡산 느틔나무가지에 가서 이 죠회를 달고오면 어느 쥬석에든 지쎌지 안코 드러쥬마고 하며 두루마지 한 벌을 찌저주엇다 밤은 깁고 길은 아득한데 독갑이는 나무 밋흐로 가라는 것이다

허튼소리 잘하고 긔운찬 소리 잘하는 김감역은 술 잘 엇어먹는다는 동에 당장에 쟝담을 하고 느틔남무 밋흐로 혼자 갓섯다 그러나 독갑이는 커냥 독갑이불 한아도 보히지 안이하얏다 그러면 그럿치 사불범정[5]이라니 독갑이가 왼것이람하며 졔법 큰 기침을 하야가며 빅지 두르마리를 나무가지에다 달고 막 도라스랴니 무슨 소리가 나무 뒤에서 들얏다

자셰 드르니 독갑이 소리가 안이라 녀자의 숨 너머가는 소리이다 김감역은 쌈작 놀내 도라다보니 져 편 나무가지에다가 쏫갓치 고흔 새댁이 목을 매고 느더졋섯다

―――――

1   살림이 가난하여 집안이 쓸쓸하다.
2   의지할 만한 사람이 아무도 없음.
3   가깝게 오래 사귄 사람.
4   조선시대에, 선공감에서 토목이나 건축 공사를 감독하던 종구품의 벼슬, 또는 그런 벼슬아치.
5   바르지 못하고 요사스러운 것이 바른 것을 건드리지 못함. 곧 정의가 반드시 이김을 이르는 말이다.

쌈작놀내 쉬어가서 목을 쑤르고 편안히 안고셔 가슴을 문지른다 입에다가 침을 흘녀 너허준다 일대 활동을 한 결과 그 미인은 정신을 차렷다. 그이 말을 드르면 그는 그 너머 동리 부자집 쌀노 시집간 지 일 년이 못되야 과부가 되야 친정에 도라와잇는대 청상과부[6]의 신셰를 애달게 싱각하야 죽으랴든 것이엇다

김감역은 고만 정신이 황홀하얏다 쥬석에서 기다리는 친구만 갓혼 것은 초개[7]갓치 잇고 고만 그 미인을 잡고 느럿졋다 맞침 나도 호라[비]이니 갓치 사자는 것이다 그 미인도 하는 수 업다는디시 고개를 바로 혼들며

"그러면 내 지금 집으로 드러가서 내 금은보패를 전부 가지고 나아올 터이니 갓치 다라나서 살자"고 하얏다

김감역의 운수는 하늘 까지 쌔치엇다 그 길노 갓치 다라나서 패물을 파라 집을 작만하고 전장을 작만하야 허리쎅신 쓰르고 지내게 되앗다 그럭져럭 하는 동안에 아들을 형졔이나 나서 집안 자미는 쌔가 쏘다지는 판에 호사다마[8]라고 김감역은 알기 어려운 병이 드러셔 사랑하는 안해와 태산 갓치 밋는 아들 형졔의 간호를 밧고 드러눕게 되얏다 환약을 먹인다 탕약을 먹인다 아들들의 효성은 참으로 놀나윗섯다

---

6 젊어서 남편을 잃고 홀로된 여자.
7 풀과 티끌을 아울러 이르는 말. 쓸모없고 하찮은 것을 비유적으로 이르는 말.
8 좋은 일에는 흔히 방해되는 일이 많음.

김감역은 이럿케 혼자 시침을 쩨고 잘 지내왓거니와 쥬석에서 김감역을 보내고 기다리든 친고들은 그날 밤이 지나도록 도라오지 안으니가 꼭 독갑이에게 홀닌 줄만 알고 그 이튼날 아참에 느틔나무 밋흐로 가보왓다

과연 김감역은 느틔나무 쌜리를 베고 드러누어서 입에는 말쏭 개쏭을 잔쯕 물고 잇섯다

독갑이에게 홀니면 하로밤도 몃십 년이 된다 자식에게 효도로 밧아 먹든 환약이 말쏭 개쏭인 줄은 김감역이 정신을 차린 뒤에야 안 이약이이다

김감역은 이 일이 잇슨 지 두 달 만에 작고하고 마랏다

『매일신보』, 1927.8.10

흉가 (上)

우정생雨亭生

　로파의 눈물 갓흔 구죽죽은한[1] 비가 나리는 밤이다 이사에 쎄치우고[2] 가

역[3]에 지치운 가족들은 무더위에 부닥기면셔도 안식을 엇고져 초저녁부터

잠이 들엇다 사내쥬인은 건너방 루마루[4]에서 그의 내죵과 갓치 오릭갓만에

맛나서 이약이쟝을 버리고안졋다 잔소리는 이 쥬인 셩벽[5]이라 이약이가 이

1　'구질구질'의 방언(충청).
2　일에 시달리어서 몸이나 마음이 몹시 느른하고 기운이 없어지다.
3　집을 짓거나 고치는 일.
4　'누마루'의 북한어. 다락처럼 높게 만든 마루.

사로부터 간역⁶하는데까지 이르러 한참 장난이 놉하질 째에 비는 여젼히 부실— 나린다 째는 자정이 지난 바로 오 분 밧게 안이 되얏다

그째 안방, 건너방, 아레방, 동채방의 불이 일시에 써지며 찬바람이 대텽에서 구비쳐 돈다 쥬인과 그의 내종은 써림측한 생각이 나서 마죠 쳐다보며

"이게 웬일인가"

하며 성양갑을 차즈려 할 즈음에 허공으로부터 모릭를 죽죽 씨여던진다 형세는 자못 밍렬하얏다 쥬인은 경망하게 소리놉은 기침을 기치고 불을 켯다 비는 역시 부실부실 나리는 싸분한 여름밤에 통 안으로 달니는 전차소리만 날카롭게 들니고 과한 짓거리는 집어싱킨 듯이 업서지고 마럿다 주인과 그의 내종은 등산 갓흔 눈으로 서로 바라보고 머리 쯧이 쑤빗하여지며 경각간⁷에 당한 소죠⁸를 이졔야 무셔워하얏다

쥬인은 쥬졍⁹이 센 톄하고 대졍으로 나려가서 안마당을 향하야

"어머니 불을 협시오"

안방과 대텽과 루마루에 불은 희황하얏다¹⁰ 쥬인은 입맛을 젹々 다시며

"이얘 이게 완일이냐"

이 종의 눈은 아즉도 졔자리에 바로 잡히지 안이혓스나

"무얼! 동네아해들이 작란하는 것이지요"

별안간 주인이 물근¹¹ 이러나더니 윈발을 구르더니 호통을 치며

---

5 굳어진 성질이나 버릇.
6 토목이나 건축의 공사를 돌봄, 또는 돌보게 함.
7 눈 감빡할 사이, 또는 아주 짧은 시간.
8 치욕이나 고난을 당함.
9 가슴속에 맺힌 감정이나 생각.
10 광채가 나서 눈부시게 번쩍이다.
11 '멀뚱멀뚱'의 방언(전남). 눈빛이나 정신 따위가 멍청하고 생기가 없는 모양. 눈만 둥그렇게 뜨고 다른 생각이 없이 물끄러미 쳐다보는 모양.

"사불범졍이라니"

그 호통은 외마듸 소리로 열니엇다 이 통에 집안 식구는 모다 잠에서 깨셔 설깨인 눈은 모다 이 졂은 주인의 몸으로 몰니엇다 쥬인은

"에이 참 괴변이로군 아마 내가 즁졍이 현[12]해진 모양이야"

하며 겁결[13]에 짜라서 이러션 내죵을 도라보는 눈은 흰자위가 더욱 널버졋고 이마에는 구슬쌈까지 믹치엇다

식구들은 쥬인을 둘너싸고 대쳥에 모히엇다 그러나 아무도 먼져 입을 열어서 그 연유를 물을 용긔가 업셧다

또 괴상스러운 외마듸 소리가 안방에서 이러난다 식구들 일시에 놀내인 눈을 안방으로 모핫다 그 째 쥬인의 큰 누의 일슌이는 안방애 남어잇셧다 대쳥에 잇던 식구들은 일순의 잇고 업는 것도 헤아릴만한 여유가 업셔서 안방에는 아무도 업는 줄 알앗셧다 그리하야 부인방 안에서 괴상스리러운 소리가 나니까 식구들의 놀나움은 더욱 커졋다 일순이는 눈이 허공에 걸니고 얼이 빠져서 공즁만 바라보며 대쳥으로 나오는데 그 거름은 항방업시 맛치 몽유병자夢遊病者의 거름이다 식구들은 일슌이를 붓들어서 엇지 하겟다는 용긔조차 시러지고 등에는 쌈이 흐르기 시작하얏다 주인은 내죵의 엽흘 쑥 질으며

"여보게 사랑에 나가 아져씨나 좀 들어오시라게"

내종은 깜작 놀내며 겁결에 대답을 하고 사랑으로 나아갓다 아저씨는 즁얼즁얼 나무라면서 큰 기침을 련발하면서 안으로 들러온다

아졋씨는 대쳥에 션듯 올나서더니 일순의 왼쌈을 보기 죠케 부치고 썰々

12 어지러울 현.
13 갑자기 겁이 나서 어쩔 줄 몰라 당황한 판, 또는 그런 기색.

웃더니

"모슨 잠고대를 해….."

무슨 자신이 잇는 것 갓치 일슌의 두 팔목을 수이고

"이애 이로 안저라 왜 잠에 취해가지고 이 모양이냐 에이 허하기도하
다……"[14]

일슌이는 아젓씨의 팔을 쌕리치며 힘이 업게 풀니엇던 눈이 졈々 졔자위
에 돌아스더니 나종에는 살긔까지 씌웟다 아젓씨는 인졔야 졔정신을 찻나
보다하며

"이애 안져라 인졔 정신이 낫늬"

일슌이의 눈은 졈々 가느러지더니 볼살이 썰니면서

"이놈 이애 안져라! 괘ㅅ심안 놈 남의 집 안악네를 보고 내외분별도 업
시…."

이에 이르으매 아젓씨도 의아한 생각이 나며 가삼이 뭉쿨하엿다 식구들
의 놀나움은 더욱 깁허졋다

"흥 너의가 나를 모르는고나 나는 련동 리판서의 며누리오 이 집은 즉 리
판서집이오 져 쓸아릐방은 내 방이엿다 내가 이 집에 시집온 지 삼 년 만에
시어머니의 구박이 너무 심하야서 견듸다 못하야 목을 매여죽엇다 우리 시
집은 이 집에서 싹도 업시 망해버리고 말엇다

제 손으로 팔자를 썩근 몸이라 갈 곳이 업는 원귀가 되야 오늘까지 이 집
에 부터잇섯다 그러나 드러오는 사람보다 내의 만치 안은 소원을 풀어쥬지
는 안이하고 이 집을 흉가라는 죠명[15]을 내여노코 고만써나버리고 말드라

---

14 튼튼하지 못하고 빈틈이 있다, 옹골차지 못하고 약하다.
15 남들이 빈정거리는 뜻으로 지목하여 부르는 이름. 개인에 대한 좋지 아니한 소문.

나종에는 하도 긔가 막혀서 사람 개 나아서 가보앗더니 그 후부터는 이 집이 몃 해 동안 부여잇섯단다

(계속)

『매일신보』, 1927.8.11

흉가 (中)

우정생雨亭生

려서 몇 해를 쥬려가면서도 작란 한번도 못 해보앗다 그리다가 녀희 식구를 만나보닛가 나도 져윽이 생긔가 난다 전에 업든 번적々々한 세간 개도 잇고 쌀섬도 더럭々々 들어오는 것을 보니 내 소원쯤이야 못 풀어 주겟니….”

말은 놉나지 장단이 바로 무당의 푸념갓고 속심이 잇셔々 그리지 안이하여도 가위에 눌닌 사람들 가치 괴상스러운 무서움에 직어눌니인 식구들은 몸에 소름이 씨치엿다

아져씨의 가심도 이 광경에 눌니어서 눈동자가 커지기 시작하엿다 그 집은 련건동에 잇는 사십여 간이나 되는 큰 집이다 이 집을 사서 이사 들어 온 사람은 김××인데 벼천[1]이나 하는 부자이엿다 처음에 이 집을 고르기는 집은 매우 퇴락하엿스나 널고도 놉하서 수선만하면 자좌오향[2]에 군신좌서가 분명한 집이엿다 더욱이 갑도 헐하고 쓸모가 잇서々 삿든 것이다 역사를 마치자 바로 그날 져녁 째부터 비가 오기 시작하엿는데 마침 내종이 집 아래 온 것을 붓들고 잔소리를 하든 차에 졸지에 불이 써지고 모릭별악이 나리더니 쓸아릭방에서 목을 매인 녀귀가 대청으로 선듯 올나서서 닷자곳자로 안

---

1   벼농사 천석.
2   묏자리나 집터 따위가 자방(子方)을 등지고 오방(午方)을 바라보는 방향. 정북(正北) 방향을 등지고 정남향을 바라보는 방향이다.

방으로 쑥 들어가는 광경을 목도하엿다 그리다가 일순이가 그 귀신의 혼령을 뒤집어쓰고 넉두리를 하다가 고만 늘어져서 인사불성이 되엿다 식구들은 창황[3]하야 경면주사鏡面朱砂[4]를 가려먹이며 힝랑 사람을 불너들이어 안팟 여러 사람의 힘으로 무서운 마음을 안정하려 하엿다 아저씨는 환도와 방망이를 몰아다가 압헤 느러노코 무슨 일이 생기지 안이할가하고 자못 불안한 마음을 가지고 경계하는 동안에 날은 발겻다 쥬인 김 씨는 사랑 사람들과 공론한 결과 일순이는 그 잇혼날 곳 이모의 집으로 피졉[5]을 보내엿는데 그 집터 밧글 나온 뒤이 일순은 씨슨 듯이 그 몹슬 짓을 안이하고 다만 엽헤 사람들이 물어보면 목 민인 녀귀에게 목을 부둥키여 안겨서 큰 무서움에 찍어 눌이여 썰니던 생각이 어렴푸시 날 쑨이오 모든 괴상스러운 일이 생기엇던 것은 일순이죠차 생각치 못하엿다

일순이가 "나는 목 매 죽은 리판서의 며누리니 굿을 하여다고 고사를 지내다고" 하고 푸념을 하엿슬 쌔에 쥬인 김 씨는 나종에는 환도를 쎄여 말루청을 찍어가며 싯싯내 녀귀를 쑤짓고 그 잇혼 날 일순이를 피졉 보내인 뒤에 밤새썻 귀신에게 부닷긴 식구들은 바야흐로 편히 수일 것을 생각하던 지음에 김 씨의 모친 박씨 마님이 낫잠을 자다가 부시〃 이러나며

"이애 김가야"

하고 한마디를 부르더니 그 젼날 밤 일순이가 하든 그대로의 푸념을 여츌일구[6]로 하엿다 그쌔는 녀름 해가 셔창에 비취기 시작하랴는 오후 세 시경이

---

3 놀라거나 다급하여 어찌할 바를 모름.
4 주홍색 또는 적갈색이 나는, 황화 수은을 주성분으로 하는 천연 광물의 결정체(結晶體). 한방에서 약으로 쓰기도 한다.
5 '비졉'의 원말. 앓는 사람이 다른 곳으로 자리를 옮겨서 요양함. 병을 가져오는 액운을 피한다는 뜻이다.
6 한 입에서 나오는 것처럼 여러 사람의 말이 같음을 이르는 말.

엿다 그 젼날밤 이리 상서롭지 못한 일이닛가 쉬ᄿ하여 가면셔도 상하식구가 모다 ᄯᅩ 그러한 일이 생기면 엇지하나하고 미리 생각하고 잇든 터이다 쥬인 김 씨가 져의 모친까지 이 지경이 되는 것을 보고 눈이 뒤집히어서 환도를 쎅여들고 내달아 로마[님] 압헤 밧삭닥아셔ᄿ

"당신의 몸은 나의 단 한 분이신 어머니시지만은 지금 어머니도 귀신이 집히셧소 요사스러운 귀신이오 그러기에 지금부터 귀신이 물너갈 째까지 나는 해라[7]를 할 터이니 어머니는 용서하야쥬시오"

고 김 씨는 소상분명하게 그 모친에게 대하야 구태여 하대를 하는 리유를 설명하고 빅쥬[8]에 작괴(作怪)하는 것부터 굿이나 고사 갓흔 것은 절대로 안이 하겟다하며 ᄭᅮ지람을 하엿다 로마님은 ᄭᅮ지람을 당할사록 길ᄿ이 뛰며

"요런 독한 놈 보아라 네 어미를 건드려도 이러케 팽ᄿ하냐 그러면 네 어미를 죽여도 영영 내 소원을 못 푸러주겟단 말이냐"

---

7   상대 높임법의 하나. 상대편을 아주 낮추는 종결형.
8   환이 밝은 낮.

『매일신보』, 1927.8.12

흉가 (下)

우정생雨亭生

"오냐 나는 내 목숨이 부터잇는 날까지는 결단코 말은 못 듯겟다 사람의
정명[1]을 네 싸위 요귀가 마음대로 한단 말이냐 네 마음대로 해보아라"

"요놈 인졔도……."

하며 한마듸 말을 남니고 로마님은 벌썩 잡바지더니 사지가 쌧々하여지며
손짓발짓에는 청긔까지돈다 식구들은 창황망조[2]하야 쥬인 김 씨다려 "여보

---

1 날 때부터 정하여진 운명.
2 너무 급하여 어찌할 수가 없음.

너무 고집세지마소 속는 척하고 소원을 풀어줍시다 그려" 하고 츙고까지하
엿다 그러나 김 씨는 그 모친의 긔식이 거의 죽은 사람가치 파랏케 질니엿
는데도 환도로 마루창을 씩어가며

"요사스러운 녀귀년 네가 함부로 사익肆惡[3]을 하고 무사할가…."

하며 더욱 펄펄 쒸엇다 한시간 가량이나 지나 죽어느러졋던 로마님은 부수
수 이러나며 "어미도 모르는 너 갓흔 독한 놈은 처음 보앗다"고 귀신[의] 탄
식을 하더니

"네 어미는 그러타 [하]거니와 네 자식을 죽인대도 싯〻내 이러케 습쓸하
고 말터이냐"

"흥 밋천년 [그]러케 마음대로…."

말이 밋지 못하야 건넌[방]에서 누어놀든 갓난 아해가 새〻파랏케 질니
더니 고만 사지까지 쌧〻하여졋다 그러한 중에 로마님은

"요놈 졔도 인졔도…."

하며 어린 것을 죽여노와도 네가 한결가치 고집만 세겟느냐하고 을넛대
인다[4] 김 씨는 악이 나서

"어머니를 죽인다하여도 견듸엇거던 하물며 쌀자식을 죽인다고 윈눈이나
쌈작어일 줄 아나냐…."

"아이고 지독한 놈이다"

한 식경[5]은 지나셔 로마님은 피졉을 나가고 어린 아해도 저의 모친과 가
치 시어머니를 쌀아갓섯다

---

3   악독한 성질을 함부로 부림.
4   위협적인 언동으로 을러서 남을 억누르다.
5   밥을 먹을 동안이라는 뜻으로, 잠깐 동안을 이르는 말.

×

풍성랑식한 후 어느 날 그 괴상한 변을 당할 쌔의 일을 로마님이 말하되 목미인 여귀가 눈 압헤서 얼신하면 마치 쑴에 가위 눌닌 듯시 가삼이 답々 하여지며 정신을 가다듬고 헛소리를 안이하랴하여도 억졔할 수 업시 온갓 말이 녀귀의 식히는대로 나온다한다 그러나 터 밧그로 피졉만하면 수삼일 동안 몸살로 알는 밧게는 아모 빌미가 업다한다 녀귀의 하는 말과 갓치 지 금붓터 빅여 년 젼에 리판셔가 그 집에 사럿던 것과 쏘 고부간^{姑婦間} 화목치 못하야 가정 비극이 잇섯던 것은 사실이다 그 후 여러 번 이 집에 긔변⁶이 잇서々 련농일판에서는 사랑압헤 졍자나무가 잇는 것을 특증으로 졍지⁷나 무집 흉가하면 대낫에도 어린 아해들이 눈이 휘둥그러지는 유명한 집이다 잡힐손이 업는 사십여 간이나 되는 큰 집에는 가난방이들이 모허들어서 김 씨가 그 집 살 쌔에도 일곱 가구가 웅거⁸하여 잇섯다 녀귀가 김 씨다려 전일 에는 가난한 사람만 사라서 죠려지닛더니 인졔는 너를 맛낫고나하고 긔변 을 이르키엇다 귀신도 염량⁹과 리해는 무서웁게 발키는 세상이다

(쯧)

---

6 뜻밖의 난리. 기이하게 변함.
7 '졍자'의 인쇄 오류로 추정.
8 일정한 지역을 차지하고 굳게 막아 지킴.
9 세력의 성함과 쇠함. 선악과 시비를 분별하는 슬기.

『매일신보』, 1927.8.13

독갑이불

한수춘漢水春

◇

독갑이불을 본 사람은 만타

◇

보지 못한 사람이 드르면 코우슴을 치나 본 사람끼리 맛나면 우리가 남산이나 삼각산 본 이야기 갓치 써드러가며 몸셔리를 친다

이 이야기는 경성의 종로 한복판 인사동 태화궁지금 태화 여자관[1] 부근에셔 이러난 일이니 이제로부터 약 팔구 년 전! 지금도 그 집에 사람이 드러서 사니

가 쥬소는 숨기고 이약이만 써닌다

본시 태화궁 근처에는 독갑이가 만타는 곳이라 그리 이사를 가서도 항상 겁을 집어먹고 잇든 차에 녀름 져녁 씨는 듯한 더위와 나라드는 모긔에 부닷씨어서 우리 어머님은 마로에 모긔불을 놋코 쥬무시엇섯다

그 날은 모긔불을 일즉히 씌고 곤히 쥬무시든 어머님쎄서 눈을 써보시니가 온 집안에 화광이 츙천하야[2] 눈이 부시일 지경이엇다

그릭 깜작 놀내 말도 크게 못하고 가만히 보댜니 모긔불 노화ㅅ든 화로에서 퍼—런 불길이 을느는 것이다

그째에야 겨오 용긔를 내어 소리를 꽉 지르니 그 불은 삽시간에 써져바렷다 함니다

하도 이상하야서 마로 씻흐로 가서 화로불을 가보니 화로불은 몬져 써둔 그대로 재와 숫만 남아잇섯다고 함니다

쏘 그 후 얼마 안이하야 그 이웃집에서는 밤이면은 밋돌 가는 소리 말 달니는 소리가 밤만 되면 요란히 들녀서 집안 식구들은 다리도 펴지 못하고 지닛슴니다

어느 날 밤인가 졀문 댁네가 바느질을 ᄒ고 잇스려니가 쏘 문 밧게셔 밋돌 가는 소리가 요란히 들니기에 무서운 □에 독이 올나서

"온 남에 집에는 독갑이를 사고 여서 덕도 본대드니 우리 집 독갑이는 고만 작란샌이지 아모 덕도 업드람"

---

1 태화관은 구한 말의 고급 요릿집 명월관(明月館)의 분점 격이다. 1919년 3·1운동 당시 민족대표들이 모여 독립선언식을 거행한 장소로도 알려져 있다. 그 태화관이 있던 자리에 1921년 마이어스 선교사가 여성과 아동을 위한 '태화 여자관'을 개관하였다.
2 하늘을 찌를 듯이 공중으로 높이 솟아오르다.

하며 중얼대ㅅ드니 얼마 안이해서 미다지가 확 열니며 무엇이 콩 하고 방 바닥에 써러졋다고 합니다

밧게 나아갓든 집안 식구들이 도라와보니 그 새댁네는 그대로 긔절을 해 바리고 그 엽헤는 썩시루와 소 족이 노혀잇섯습니다

그 새댁네는 경신이 돌니기는 하얏스나 마참내 실신이 되야셔 친정으로 죠섭[3]하러가는 것만 보고 그 뒤소문은 모르며 이 소문을 드른 동리의 요사스러운 마나님네들은

"이번 독갑이는 인간에게 덕을 보히는 독갑이니가 친해야겟다"

고 도라다니며 써들더니 누가 친해서 덕을 보화ㅅ는지 모를 일이다

3　건강이 회복되도록 몸을 보살피고 병을 다스림.

『매일신보』, 1927.8.14

제목 없음(*어린애 우는 소리)

YJ生

개성 룡수산 뒤 산록에 걸치여 불과 오륙 호에 지나지 못하는 일홈 모르는 죠고마한 촌락이 잇다 일 마장[1]이나 써러져 채가 잇고 그 집에는 륙슌 로파 하나가 엿麭을 만드러 미일갓치 개성 시중에 갓다 팔아서 싱애를 니여가는 터이다 로파의 성질이 걸성걸성하고 부침상이 잇섯슴으로 부락 중에 평판이 놉하 미일 밤 이 집은 동리의 마을슌으로 방이 터질 지경이다 어늬 해 느진 가을 이슥한 밤이엿다 쥬인 로파가 마을 손을 다 보내고 막 자리에 누오랴니까 멀니 산 우호로부터 소々한 락엽소리에 석기여 어린 아해의 우름소리가 아득히 들니드니 그 소리가 점々 자긔의 집으로 향하야 갓가히 들녀오기 시작힛다 그 소리나는 곳은 물론 인적이 쓴어지고 사면이 음침한 송림에 싸혀잇는 룡사산의 상봉[2]이다 하물며 이 깁흔 밤에 그 곳에 어린 아해가 잇슬 것은 누구나 상상할 수도 업는 일이엿다 그러나 들녀오는 것은 분명히 갓난 어린애의 우름소리이다 로파는 싸닭업시 머리가 쏩펏해지며 몸서리가 쳐지엿다 이윽하야 그 소리가 점々 갓가히 들녀와서 들창[3] 밋헤서 멈추드니 분명히 고리를 건 줄로 아든 들창이 가만히 열니면서 분질 갓흔 흰 손이 쏙 내밀니며 "엿 한가락 주서요!" 하얏다 로파는 겁결에 벌덕 이러서서 신랑거리 우 엿 자판에서 흰 엿 한가락을 ㅾ내여 얼는 그 손에다 쥐여주엇다 "고맙습니다" 하고는 엿든 손이 나아가자 들창은 다시 고요히 닷치엿다 그리하고는 어린애 우름소리도 쭉 긋쳐바리고 사면이 고요해지며 다시 락엽소리만 소소히 들니엿다

　　× ×

1　거리의 단위, 오 리나 십 리가 못 되는 거리를 이를 때, '리' 대신 쓰인다.
2　가장 높은 봉우리.
3　들어서 여는 창.

로파는 그날 밤을 두다려 발키엇다 그 잇튼날도 역시 엿을 파고 도라왓스나 어제ㅅ밤 일을 생각하고 가삼이 썰니여서 져녁도 변ㅅ히 못 먹엇다 그날 이야말로 날마다 오든 마을 손도 안이오고 밤이 들며부터 비좃차 부슬~~ 나리기 시작하야 그럿치안아도 쓸ㅅ한 가을밤은 한층 더 젹막하고 까닭업시 무서운 생각만 깁허갓다

소죠한[4] 나무가지를 흔드는 바람소리에도 몃 번이나 마음을 죠리엿다 이리할 동안에 밤은 졈ㅅ 깁허가서 삼경[5]이 지나고 사경[6]이 지나서 자정이 훨신 기우러갓다 비는 의연히[7] 더도들도 오지안코 한결갓치 나리엿다 로파는 무셔움과 고젹[8]을 못 니긔여 잠도 못 이루우고 애꾸진 담배만 피우고 안져 잇다 이윽해서 어졔와 쪽갓치 룡수산 우으로서 어린애 우는 소릭가 들니기 시작하앗다 그리하고는 그 소리가 졈졈 갓가이 들녀오드니 고리 걸닌 들창이 고요히 열니고 분ㅅ결 갓흔 손이 쏙 드러오며 "엿 한가락 쥬셔요" 하얏다

로파는 정신이 쌔아지고 눈만 멀거니 쓰고 안져잇다가 아모 의식도 업시 거의 타동격으로 몸을 이르키여 신랑거리 우 엿 자판에서 엿 한가락을 집어서 어졔와 갓치 그 손에 쥐여쥬엇다 엿 쥐인 손이 나아가고 들창이 닷치면서 또 어졔와 갓치 "고맙슴니다" 하고는 또 어린애 우름소릭가 쑥 긋치엿다

　　×　×

그해 가을이 다 가고 겨울이 도라와서 룡수산 송림이 빈셜[9]에 휘덥히고 송악산을 것치고 룡수산을 넘어 살을 어이는 듯시 휘파람을 치며 부러오는

4　고요하고 쓸쓸하다.
5　하룻밤을 오경(五更)으로 나눈 셋째 부분, 밤 11시에서 새벽 1시 사이이다.
6　하룻밤을 오경(五更)으로 나눈 넷째 부분, 새벽 1시에서 3시 사이이다.
7　전과 다름이 없이.
8　외롭고 쓸쓸함.
9　귀밑머리가 희끗희끗하다.

쇠쥬바람이 눈보라를 모라치되 하로밤도 쌔아지지 안이하고 그째만 되면 어린애 우는 소릐가 들니고 들창이 열니고 쪽갓흔 손이 들어오고 "엿 한가락 쥬시오" 하얏다 요사이는 이 소문이 동리에 퍼지여 두 사람만 모히면 각 종각식으로 이야기로 판을 차린다 엇더한 사람은 열팔구 세된 소복한 쳐녀가 그 집 창 밋헤 슨 것을 보앗다고 하기도 하고 혹은 룡수산 우으로 나무를 갓다가 새로 생긴 공동묘지 사이에서 난데업는 어린애 우는 소리를 분명히 드럿다기도하고 쏘 엇더한 자는 룡수산 상상봉 눈 우에 콩가루가 흘너잇는 것을 본 자도 잇다하고 한다 그러나 누구나 그 로파의 집 북창 밋헤 온 겨을 눈이 싸혀 잇섯스되 사람이 단여간 발자취가 난 것을 보앗다는 사람은 업섯다 그 후 그 사실이 얼마나 계속 되얏는지 지금은 그 로파의 집터는 공동묘지에 드러가 터젼 죠차 업서지고 로파의 생사겨처죠차 알 수 업슴으로 무러볼 곳도 업다 (쯧)

『매일신보』, 1927.8.16

원귀 (一)

낙천생樂天生

　독갑이는 무엇이고, 귀신은 무엇이냐 대체 독갑이는 엇더케 생긴 물건이오 귀신이란 엇더케 생긴 화상[1]이냐 그 둘은 사람으로 치면 서로 사촌격 즘되는 것이냐 혹은 남남지간이냐 셰상에는 독갑이를 보앗다는 사람이 잇고 귀신을 보앗다는 사람이 잇지만은 그것은 모두 쌜간 거짓말이다 셰상에 거

1　사람의 얼굴을 그림으로 그린 형상.

짓말 하기 죠화하는 사람들이 무슨 죠곰만 이상스러운 일을 보아도 독갑이니 귀신이니 하고 자긔 말을 셰상 사람들에게 밋게하랴고 바늘긋만한 일을 몽동이만큼 확대식혀 종작업시들[2] 써들어대임으로 셰상에는 졍말 귀신 독갑이가 횡횡[3]이나 하고 잇는 것처럼 생각하고 잇는 사람 젹지안타 그러나 귀신 독갑이를 보앗느니 홀렷느니 하는 것은 그것이 진정한 사실이라하면 일종 동물성 신비작[용]動物性神秘作用에 지나지 안을 것이오 셰상에는 귀신이나 독갑이 갓튼 괴물이 잇슬 리가 업다 사람도 죽어지면 혼령이라는 것이 소멸되고 마는데 항차[4] 귀신 독갑이란 무슨 어림업는 소리냐……

× ×

지금으로부터 약 이십여 년 전 평안남도 대동군 ××섬에는 이러케 열렬하게 무신론無神論을 주장하는 한 졀문 과학자科學者가 잇섯다 그째 그 과학자의 일홈은 동리에서 통칭 황진사라 하엿고 그는 일즉이 한학을 공부하야 녯날 과거에 급뎨를 하야 진사 벼슬을 하여가지고 자긔 집안이 모다 평양성에서 그 섬으로 락향을 하여 살다가 죠션에 개화풍이 한잠 성히 이러나든 그째 얼는 시셰를 관찰하고 상토[5]를 잘라버리고 다시 신학문을 배호아가지고 그 섬으로 도라와서는 자긔 집 사랑에 학교도 셜립하고 쏘 야학교도 셜립하야 그 동리에서는 일반에게 만흔 존경을 밧고 잇섯다

그 섬은 대동강 지류에 잇는 한 죠[그]만 농촌으로 사면이 물에 둘러싸혀

---

2 말이나 태도가 똑똑하지 못하여 종잡을 수가 없이.
3 '횡횡'의 인쇄 오류로 추정. 작은 것이 바람을 일으키며 잇따라 빠르게 날아가거나 떠나가 버리는 소리, 또는 그 모양.
4 앞 내용보다 뒤 내용에 대한 더 강한 긍정을 나타낼 때 쓰여 앞뒤 문장을 이어 주는 말. 주로 '-거든', '-거늘', '-ㄴ데' 등의 어미로 끝나는 절 뒤에서 반어적이거나 감탄적인 의문문이나 부정적 서술어와 함께 쓰인다.
5 '상투'의 방언(경기, 경상, 함경).

잇고 그 째 동리 호 수戸數는 겨우 사오십호에 불과하는 몹시 한적한 마을이 엇고 농도農土[6]는 넓은데 인구는 그리만치 아니하야 모다 자작自作 혹은 소작 농小作農으로 천리동풍千里東風[7]의 유복한 생활들을 하고 잇섯다

또 황진사 덕틱으로 신학문의 바람이 일즉이도 그 동리를 차자들어가 그 중에도 쪽々하다는 청년들은 농사를 돕는 여가에 신학문을 열심히 배호아 모다 적은 황진사들이 되엿고 이에 싸라 그들도 인간의 자연정복自然征服이니 무엇이니하고 써들어대여 아죠 그 동리 사람들은 거위 다 무신론자가 되고 말엇다

이가치 무신론을 밋고 잇던 그 동리에 실로 인간으로서 가히 헤아릴 수 업는 괴상한 사실이 한 가지가 이러낫스니 그 동리 무신론자의 거두 황진사 댁에는 보비라는 열일곱살 되는 황진사의 누이동생이 한 사람 잇섯다 인물 이 그리 미인이라고 써들만큼 아름답지는 못 힛스나 귀한 집에서 고히고히 자라나온 만콤 그 자태가 얌전하고 매우 귀염성 만흔 처녀이엇다

개화의 풍이 일즉이 차자 들어선 그 동리언마는 그째까지도 죠혼早婚의 악 습은 의연히 류힝되고 잇셔 동리 처녀들 가운데 열네 살만 되면 벌서 시집 을 가는 것이 통례이엇고 또 그 반면에 잇서서는 전릭의 악숩으로 동리 청 년남녀들 사이에 풍긔[8]가 몹시 아름답지 아니하야 남자들은 남의 녀편네 여 자들은 남의 사내를 틈々히 맛나보는 것으로 일종 불의쾌락 삼고 나려왓다

이갓흔 풍긔눈 졔에 드러셔는 신학문의 바람도 별[노]히 효과가 업섯고 졀문 남자들은 밤□마 녀게女戒[9]를 □하고 잇셔 그 중에도 얼골 샌々하고 인

<hr>

6 '농토'의 인쇄 오류로 추정.
7 천 리에 걸쳐 같은 바람이 분다는 뜻으로, 세상이 통일되어 천 리나 떨어진 곳까지 풍속 이 같아짐을 이르는 말.
8 풍속이나 풍습에 대한 기율, 특히 남녀가 교제할 때의 절도를 이른다.

물 잘난 남자는 그 정도가 더 한층 심하얏다 그리서 몟해는 그 동리 뒤ㅅ마을에는 김쟝손이라는 신수 죠혼 총각 한 명이 잇섯는데 그러케 신수 죠혼 목으로 동리의 여자들을 너머 만히 농락하얏다고 동민의 분개를 사서 그 총각을 굴근 바[10]로 빗그러매고 여러 사람들이 악형을 한 긋헤 음□를 잡아쎄고 강물 속에 던져 죽인 일이 잇섯다

(계속)

9 여색(女色)을 삼가라는 가르침.
10 삼이나 칡 따위로 세 가닥을 지어 굵다랗게 드린 줄.

『매일신보』, 1927.8.17

원귀 (二)

낙천생樂天生

　몃 해 젼 그러케 김쟝손이라는 신수 조흔 쳥년이 원통하게 쥭은 뒤 원귀
가 되야 자긔 살든 집을 써나지안코 매일 밤 그 안에서 귀신 우는 소리가 난
다고 동리에서는 한 이약이거리가 되여 나려왓고 또 그 쳥년의 살던 집은
몃 해 동안이나 그대로 내버려두어 그 안에는 잡초가 무성하고 집웅 우에는
플이 몃 자식이나 나고 문창은 산〃히 쭈려지고 담벽은 파락¹되여 그야말로

1　파괴되어 몰락함.

거츠로 보기에도 무서운 흉가가 되여버리고 마럿다 그리셔 동리 사람들 사이에는 그것이 여러 해 전 일이엇지만 지금에도 오히려 새롭게 생각되야 맑은 대낫에도 그집 압호로 지나가노라면 머리털이 '쑤빗' 올나가고 더욱이 어둔 밤에는 그 압호로 검은 개 한 마리 얼신을 못하엿다 그 까닭에 그 집 [은] 귀신사는 집이라고 누가 손 한번을 대보지 못하고 지내왓다

그러는 차에 황진사가 나려와서 귀신이란 무엇이냐고 하며 그 집을 아죠 허러버리기를 쥬장하엿다 그리서 동리 완고² 녕감들이나 쏘는 그밧게 황진사의 말을 밋지 안는 사람들 사이에서는 그집 허러버리는 것을 극력 반대하얏스나 결국 황진사의 말과 세력에 쓸니어 허러버리기로 하고 바로 여름 쟝마가 지나간 뒤 해 쟁々 나는 엇던 날 아참 동리의 여러 장정들이 달려붓터 '쌍々' 그집을 허러내이고 말엇다 그리서 그집은 아죠 쑥밧이 되고 말엇다

바로 그날 밤이엇다 씨는 듯이 더운 여름밤이 점점 깁허지어 거위 자정째가 갓가워오매 황진사집 대문 밧 넓즉한 마당가에 삿자리³들을 펴고 모혀 안져 그날 귀신 집 허러버린 이야기로 꼿을 피우고 잇던 동리 자은이들은 한나둘 모다 도라들 가고 황진사 집 내졍⁴에서도 안마당 한복판에 모기불을 피여노코 그 엽헤 삿자리를 깔고 집안 안악네들이 바람을 쏘이느라고 나와 안져 잇다가 모다 잠들을 잘랴고 각기 방 안으로 차져 들어가 그 뒤으로는 죽은 듯이 고요한 침묵이 흐르고 잇는데 죠곰 이윽하야 약간 부러오는 바람결에 열여 져쳐 노혼 창살문이 쌔국~~ 쇼리를 내이며 마루 아릭로 이상스런 사람의 신발 소리가 져벅~~ 들려온다 황진사의 누이 보비와 그 늙은 어

---

2   융통성이 없이 올곧고 고집이 세다.
3   갈대를 엮어서 만든 자리.
4   안채에 있는 뜰.

머니는 안방 아리ㅅ목에 평상을 괴고 그 우에 모기쟝을 치고 막 잠이 들랴하는 챠에 그와 가튼 신발 소리가 들려옴으로 그러지아너도 그날 밤 바로 자긔집에서 멧집 아니 건너가 잇는 그 귀신집을 허럿단 말을 듯고 무시~~하여 얼는 잠을 들지 못하고 잇던 판에 그만 머리털이 붓적 하늘로 올나가는 듯 하며 온몸에 소름이 쑥 씨치어 모녀가 일시에 머리를 들고 문밧을 내여다 보앗다 그러나 눈압헤 보히는 것은 아모것도 업고 발자죽 소리만 졈졈 갓가히 들려오더니 덥벅하고 그 발자죽 소리가 퇴ㅅ마루 우흐로 올라서며 식컴한 그림자가 모기쟝 밧그로 얼신 비최인다 그 황홀한 광경에 모녀는 모다 너머 겁을 집어먹어 졍신을 일코 잇셧다 그런지 얼마만에 그 어머니 되는 사람이 겨우 졍신을 돌리어 신음하는 소리에 밧 겻마루에서 자고잇던 몸종과 그집 사람들이 모다 쌔이어 방안으로 들어가보니 보비는 벌거버슨 옥 가튼 몸동이를 그대로 들어내노코 아즉도 졍신을 못 차리고 잇고 그 어머니는 입에다 더품[5]을 물고 신음하고 잇슴으로 너머도 놀내여 '인등'을 비비여 준다 사향[6]을 가라먹인다 하야 응급 수단을 베푸럿다

졍신을 차린 뒤 그 어머니의 말은 식컴언 그림자가 얼신하더니 머리를 산산히 푸러허친 커다란 놈이 자긔를 억눌너 그만 긔졀을 하엿다 하고 그 쌀의 말은 머리를 닷발이나 푸러허치고 눈에는 흰자위만 잇는 굴쑥 갓튼 놈이 두 팔로 자긔를 타고 눌너 그만 졍신을 일허버리엇섯[다] 하엿다

---

5 '거품'의 옛말.
6 사향노루의 사향샘을 건조하여 얻는 향료. 어두운 갈색 가루로 향기가 매우 강하다. 강심제, 각성제 따위에 약재로 쓴다.

『매일신보』, 1927.8.18

원귀 (三)

낙천생樂天生

  그 후 그 집에는 미일 밤 귀신의 작희로 집안 사람들은 모다 넉을 일코 잇
섯다 보통 사람은 열명 잇서도 들기 어려울 큰 돌을 담졍 너머로 드려보내
는 등 깁흔 밤이면 굴쑥 모통이에서 우룸소리가 나는 등 쓰는 부억에 노화
둔 물독이 칼로 그어닌 듯이 곱게 터지어 물이 부억으로 한나 갓득차는 등
쏘 의복을 갓득 너허둔 쟝농 속에서 불이 이러나 의복을 몽쌍 태우는 등 별

별 괴괴안 일이 다 만핫다 그리서 그 집에는 매일 해만 지면 동리 사람들이 묘히여 야경[1]을 하다십히 하고 잇섯는데 엇던 날 밤은 그 집에서 야경해주는 사람들을 대접할랴고 하인을 식혀 밀국수를 만들라 하얏는데 아모리 기다려도 밀국수의 소식이 업슴으로 부억을 내다보니 여자하인 두 사람은 밀국수 반죽하든 그릇에 코를 박고 정신을 일코 잇고 또 늙은 하인 한 사람은 부억 뒤ㅅ문 밧 느트나무 가지에다 상토를 슬러믜여 달아노핫고 또 밀국수들도 산산히 그 나뭇가지에 믜여 달아노핫다 너미도 험상구진 작난임으로 그 집에서는 물을 써노코 빈다, 굿을 한다하고 매일 귀신을 위로하기에 여가가 업섯다 (게속)

그러나 귀신의 작난은 의연히 한모양이오 그 한편 보비는 밤마다 귀신의 작희를 바다 몸이 점점 수척하여지엇다 동리 사람들은 원통하게 죽은 총각 귀신이 져 잇든 집이 헐리엇슴으로 황진사 집으로 간 것이라 하고 또 엇던 사람은 그 집 터젼 귀신이라기도 하고 져마다 그 귀신의 정톄를 아노라고 야단들이엇다 너머도 그 작난이 괴괴망측함[2]으로 황진사의 귀신 업다든 이약기도 쑥 드러가버리고 황진사 집 사랑에 세윗던 학교는 동리 아해들이 무섭다고 학교에를 오지를 아니하야 자연폐교가 되고 또 야학교는 야학 대신 야경으로 변하고 말엇다

이러케 어느덧 삼사 식이 지낫다 불안 공포 가운데서 금빗 바람 소소한 느진 가을을 맛게 된 것이다 인져는 너머도 지리해서 동리 사람들도 야경을 잘 아니오고 황진사는 과도한 심려 쯧헤 머리를 동여매고 누어잇고 또 귀신의 작난도 인졔는 어대로 간 듯이 쑥 긋치고 말엇다 그러나 또 한가지 이상

---

1 밤사이에 화재나 범죄 따위가 없도록 살피고 지킴.
2 괴상하고 기이하여 느낌이 좋지 아니하다.

스런 것은 보비의 몸이 심상치 아니하야 배ㅅ 속에 아헤를 배인 것이다 남성과 도모지 접촉한 긔회도 업시 아헤가 들다니 그런 법이 셰상에 어듸 잇나 하고 처음에는 그 어머니도 수상히는 생각하면셔도 밋지를 아니하랴 하엿스나 여러 달동안 '월경'이 긋치고 입시리가 나서 무엇을 작고 먹고 십허하고 아모리 보아도 갈 데 업시 아헤가 드는 것이 분명함으로 그 어머니는 이것을 몹시 걱정하야 하로는 그 쌀을 종용히[3] 불너 안치고 나즉한 목소리로

"너 뉘집 사내와 관계한 일이 잇늬?"

"원 어머님은 천만의 말슴두… 나는 죽어도 그런 일은 업서요"

"그러면 네 몸이 심상치 안은 모양이니 웬 까닭이냐"

"글세요 나도 몰으겟서요" 하고 보비는 그 자리를 얼는 피해나간 일이 잇섯다

그 후 보비의 어머니는 하도 답ᄼ하야 갓가운 동리에 사는 엇던 졈쟁이한데 가서 그 일을 무러보앗다 그 졈쟁이 로파는 "당신의 아들이 그 총각귀신 사는 집을 허러버리엇기 쌔문에 그 원귀가 당신 집으로 달려부터셔 당신 쌀에게 작희를 하야 그 귀신의 아해를 배인 것입니다" 하고 말하얏다 그 후 그 어머니는 각금 자긔 아들 황진사더러

"너 쌔문에 그 원귀가 네 누이에게로 달려붓터 이 지경이 되엿다 쟝차 이 일을 엇지하면 죠흐냐" 하면

"원 어머님은 나즁에는 별말슴을 다 하심니다 그럴 법이 셰상에 어듸 잇단 말슴임닛가" 하고 대답은 하면셔도 녯날과 가치 그리 용긔를 내지는 못하엿다

---

3 성격이나 태도가 차분하고 침착하게.

그럴적마다 보비의 자신으로 잇서서는 그 어머니에 애타는 것이 미우 가엽기는 하면서도 한편으로는 또 우수워서 못 견딀 지경이엇다 보비는 사실로 귀신을 사랑하고 잇섯다 처음에는 그 귀신에게 가위 눌니어 정신을 일코 자긔 몸이 엇더케 되는 것을 몰르고 잇섯고 또 그 다음 얼마동안은 정말 귀신이 자긔에게 달려부터 작히를 하는 줄로만 알고 황홀한 긔분 속에 얼마동안을 지내왓스나 그러케 지내오는 동안 그 귀신이 사람과 죠곰도 틀림업슴을 알게 되얏고 이에 싸라서 자연히 사량이 깁허지어 귀신을 맛나지 못하면 오히려 못 견딀만콤 된 것이다

× ×

엇던 셔리 만히 온 쌀々한 날 새벽이엇다 그 젼 날 밤새에 보비와 그 집의 머슴으로 잇던 최총각과 두 남녀는 간 곳이 업시 되얏다 그 다음 다음 날 엇던 씨긋한 사내와 처녀가 보통이[4] 한나를 씨고 그 섬 압나르를 건너갓다는 말을 나르배 부리는 사람에게서 들엇슬 쑨이다 그 머슴으로 잇던 최총각은 음흉스럽고 작난 잘하고 힘 세기로 동리에서 유명하얏다

귀신의 졍톄가 그 총각이 잇섯다는 말과 또 그 총각이 쥬인 집 보비에게 열렬안 사랑을 품고 보통수단으로는 도져히 자긔의 목적을 달하지 못할 줄을 알고 그와 가튼 음흉한 작난으로 그 처녀를 낙가내여 다리고 다라낫다는 말도 얼마 후에야 그 동리 사람들이 모다 알게 되얏다 (쑷)

---

4   물건을 보에 싸서 꾸려 놓은 것.

『매일신보』, 1927.8.19

자정 뒤 (上)

체부동인體府洞人

계동막바지 흉가 한 아이 잇섯다 누가 가든지 그 집에서 하로밤만 자면 사라오지는 못한다 집 업는 사람 대담인 체 하는 사람 너나 업시 팔을 쏩내고 설마 죽으랴하[는] 싱각을 가지고 그 집에 드러슨 뒤로 다시 그들의 큰소리는 듯지 못하게 되고 마는 것이다

◇

남촌 한 구석에 쟝정 세 인 할량과 그의 외사촌 되는 선비 한 아이 잇서서

항상 다정히 지내든 활량형이 팔을 쏩내며 셰상에 독갑이가 어대 잇단 말이냐 내가 한 번 가셔 하로밤 직혀보겟다고 나셧다

◇

그의 외사촌 아오는 구지 말엿스나 고리탑직한 션비의 말을 드를니가 업셔 그는 즉시 칼을 차고 의관을 졍졔한 후 그 흉가로 드러셧다 사면에 황촉을 발키고 대청 한복판에 버틔고 안져셔 병서兵書를 안고 안졋스나 대〃로 무인집이라 찬바람은 휙 ― 휙 ― 부러 몸셔리는 처지나 독갑이다온 독갑이라고 볼 수가 업셧다

◇

밤도 차차 깁허셔 새벽 닥소리가 들엿다 녜로부터 독갑이는 사물이라 닥소리만 드르면 사라져 버린다는 말이 잇셧다 그러함으로 그졔야 한숨을 쉬고
"그러면 그럿치 독갑이가 왼 독갑이란 말이냐 공연히 자 겁에 못 늬겨 죽엇지"하며 한참 호긔가 등등하야 담배를 한 개피 물고 안졋스랴니 대청 뒤쓸에셔 인긔쳑이 낫다

◇

"에크! 독갑이로구나"하는 싱각이 번개갓치 이러낫다 대가리 다셧 가진 놈이나 눈 넷 달닌 놈이나 큰 이묵이 가튼 놈이나 대가리에 쏠 달닌 놈이나 나아올 줄 알고 칼자로에 쌈이 나도록 손을 잡고 바라보랴니 문이 고요히 열니더니 오이씨 가튼 여자의 보션발이 마루를 듸〈는다

◇

"이것은 쏘 긔괴하다"고 다시 우를 치어다보니 그는 곱게~~~차린 졀문

---

1   밀랍으로 만든 초.
2   병법에 대하여 쓴 책.

부인네이엇다

◇

엇재ᄉ든 놀 닌 ᄉ긋이라 호령을 한 번 하얏다 "사불범정이든 네가 엇지 장부의 눈을 긔망하고 사람의 모양을 차리고 감히 나스느냐" 우레 가튼 호령이다 그러나 그 미인은 방글방글 우스며 나즉한 목소리로 달내다 십히 하는 말이

"그럿케 말슴하실 줄도 아랏슴니다 그런 것이 안이라 져는 이 이웃사는 과부이올시다 단 두 내외 늘근 모친만 뫼시고 살다가 사랑에서 허긔를 살피는 터이라 수삭 전에 이 독갑이 나는 집을 직힌다고 드러와 인하야 죽어바리고 싀어머니는 놀나서 죽으니 져는 마침내 천하에 븟칠곳 업는 몸이 되얏슴니다

자나깨나 무셔운 이 독갑이 집에 남촌서 유명한 화랑 어른이 오시어셔 직히신다는 소문을 듯고 마음에 든든하야서 약주라도 드리고 십헛스나 자정 안에 와서 청하면 그야말노 독갑이가 변신을 하야 나아왓다고 칼날 아릐 무참이 죽이시겟기에 자정이 넘기를 기다려서 이졔야 겨오 뫼시러 온 것이니 변변치는 안으나 약쥬 상을 졔 집에 보와노핫스니 갓치 가서요 져의 집에는 아모도 업고 져 하나 밧게 업슴니다"

가만히 말을 듯고 보니 독갑이는 안이다 그럿치 안아도 츌츌한 ᄉ긋이요 더욱히 ᄉ긋가치 고혼 과부가 청하는 일이니 실타고 할 수는 업다 그릐 못니기는 체하여 칼자로에서 손을 쎄이고 그 과부를 짜라 뒤 쓸노 나려셧다 쥬추를 나려셔 월계 넝쿨이 우거진 풀숩을 막 지나스려니……

"형님!"

『매일신보』, 1927.8.20

자정 뒤 (下)

체부동인體府洞人

"형님!"

소리에 깜작 놀내 도라다보니 그곳에는 자긔를 말니는 외사촌 아오가 자긔 소매를 잡고 서잇다

"너 언제왓니"

무르니 그는 낫이 새파릭서

"글세 여긔가 어듸라고 드러가시요" 한다

그졔야 깜작 놀내 압흘 보니 자긔는 연못 속으로 드러셔잇다 졍강이까지 물이 져졋것 만은 자긔는 평탄한 듸쓸노만 알고 미인의 뒤를 싸라가든 것이엇다 미인은 엇더케 되얏는가 하고 압흘 더 내다보니 새벽 달빗만 처참히 연못에 빗기울 쑨이요 미인의 자최라고는 도모지 업섯섯다

◇

이일이 잇슨 뒤로 그는 다시 큰소리라고는 하지 안케 되얏다

◇또 한마듸◇

독갑이 심술도 왼간하다 거짓말 졍말은 가릴 것 업시 이런 이야기가 잇다

북촌 어느 례배당 이야기이다 조션에 쳐음 션교를 하러 온 션교사 한 분이 큰 홰나무 가지를 졔치고 례배당을 신축하얏다

◇

그 홰나무는 동리에서 대대손손이 나리며 귀신이 잇다하야 해마다 고사를 지내어 왓스나

"마귀들 위하는 것은 하느님의 위신과 교훈을 썩는 것이니 그런 짓은 하지 안아도 좃타" 하며 션교사 영감은 즉시 고사를 폐지식히고 그 압헤다가는 귀신을 쫓는 성종聖鐘[1]을 울니게 된 것이다

◇

어느덧 십월 상달은 되야서 집집이 고사 썩방아소리가 쿵— 쿵— 들니어 오게 되얏다 동리 사람들은 목사님을 보고

"그리도 그럿치 안으니 홰나무에 년례대로 고사를 지내는게 좃켓다고" 권

1　예배당(禮拜堂)이나 성당 등(等)에 설치(設置)하여 의식(儀式)의 시간(時間)을 알리기 위(爲)하여 치는 종(鐘).

고도 하얏스나 코크고 눈프른 서양 사람의 귀에 드러갈 리가 업다

"걱정마시요 예수믿는 이에게는 마귀가 덤비지를 못하는 법이니 아모 걱정 말시오"하며 결국 십월 한 달을 그대로 보내고 말앗다

어느 밤이다— 말리 타향에 하나님의 복음을 전하기 위하야 작직한 선교사 내외분 사히에는 옥동가튼 아기가 한 분 잇섯다 나는 셰 살인가 네 살이 되야 한참 어버이의 사랑을 밧을 째이엇다 그갓치 귀여운 이 아기가 자는 틈에 고스란이 간 곳 업게 되엿다

자— 야단이다 운다 붇다! 소리를 지른다 흥분된 내외분의 자식 찾는 소동이 이러낫스나 그날 밤이 새도록 인하야 간 곳을 몰낫다 그럭져럭 그 밤도 새고 이튼날 아침 동리 아해들이 쓸 압헤서 소리를 질넛다

"목사님 아들이 홰나무 가지에 달엿다"

놀내셔 여러 사람은 치어다보니 홰나무 제일 놉흔 가지에 어린 애를 매다라 노왓다 사람이 올나가자니 가지가 약하고 사다리를 놋차하니 그런 쟝닥이가 잇슬 수가 업다

목사님 내외분은 나무 밋에서 눈물겨운 긔도를 올니며 예수씨의 신죠神助[2]를 비럿스나 아모 효과는 업섯다

이 째에 동리 늘근이들은 선교사에게 간권하얏다

---

2   신의 도움.

"아모리 긔도를 잘 올녀도 귀신의 청을 풀기 전에는 소용이업슬 터이니 고사를 지내시요"

이 소리를 드른 션교사는 자식 귀한 마음에 하는 수 업시 썩을 져서 고사를 지닛기로 하얏다 례배당 압헤서 고사 썩 가루를 샛다 도야지를 잡는다 하야 무당을 불너다가 거룩하계 고사를 지닛더니 과연 그날 밤에 아해는 고스난 어버이의 품에 도라왓다

이 일이 잇슨 뒤로는 해마다 례배당 경비로 고사를 지내기로 하얏다고

『매일신보』, 1927.8.21

제사날 밤

관악산인冠岳山人

K는 친고의 부친의 제사밥을 어더 먹으러 부리낫케 Y의 집으로 간다

일즉간들 소용이 업다하야 잠간 눈을 붓치고 간다는 것이 고만 잠이 집히 드러서 눈을 써보니 닥이 한해나 우럿다

부리낫케 논둑과 밧고랑을 헤치고 Y의 집으로 달녀갓다

캄캄한 금음밤이라 눈에 익은 길이라 그럭져럭 발길은 바로 노흐나 샘을

쳐도 모를 지경이다

K는 미지근한 녀름 저녁 바람에 낯을 스쳐가며 큰 벌판을 한 반 쯤 지내랴니 마진편에서 적은 등불이 반작반작 갓가워왓다

누구인지 몰느나 엇재든 시골일이라 모르는 사람은 안이거니하고 갓가히 닥쳐보니

놀내지마라! 그 사람은 십년 젼에 죽은 Y의 부친이 분명하얏다

K는 거의 긔절을 할 지경이엇다 고만 등에 찬 쌈이 흐르고 숨은 답〻하야저셔 오도가도 못하고 비셕과 갓치 딱 서잇슬 쑨이엇다

마쥬 오는 Y의 부친은 빙그레 우스며

"여보게 자네가 나를 보고 놀내서야쓰나

내기 싱시에 자네를 얼마나 귀히 구럿는가 설마 죽은 귀신이기로 자네를 해롭게 할리야 잇나 오늘밤은 자네도 아는 바와 갓치 내 졔사날이 안인가

일년에 한 번 밧아 먹는 졔사이라 일젼 별너셔 왓더니 밥 속에 머리카락이 드럿네 그려 그리면 길에 헛수고만 드리고와서 아모것도 먹지 못하고 그대로 도라가는 길일세

마침 자네를 만낫기 이르 것이니 내가 졔사를 먹지 못하고 간다고 내 자식더러 알너나쥬게"

K의 온 몸은 비에 져진 다시 쌈에 져젓다 K는 마지막으로

"네!"

소리밧게는 목소리가 나지를 못하얏다 한참 쌈에 져진 몸을 썰고 Y의 집으로 가랴니 Y의 부친이 쏘 쪼쳐왓다

"이번에는 아마 혼이 낫나 보다" 하고 K는 그만 자리에 쥬져안져 바렷다

맛치 죽이든 살니든 마음대로 하라는 격이다

Y의 부친은 또 다시 썰々 우스며

"이사람— 그렇케 무서운가 다른게 안이라 자네가 아모 증거도 업시 가서 내 아들 다려 말을 한들 미들 리가 잇나 그리서 그 증거를 보혀주려고 또 부른 것일세 자— 이것은 내 제사상에 고혀노왓든 강정일제

이 강정을 강정 졉시 밋혜 고힌 것을 쎄어 가지고 온 것이니가 이것을 가지고 가서 강정 졉시를 내다가 이를 맛처 보힌 뒤에 내 말을 하면 비로소 고지 들를 줄 아네" 말이 맛치자 등불재 사람재 그대로 하늘노 소사오르더니 연긔와 갓치 사라져 바렷다

◇

K는 그길로 즉시 Y의 집으로 달여갓다

Y에게 말을 힛스나 독갑이게 홀엿든 것이라고 고지 듯지를 안는다

K는 결국 강정 졉시를 내보라고 하고야 Y의 부친 혼령이 준 강정을 맛치니 의심업시 쏙 드러맛는다

그졔야 Y도 대경실싴하야 제사상에 노혓는 밥그릇을 갓다가 쏘다보니 과연 머리카락이 드럿섯다

◇

전설에 귀신은 머리카락을 '배암'이라고 해서 가장 써린다고 한다

---

1 몹시 놀라 얼굴빛이 하얗게 질림.
2 뱀의 방언.

『매일신보』, 1927.8.22

상사想思구렁이 (上)

고기자古紀子

　지금도 싱각하면 엇그졔 가튼 일이지만 이졔는 그것이 벌서 넷날 일이 되고 말엇다

　황해도 수아 쌍 엇던 산촌에서 싱겨난 이야기이니 그 산촌에는 김션달이라는 당대 그 원근 동리에서 첫 손가락을 꼽던 부자 한 사람이 잇셧고 쏘 그 집에는 확실이라는 김션달의 엡분 망릐쌀 한 아이가 잇셧다

　김션달이 만년에 본 귀여운 쌀자식임으로 다른 여러 자식들보다 유난히를 확실 사랑하엿고 쏘 넉々한 집 가졍에서 아모 고통을 모르고 고히고히

자라나온 몸임으로 사실 그 동리에셔는 말할 수 업시 아름다웟셧다 대리셕大
理石가치 힌 갸름한 얼골에 붓으로 그어노혼 듯 한 두 눈섭 그 아리로 야광쥬
가치 빗나는 두 눈 옥으로 비져노혼 듯한 웃둑한 코 열정이 엉기어 잇는 두
입술— 그리고 그리 크도 젹도 안은 맵시나는 몸집과 눈빗가치 힌살이며 쏘
삼단 가튼 검은 머리가발 뒤금치까지 흘려나려가 마치 대리석상大理石像에 피
와 혼을 불어 너흔 듯한 녀성이엇다

　그리셔 동리 쳥년들 사이에는 져마다 그 쳐녀를 몹시 련모하야 공연한 외
쏙 가슴들을 태이고 잇셧고 쏘 그 밧게 동리 일반에게로부터 만흔 흠모를
밧고 잇셔 힝복스런 그 쳐녀는 완연히 그 동리에서 '뷔너스'(사랑의 녀신)와도
가치 되어 잇셧다 그리하야 각금 그 쳐녀가 자긔 집 뒤쓸 우물가에 나가 쌀
릭 가튼 것을 하고 잇슬 째는 동리의 허다한 쳥년들이 그 마진편 언덕우에
수두룩하니 모혀 들어서서 져마다 그 쳐녀가 져를 한 번 치어다보아 쥬나
볼랴고 혹은 상사의 노릭도 불느고 쏘 엇던 자는 놉다란 나무가지 우에 올
[라]가 시름엽시 나려보는 일도 잇고 쏘 그즁에도 엇던 배ㅅ심 고약한 놈은
그 쳐녀의 안진자리에 젹은 돌을 던지는 일도 잇스나 확실이는 눈하나 깜작
아니하고 자긔 할 일을 다 한 뒤에는 가비야운 거름으로 풀밧을 삿분 ~~
걸어 부엌 뒤ㅅ문으로 그 자태를 감초곳 하얏다 그러면 그 쳥년들은 무슨 큰
보배나 일허버린 것쳐럼 모다 불붓는 가슴을 부둥켜 안고 그 쳐녀의 뒤ㅅ모
앙이 사라질 째까지 졍신업시 바라들 보고 잇셧다

　그 한편 보비의 집에서는 어느듯 그의 꼿다운 나희가 벌서 열여덜을 마졋
슴으로 각금 혼사 문제가 이러나고 잇셧다 즁믹징이[1]가 하로에 한두 명식은

1 　'중매인'을 낮잡아 이르는 말.

의례히 단녀 가지마는 그럴적마다 확실의 부친은 서랑[2]감들이 모다 맛당치 못하다고 퇴혼을 하여 버렷다

그와 갓치 즁민징이가 확실의 집을 단녀갈적 마다 누구보다도 가쟝 싯업는 가슴을 태이고 잇는 청년 한 사람이 잇섯다 그는 멧해 전에 확실의 집에 머슴을 살러 드러온 홍가마라는 총각이니 아름다운 확실이를 갓가히 두고 멧해 동안 남모르는 가슴을 무한히 태여온 청년이다 그의 성질이 몹시 부드럽고 쏘 순직하야 그 집에서 만혼 신용을 밧고 잇섯고 더욱이 녀자에 들어서는 '고자'갓다는 소문도 들어왓스나 한번 확실이라는 쏫갓튼 이 졍의 향긔를 마타본 뒤에는 그 청년의 성격은 놀럽게도 급격시레 변하야 동리에서 누구보다도 가쟝 열렬하게 그 쳐녀를 사모하게 된 것이다

그리서 각금 확실이로부터

"야 가마야 나 언두막에 나가 참외 몃 쌔만 싸다쥬어"

하고 부탁을 하면 그는 한 번 싱글 웃고 곳 언두막으로 달려나가서는 쓰거운 볏이 사람을 태일 듯이 나려 쏘이는 것도 무릅쓰고 참외 밧을 전부 뒤지어 그 즁에 잘 익고 졔일 맛날 것 몃 개를 싸서 물에 말씀하니 씨셔가지고는 그것을 좌우 겨르랑이에 씨고 경충거름으로 쒸여도라가서

"아씨 이거 싸왓소"

하고 마루 우에 주루々 나려노흐면 확실이는 안에서 얼는 쒸처나와 싱긋 우스며

"아이고 너 수고힛다 자 너도 한나 먹어라"

---

2   남의 사위를 높여 이르는 말.

『매일신보』, 1927.8.23

상사想思구렁이 (下)

고기자古紀子

그라면서 그 중에서 졔일 큰 놈 한 개를 집어쥬면 가마는 벙긋하고 또 한 번 만족한 우슴을 웃고는 곳 자긔 잇는 방으로 물너 나갓다. 그 우슴은 참외 한 개에 만족해서 웃는 우슴은 아니엇다. 그대도록 사랑하는 확실이가 매양[1] 자긔를 그러케 친절히 해쥬는데서 엇는 무상한 깃븜의 발로[2]일 것이다

그밧게도 여러 죠고만 일에 까지 확실이는 각금 가마를 불러드려서 이것 져것을 식히엇다. 그러하야 가마는 확실이와의 사이가 졈々 갓갑게 될사록, 다른 사람으로서는 능히 어더볼 수 업는 그[녀]의 모든 아름다운 졈을 혼자 보고 잇섯다. 그리하야 가마는 오즉 그의 머리 속에 확실이라는 녀성이 잇슬샌, 자긔 싱명보다도 더 중하게 가장 열렬한 사랑을 밧치고 잇섯다

엇던 날 초져녁이엇다. 셔산의 락조는 어느새 그 자최가 사라지엇고 황혼의 열분 여름은 한겹 두겹 쌍우를 나려 덥을 쌔, 가마는 무심코 그 집 뒤뜰을 도라오노라니,

마진편 울□쥬 밋헤 확실이가 혼자 나와서 옥수수를 싸고 잇는 양지가 얼는 눈압헤 보엿다. 몃해 동안을 두고 이와가튼 긔회가 도라오기만 별르고 또 별르는 터이라 그는 오늘 밤 이 긔회에 그동안 나의 무한히 애태워오던 가슴 속을 전부 하소연하여 보리라 하고 죽을 용긔를 다하야 가만~~~ 그 녀

---

1 매 때마다.
2 숨은 것이 겉으로 드러나거나 숨은 것을 겉으로 드러냄, 또는 그런 것.

자의 뒤으로 갓가히 가셔 겨드랑이 아릭로 두 팔을 너허 힘껏 꼭 껴안앗다

그 녀자는 깜작 놀릭여 "이게 누구야" 하고 소릭를 지르며 얼는 뒤를 돌처 보고는 "너, 이 녀석, 이게 웬즛이냐, 쌜리 노지 못할 테냐" 하고 악을 쓴다. 그 녀자가 평소에 자긔를 대하던 것과는 짠판으로 그러캐도 링정하게 발악을 하는 바람에 가마의 심리는 그 순간 급격하게 악회가 되야 인간의 밍수성猛獸性을 발휘하여 가지고 강졔로 자긔의 수욕을 만쪽하랴 하엿다.

그러나 그 째 그 녀자의 비명悲鳴하는 소릭를 듯고 그 집에서 모다들 싸라 나왓슴으로 가마는 즉시 그 자리를 피하야 다라나지 안으면 안되게 되얏다. 가마는 다라날 길을 찻노라고 갈팡질팡 헤매다가 그만 그 엽헤 잇는 우물 속으로 풍덩실 뉘여 들어가 무참히도 쌔져 죽고 말엇다 그날 밤의 벌레 우는 소릭는 더옥 처량하얏다

어느듯 한 달이 지나갓다. 확실이는 밤마다 죽은 가마가 꿈속에 보히고 쏘 엇던 쌔는 구렁이로 변해 보인다고 말하얏다

각금 그 우물 속에서 싱귀신 우는 소릭가 난다고 그 집에서는 우물을 메여버렷다

달 밝은 추석 명절날 밤 그 집에서는 모다 졔사를 지내고 혼곤히[3] 잠들이 들어 잇는 쌔이엇다 확실이는 갑자기 "으악" 소릭를 질르며 놀릭 쌔엿다 그 소릭에 다른 여러 사람들도 놀라 쌔여보니 확의 덥고 자든 이불 안 귀퉁이로 커다란 누런 구렁이의 쇠리 한 긋이 선 듯 보히엇다 그 집안 사람들은 너머도 가슴이 써늘하야 처음에는 엇절 줄을 몰랏스나 각갓수로 확실의 덥흔 이불을 들치고 보니 팔다지만한 커다란 구렁이 한 마리가 확실의 옥가튼 몸

---

3 정신이 흐릿하고 고달프게.

을 휘々 친친 감고 잇섯다

그 후 그집에서는 별々 즛을 다하야 확실의 몸에서 그 구렁이를 쩌여주랴 하얏스나 그럴격마다 그 구렁이는 확실의 몸을 벗석 조리어 씸벅씸벅 죽여노음으로 종시[4]할 일 업시 그대로 내버려 두고 말앗다

한 서너 달 뒤에 확실이도 그만 죽고 말엇다 확실의 운명하는 째 그 구렁이는 금방 자최도 업시 사라져 버리고 말엇다 (씃)

---

4 처음부터 끝까지 계속하다.

『매일신보』, 1927.8.24

우물귀신

태백산인太白山人

밤은 아즉 깁지도 안앗것만 동리 사람들은 일즉히 문을 닷고 거리― 더욱히 동리 한복판에 서 잇는 홰나무 밋 우물가에는 찬 바람만 불고 사람의 자최라고는 업다 전갓트면 녀름한철의 우물가는 져녁 소풍터도 되고 물 쓰는 부인네도 만핫스나 이제는 쓰신 듯 부신 듯 사람 자최가 사라져 바리고 만 것이다

동소문 안 성균관 근쳐의 일이다 어느 집에서 절문 며나리를 싀어머니와 시누의가 복기 시작을 하얏다 밥도 잘 안 먹이고 몹시 부리기만 하매 절문 며나리는 친정 하늘만 치어다보고 올 쑨이엇다

◇

그것도 집 속에서 울면 방정맛다는 야단이 나림으로 울 곳을 차자서 그는 항상 이 우물가로 나아왓섯다 더욱히 어린 아해를 나혼 뒤로는 신역[1]이 고 되어젓다 울고 보채는 아해를 누여놋코 싀어머니 신부름 시뉘 치닥우니[2] 집 안 사정 모르는 남편의 판잔맛기에 그는 죽느니 보다도 쓰린 세월을 보닛다

어느 달 밝은 달밤이엇다 그날은 낮부터 싀어머니가 야단을 치고 시뉘가 쇠집는 통에 정신이 하나도 업서 종일토록 밥도 어더 먹지 못하얏다 빅일 안 아해는 어머니가 굴무매 갓치 굼게 되어 아해는 배곱흐다 철 모르고 울 고 어머니는 어더먹지를 못하야 젓이 말나 붓고 마랏다 그는 싱각 다 못해 꼿가튼 청춘에 눈물에 져진 원한을 남기고 빅일 안 아들의 낫에 더운 눈물 을 쏙리며 마츰내 이 우물에 가 싸져 죽고 마랏다

◇

그가 죽은 한 일 해 되든 날 밤이다 어미 일혼 빅일 안 아해를 하는 수 업 시 악독한 할미가 다리고 잘 쌔에 들창에서 사람 부르는 소리가 들엇다 쌈 작 놀내 자세 드르니

"아가! 젓 먹으런! 나는 배가 골아서 젓이 안나는고나 아가! 배곱흐지~~~" 하는 죽은 며나리의 목소리가 분명하다 그날 밤 악독한 모녀는 한 잠도 쟈지 못하고 썰면셔 날이 새엇다

---

1 새로 맡은 일.
2 일을 치러 내는 일. 남의 자잘한 일을 보살펴서 도와줌, 또는 그런 일.

◇

그 후로는 우물에셔 소복입은 녀귀가 나아온다는 소문은 온 동리에 퍼져
바리고 이로 인하야 밤만 들면 그 우물가에는 가는 사람이 업다

『매일신보』, 1927.8.25

사후死後의 사랑

대머리생

◇

　사랑하는 남편이 과거 보러 갈 째 입[을] 쥬의[1] 걱정을 하는 것을 보고 졂
문 안해는 밤을 새워가며 모시를 쌋는다

◇

　남편은 석달 동안 긔한을 하고 산으로 공부를 하러 가고 졀문 안해는 과

1　명주로 지은 옷.

거하는 날의 깃븜과 영화를 눈압헤 그리며 부인집에서 모시를 짜는다

동리 사람들도 절문 안해가 남편 위하야 밤잠도 자지 못하고 쓸쓸인 부인집에 홀노히 모시를 짜스는 것을 볼 째 누고나 그의 성의를 칭찬하얏스며 밤이 새도록 모시 짜스는 소리가 나되 그것을 듯기 실타고 말성 이르는 사람도 업섯섯다

산으로 공부간 남편은 집에서 고대하는 절문 안해를 그리며 링수로 눈을 식혀서 공부로 일을 삼으니 요사이와 달나서 음신[2]을 젼하는 우편 젼보도 업고 오직 젼인[3]이나 잇서야 안부를 아는데 한 번 젼인에 불소한[4] 비용 드니 피차간 삼개월 동안은 싱사존몰[5]을 모르고 지내게 된 것이다

그리자 혼자 속을 조리고 남편을 그리고 밤새서 모시를 짜스코 그리고 뒤우물에 단을 모으고 빅일[긔]를 드리느라고 절문 안해의 건강은 극도로 쇠약하야져서 마츰내 남편이 써나간 지 한 달도 되지 못하야 병에 눕고 마랏다 동리 부인네의 간곡한 치료도 잇섯스나 여러 가지 원인이 몰녀서 이러난 병이라 날노 침중하야져서[6] 그는 맛침내 긔를 써 짜스튼 모시도 다 못짜놋코 손곱아 기다리든 과거날도 못보고 맛참내 쓸쓸한 죽음의 길을 써나버렷다

---

2   먼 곳에서 젼하는 소식이나 편지.
3   어떤 소식이나 물건을 젼하기 위하여 특별히 사람을 보냄, 또는 그 사람.
4   젹지 아니하다.
5   살아서 존재하는 것과 죽어서 없어지는 것.
6   병세가 심각하여 위중하다.

동리 사람들은 즉시 그 남편에게 긔별을 하랴 하얏스나 어대 가 잇는지 알 수가 업서 그럭저럭 동리 사람의 손으로 장사는 지내버렷다

장사 지닌 뒤 그 집은 박그로 쟝거 버렷다 그러나 이상스럽게도 사람은 죽ㅋ엇스나 그가 싹코 잇든 벼틀에서는 여전히 모시 짯는 소리가 밤마다 들닌다

어느 사람은 분명히 죽은 졀문 안악이 사라서 모시를 짜는 것을 보왓다는 이도 잇다 어느 사람은 모시 짯는 소리에 놀니 듸려다보니 허리에부터 아리는 보히지 안는 졀문 새댁이 모시를 짯드리는 사람이 잇다고 한다 이로 인하야 동리에서는 졀문 새댁이 원귀가 되얏다고 가여워들 하엿다

그러자 그 남편은 속도 모르고 다정한 안악의 미지를 □으량으로 자긔집으로 도라왓스나 문은 잠기고 안악은 녯 사람이 되고 마랏다 울며불며 밋칠다시 쒸고 몸부림을 하다가 그날밤을 자자니 밤중은 하야서 문이 열니며 죽엇다하든 안해가 드러왓다

쌈작 놀내 이러나니

"여보서요 졔가 비록 귀신이 되얏서도 서밤님쒜야 해롭게 할 리가 잇슴니가 놀내지 마시고 이것이나 밧아쥬십시오"

하며 그는 모시 한 필을 내놋코 인하야 사라졋다

이것이야말로 죽은 뒤 싸지라도 사랑이 남은 아릿답은 괴담일 것이다

『매일신보』, 1927.8.26

독갑이 심술

오장생五章生

◇

　시내 무교 다리를 지내서 다방골노 도라드는 큰 길가에서 장전이만코 그 부근에서 누고나 다 짐작하는 일이겟지만 독갑이 나는 한 집이 잇다

◇

　임의 녯날에 지내인 일이요 이졔는 아모 탈도 업는 터이라 그 집이 엇던 집이라고 들추어 내일 것은 업스나 이약이는 이졔로부터 십년 전에 이러난

일이다

그 집에는 큰 홰나무가 잇서서 당시 그 집에 드럿든 평양 기싱집 식구들은 기맛키는 무셔운 일을 만히 [격]것다 그러나 집안 식구들이나 아랏시남들은 그 소리를 밋지 안앗다 그러다가 그 집 쥬인 기싱의 싱일날이 되야 동모 기싱과 기싱의 어머니들이 마로에 잔쯕 모혀 한참 써들고 놀다가 마당을 나려보니 듸됨돌에 가득히 노혓든 신발이 한 짝도 업시 다라낫다

도적이 드러온 틈도 업고 드러왓기로 그럿케 모죠리 가저갈 수도 업고 도모지 이상한 일이라고 한참 써들든 중에 누가 홰나무를 무심히 치어다 보고는

"아이고머니 져게 뉘 작란[1]이야" 부르지젓다 여러 사람이 일졔히 치어다 보니 나무가지 싯마다 신발 짝이 걸녀잇다

그째에야 쥬인이 벌벌 썰며

"분명히 독갑이의 작란이니 그져 아모 소리 말고 빌고만 잇스면 된다"

고 여러 사람을 달내엇스나 그중에 술이 거나하게 취한 평양 마누라 한 분 나스며

"온— 독갑이가 무슨 독갑이란 말이냐! 내가 나서서 나무를 한번 흔드러 보겟다"

고 팔을 쏩내며 쥬추를 채 나려스지도 못해 그는 그대로 그 자리에 졸도

---

1   난리를 일으킴. 장난.

되야 침을 흘니며 밋친 사람갓치 버둥대엇다

여러 사람은 크게 놀내셔 술과 썩을 밧아다놋코 빌기를 시작하얏더니 신도 어늬 틈에 제자리에 노히고 평양 마누라도 사라낫다

하도 긔괴해서 평양 마누라다려 무르니 그째에 막 주추를 나려스랴니 아리도리는 잘 보히지 안으나 엇재ㅅ든 험수록한 누덕이 쓴 마누라가 대문깐으로부터 쮜어들더니 목을 잡고 느러서 긔가 질녀 바렷다고 한다

그 후로 집에 새 물건만 사오면 반다시 업서진다 그러나 이상한 일은 음식을 작만하거나 사올 째 한 사람의 목만 더 작만하야 노흐면 아모 일이 업섯다

『매일신보』, 1927.8.28

도갑이 우물

선영생仙影生

 신전 벽문 뒤 골목에 폐정된 우물이 잇다 이곳에는 매일 한 사람식 사람
이 싸져 죽음으로 이계부터 십여 년 전에 메어버린 곳이다

　◇

 그째의 전설을 드르면 이곳도 역시 독갑이의 작란이 심하야서 마참내 무
수한 싱령이 싸저 죽게 되민 할 수 업시 동리에서 의론을 하고 메여버리기

까지 하얏는대 죽을 번 하다가 사러난 사람의 입에서 젼해오는 독갑이의 유혹은 이와 갓다

져녁이 이슥하면 그 우물 우에는 난데업는 술집이 버러진 술 안쥬도 좃코 싯갓흔 쥬모도 나안져서 오고가는 사람의 눈을 썰고, 식욕을 이릇킨다고 한다

그리하야 누구든지 술이나 한 잔 먹고 어엽분 주모나 다리고 작난이나 한 번 해보겟다고 그 쥬졈에 드러스기만하면 그만 우물 속으로 써러저 버리고 이째썻 불빗이 밝고 미인이 웃고 안주가 버러졋든 주졈은 삽시간에 사라져 바리고 캄캄한 칠야에 우물 우흐로 까맛케 별빗만 반득일 쑨이다

이리하야 거창한 독갑이 술집으로 인하야 무수한 쥬긱과 무수한 오입장이가 이 우물 속에 쌔저바렷다고 한다

이 이약이는 칠십 로인의 말이다 그가 이졔로 오십 년 젼에 시구[1]문 밧그로 노리를 갓다가 술이 대취하야셔 도라오다가 탓든 말을 소나무에 매고서 잔듸밧에 쓰러져서 잠이 곤하게 드러바렷다

어는 째나 되얏는지 눈을 써보니 눈압헤는 잔치가 버러졋다 우선 목이 말나셔 엽헤 사람을 보고

목이 말느니 물을 좀 달나고 하얏더니

---

1 도시의 구역이나 시가의 구획.

그 사람이 큰 빅병두리에다가 물을 타다준다

그대로 한 빅병두리를 마시고 다시 쥬안상을 쥬기에 밧아놋코보니 배가 불너서 못먹겟는지라 모조리 싸가지고 집으로 도라갓다

말에셔 나리는 사람이 넉이 쌔져 보히는 고로 집안 사람이 수상하게 역여서 쮜어 나아가보니 젼신에는 말 오즘을 흘니고 손에는 썩은 참밋자루 쇠쌕다구 등속[2]을 가득히 싸들고 잇섯다

---

2   나열한 사물과 같은 종류의 것들을 몰아서 이르는 말.

『매일신보』, 1927.8.29

귀신의 문초 (一)

일우당一愚堂 번안飜案

그럿슴니다 져 시톄는 졔일 몬져 본 사람은 저올시다 그럿슴니다 졔가 오
늘 여늬 째와 갓치 뒤산으로 나무를 하러 갓셧슴니다 그 길에 산너머 숩풀
속에 져 시톄가 노혓슴듸다 그 숩풀은 건넛 말에서 네대ㅅ 마장¹ 쯤 되는 곳
입듸다 참나무에 측덤불이 얼키인 으슥한 곳이올시다

시톄는 갓 쓰고 옷 입은 채로 반드시 누어 잇슴듸다 한칼에 죽엇스나 가

---

1 거리의 단위, 오 리나 십 리가 못 되는 거리를 이를 때, '리' 대신 쓰인다.

삼을 찔니엇슴으로 불근 피에 락엽이 물이 들엇슴듸다 그 째에는 발서 피는 흘느지 안코 칼 자리 ‘創口’[2]도 말은 듯 합듸다 그런데 그 칼 자리에는 커다란 파리 한 머리가 샤람의 발자최도 알어듯지 못하고 쟉 붓허 잇슴듸다

“칼이나 그 밧게 무슨 흉긔가 업드냐”

안이올시다 아무것도 업섯슴니다 오즉 그 참나무 밋헤 싁기가 한발이 잇고 쏘 싁기 외에는 빗이 한 개 잇슴듸다 시례 근처에 잇는 물건은 다만 이 두 가지 쑨 이올시다 풀과 락엽은 모다 짓밟피여서 그 일경이 거츠러졋슴을 볼지라도 그 사나희는 죽기 젼에 무던히 싸홈을 하얏든 모양이 틀니지 안슴니다

“말은 업드냐”

네 말은 업섯슴니다 그 길로는 말이 단이지 못함니다 말 단이는 길은 그 길에서 숩풀 하나를 넘어가야 한답니다

이는 살인 사건에 관련하야 그 살인 사건의 피해자인 시례를 발견하고 졔일 몬져 관가에 보고한 나무쑨과 형리의 문답이다

×

살해당한 남자는 어제 보앗슴니다 어계 오정 째이올시다 명당리明堂里에서 대쳔川으로 가는 길 어림이올시다

그 남자는 말 탄 녀자와 함씌 명당리로 가옵듸다 녀자는 마상에서도 쟝옷을 썻슴으로 얼골은 알 수 업스나 남치마 입은 것은 분명하옵듸다 말은 그리 크지 안이한 보통 밤빗 말이오며 남자는 활과 화살을 가졋슴듸다 그는 지금까지 력ㅅ히 싱각함니다 그째 볼 째에는 싱ㅅ한 졀문 사람이엿는데 그러케 죽을 줄은 졍말 쳔[만 뜻]밧기 올시다 인싱이 졍말 초[로 갓]슴니다 가

엽슨 일이올시다 나무아미타불〰〰〰〰 이는 형리가 지나가는 즁에게 묻는 말이다

×

살인한 자는 반드시 고수뢰高水雷라 하는 유명한 산적인 듯 합니다 이 산적은 이 도내 일경으로 회힝하는 흉악한 도적놈인데 기집을 죠와하기로 유명한 놈이올시다 작년 가을에도 만리산 뒤길에서 지나가는 녀자를 겁탈을 하고 참혹히 죽이엇습니다 이번에도 죽은 사람이 절문 미인을 다리고 가다가 필경 그놈의 손에 해를 당한 듯 합니다

일명 당리압 쥬막집 늘근 주인의 말이다

×

네 져 송장은 졔 사위가 분명합니다 경긔 사람이온데 일홈은 김틱일金澤一이라 하고 금년에 스물 여섯이올시다 천성이 순량하야[3] 결단코 남의 원망을 사거나 미움을 바들 일은 손톱만치도 업습니다 쌀이 오닛가 쌀은 복순이라 하는 금년 갓 스물된 것이온대 사나희나 달음업시 결격〰〰 한 말괄양이올시다 그러나 마음은 매우 순량합니다 얼골은 남붓지 안케 잘싱기엿습니다

사위가 그적게 져의게서 내외 함쯰 길을 써낫는대 중로에서 이러한 변을 당할 줄은 정말 천만 뜻밧기올시다 (애통한다) 자위는 져 지경을 당하야 참혹히 이 세상을 써낫스나 쌀년의 목숨이 엇지 되엿는지 알 길이 업습닛가 (더욱 울어서 말을 알아듯기가 어렵다) 사외는 이왕 져 지경이 되얏스니 인져는 할 일 업거니와 대관절 쌀년은 엇지되얏는지 긔가 막혀 죽겟습니다 이 할미의 평싱의 소원이오니 쌀년의 자최를 챠져 쥬시옵소서 무엇보다도 미운 놈은

---

3 성품이 순박하고 선량하다.

고수뢰올시다 사위를 져가치 죽이고 딸년까지도…… (더욱 늑기며 울음이 놉하저서 무슨 말을 하는지 알 수 업다)

이는 피해자의 쟝모되는 로파의 말이다

×

저 사내를 죽이기는 황송하오나 져 올시다 그러나 기집은 죽이지 안엇슴니다 (계속)

『매일신보』, 1927.8.30

귀신의 문초 (二)

일우당一憂堂 번안飜案

"그러면 기집은 어대로 갓나"

그는 져도 모르겠습니다 잠시 기다려줍시오 아모리 져를 짜리신다 하야

도 아지 못하는 것이야 엇지하겠슴니가 더욱이 져도 못된 목슴이 다하야 이

지경이 되여서 무엇을 숨기겟슴니가

제가 어졔 미시未時[1]쯤 해서 져 죽은 사람의 내외를 맛낫슴니다 그째 마상[2]에 안진 졀문 녀인이 쟝옷을 드는 바람에 그 얼골을 보앗슴니다 언 듯 보인 탓이온지 그째 그 녀인의 얼골은 보살菩薩가치 뵈옵듸다 그리하야 져는 사나희를 죽인다 할지라도 그 녀인은 쎗앗고 말을 불측한 싱각 이러낫슴니다

"이놈 사람을 죽여"

사람 죽이는 것을 나리마님네와 갓치 그러케 변괴로는 알지 안슴니다 만일 그 녀인을 졔 수중에 너흐랴면 져 남자는 져와갓치 죽지안으면 안 될 것이올시다 오즉 제가 사람을 죽일 째에는 칼을 씁니다 그러나 나리마님네는 오즉 권력權力으로 죽이십니다 돈으로도 죽이십니다 다만 피는 흘으지 안슴니다 사람 죽이는 편으로 싱각하오면 황송한 말심이나 나리마님네가 더 그르신지 졔가 더 흉악한지 알 수 업슴니다(비웃는 우슴을 웃는다)

그러나 사나희를 죽이지 안코도 기집을 쎗아슬 수가 잇다하면 구태여 인명을 해칠 까닭이 업슬 것이올시다 그째에도 할 수 잇스면 사나희를 죽이지 안코 기집을 쎗아서몰 결심을 하엿슴니다 그러나 그곳의 형셰가 도져히 그러케 하올 여유가 업섯슴니다 그리하야 그 졀문 내외를 산중 숩풀로 유인할 도리를 싱각하엿슴니다

그도 용이한 일이엿슴니다 졔가 그 졀문 내외와 길동무가 되여서 건넛산 고총古塚에서 보물을 캐엿는데 아모도 모르는 그 숩속에 감추엇스니 헐갑을 내고 사가라고 하엿슴니다 사나희는 졔말에 욕심이 싱기여서 그 후 얼마 안이되여서 졔말대로 내외가 함께 숩풀 속 까지 짜라왓슴니다 져는 숩풀 속에

---

1   십이시(十二時)의 여덟째 시. 오후 한 시부터 세 시까지이다.
2   말의 등 위.

이르러서 보물은 이곳에 잇스니 와서 보라 하엿습니다 남자는 욕심이 이러 난 판임으로 두 말 업시 와서 봅듸다 녀인은 마상에서 기다린다 합듸다 남 자는 졔계 교대로 녀인 하나만 남기여 노코 숩속으로 들어왓습니다

숩풀은 나무가지와 넝쿨이 서로 얼키어서 반 마장 즘은 빈틈도 업다가 한 복판 되는 곳에 이르면 큰 나무가 듬성~~ 나고 멍석 너덧 닙 쌀 만한 곳이 잇습니다 져는 숩을 허치면서 이곳에 보배가 잇다고 하엿습니다 그 [곳]은 져 사나희를 져와가치 목숨을 아서 바리기에 맛침 죠흔 곳이외다 저는 그곳 까지 유인한 후에 져 사나희를 넘엇트리엇습니다 그는 긔운이 상당히 잇섯 스나 별안간에 넘겨 치는 바람에 져도 엇지 할 수 업시 대번에 넘어집듸다 넘어진 후에 줄로 동이어셔 큰 참나무 밋둥에 결박을 하야 동여노코 소리를 치지 못하도록 풀을 쓰더서 입을 틀어 막엇습니다 저는 져 사나희를 처치한 후에 이번에는 녀인에게로 와서 남편이 졸지에 급한 병이 싱겻스니 가서 보 라고 하얏습니다 이것도 저의 게교[3]에 들어마졋슴은 두말할 것도 업습니다 녀인은 장옷을 벗고 져의게 쓸니어 숩풀 가운데까지 이르럿습니다

그러나 져의 남편이 나무에 결박되여 잇는 광경을 보고 당쟝에 품가운대 로부터 칼을 쏩아서 져를 찔으랴 하웁듸다 져는 그째와 가치 녀인의 매운 거동은 처음 보앗습니다 만일 그째에 졔가 한만히[4] 잇서드라면 당장에 목숨 을 쎅앗기엇슬 것이올시다 그러나 져는 유명한 고수뢰올시다 그러케 힘도 드리지 안코 그 칼을 쎅아섯습니다 아[모]리 미운 녀인네라 할지라도 이지 경이 되면 엇지 할 수 업슬 것이올시다 그리하야 져는 졔 계획대로 사나희 의 목숨을 쎅앗지 안코 녀인을 졔 수중에 너헛습니다

3　요리조리 헤아려 보고 생각해 낸 꾀.
4　한가하고 느긋하게.

"남자를 죽이지 안코도···."

그럿습니다 저는 그 우에 더욱 사나희를 죽일 싱각은 업섯습니다 그리하야 졔가 숩풀 밧그로 나가랴 할 즈음에 돌연히 녀자는 졔 팔을 부여잡고 밋친 사람과 갓치 울음이 석긴 말로 부르짓기를 당신이 죽던지 남편이 죽던지 누구던지 한 사람은 죽어야 하겟다 두 사나희에게 붓그러움을 당하는 것은 죽느니보다도 더욱 쓰립니다 누구던지 죽지안코 사는 사람과 가치 살겟다고 합니다 져는 그째에 밍연히 져 사나희를 죽이고 십흔 싱각이 낫습니다(흥분하엿다)

이러한 말심을 하면 져는 반드시 잔혹한 인셩으로 아시겟지마는 그 녀인의 얼골을 보고 더욱 그째 그 광경을 당하고 보니 당장에 벽력을 마져 죽는 한이 잇다할지라도 졔 안해를 만들고 십흔 싱각이 가삼에 가득하옵듸다 그째는 오즉 져러한 녀인을 안해를 만들 싱각 한 가지 쑌이오 아모 싱각도 업습듸다 더러운 식졍[5]으로만 그러한 것이 안이올시다 만일 그째에 져의게 식졍밧게 업섯다하면 져는 당장에 그 녀자를 발길로 차서 넘엇트리고 도망을 하엿슬 것이올시다 그러하면 졔 칼에 피를 뭇치 안코 말엇슬 것이올시다 그러나 침ㅅ한 숩풀 아리에서 녀인의 얼골을 졍신업시 바라볼 째에 져는 져 남자를 죽이지 못하고는 그 자리를 써나고 십지 안이하옵니다

그러나 죽인다 하여도 치사하게 죽일 싱각은 업고 졍ㅅ당ㅅ히 싸호고 십습듸다 그리하야 져 남자의 결박을 쓸으고 서로 싸워 보자고 하엿습니다 (그곳에 잇던 식기줄은 그째 결박을 쓸너노혼 것이외다) 남자는 얼골이 흙빗이 되야 아모 말도 업시 당장에 덤비어듭듸다 졔가 수년 동안 도젹질을 [할]째 사람도

---

5   성적 욕구를 가지는 마음.

만히 죽이어 보앗지만은 그째와 갓치 애를 써본 적은 평싱에 처음이올시다 그 사나히는 정말 이 세상에 가장 용감한 남자이웁디다 졔가 칼의 피를 씻고 녀인이 잇든 곳을 돌아보닛가 그 아름다운 녀인은 간 곳이 업슴니다 온 숩속을 두지어 보앗스나 쌍 우에는 흔젹도 업고 다만 들니는 것은 칼에 찔닌 남자의 목에서 마즈막 쉬는 숨소리가 들닐쑨이올시다

쌔닥하면 그 녀인은 싸홈이 시작되엿슬 째에 곳 숩풀 밧그로 쌔져 나와서 구원할 사람을 불넛슬는지도 알 수 업슴니다 이졔는 녀인을 찾는 것보다 졔 목숨을 보존하는 것이 급한 공사임으로 저는 남자가 가졋든 칼을 쎅아서 가지고 숩풀 밧그로 나왓슴니다 그곳에는 녀인의 탓든 말이 한가롭게 풀□□□□□□□□□ 이 밧게 더 아뢸 말심도 업거니와 더 알윈대야 쓸데도 업슴니다 인졔는 졔 목에도 미구에 칼이 □□□□오니 하로밧비 쳐치 하시[기] 바람니다 (아조 앙영한 태도로 바틔인다)

이는 살인한 하수인인 유명한 도적 고수뢰의 자빅이다

✕

풀은 옷 입은 독젹은 저를 겁탈한 후에 남편을 바라보며 비우스며 웃슴듸다 남편은 정말 분통이 터져서 긔가 막히엇슬 것이올시다 그러나 몸을 움즉일수록 결박은 더욱 남편의 몸 자유를 쎅아섯슴니다 저는 남편의 겻흐로 쒸여가랴 하엿슴니다 그러나 져는 그 흉악한 독젹의 발에 넘어졋슴니다 바로 그째올시다 져는 남편의 눈에 이상스러운 빗을 보앗슴니다 그 눈을 보고 몸서리가 납듸다 그 이상스러운 눈으로는 무삼 쯧을 졔게 전하는지 아러듯겟슴듸다 그러나 그 눈은 노여움도 안이오 다만 져를 멸시하는 것이 옵듸다 져는 도적에게 거더채인 것보담 그 눈에 거더채인 것이 더욱 쓸입듸다 그리하야 져는 그 자리에서 정신을 일코 너머졋슴니다 얼마 잇다가 정신을 차려

본즉 도적은 간 곳 업고 남편은 여전히 결박되여 잇습듸다 저는 간신히 몸을 일어 남편을 바라보닛가 남편의 눈은 여전합듸다 역시 링링한 멸시쌘이올시다 저는 그째와 가치 붓그럽고 슬프고 화가 나기는 평싱에 처음이올시다 그째의 소조를 무엇으로 혀용할는지 알 수 업슴니다 져는 비틀거름으로 남편에게 갓가히 갓습니다

"여보 이 지경이 되여서 다시 평싱을 모실 수는 업슴니다

져는 당장에 죽을 작정이올시다 당신도 가치 죽어주시오 당신은 졔가 봉욕[6]하는 것을 보섯지오 저는 이대로 당신 한 분만 남겨둘 수는 업슴니다"

져는 힘을 다 하야 간신히 이만콤만 말을 하엿슴니다 남편은 여전히 져를 노려봅듸다 저는 터지는 가심을 억지로 누르고 남편의 칼을 차젓슴니다 그러나 칼은 발서 도적에게 쎅앗기어서 그곳에는 아무것도 업고 다만 졔가 가졋던 적은 칼이 잇습듸다 져는 그 칼을 번적 들며 쏘 한번

"그러면 가치 죽읍시다"

남편은 이 말을 듯고 비로소 입설을 움즉입듸다 그러나 풀로 입을 트러막엇으므로 아모 말도 못합듸다 져는 말을 듯지 안코도 그 쯧을 아라들엇슴니다 그는 여전히 져를 멸시하면서 "죽여라" 하는 것이올시다 저는 거의 쑴 속 가치 남편의 가심에 칼을 박엇슴니다

져는 그째에도 역시 정신을 일헛슴니다 얼마 후에 정신을 차려본즉 남편은 임의 퍼럿케 질이여서 가엽시도 이 세상을 써낫슴니다 져는 그 뒤에 목도 찔너 보고 물에도 쌔저보앗스나 모진 목슴이 영영 죽지 안코 이 모양대로 사럿슴니다 도적에게는 정죠를 더럽히고 남편에게는 칼질을 한 이 죄 만

6　욕된 일을 당함.

흔 죽일 년을 엇지하엿스면 죠흘가요 (늑기여가며 쓸어진다)

(계속)

『매일신보』, 1927.8.31

귀신의 문초 (三)

일우당一憂堂 번안飜案

　도적은 제 안해를 겁탈한 후에 바로 그곳에 거러 안져서 여러 가지로 위로를 합듸다 져는 풀[이] 입에 갓득 찻슴으로 물론 아모 말도 할 수 업섯고 몸도 참나무에 결박을 당하얏슴으로 곰작할 도리도 업섯습니다 그러나 져는 그동안 멋번이나 제 쳐에게 눈짓을 하엿습니다 그 도적놈에 말은 모다 거줏말이니 한 가지도 고지듯지 말나고요… 져는 적어도 그러한 쯧을 눈으

로 전하엿습니다 그러나 쳐는 고개를 숙이고 넉이 업시 풀 우에 안젓습니다 그 모양이 아모리 보아도 도적의 말을 정신들여 듯는 듯 합듸다 져는 더욱 분통이 터져셔 몸부림이 납듸다 도적은 교묘하게도 말을 이어 한번이라도 몸을 더럽히면 평싱에 남편과는 의가 죠치 못한 법이니 그러한 남편과 사느니보다 졔 안해가 되는 것이 엇더하냐 졔가 한번 보고 흠모하며 사랑하엿기 째문에 이럿케 대담하게 일을 져즈르지 안엇느냐고 도적은 서슴지 안코 이러한 말을 합듸다

도적이 이러케 달내닛가 졔 안해는 황홀한 태도로 고개를 듭듸다 졔 안해일 망졍 그째와 갓치 고옵게도 보이기는 처음이올시다 그러나 고혼 안해는 졔 남편되는 졔가 결박을 당하고 안졋는 압헤서 무엇이라고 대답을 하엿는지 졔가 갈 곳으로 가지를 못하고 공즁으로 도라단이는 원귀가 되여 □시라도 그째의 광경을 싱각하면 분통이 터져셔 견대일 수가 업습니다 안해는 바로 이러케 대답하얏습니다

"그러면 어대로든지 져를 다리고 가서요"

안해의 죄는 그 쑨 안이올시다 도적놈에게 손을 쓸니여 숩 밧그로 나가랴 할 즈음에 져를 가르치면셔 거[의] 미찬사람의 어죠로

"여보시오 져이를 죽여쥬서요 져이를 살녀두고는 당신과 살수가 업습니다"

이러한 악착스러운 말을 몟 번이나 되풀이를 하웁듸다 이러한 잔혹한 말이 엇지하면 사람의 입에 나올 수가 잇습닛가 이 말을 들은 도적놈도 긔가 막혀서 얼골이 변하야집듸다 그리하더니 도적은 안해를 대번에 한 발길로 차서 걱구렷 트리더니 졔 압흐로 갓가히 와서 두 팔을 가삼에 겻고

"저년을 엇더케 하랴 죽이랴 살니랴 량단간 대답하여라"

져는 이 말 한마듸에 도적의 죄를 용서하고 십흡듸다

안해는 졔가 주져할 동안에 무엇이라고 한 마듸를 소리치더니 숩풀 속으로 몸을 쎅처서 도망하옵듸다 도적은 몸을 날니여셔 붓들녀 하엿스나 안해잡지 못하엿습니다 졔는 이러한 광경을 쑴속가치 싱각합니다 도적은 기집일혼 다음에는 졔 칼을 집더니 저를 결박한 줄의 한 가닥을 싈허 노코 어대로 가고 말엇습니다

저는 도적이 숩풀 밧그로 나간 뒤에

"아이고 인졔는 내 신셰를 엇지하나"

하고 탄식하엿습니다 그쌔 그 근쳐는 무섭게도 고요하엿셧는데 어대서인지울음소리가 들닙듸다 졔[는] 결박을 풀[고]서 귀를 기우려 들어본즉 그 우름은 다른 사람의 우름이 안이요 졔 목에서 나오는 우룸이엿습니다

졔는 간신히 긔운을 차려 몸을 일믜 그곳에는 처음[에] 도적을 찌르랴 하던 안해의 적은 칼이 번젹 눈에 씌웁듸다 졔는 그 칼을 집어서 대번에 졔 가삼을 졔 손으로 찔넛습니다 비린내 나는 핏덩어리가 목니구녕으로 너머오나 죠금도 괴로움은 업섯습니다 오[즉] [가]삼이 식어갈스록 그 근쳐는 □ 고요하야 집듸다 엇지하면 그토록 고요한지 숩풀에는 적은 새 한 마리도 나라와서 우지 안이합듸다 오즉 나무가지 틈으로 너머가는 해가 비취일 싸름입듸다 그러한 광경이 차々로 희미하여지더니 졔는 그대로 그곳에 깁고 깁흔 젹막의 굴에 싸지고 마럿습니다

그쌔에 누구인지 남이 들을가 념려하는 고요한 발자최로 졔 겻흐로 옵듸다 졔는 그것이 누구임을 보랴하엿스나 어느덧 어두워져서 누구인지 알 수가 업습듸다

누구인지 알 수 업는 사람이 졔 가삼에 박힌 칼을 쏍아줍듸다 그쌔에 졔목구녕으로 마즈막 피가 왈칵 올나옵듸다 졔는 그 뒤로부터는 영영 공중의

원혼이 되여서 써도라 단임니다 다힝히 오[날]은 도격과 기집이 모다 관가에 잡히여 바야흐로 형벌을 밧게 되얏스니 아모죠록 명잘하시되 원억한[1] 저의 한을 풀어서 공중에 써도는 혼령을 건지어 주소서 "긴 한숨을 짓는다"

×

이 사실은 평안도 성천에서 일어난 유명한 살옥[2]으로서 부사가 세 번이나 갈니도록 이 살옥을 다스리지 못하얏다가 맛침 유명한 무녀巫女가 잇셔서 그 원귀를 공중으로부터 불너다가 문초를 바든 다음에 처관을 하엿다는 거짓말 갓혼 이야기이다 (씃)

---

1 원통한 누명을 써서 억울하다.
2 조선 시대에, 살인 사건에 대한 옥사(獄事)를 이르던 말.

『매일신보』, 1927.9.1

나무귀신 (一)

동아자東啞子

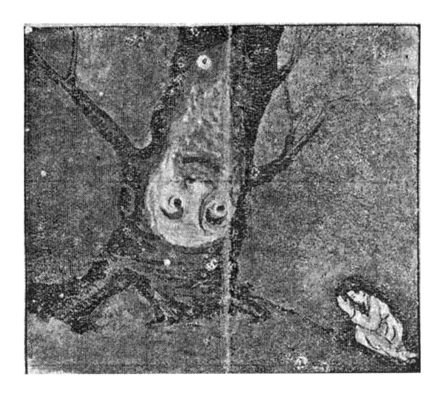

　귀신이약이가 낫스니 말이지 나무귀신木神이 잇다□□□□부터 일종 불가
사의의 이약이거리가 되어 지금까지 나려오게 되얏다

　◇

이약이의 사실은 거금 멧십 년 전에 시골 어느 역驛마을에셔 이러난 일이다 그 역촌 압헤 촌민들이 일년에 한 번식 새해新年를 마질 째마다 공동으로 치성致誠[1]하는 죠산造山[2]이 잇고 그 죠산 우에는 멧빅 년 묵은 고목古木이 일쥬가 잇스니 그 나무는 참나무이엿다

◇

이 참나무는 원□히 여러 해 풍상을 격겨난 로목이엿슴으로 굴기가 열 아름이나 되어 보기에 미우 영흠靈驗[3]스렵게 보이고 또한 준엄峻嚴하게 싱겻다 하야 그 동리 사람들이 발셔 빅여 년을 두고 그 나무 주위周圍에다 조산을 모으고 그 나무를 숭경해오는 터일 뿐아니라 또한 그 나무가 동리 사람들의 소원을 잘 들어준다하야 세 살 먹은 아해가 감긔만 들어도 이 죠산에 와셔 긔도를 올리고 돈이나 쌀이나 쥬먼이에 너허서 이 나무에다 달고 가나니 이것만 보더라도 그 동리 사람들이 이 나무를 얼마나 숭경하는 것인가를 알 수 잇다

◇

그런대 그 동리에 배동지라는 녯젹 관료官僚의 후예로 나려오든 사람 한 분이 잇서서 권력權力이라든지 부력富力이라든지 지식이라든지 모든 것이 그 동리 사람들의 왕王이 된 것만치 방자한 태도와 권세를 가지고 이 죠산 나무를 자긔의 사유물노 만든 후 항상 이 나무의 남南으로 버든 가지枝를 베伐여 방아를 만들야고 쇠하고 잇다가 어느 날 저녁에 비로소 그 나무를 베기로 결정하고 모든 준비를 갓춘 뒤에 그날 밤 새기를 기다렷다

---

1   있는 정성을 다함, 또는 그 정성. 신이나 부처에게 지성으로 빎, 또는 그런 일.
2   인공적으로 산을 쌓아 만듦, 또는 그 산.
3   '영(靈)검'의 원말. 사람의 기원대로 되는 신기한 징험(어떤 징조를 경험함).

◇

이날 밤에 배동지난 혼자 누워서 방아 만들 궁리를 싱각하고 누엇다가 비몽사몽간에 키가 구척이오 모발이 빈설갓치 희고 보기에 엄청나게 무섭게 싱긴 노인 한 분이 걱구로 서서倒立 방문을 열고 들어왓다 배동지는 이 로인이 거꾸로 섯는 것을 보고 엇더케 놀낫든지 아무 말도 하지 못하고 잇섯다 그러나 그 로인은 매우 온순한 태도로

"나는 이 동리 압혜 잇는 조산 나무의 화신化身인바 그대는 놀내지 말지어다"하고 배동지의 엽해 안진 후에 다시 말을 이어서

"들으니 그대가 내 다리를 베혀서 방아를 만들겟다하니 방아도 방아려니와 살싱殺生을 하야가면서 자긔의 리익을 도모한다는 것은 너무나 과혹한 일이 아닌가"고 바른편 다리股를 내여밀면서

"자 보게 이 다리를 베혀내면 나는 병신이 되고 말 것 아닌가 사람으로는 이런 일을 못 [하]느니 잘 싱각해보게"하얏다

그계야 배동지는 "올치 이것이 목신이라는 것이구나"하고 겨우 정신을 차린 후에

"댁이 목신이라면 만일 내가 댁의 말을 듯지 안코 고집을 한다면 엇더케 할 터인가요"하고 간신히 한마듸 붓첫다 로인은

"하기난 엇더케 해 그대의 하는대로 하엿지 그대가 나의 다리를 싣으면 나도 그대의 다리를 싣을 것이요 나의 머리를 싣으면 나도 그대의 머리를 싣어버리지 두말할 것 잇나 쪽갓치 복수를 해여지 밋지지 안을 것이닛가"하고 무서운 눈방울을 씻굴노 쓰고 배동지의 얼골을 노려보앗다 그리고 한참 후에 다시 온화한 태도를 지여가지고 최후의 한마듸로써 충곡하얏다

"싱각하여라 이 놈도 천년이나 묵은 놈이요 더욱히 동리 모든 사람들이

나를 경애하고 숭배하야 오늘날까지 아모 거리킴 업시 자라난 몸이 일죠에 배동지란 한 사람의 조금한 리익을 위하야 희싱되여서야 될 일인가 나를 죽이는 것은 동리 모든 사람들의 목숨을 죽이는 것이니 십분 쥬의하기를 바란다"

그러나 배동지는 일향[4] 고지 듯지 안코 "귀신한태 저서 안 된다" 결심하고 벌덕 이러안자

"요망한 것이로구나 사불범정인대 속거천리하라"[5] 하고 위마듸 소리로 고함을 친 후에 재트리[6]를 늘어서 노인의 가삼을 짜렷다 그러나 노인은 조금도 겁내지 안코 재ㅅ트리를 넙적 밧아 배동지의 가삼에다 살적 안겨준 후에 "이것이 싸홈의 첫 막이다" 하고 유유히 문을 열고 나가버리는 바람에 배동지는 그 재ㅅ트리가 엇더케 무겁든지 맛치 태산이 가삼을 눌이는 듯해서 그만 뒤로 잡바져서 가오魔가 눌리여 한참 고민하다가 쌔여낫다

◇

이날 밤 배동지의 집에 낫하낫든 노인은 다시 그 동리에 사는 김첨지의 집에 가서 현몽現夢하얏다 김첨지란 사람은 금년에 이 죠산 졔사祭祀를 맛튼 졔번祭番[7]이엿섯다

<hr />

4   언제나 한결같이.
5   귀신을 쫓다, 어서 멀리 가라는 뜻에서 나온 말.
6   '재떨이'로 추정. 담뱃재를 떨어 놓는 그릇.
7   제사를 맡은 차례.

『매일신보』, 1927.9.2

나무귀신 (二)

동아자東啞子

밤 중에 씩굴노 션 노인이 와셔

"나는 죠산 나무의 무신으로서 너희들의 숭배를 바다 잘 자라난 몸이엿섯
지만은 무시한 배동지의게 해害를 바다 평싱의 병신이 되고 말 터이니 엇지
원통하지 안으냐 그러나 목슴까지난 영영 업셔지는 것은 안이니 너희들은
안심하기를 바란다 그리고 배동지도 결국은 나와 갓치 병신이 되고 말 터이
니 그리 아라두라" 하고 도라갓섯다

◇

그 잇혼 날 아참에 김첨지가 일즉 일어나서 배동지를 차자가서 어졔 밤
쑴 이약이를 하고 나무를 베지 못하도록 강권하얏스나 배동지는 일향고지
듯지안코

"자네는 쑴만 쑤엇지만은 나는 실졔로 만나보왓네만은 귀신이 다 무엇 말
나 죽은 것인가 그런 미신迷信의 말은 그만두게" 하고는 곳 머음□ㅅ[1]들을 독
려하[여] 독기斧와 톱 갓흔 긔구를 가지고 가서 나무를 베기 시작하얏다

◇

바로 남으로 버는 원지原枝가 방아감이 맛당하다하야 머음들의게 그 동치[2]
를 베기로 명령하고 배동지는 죠산 우에 웃둑 서々 잇작을 처라 저편을 찍

---

1 '머슴'의 방언(경상).
2 '둥치'의 인쇄 오류로 추정. 큰 나무의 밑동.

어다리라 하고 지휘를 하는 동안에 나무둥치는 거의 넘어질 듯하야 목숨이 거의 이분 가량 붓터 잇섯다

그째 배동지는 담배ㅅ째를 들어서 자긔의 마죠 보이는 편을 가라치면서 "나하고 마죠 보는 편을 처라"할 째 머음은 그 편을 넘어다보고 독귀를 힘 잇게 메쳣다

놀내지말나 잇째에 그 힘잇게 메쳣는 날닌 독귀가 번개갓치 날나와서 배동지의 바른편 다리를 찍어놋차 쏘 전신이 피투성이가 된 노인 한분이 두팔을 버리고 배동지의 넘어져 잇는 몸동아리를 타고 안자서

"이것이 복수다 눈을 쎼는 자는 다갓치 눈을 쎼고 다리를 싣는 자는 다갓치 다리를 싣는다 그리고 내가 영구히 고통을 밧는 것과 갓치 너도 지금부터는 영구히 고통을 바들 것이다" 하고 나무 벤 자리로부터 무지개ㅅ 갓혼 긔운이 쎗치드니 그 노인은 비로소 무지개줄을 타고 그 벤 자리로 올나가 버렷다

배동지는 쌍에 업더진 채로 헛쇼리를 지른다

"지발 덕분에 살려쥬시오 목신님네" 하고 애원을 하얏스나 피투성이의 노인은 형톄조차 보이지 안코 다만 배동지의 바른편 다리에서 검붉은 피가 용소슴할 쑨이엇섯다 이리하야 배동지난 영구히 병신이 되얏슬 쑨아니라 왼집안 사람이 모다 그 영향을 입어서 어대가 압푸든지 압풀 째마다 피투성이 노인이 낫타나 보임으로 졈ㅏ장이의게 물을 째마다 남우동퇴가 되야서 그럿타고 한다

배동지가 이와 갓치 남우동퇴를 만난 후로 방아감으로 베여논 그 나무난

아무도 손을 대이지 못하얏다 손만 대면 누구든지 한번식 경을 첫다 그 쑨 아니라 이날부터는 그 요부³ 타든 동리가 점々 빈약해갓셧다 그럼으로 그 해의 계번이 든 김첨지가 밤마다 이 조산에서 째안인 계사를 지내고 정성을 드리드니 어느 날 밤에 김첨지의 쑴에 금신金神이란 귀신이 낫타나서

"죠산 나무 베인 자리에다 목신부木神符를 붓치고 그 베여논 나무난 공동방 아를 만들어 쓰라" 하얏다 그리서 김첨지가 이 금신의 식히는대로 하야서 그 동리는 다힝히 무사하얏다

3　살림이 넉넉함.

『매일신보』, 1927.9.2

독갑이 쓰름

비엽생飛葉生

◇

독갑이와 쓰름을 하야 용감한 승젼을 안 로인네가 지금도 독립문 근쳐에 산다

그는 항상 술을 즐겨서 날만 새면 성 중에 드러와 술을 만판 마시다가 밤이 깁허서 눈섭이 쓰름이나 하게 되어야 겨오 집으로 도라갓섯다

◇

모화관 독립문 근쳐는 서대문 밧그로하야 경긔 감영 압흘 지내 올나가는 게 큰길이나 그럿케 돌면은 다리 곱항이가 해어질 지경이라 좀 으슥하기는 하지만은 사직골노 드러서서 솔 사히로 지나 성을 너머 가는 것이 길이 쌀는고로 그는 밤마다 무서운 줄도 모르고 성을 너머 단엿다

◇

어느 날 밤이엇다 자정이나 갓가워 사직골 성 밋헤를 이르자니 원 헙수룩한 남자가 내다르며

"너 이자식 쓰름 한번 하자"

한다 그 분도 취중이라 흥이 나서

"오一냐 참, 그것 좃타"

---

1 조선시대 중국 사신을 영접한 곳.
2 머리털이나 수염이 자라서 텁수룩하다, 옷차림이 어지럽고 허름하다.

하면 서로 달녀 드러셔 한참동안 쓰름을 하야 겨오 그 자를 쓰러트려 바 렷다

쓰려트리기만 해서는 취중의 흥이 겨웁지 못하다해서 그 자를 다시 멱살 을 잡아 이릇켜 가지고 큰 소나무에다가 잔쯕 붓드러 매고 집으로 도라왓다

그 이튼날 아츰에 졍신도 나고 술긔운도 거처서 곰곰이 싱각하니 아모리 싱각하야도 수상하다 그릮서 즉시 소세[3]도 하지안코 셩 너머로 가서 어제 밤에 묵거 노흔 사람을 차저 보왓다

암만차져도 업슴으로 스르고 다라나지나 안앗슬가 해서 도라스랴고 할 쌔에 마진 편 소나무에 비자로가 하나 미달엿다 그졔야 자긔의 허리씌로 묵 거 놋튼 싱각이 나셔 갓가히 가보니 과연 모지러진[4] 비자로를 자긔의 허리 씌로 쏙쏙 묵거 노흔 것이엇다

---

3 머리를 빗고 낯을 씻음.
4 물건의 끝이 닳아서 없어지다.

제2부

괴기행각怪奇行脚

『매일신보』, 1930.9.20~10.9[1]

괴담怪談 · 기담奇談 대모집大募集

---

1   25·28·29일, 10월 2~8일을 제외하고 9월 20일부터 10월 9일까지 총 10번 광고를 게
재하였다.

독자 여러분의 열렬한 투고와 아울러 애독을 밧든 결혼 리혼 사실담結婚離婚事實談은 이달로써 긋을 막게 되엿습니다 그 뒤를 니어 모집하는 것은 표제와 가티 괴담 긔담怪談·奇談입니다 괴담 긔담은 반듯이 한갓 이야기를 조와하고 심々한 사람에게만 필요한 것은 아닙니다 우리 보통 인간으로서는 상々하기 어려운 괴긔한 생각과 괴긔한 힘과 괴긔한 동작으로써 구성된 그 이야기는 우리의 상々력을 더 넓히고 우리의 호긔심을 더 일으키어 우리의 생활에 윤택을 주는 동시에 그 이야기가 가진 그 시대의 종교관이며 인생관은 우리의 지식을 넓히게 됩니다 한나절 괴로운 일에 시달리다가 기퍼가는 가을밤 귀쑤람이 쏠々거리는 창 아래 등잔불을 밝히고 안저 재미잇는 이야기를 하고 듯는 맛은 생각만 하여도 가슴이 간질거립니다 아모쏘록 만흔 투고를 바랍니다

投稿規定

文体 반듯이 조선문으로 쓸임

範圍 어느 나라 것이든지 무방함

枚數 十四字 十行 原稿紙로 四十枚 內外

賞 佳作은 薄謝[2]를 드림

期日 언제든지 무방함

○ 注意 投稿 것봉에 '怪談'이라 朱書하되 原稿는 一切 反還치 안음

每日申報 學藝部

---

2   사례로 주는, 얼마 안 되는 돈이나 물품.

『매일신보』, 1930.10.4

신출귀몰神出鬼沒한 탈옥脫獄 (一)

조주현曹柱鉉

‖ 그 사이 모집하든 괴담은 오늘부터 괴긔행각이라는 제목으로 발표하게 되엿습니다 여러분의 열렬한 투고는 깁히 감사하오며 아프로도 만히 보내여 주시기를 바랍니다 ‖

감옥에 가치엇든 죄수가 탈옥한 사실은 녜나 지금이나 어듸든지 잇는 것입니다 감옥이라하면 누구나 다 생각하는 바와 가티 철통처럼 든〻도 하려니와 밤낫을 물론하고 경게가 엄밀한 것입니다 이러한 경게의 눈을 속이고 금성[1] 철벽 가튼 감옥을 벗어난다는 것은 보통 사람으로서 상〻도 하기 어려운 일입니다 그럼으로 탈옥은 여간한 솜씨와 여간한 지혜가 아니면 도저히 할 수 업습니다 그런데 이상한 것은 그처럼 대담하게 감옥을 벗어나가지고는 곳 잡히게 되는 것이 통례입니다

사람이란 특히 범죄란 저줄느기 전에는 큰마음으로 이것저것 돌보지 안코 하지만 한번 저즐러 노흐면 마음이 약하야지는 것이 일반의 상정인가 봅니다 그런데 여기 소개하는 탈옥수脫獄囚들은 교묘하게 탈옥하야가지고 교묘하게 그 자최를 감초인 것이니 그 전후 범행은 탐정소설 이상으로 긔묘합니다

◇

---

1 쇠로 만든 성이라는 뜻으로, 굳고 단단한 성을 비유적으로 이르는 말.

괴괴한 탈옥으로 유명한 것은 근년 '아메리카'에서 생긴 탈옥 사건입니다 '아메리카'의 어썬 농촌에 '포리스타'라는 사람과 '롤푸'라는 사람이 서로 협력을 하야 어썬 농부를 살해하엿습니다 그들은 살인한 지 얼마 되지 안어 관헌[2]의 손에 잡히엿습니다 그리하야 사형선고를 바덧스니 그들은 얼마 되지 안어 전긔의자電氣椅子에 안ㅅ게 되엿습니다 '아메리카'에서는 교수나 총살로써 사형을 집행하는 것이 아니라 전긔의자에 사형수를 안치고 전긔를 통케하야 죽인다 합니다

이에 '포리스타'와 '롤푸' 두 사람은 탈옥을 쇠하게 되엿습니다 무거운 죄를 짓고도 더 살겟다는 것은 사람의 상정입니다 그들도 이러한 상정에서 벗어날 수 업섯습니다 그러나 그들의 살ㅅ길은 그 감옥을 벗어나는 것밧게 다른 도리가 업섯습니다

그런데 그들의 살인은 보통 살인보다 몹시 처참하엿습니다 그럼으로 늘 죄수를 취급하야 엔만한 사건에는 대수롭지안케 넉이는 간수들도 그들을 몹시 미워하엿습니다 다른 죄수보다 감시가 더욱 심하엿습니다 일이 이러케 되니 그들에게 잇서서는 탈옥도 여간한 일이 아니엇습니다 두 사람은 목숨과 밧고기를 결심하고 탈옥을 쇠하엿든 것입니다 그들은 백방으로 노력한 결과 다른 죄수 세사람까지 □□□□□ 삼엇스니 그것은 바로 그들이 전긔의자에 안ㅅ게 될 안날이잇습니다 두 사람 가운데서 '포리스타'가 어썬 편으로든지 나엇습니다 그는 참으로 '나폴레온' 가티 굿세인 의지의 주인공이엇습니다 그는 사형을 집행하게 될 몃 날 전부터 몸이 편치 안타하고 퍽

불편한 낫비츨 보이엇습니다 그리다가 사형을 집행하는 전날 밤에 그는 갑작이 두통이 몹시 난다고 하엿습니다 그리하야 간수를 불러서 짯듯한 우유를 청하엿습니다 그가 청하는대로 간수는 우유를 데여가지고 감방으로 들어섯습니다 간수가 감방문을 열고 들어서자마자 들어누어 신음하는 '포리스타'는 주린 범가티 쮜여나가 간수의 목을 잡아비틀엇습니다 그의 굿세인 완력은 찍소리도 못 질르게 하고 간수의 목숨을 신□□□□□□□□□

『매일신보』, 1930.10.5

신출귀몰神出鬼沒한 탈옥脫獄 (二)

조주현曹柱鉉

그러케 간수를 죽인 그는 간수의 호주머니에서 열쇠를 끄내가지고 '롤푸'의 감방문을 열엇습니다

'롤푸'는 복도로 쌔저 달어나려고 하엿스나 '포리스타'는 그것은 위험함으로 다른 방법을 취하엿습니다 사실 '롤푸'의 말대로 복도로 도망을 하엿드면 그들은 이십여 명이나 되는 간수들의 총알에 걱구러지고 말엇슬 것입니다 '포리스타'는 조금도 초조한 비치업시 '롤푸'를 격려하여 가지고 공긔통 속을 통과하야 감옥 집웅으로 올라갓습니다 그리하야 이십여 척이나 되는 집웅을 쒸여내려서 두 사람은 오금아 날 살려라 들고 쒸엿습니다 그런데 '포리스타'는 아모 일 업섯지만 '롤푸'는 쒸여내릴 쌔에 왼발을 몹시 다치엇습니다

지리에 눈 밝은 '포리스타'는 발 다친 '롤푸'를 다리고 '하드슨'강을 건너서 '뉴욕'으로 갓습니다 '뉴욕'으로 일은 그들은 '사리쁜'이라는 사람의 집을 차저 들어갓습니다 '사리쁜'이라는 그 사나히는 이 년 전에 '뉴욕'에서 큰 문제가 된 로파 살인범인데 그것을 아는 사람은 '포리스타' 박게 업섯습니다 만일 그가 '포리스타'를 숨어주지 안으면 '포리스타'의 입이 무서움으로 '포리스타'를 집에 들이게 되엿습니다 그러나 그는 자긔의 책임을 거볍게 하기 위하야 '롤푸'만은 변장할 의복과 로비 약간을 주어서 달리 도망을

식혓습니다 '롤푸'는 그 길로 교묘하게 '쌕자질'로 가서 영영 형벌의 그물을
벗게 되엿스니 그는 본래 독일 샤람이엇습니다

◇

'포리스타'는 함부로 동하여서는 위험하니까 '사리봔'의 집에 박혀서 쑴
적하지 안엇습니다

그리자 온 '아메리카'의 신문은 참말 '아메리카'식으로 그 두 탈옥수의 탈
옥한 것을 굉장이 게재하고 사진까지 내여서 현상수색을 하엿습니다 그러
나 그들의 그림자는 나타나지 안엇습니다 그런데 하로는 관헌들이 '사리봔'
의 집을 수색하게 되엿습니다 그것은 '사리봔'의 집에 '포리스타'가 숨은 것
을 알고 한 수색은 아니엇습니다 그저 평판이 나쏀 사람이니까 수색을 한
것이엇습니다 그처럼 관헌들이 '사리봔'의 집으로 쒸여들 째 '포리스타'는
천정 속 침대에서 잠을 자다가 '사리봔'이 급함을 고하는 바람에 그만 도망
할 길을 차젓습니다 그처럼 '포리스타'에게 급을 고한 '사리鋒'은 도로 내려
가서 태연한 얼골로 관헌의 불의의 침입을 거절하엿습니다 될 수 잇는대로
'포리스타'에게 도망할 여유를 주려고 함이엇습니다 그의 게획은 완전이 성
공하엿스니 그 사이에 '포리스타'는 지하실로 내려갓습니다

◇

관헌은 천정에 올라가 보앗스나 아모도 업섯습니다 그들은 다시 지하실
에 내려가 보앗스나 거기에도 아모도 보이지 안엇습니다 그들은 벽을 두다
려보고 술 담긴 술통을 드려다 보고 별짓을 다 하엿스나 아모런 그림자도
발견치 못하고 돌아갓다 관헌이 돌아가자 '포리스타'의 그림자가 술통 속에
서 나타낫다 그는 술 속에 잠겨잇섯든 것입니다 그는 그 뒤 '사리봔'을 협박
하야 만흔 돈을 어더가지고 묵서가[1]로 쒸엿습니다 이리하야 그들은 영원히

쒸엇습니다 (계속)

『매일신보』, 1930.10.6

신출귀몰神出鬼沒한 탈옥脫獄 (三)

조주현曹柱鉉

× × ×

이것은 一千九百二年 '아일랜드'의 '메리보로' 형무소에서 생긴 탈옥 사건입니다

그 탈옥 사건의 주인공은 '린티하운'이란 사람입니다 '린티하운'이 탈옥 도주한 뒤 오늘날까지 '아일랜드'에는 그에게 대한 여러 가지 이약기가 도라다닙니다 그 이야기의 절반 이상은 거짓말이라 하드라도 '린티하운'은 훌륭한 영웅어라 하지 안을 수 업습니다 그에게 대한 이야기는 그로 하여금 초인간적 력량을 가진 사람을 만들엇습니다 그러나 그는 그처럼 훌륭한 사람은 아니엇습니다 제일 그가 범한 좌가 그의 평범한 인격을 무엇보다도 유력하게 증명합니다.

◇

그가 범한 죄는 어썬 것인가? 그는 오래 모시고 잇든 안주인을 몹시 상하도록 쌔려 어썬 뷘집에 집어 너코 그 집에 불을 질러 태여 죽엿습니다 그는 그 쌔문에 사십 년이라는 가장 오랜 징역형을 밧게 되엿습니다 이 압서도 그는 죄를 짓고 붓잡혓는데 감옥에서 탈옥 도주한 사실이 잇섯습니다 그럼으로 당국에서는 특별한 주의를 하야 판결이 낫나자 곳 '메리보로' 형무소에 가두고 다른 죄수보다 썩 엄한 감시를 하엿습니다 이 '메리보로' 형무소는 그쌔 당시 '아일랜드' 가운데서 가장 설비가 엄중한 최신식의 형무소이

엇습니다 그런데 '린티하운'을 그 감옥에 가두려든 쌔는 겨우 락성이 되자마자 하야 천정 한편 쪽은 덜 된 쌔이엇습니다 그러나 그리로 죄수가 쌔저나갈 위험은 업섯슴으로 '린티하운'을 그리다가 수용하게 되엿습니다

◇

'메리보로' 형무소에는 최신식 설비가 잇섯습니다 '린티하운'을 집어너혼 감방문을 완전이 다치고 빗장까지 탁 잠그면 박그로 둥그런 흰 판대기가 나타낫습니다 만일 문이 완전이 경다치지 안코 빗장이 바로 질리지 안으면 그 둥그런 흰 판대기가 나타나지 안엇습니다 그럼으로 간수는 박게서 그 흰 판대기만 보면 그 감방문이 잘 잠겨지엇는지 못 잠겨지엇는지를 잘 알 수 잇습니다 그런데 '린티하운'은 본래 어썬 학교 교장까지 지낸 상당한 지식이 잇는 사람이엇습니다 그는 형무소에 수용되든 날 밤부터 탈옥할 것을 생각하엿습니다 이리 생각 저리 생각하여도 무엇보다 제일 난관은 그 흰 판대기엇습니다 도망을 하려고 벽을 쑬거나 감방문을 열고 나가야 할 터인데 벽은 쑬을 수 업고 감방문을 열면 그 흰 판대기가 나타나지 안케 되니 곳 간수에게 들키게 될 것입니다

◇

그는 감옥에 수용된 지 얼마 ㅅ뒤에 책 차입을 전옥[3]에게 청하엿습니다 그런데 그째 그가 차입을 원한 책은 몹시 큰 책이엇습니다 그러나 그가 어째서 그처럼 큰 책을 원하는지는 물론 아모도 몰랏습니다 '린티하운'은 그 책을 리용하야가지고 탈옥을 하려고 하엿지만 누가 그러케 책을 리용하야

---

1 건축물이 완공됨, 또는 건축물을 완공함.
2 교도소나 구치소에 갇힌 사람에게 음식, 의복, 돈 따위를 들여보냄, 또는 그 물건.
3 교도소의 우두머리.

탈옥 도주를 할 줄을 미덧겟습니까

『매일신보』, 1930.10.7

신출귀몰神出鬼沒한 탈옥脫獄 (四)

조주현曹柱鉉

밤이 깁허 모든 죄수가 잠 들엇슬 째 '린티하운'은 전옥에게 면회를 청하엿습니다 그러나 그의 요구는 거절을 당하고 말엇습니다 그째 그는 쾅하고 큰 소리 나게 감방문을 다덧습니다 그는 벌서부터 문을 그러케 닷드라도 빗장이 잘 질리지 안토록하엿슴으로 그 흰 판대기는 물론 나타나지 안엇습니다 그리자 그는 차입한 커단 책에서 쓰더내인 흰 조히를 그 판대기만하게 둥글게 도려노아 두엇든 것을 그 자리에 부처노앗습니다 이것은 거짓말 가튼 참말인데 무심코 박게 서 잇든 간수는 이 조히를 판대긴 줄 만 미덧습니다 '린티하운'은 이러케 조혼 긔회를 만들엇습니다

그는 복도로 기어나와서 '포리스타'와 가티 공긔통 속으로 집웅에 올라갓습니다 집웅에서 쌈쪽가티 쒸여내린 그는 마츰 그곳에 기다리고나 잇슨 듯한 사닥다리를 리용하여 가지고 탈옥하엿습니다 그가 이처럼 탈옥한 것을 알게 된 것은 그가 감옥을 벗어난 지 여들 시간 뒤이엇습니다 이것은 전세계의 탈옥사脫獄史 가운데서 가장 올랜 시간의 레코드엇습니다 이 긴 시간에 그는 그리운 쳐자까지 만나보고 교묘하게 '론돈'을 벗어가서 '아메리카'로 건너갓습니다 관헌의 수사도 그만 소용업시 그는 '아메리카'에 건너가서도 별々 고약한 짓을 다 하고 돌아다녓습니다 그는 '아일랜드'에도 여러 번 건너 다녓다고 전합니다

×　×　×

불란서의 '조지·부란'이라는 사람도 쏘한 교묘한 탈옥으로 한째 세상의 쎈세이슌을 일으킨 사람입니다 그 전후 스무 번이나 탈옥한 괴인입니다 그런데 그 스무 번 탈옥이라는 것은 스무 번이나 잡혓다는 것을 의미하는 것입니다 실상 그는 탈옥으로써 전비[1]를 쌔닷고 새로운 운명을 개척한 것이 아니라 탈옥하는 적마다 다시 무서운 범죄를 짓게 되엿습니다 그리하야 마츰내 감옥 속에서 저승길을 밟은 사람입니다 그 점에서 그는 다른 탈옥수와 다릅니다 그는 일즉 자긔를 포박한 탐정을 보고

"반듯이 인사차로 한번 가볍지요"

하고 감옥으로 들어갓습니다 그리자 그것 저것 다 이저버리고 지내는 탐정의 집에 하로는 도적이 들어왓습니다 밤ㅅ중에 들어온 도적은 손 닷는대로 다 집어갓는데 이튼날 탐정이 그 뒤를 조사하야보니 '부란'이라는 싸인한 조히가 잇는 것을 보고 "인사차로 한번 가뵈입지요" 하든 말을 생각하게 되엿습니다 그쌔 '부란'이 탈옥하게 된 것은 병을 칭탁[2]하고 병감[3]에 가잇다가 간수의 의복을 도적질하야 닙고 탈옥하야 대담하게도 자긔를 잡은 탐정의 집으로 바로 갓든 것입니다 얼마나 치긔 만ㅅ한 행위입니까

×　×　×

이러케 무시～～～하고 슴직한 탈옥사건 가운데서도 제일 희극적인 것은 '넷트라이다'라는 사람의 탈옥입니다 '넷트라이다'는 형무소 안에서 어써케 근신을 잘하엿든지 모범수인으로 지목을 바덧습니다 그럼으로 어썬 째 전

1　이전에 저지른 잘못.
2　사정이 어떠하다고 핑계를 댐.
3　교도소에서 병든 죄수를 따로 두는 감방.

옥의 관사 류리창을 닥는데 그도 쐽히게 되엿습니다 그런데 그 뒤 어썬 날 여러 간수들이 집으로 돌아가는 길에 전옥의 부인을 맛나 인사를 하고 돌아 갓는데 뒤에 알고 보니 그것은 전옥의 부인이 아니라 '넷트라이다'이엇슴으로 일ㅅ동은 악연대경을 하엿습니다

『매일신보』, 1930.10.8

신출귀몰神出鬼沒한 탈옥脫獄 (五)

조주현曹柱鉉

그런데 이제 그 '라이다'의 탈옥하는 방법을 말하면 썩 간단하고도 유모어한 맛이 잇습니다 그는 전옥의 집 류리창 소제[1]를 가는 째마다 전옥의 부인의 의복을 한 가지식 도적질하야서 남몰래 감초아 두엇습니다 그런데 그 감촌 장소는 다른 데가 아니라 역시 전옥의 집이엇습니다 그리하야 변장하기에 충분이 도적질 하엿슬 째 그는 전옥의 부인으로 변장하여 가지고 간수들의 인사까지 밧게 되엿습니다 그러케 탈옥한 그는 다시 잡히지 안엇습니다 그의 녯날 친구가 그 뒤 그를 맛낫슬 째에는 그는 훌륭한 농부로써 일반의 신망을 밧는 사람이 되엿섯습니다

× × ×

영국 '다 롬아' 형무소에는 탈옥이 업는 것을 자랑하엿스나 그 자랑은 '찰스·우에부스타'라고 하는 죄수가 부서버렷습니다 그는 범상한 악한이 아님으로 특별이 경계를 하엿습니다 교활한 그는 퍽 근신하는 태도로 지내다가 어썬 날 그만 왼발을 쌔여서 병감으로 넘어가게 되엿습니다 그는 여러 가지로 생각하고 애쓴 결과 동지 두 사람을 어덧습니다 그의 푸란대로 하면 혼자 도망하면 모든 간수가 자기 혼자만 쪼치오겟지만 여럿이 도망하면 여러 간수는 각々 흐터저서 쪼츨 터이니 붓잡할 넘려가 적습니다 그는 어든 두

---

1 더럽거나 어지러운 것을 쓸고 닦아서 깨끗하게 함.

사람에게 탈옥할 게획을 일일이 말하엿습니다 병감 바닥에 깔은 널판자는 펙 약하니까 그것을 쓰드면 그 속은 창고인데 거기는 사닥다리가 잇스니 그 것만 리용하면 손쉽게 담을 넘어갈 수가 잇섯습니다 그런데 이 병감에서는 밥 먹는 째에 세 사람이 한 상을 마조 안게 되엿습니다 그리고 조곰식 휴식 을 식히는데 그째에 간수는 멀리서 감시하고 잇섯습니다 어쩐 날 간수는 박 게서 그들이 잇는 방을 직히고 잇섯습니다 물론 아모 일도 업시 보엿다 간 수는 얼마 뒤에 방 가까이 가서 류리창으로 안을 드려다 보니 죄수 세 사람 은 업서젓습니다 간수는 그만 눈이 둥그래서 자세 차저보니 장판 널을 쓰덧 다 다시 제자리에 노흔 형적이 보엿습니다 그리하야 수사망을 버리엇스나 두 사람은 잡고 주범인 '우에부스타'는 잡지 못하엿습니다 그는 그 뒤 모든 허물을 뉘우치고 론돈 어쩐 통신사의 사원으로 비상한 활약을 하엿다 합니 다

『매일신보』, 1930.10.9

문어 그림자에 루명 쓰는 며느리 (一)

김말례金末禮

황해바다 ××도에는 큰 니야기쩌리가 써돌게 되엿습니다 그것은 이 섬에서 제일 가는 부자요 명문가요 세력 조키로 일홈 놉흔 김좌수[1] 집에서 맛메느리로 선배 김일선의 맛쌀을 달여왓다가 그 잇튼날 돌려보냇다는 일이엇습니다 김좌수의 비위를 상케하엿다가는 무슨 봉변을 당할지 모르는 섬사람들은 큰일이나 도모하는 듯이 방마다 모혀 안즈면 수군~~~하엿습니다 섬사람들은 김좌수의 집의 일을 수군거리는 하나 일의 정체를 쪽쪽히 아는 사람은 업섯습니다 그리고 이 일을 어데까지 조사를 하야 사실을 쏘한 분명하게 알려고 하는 사람도 업섯습니다 그저 김좌수의 집에서 일어난 이 일은 수수썩기 가튼 괴이한 니야기로 써돌 쑨이엇습니다

과연 김좌수의 집에서는 맛메느리를 싀집온 지 하루 만에 돌려보냇습니까 돌려보냇다면 이 리면에는 세상에서 모르는 것만치 괴이한 사정이 숨어 잇슬 것입니다

칠월 금음이엇습니다 김좌수는 외아들이요 만득자[2]인 길순이가 성례한 것이 너머도 깃거워서 이날 밤은 잠도 자지 안코 자정이 넘도록 이웃집 늙은이들과 주효[3]를 난호앗습니다

---

1   조선 시대에, 지방의 자치 기구인 향청(鄕廳)의 우두머리.
2   늙어서 낳은 자식.
3   술과 안주를 아울러 이르는 말.

닭이 첫 홰[4]를 첫슬 째 김좌수는 술상을 물리고 늙은이들을 돌려보냇습니다 잘려고 잘이 속에 들어도 김좌수는 얼근한 주흥과 아들 메느리의 귀여운 생각에 잠을 잘 수 업섯습니다

김좌수는 크다란 헛깃침 두어 번 겁허하고 방문을 열고 뜰로 날여갓습니다

평풍[5]을 치고 촛불을 밝킨 안방에서 내 아들과 내 메느리는 한쌍의 원앙가티 자고 잇스리라 김좌수는 자기도 모르게 아들의 방 압흐로 발을 옴겻습니다

김좌수는 의미업시 안뜰을 휘돌고 자기의 방으로 도라 가려고 두어 거름발을 옴겨노아슬 째 집흔 잠 속에 죽은 듯이 고요한 아들의 방문에는 사람의 그림자가 얼는 하엿습니다

'이 무슨 일인고' 김좌수는 직각적으로 수상하고 의심스러운 생각이 들어 거름을 멈추고 아들의 방을 바라보앗습니다 방안에서는 이럿타고 할 말한 인적기도 업섯습니다

김좌수는 자기의 눈이 호린 까닭이 안이가 하야 옷고름으로 눈을 두어 번 문지르고 쏘한 방을 바라보앗습니다 이째에 쏘 한 번 사람의 그림자가 창문에 어리윗다가 살어젓습니다

김좌수는 가슴이 문허지는 듯하는 실망을 늣기엿습니다

"메느리를 잘못 어더왓구나"

집안은 이제 망하게 되엿다 김좌수는 자기도 모르게 중얼거렷습니다

사람의 그림자는 쏘 한 번 그림 젓습니다 김좌수는 그 사람이 엇더한 사람인지를 추측할 수 잇스리만치 그림자의 륜곽을 확실이 볼 수 잇섯습니다

---

4 새벽에 닭이 올라앉은 나무 막대를 치면서 우는 차례를 세는 단위.
5 '병풍'의 변한 말.

김좌수는 의분[6]에 썰리는 주먹을 두어 번 쥐엿다 놋코 무어라고 말하기 어려운 용긔가 새삼스리 온몸의 피줄을 슬케하야 아들의 방안으로 가서 가만히 엿보앗습니다

아들 길순이는 절들나가 되지 못한지라 네 활개를 쌧치고 잠이 들엇고 메느리는 자는 듯이 누어스나 자지안는 것이 분명하엿습니다

김좌수의 머리 속에는 번개불가티 메느리가 잠들지 못하는 리유가 분로에 썰며 지나갓습니다

'간부[7]를 마즐 게집이 잠이 들겟느냐'

제방으로 돌아온 김좌수는 어한이 벙벙하엿습니다

'돈 만코 세도 조흔 김좌수가 외아들의 메느리로 중놈 부처 먹는 게집애를 달여왓다'

김좌수는 길게 한숨을 한 번 쉬고 주먹으로 방바닥을 두다렷습니다

---

6   불의에 대하여 일으키는 분노.
7   간통한 남자.

『매일신보』, 1930.10.10

문어 그림자에 루명 쓰는 며느리 (二)

김말례 金末禮

　김좌수는 분노에 이를 부드득 부드득 갈며 잘 생각은 업섯스나 무심히 자리에 누엇습니다 눈을 스르르 감엇습니다 그이의 눈 압헤는 조금 전에 보던 중놈의 그림자가 환상幻像가티 나타남니다 김좌수는 괴로운 듯이 한숨을 쉬며 다시 자리에서 일어낫습니다

　이째엿습니다 메느리 방문에 어리던 중놈의 그림자는 김좌수의 방문에 쏘한 얼는 하엿습니다 이순간 김좌수는 가슴이 두군거리고 머리가 웃식하

엿습니다 그리고 니어서 지도 모르게

"누구냐"

고 큰 고함을 지르며 문을 열엇습니다 사람의 인적기는 도모지 업섯습니다 김좌수는 으스스한 생각이 마음에 들어서 쏘 한 번 크다란 소리로

"저리로 간 놈이 누구냐"

고 벽력가티 고함을 질럿습니다 이 고함소리에 놀랜 사람은 가족들이엿습니다

멧칠 동안을 두고 잔체를 차리느라고 밤잠도 변변히 못 자던 가족들은 잔체를 씃낸 뒤 마음놋코 유쾌하게 자던 것이엿습니다

김좌수의 고함소리에 누구보다도 몬저 잠자리에서 일어난 사람은 이 집의 하인 복돌이엇습니다 복돌이는 눈을 비비며 나오며

"도적놈이 들어왓습니까"

김좌수는 복돌이 말에 대답할 생각은 업시 쏘한 본노에 썰리는 목소리로

"중놈이 이리로 갓스니 붓잡어라"

복돌이는 명령이 써러지자마자 어대로 갓느냐는 방향도 뭇지 안코 대문을 열고 밧그로 나왓습니다

김좌수의 태도가 너머 흥분되여 잇는 까닭에 말을 물을 용기가 나지 안어 그냥 문을 열고 금시 중놈을 잡을 듯이 황망한 태도로 쒸여나온 것이엇습니다

이동안에 집사람들도 이 방 저 방에서 잠자리에서 일어낫습니다 모다 무슨 영문인지 수군거리기만 하엿습니다

복돌이는 대문 밧그로 나아가 담장을 씨고 집을 휘 한 박휘 돌아보앗습니다 그리고 집 압흐로 벗은 길을 한참 거러보며 사방을 살펴보앗습니다 중놈의 그림자는 보이지 안엇습니다.

복돌아는 자긔가 공명[1]을 세우지 못한 것이 미안하다는 듯이 집으로 도라왓습니다 이째에 김좌수는 문을 굿게 닷고 아모에게나 얼골을 보이지 안엇습니다.

의아（疑訝）와 수상함에 수군거리던 집사람의 한쎄는 복돌이에게로 몰려들엇다.

복돌이는 중놈을 잡으라고 한 김좌수의 명령이 나리던 일과 자긔가 중놈 잡으려 활동한 사실을 이야기한 뒤에 나즈막한 목소리로

"영감님은 보기에도 무섭게 노하섯담니다 함으로 가서 문을 열거나 하지 마서요 큰 욕을 당하지 안으시려거던……."

집사람들은 사건의 내용을 모르는 것만큼 복돌이 말을 밋고 김좌수의 방문을 열려고 하는 사람은 업섯습니다

김좌수는 한밤을 꼿닥 새운 까닭에 그만 자리에 누어 잠간 잠이 들엇습니다

해가 동산 우에 소사올라 느즌 아츰 째가 되여서도 일어나지 안엇습니다

집사람들은 맛메느리 맛즌 첫날 아츰의 깃붐도 맛볼 수 업시 그저 까닭 모를 김좌수의 일에 그저 심상치 안타는 태도로 조반을 치루고 의연히 무슨 일인지를 몰라 수군거리기만 하엿습니다 더욱이 싀집 온 맛메느리는 수군거리는 집사람들의 수상한 태도에 멋적어 하엿습니다

한나절이 갓가히 되여서 김좌수의 마누라는 일즉이 일어나지 안는다는 핑게 삼어 김좌수 방문을 열엇습니다

---

1 공을 세워서 자긔의 이름을 널리 드러냄, 또는 그 이름.

『매일신보』, 1930.10.11

문어 그림자에 루명 쓰는 며느리 (三)

김말례金末禮

　김좌수 마누라가 방문을 열고 들어와도 죽은 듯이 누어 잇섯습니다 마누라는 잠시 주저하다가 조반 잡수라고 말을 부첫습니다

　김좌수는 이째에야 겨우 기침을 하엿습니다 그리고 이어서 어제밤에 생긴 일을 이야기하엿습니다

　"어제밤 그 애들이 엇더케 자나하고 쓸로 나갓더니 중놈의 그림자가 두 번식이나 창문에 그림지고 또한 내 방문에도 중놈의 그림자가 얼는 하엿담

니다"

김좌수는 이 이야기를 긋치자마자 그림자는 이 섬의 유일한 사찰寺刹인 청도사靑道寺의 중놈이라고 해석을 부치며 단안[1]을 내리웠습니다

"그 중놈이 엇더케 드러왓슬까"

마누라는 그저 의심스러운 듯이 눈을 샛별가티 반짝이며 혼자말가티 중얼거렷습니다

"게집과 사내가 정이 들어 만나려면 천 리 바다라도 헤염을 처 가거던 김좌수의 집 가튼 것을 드나드는 것이야 어려울 것이 잇슬라구"

김좌수는 자긔의 판단과 취상이 틀님업다고 마누라에게 이야기한 후 아들 길순이를 불러 이 사실에 대하야 문초가 시작되엿습니다 길순이는 아버지의 뭇는 말에 그저 모르겟다고 부인하엿습니다

"어제 네 방에서 인적긔가 나지 안트냐"

"나는 자리에 들자 곳 잠이 들엇는데 인적긔 잇는 것은 몰라요"

김좌수는 길순이를 내여 보낸 뒤에 마누라와 이 일의 선후책을 토이하엿습니다.

메누리가 중놈과 불이의 관게를 매젓다는 물적 증거는 확실하게 잡지 못하엿스나 어제밤에 본 중놈의 그림자는 이 사건을 틀림업시 증명한다고 하야 맛며느리를 돌려보내기로 의견이 일치하엿습니다 그리고 청도사의 중놈을 잡어다가 고문하기로 이 쏘한 의견이 일치하엿습니다

이날 밤 초저녁이엇습니다 섬사람은 바다의 하루 일에 피곤하야 잠이 들려고 하는 쌔엿습니다

---

1 어떤 사항에 대한 생각을 딱 잘라 결정함, 또는 그렇게 결정된 생각.

김좌수의 집에서도 어제 다려온 메느리를 돌려보낼 준비가 시작되엿습니다

"애 너는 오늘 친정으로 도라가거라 집에 무슨 일이 생겻스니 이 일은 네가 본집에 가면 알 터이니"

김좌수의 마누라는 초저녁이 지나슬 째 메느리를 불러 본집으로 도라가라는 명령을 내리웟습니다

"……"

메느리는 아모 대답도 업시 머리를 숙으리고 잇습니다 메느리는 무슨 리유로 싀집온 지 하루밧게 되지 안는 나를 집으로 도라가라고 하는가 하는 쯧밧게 일에 그 리유를 질문하고 십허스나 선배인 아버지가 항상 가르켜주던 교훈이 머리를 스치고 지나갓습니다

죽는 한이 잇더라도 부모의 하는 일에 반항은 말어라 그것은 불효가 되는 것이다

맛메느리는 잠잣코 하회[2]가 나리기만 기다리엿습니다 김좌수는 어제밤에 생긴 일을 간단히 서신에 적은 후 가마를 준비하야 메느리는 동리사람의 눈을 피하야 본가로 도라갓습니다 그리고 그날 밤 이슥한 째에□ 청도사의 중놈이 결박을 당하야 김좌수의 집에 잡혀왓습니다 김좌수는 중놈을 쓸 압헤 쓸어안친 후에 호령을 내리웟습니다

"이놈! 도를 닥는다는 중놈이 게집질을 하다니 네 죄를 네가 모르겟느냐"

청도사의 중은 천만의외라는 듯이 잠시 김좌수의 얼골을 처다보더니

"소승이 도를 닥기 시작한 지 이십여 년에 동리마님들을 대할 째에도 마음으로도 이럿타는 불순한 생각을 먹은 적이 업섯습니다"

---

2   윗사람이 회답을 내림, 또는 그런 일. 어떤 일이 있은 다음에 벌어지는 일의 형태나 결과.

김좌수는 하인들에게 명하야 그저 죽일 놈이라고 명령을 내리워 째리기 시작하엿습니다 하인들은 한참동안 볼기를 치고 몽둥이로 전신을 란타하엿습니다 약 삼십 분만에 중은 기절을 하엿습니다 냉수를 멕여 피여나게 한 후 중은 하인들의 손에 운반되여 청도사로 도라갓습니다

메느리를 돌려보내고 중놈을 고문하엿스나 그림자의 정체는 역시 판명되지 안엇습니다

『매일신보』, 1930.10.12

문어 그림자에 루명 쓰는 며느리 (四)

김말례金末禮

선배 김일선의 집에서는 딸을 싀집 잘 보냇다고 이날 밤도 김일선은 술이 얼근히 취하야 마누라에게 제 흥에 겨운 잔소리를 하던 째입니다

집 대문 밧게서는 째아닌 사람의 발소리가 들리더니 가마 부리우는 소리가 들리엇습니다 김일선이는 수상한 생각에 잠시 말을 멋추고 귀를 기우리고 엿듣다가 문을 열엇습니다 이째에 밧게서는 굴다란 목소리로

"이 댁이 김일선씨 댁입니까 아씨님을 모서왓습니다"

김일선은 아씨님을 모서왓다는 말에 무슨 일인지 몰라 문 밧그로 마주 나갓습니다

김일선의 얼골을 보자 가마군들은 김좌수가 전하라는 편지를 내여주고는 이러타는 아모말도 업시 그냥 가마를 싹려가지고는 어슬렁어슬렁 도라를 갑니다

아모말도 업시 울고 섯는 딸을 보고 김일선은 엇지 된 일이냐고 간단히 말을 한 후 방으로 들어와 편지를 쓰덧습니다

편지에는 김좌수의 집에서 일어난 일이 간단히 적히워 잇섯고 싀혜가서 딸의 품행이 올치 못하야 미안하나마 돌려보낸다고 적엇습니다

김일선은 눈을 감고 한참동안 안젓더니 고개를 두어 번 쓰덕쓰덕하고나서 혼자말로 중얼거립니다

"김일선의 딸이 중놈을 부헛다"

이윽고 김일선은 딸을 불러 일의 전말을 물엇습니다 딸은 아모 영문도 모르고 가마를 타고 왓슬 쭌이라고 대답하엿습니다

"선악은 한울이 아는 법이니 사람은 변명한들 아모 소용도 업스니 집사람들은 함부로 김좌수의 집에 말을 부치지 말어라"

김일선은 집사람들에게 엄명을 내리우고 아모 일도 업섯다는 듯이 지냇

습니다

그러나 아모 죄 업시 쫓기여 온 김일선의 쌀은 항상 마음 속에서 루명 쓴 것을 압허하엿습니다

"내가 언제 중놈하고 이야기나 한 적이 잇섯나"

그는 이와 가튼 변명을 속으로 하며 자긔가 쫓기여 오게 된 일의 전말을 알고 십허 매우 궁금하엿습니다 그러나 알 길은 도모지 업섯습니다

메느리를 돌려보낸 김좌수의 집에서는 게속하야 중놈을 잡으려 하엿스나 잡지 못하고 청도사의 중만 애꾸께 고문을 당하엿습니다

자라보고 놀낸 사람이 소등개[1] 보고 놀낸다는 격언과 가티 메느리 달여옴에 실패를 한 김좌수의 집에서는 격순이[2]의 뉘 탄실이도 이러니 저러니하고 말성을 이르키기 전에 시집 보내는 것이 상책이라고 하야 등 넘어 김진사 집과 혼약을 맺고 불이야 불이야 신랑마지 준비를 하엿습니다

메느리를 보내더니 쌀을 갑재기 식집 보낸다 동리에서는 더 한층 의심 깁흔 이야기가 써도랏습니다

메느리 간 지 한 달이 못 되여서 김진사의 아들은 유복한 신랑으로 말을 타고 김좌수의 집으로 장가왓습니다 김진사의 아들은 상처[3]하엿던 사람이라 나희 이십이 다 된 사람이엇습니다

평풍 속에 초불 쩌는 첫날밤은 중놈의 그림자가 어리엇던 메느리 방이엇습니다

신랑은 붓그러워하는 신부와 가느다란 목소리로 속삭이며 자정이 넘도록

---

1 '소댕(솥을 덮는 쇠뚜껑)'의 방언(전남).
2 '길순이'의 인쇄 오류로 추정.
3 아내의 죽음을 당함.

자지 안엇습니다

이째에 돌연히 창문에는 그림자가 얼는 하엿다가 살어젓습니다 이 깁혼 밤에 엇던 사람의 그림자가 일가 신랑은 수상한 생각이 가슴에 들엇습니다 얼마 아니하야 쏘 한 번 그림자는 창문에 얼눅젓습니다 신랑은 가슴이 저도 모르게 서늘하여짐을 늣겻습니다 쏘 한 번 그림자는 신랑의 눈을 놀래게 하엿습니다

그림자는 머리 짝근 사람이 분명한데 신랑이 이러케 생각하고 잇슬 째에 신부는 일어나 뒷간에 간다고 문을 열고 밧그로 나아갓습니다

『매일신보』, 1930.10.13

문어 그림자에 루명 쓰는 며느리 (五.)

김말례金末禮

밧갓으로 나아간 신부는 속 편치안어 뒷간에서 한참동안 잇다가 방으로 도라왓습니다 신부가 밧그로 나간 뒤 신랑은 공연히 흥분이 되여 가슴이 소란함을 늣겻습니다

중놈의 그림자가 창문에 어리자 밧그로 나아가 오래 잇다 그리고 방으로 도라온 신부는 얼골이 그윽이 붉엇다 신랑은 이러케 련속적으로 생각하엿습니다 생각할사록 신랑의 생각은 조리가 서고 사리가 드러마진 듯 하엿습

니다

신랑은 속으로 이러케 결심하엿습니다

내일 새벽 나는 도망을 하야 집으로 도라가겟다

그리고 분한 생각이 뒤밋처 일어나 몸서리를 첫습니다 신부는 잠을 못 자고 무엇을 고민하는 듯한 태도에 이상한 생각이 낫스나 첫날밤의 일이라 물을 생각도 업시 그냥 자고 말엇습니다

동이 터오는 새벽이엇습니다 신부가 잠을 쌔니 엽헤 누엇던 신랑이 간 곳이 업습니다 처음에는 뒤간에 가지 안엇나 하엿스나 얼마를 기다려도 도라오지 안음으로 슬젹 뒷간을 가 보앗스나 종적은 업섯습니다 해가 동산 우에 써올라 왓슬 쌔에도 신랑의 그림자는 다시 김좌수의 집에 낫하나지 안엇습니다

신부는 어머니에게 이 사실을 알리엿습니다 어머니는 다시 김좌수에게 이야기하엿습니다 장가 온 첫날밤에 신랑의 종적이 업서 진지라 김좌수의 집에서는 일대 소동이 일어낫습니다

한나절이 될 쌔까지 각 방면으로 차저보아스나 역시 종적이 업서 이 일을 적은 후 김진사의 집으로 하인을 보냇습니다

저녁 쌔 하인은 도라왓습니다 회답을 들고 온 김좌수 집 하인은 김진사의 집 일을 낫낫치 이야기하엿습니다

"우리 아씨님이 중놈을 부텃다고 야단들이야요 그리고 그집 하인놈들이 나까지 더러운 놈이라고 입에 담지 못할 욕까지 합듸다"

김좌수는 김진사로부터 보낸 답장과 하인의 보고를 듯고 놀래엿습니다 놀랫다는 것보다 차라리 죽고 십혼 생각이 낫습니다

맛메느리를 중놈 부튼 게집이라고 돌려보냇는데 이제는 내 쌀이 중놈을

부터 먹엇다

　김좌수는 얼골이 흙빗이 되며 집안은 망하고 말엇구나
하고 탄식하엿습니다 김좌수의 집안은 수심이 가득하엿습니다

　이날에도 집사람들은 무슨 영문인지 모르고 수근거렷습니다 그리고 신랑
이 간다 온다는 말도 업시 업서진 것을 수상한 일이라고 이야기하엿습니다

　몟칠이 지난 뒤 동리에는 쏘 한 가지 이야기쩌리가 퍼젓습니다 이야기는
한 입을 건느고 두 입을 건너가 동리 사람들이 전부 알게 되엿습니다

　"김좌수의 집에서는 엇지 된 일인가 맛며느리를 하루 만에 보내더니 신랑
이 쏘 하루 만에 도망을 첫다고 하대 그려"

　"글세 이런 일이 세상에 잇슬까"

　"공연히 남의 집 일이니까 이야기하기가 조와서 그런게지"

　동리 사람들의 일의 정체를 모르는지라 이야기가 구구하엿습니다[1]

　김좌수의 쌀과 김일선이가 루명 쓴 중놈의 그림자는 무엇이겟습니까

　바다까에는 파고물 먹으려고 문어가 사람을 차저 드는 일이 자즙니다 이
중놈의 그림자는 중 가티 생긴 문어가 파고물 먹으려고 이 방 저 방 차저단
이는 그림자엿습니다

　김좌수의 집에서는 이것을 아는 사람이 업섯고 알 리도 업섯습니다

　그저 문어 그림자에 두 메느리는 루명을 쓰고 한평생을 원한 만케 살엇습
니다 (쯧)

1　각각 다르다.

『매일신보』, 1930.10.14

끔직한 죽음을 한 김선달네 막내딸 (一)

이정근李貞根

상사相思뱀 이야기는 지금 사람으로는 도저히 수긍할 수 업는 여러 가지 결점이 잇다 그러나 그째의 광경을 목격하얏다는 사람에게서 들은 대로를 긔록하거니와 그 이야기가 사실인지 아닌지는 보증할 수 업는 것이다 그런데 상사뱀이 십여 년 전 어느 해 녀름에 충청도 어느 곳에 잇섯다는 것은 널니 세상에 알려저 잇는 이야기이다

×

"서촌西村 김선달네 집에는 괴변이 생겻다"는 소문은 사람의 입에서 귀로 귀에서 쏘 입으로 한량[1] 업시 퍼젓다 소문을 드른 사람들은 그 일이 하도 괴이한 것이며 쏘한 별로 급한 볼 일이 업는 사람들이기 째문에 백 리를 멀다하지 안코서 몰녀들게 되엇다 그리하야 서촌으로 서촌으로! 달녀 온 사람들은 김선달네 집 알에목에 죽은 듯이 가만히 누어잇는 이 집 큰 애기를 보고 가려하야 그 집 문전에는 날마다 날마다 저자市를 이루다시피 하엿다 한다

×

김선달은 농군이다 원래는 동촌東村에서 살엇섯스나 가난한 집 둘재 아들임으로 솟 하나 동이 한 개를 부모의 유산으로 하야 김선달 내외만 서촌으로 이사 온 지가 벌서 한 삼십 년 된다 한다 아모리 남의 쌍에 농사를 지어 먹고는 살어왓스나 천성이 온순하고 부즈런한 김선달 내외는 원체 알뜰하기 째문에 먹을 것도 못 먹고 입을 줄도 몰라가며 모혼 돈으로 이제는 의식 걱정은 업슬만큼 살림사리가 넉넉하여젓다 의식 걱정을 면하게 되면 명예나 지위가 그리워지는 것은 범상한 사람의 상정이다 김선달도 사람인 이상 그러한 약점은 쏘한 면할 수 업섯는 모양이니 김첨지[2]를 김선달[3]이라고 불

---

1 한정된 분량.
2 나이 많은 남자를 낮잡아 이르는 말.

느게 되엇슴에도 적지 아니한 희생이 업지 못하엿든 것이다

×

김첨지가 선달된 후부터는 머리에다가 탕건을 쓰게 되엇슬 뿐아니라 의복과 음식의 모든 범절을 도치엇스며 혼인도 될 수 만 잇스면 양반兩班과 인연을 매즈려 하엿든 것이다 그리하야 맛메누리를 이 싀골에서는 첫 손가락 꼽는 산동신씨山東申氏가에서 어더드리고 둘재요 쏘한 막내딸 옥경玉卿이는 서울서 락향한 지 얼마나 되는 서승지徐承旨의 셋재 아들과 말질된 지 오래되어 이제는 길일吉日을 골라서 성혼하려하야 두 집에서는 결혼 준비에 매우 분망하든 째이엇다 엇던 날 옥경이에게는 긔괴하고도 씀직한 일이 생겻는데 이를 처음에는 집안 사람끼리만 알고 우물쭈물하려 하엿섯스나 숨길수록 더욱 쌜리 들어나는 것은 세상사람들의 일이다 그 씀직한 소문은 삽시간에 린근 동네에 퍼지서 사람들이 김선달네 집으로 싀여들게 된 것이엇다

3　문무과에 급제하고 아직 벼슬하지 아니한 사람. 조선 중기 이후에는 주로 무과에 급제하고 벼슬을 받지 못한 사람만을 가리켰다.

『매일신보』, 1930.10.15

끔직한 죽음을 한 김선달네 막내쌀 (二)

이정근李貞根

　옥경이에게는 순동이라는 소꿉동무가 잇섯다 어려서부터 가티 자라날 째에 두 아이는 남달니 서로 짜르며 서로 그리워하엿섯다 엇지다가 서로 못 맛나게 되는 째이면 옥경이가 순동이를 찻거나 순동이가 옥경이를 찻거나 하야 긔어코 만나보고서야 견듸엇다 한다 그리하야 다른 동무들은 그 두 아이를 여러 가지로 놀니는 일도 잇섯다 그러나 그 놀님이나 빈중대는 것이 도리어 두 사람의 사이를 더욱 갓갑게는 하엿슬 망정 아모러한 방해도 씨치

지 못하엿다 이와 가티 지내는 동안에 세월은 두 아이로 하야금 항상 그러케만 지낼 수 업게 하엿스니 자연自然이라는 심술쟁이는 두 아이를 별다른 세게로 인도하고야 만 것이다

　　　×

옥경이가 열여섯 살 되든 해 봄이엇다 그때 열여덜 살이나 된 순동이로서는 인생의 큰 비밀을 깨다른 이후로 속으로만 은근히 마음을 썩이엇섯고 아직도 어린 옥경이는 순동이의 행동이 수상해진 리유를 히미하게나마 짐작하지 못할 나히는 아니엇다 그러나 순동이가 고민하고 초조해하면 그러케 할수록 옥경의 태도는 의외로 쌀々하엿섯다 날마다 가티 놀든 소꿉동무이든 그 두 사람 사이는 세월로 더부러 점々 멀어젓슬 뿐아니라 순동이는 이제 경옥이[1]를 치어다보기도 어렵게 된 기막힌 사정이 잇게 되엇다 경옥이[2]는 그 동네에서는 부자집 소리를 듯게 된 김선달의 고명쌀[3]이엇는데 순동이는 일가 집에 부치어서 머슴사리나 질배 업는 처지에 잇섯기 째문이다

　　　×

순동네 집도 남부럽지안케 잘 살엇섯스나 가운家運이 기우러저서 일즉이 부모를 여이고 가족이 허터저서 칠촌 아저씨네 집에서 언처살게 되엇든 것이다 처음에는 유일한 동무요 또 가장 싸듯한 동정을 하여주든 옥경이조차 처지가 다름으로 말미암아 점々 멀어지게 되고야 만 것이나 그래도 얼마 전 까지는 남의 눈을 속이고 으슥한 곳에서 눈물을 흘려가며 위로를 하야주든 옥경이가 이제는 그것도 못하게 되엇슴으로 순동이는 한울에 매어달닌 듯

1　'옥경이'의 인쇄 오류로 추정.
2　'옥경이'의 인쇄 오류로 추정.
3　아들 많은 집의 외딸.

도 하고 쌍 속으로 드러간 듯도 한 적막을 늣기엇다 그리하야 헤아릴 수 업
는 공허空虛를 을사안고 가이업는 암흙의 광야를 헤매는 듯한 심경心境에서 가
엽게도 순동이는 헤매고 잇섯다 그런데 갑자기 알게 된 것은 옥경이가 서승
지의 셋재 아들과 정혼하야 벌서 택일까지 되엇다는 것이엇다

『매일신보』, 1930.10.16

슴직한 죽음을 한 김선달네 막내딸 (三)

이정근李貞根

순동이의 병세는 점々 위중하여젓다 보는 사람들도 그 증세가 심상치 아니하다 하엿거니와 순동이 자신도 도저히 병석에서 다시 한번 일어나볼가 십지를 못하엿다 칠촌 아저씨네 집 우ㅅ방구석에서 죽어가는 순동이 병석에는 자조 듸려다보는 사람들도 업것만은 오직 팔촌 누이 동생 순예順禮가 잇슬 뿐이엇다 순동이 엽흘 잠시도 써나지 안는 순예를 넌즛이 불너가지고 이 세상에서는 마즈막으로 자기 가슴 깁히 파무더 두엇든 원한을 하소연 하엿다 그는 옥경이를 자기 목숨이 부터 잇는 동안에 한번 만나보게하여 달라 함이엇다 이 부탁을 바든 순예는 남몰래 옥경이에게 전갈을 하엿다 전갈을 듯지 아니하엿슬 째에도 순동이의 병세가 위독하다는 말을 듯고 마음에 불상하기 견줄 데가 업섯는데 더구나 죽기 전에 한번 쏙 만나보고십다는 긔별을 들엇스매 마음으로야 금방 가보고 십헛스나 남의 눈이 무서웟고 경우와 사정이 발을 막어서 가지를 못하엿다 그리는 동안에 순동이는 눈을 감지 못한대로 그만 죽어버렷다

　　×

순동이가 죽은 지 사흘 만에 옥경이네 집에는 혼인잔채가 버러젓섯다 실랑색씨가 마조 서서 절을 하는데 구경쑨 가운데에서 "저것 보라"는 소리를 질럿다 그 소리에 놀랜 여러 사람의 눈은 색씨의 치마자락으로 몰럿다 색씨의 느러트린 홍치마 자락에 보기에도 씀직스러운 뱀 한 머리가 서리고 잇섯다 이를 발견한 구경쑨 중에서 성미 급한 사람들은 칼이며 몽둥이며 아모 것이나 손에 닷는대로 집어들고 색씨에게로 달려드랴니까 뱀은 날새게도 치마 속으로 숨엇다 그 바람에 색씨는 기절을 하야 초례청[1]에 잡바저버리엇

1　초례(전통적으로 치르는 혼례식)를 치르는 장소.

다 얼마동안은 엇절지를 몰라서 여러 사람들이 바글바글하기만 하고 잇섯스나 그중에서도 가장 담대한 사람 멧치 색씨를 신방으로 옴겨노코 물을 먹인다 팔다리를 주물는다 하야 정신을 차리게 하는 일방으로 치마 속에 숨은 뱀을 찻고자 허리를 풀엇드니 그 속으로부터 뱀 대가리가 나와 색씨의 바로 턱미테 입을 대고잇다 씀적만 하면 곳 색씨를 물을 듯한 태도이엇다 내려치자하나 뱀과 동시에 색씨도 죽을 판이다 얼마 아니되자 색씨는 정신을 차렷다 정신을 차려 악까 일을 생각하면서 대관절 엇더케 되엇나 하야 자기 몸을 움지기랴하매 바로 목 미테 부튼 뱀이 자기 목을 간질럿다 그런데 이상한 것은 알에가 쌀듯하야 엇전지 새근은 하엿스나 그래도 그것이 별로 불쾌하지는 아니하엿다 한다 색씨 몸은 씀작도 못하고만 잇섯다

×

색씨는 간 후 좌우를 살폇다 그곳에는 집안 사람들이 놀나운 얼골로 자기를 내려다보고만 섯는 것을 보앗다 허리씌가 푸러진 것도 깨다랏다 부스럽고 무서운 마음에 옷매듭을 하려하매 뱀은 쏘 목을 간질럿다 자기 배우에 잇는 것이 뱀인 줄 알 째에 색씨는 쏘다시 긔절을 하엿다 서승지는 뱀을 건드리지 말라는 것과 색씨가 정신을 차리거든 평소에 색씨를 흠모하든 사람이 누구든가를 물어보라는 말을 남기고 신랑만 데불고 초조히 작별을 하엿다 새 사돈의 점잔은 부탁에 저윽이 안심은 되엇스나 갑자기 일어난 긔막히는 괴변에 허둥지둥 미안하다는 말 한마듸 변々히 못하고 말엇다 이와 가티 량반 사돈과 량반 사위를 돌려보내노코 속으로 은근히 후회를 마지 아니하엿다 순동이와 옥경이 사이를 김선달도 아조 몰으지는 아니하엿고 쏘 순동이 어른과는 어렷슬 째부터 친한 친구이엇든 것이다 김선달이 만일 량반 사위를 보려고만 아니하엿드라면 순동이를 사위로 삼엇슬 지도 몰을

만큼 순동이를 귀애²하엿든 쌔도 잇섯다 한다

---

2 귀엽게 여겨 사랑함.

『매일신보』, 1930.10.17

씀직한 죽음을 한 김선달네 막내딸 (四)

이정근李貞根

옥경이에게 이런 일이 생긴 뒤 세상의 소문은 굉장한 반대로 김선달네 집은 넘우도 쓸々하엿다 김선달 내외는 열흘에 한 번도 옥경이 방을 드려다보지를 아니하엿다 쌀 자식이 귀여운 마음이야 죽음도 변한 배 아니것만 그만큼 쏘한 옥경이의 그 쏠이 보기 실엇슴이엇다 옥경이오라범은 그 야단이 난 지 얼마 뒤에 안해와 어린 것들을 데불고 그 동네에서 얼마 안되는 처가로 가버럿다 그런데 남의 마음은 아는 체 모르는 체하고 구경낫다고 몰려드는 염치업는 사람들은 쓰역~~ 드러와서 김선달 내외의 마음을 더욱 압호게 하엿섯다 김선달도 처음에는 구경하려고 차저온 사람들을 문 안에 드러서지도 못하게 하너라고 말다툼도 하엿섯스나 수만흔 사람을 상대로 하야 막을 수 업는 것임을 알자 이제는 수체 내버려두엇다 그리하야 사람들은 김선달네 집으로 쇠여 들게 되엇다

×

마음이 압흔 사람이면 만흔 사람들 사이에 씨일스록 더욱 고독을 늣기는 것이다 쎼 쏫까지 사모치는 외로운 심경에 고민하는 옥경이는 자긔의 쏠악선이를 구경하려고 드려다 보는 사람을 보기 실타는 듯이 두 눈을 쏙 감고만 잇섯다 그런데 밤이나 낫이나 옥경이의 엽홀 잠시도 써나지 아니하고 모든 시중을 들어주는 사람은 오직 순동이의 팔촌 누이 동생 순예가 잇슬 쑨이엇다 이상하게도 순예는 옥경이의 배우에 죽은 듯이 부터 잇는 그 뱀이 무섭지를 아니하엿다 한다 뱀은 미물임으로 사람으로서 죽음도 무서워 할 것이 업는 것이나 그래도 어느 째 어느 곳에서나 뱀을 만날 째에 그를 씀직스럽다 아니하는 사람이 업스며 더구나 쏫가튼 색씨 옥경이의 배우에 잇슴에이랴 그러나 순예에게는 그것이 암만해도 뱀으로는 보이지 아니하엿다 한다 옥경이와 마찬가지로 그것은 죽엇다는 순동이가 분명하엿다 한다 그

러나 여러 사람의 눈에는 그것은 분명한 뱀이엇다 한다

×

김선달 내외도 순예의 남다른 친절이 고마윗슬 뿐아니라 죽음도 스리지 아니함에 도리어 이상하다 하야 느진 밤 고요한 틈을 타서 삼복 중 모진 더위에도 방문을 굿게 다진 옥경이 방 압헤까지 와서 방안의 광경을 알려하야 손가락에 침칠을 하야 구녁을 쭐코 드려다 보기도 하엿스나 아모러한 변동도 업고 오직 옥경이와 순예가 곤하게 자는 모양인데 뱀은 홀노 깨어잇는 듯 하엿다 또 어느 째에는 목을 길게 쎕은 뱀이 옥경이의 귀에다 입을 대고 무엇을 하소연하는 듯 하엿다 더욱 이상한 것은 김선달 내외가 만일 옥경이 방안에를 드러서면 뱀은 갑작이 경계하는 태도를 보히나 순예는 손으로 만저도 숨저 거리지 안는 것이엇다 이와 가티 두 처녀와 뱀과는 마치 친한 친구와 가텃고 옥경이의 얼골에는 화색까지 돌아서 인제는 아조 태연한 태도이엇다 그러나 입으로는 절대로 말을 하지 아니하엿다 한다

×

그러는 동안에 세월은 흘러서 찬바람이 낫다 아침저녁으로는 제법 선々한 긔운이 돌앗다 그런데 옥경이 몸은 밧삭 말너서 쌔와 가죽만 남고 그러케 엡부든 얼골도 이제는 두 눈만 새ㅅ별 가티 껌벅 거릴 뿐이엇다 김선달 내외도 이제는 그런 일은 모다 니저버린 듯이 심상하게[1] 지냇다 그러나 순예만 홀로 압길이 얼마 남지아니한 것을 예감한 듯이 잠시도 그 엽흘 써나지 아니하엿섯다 하로는 김선달 내외가 고달푼 잠을 깨여보니 엇전지 건너방 일이 궁금증이 나서 견딜 수 업섯다 하도 괴상하야 날새기를 기다려 옥

---

1 대수롭지 않고 예사롭다.

경이 방에를 가보니 그곳에는 두 처녀와 뱀이 느런히 누어잇슬 쑌이엇다 아모리 쌔워 보앗스나 감각感覺은 영원히 싣허지고야 말엇다 김선달은 모든 힘을 다하야 갓가운 곳에 무더주고 처녀뫼處女墓라는 족으마한 비ㅅ돌까지 세워주엇다 한다 (쑷)

『매일신보』, 1930.10.18

내가 격거본 것 (一)

김영재金永在

‖ 구척장신 ‖ (一)

그것은 내가 열닐곱 되든 해 느진 봄이엇습니다 나는 우리 동리에서 삼십 리가 되는 '림명'이라는 장으로 장 보려 갓든 일이 잇습니다 그 째는 느진 봄이라 진달레도 질 째가 되고 압산 뒤쏠에 푸른 풀이 보기 조케 쌀린 째엇습니다

아츰밥을 먹고 장에 가서 맛나볼 사람을 대개 맛나보앗스나 꼭 맛나야 할

외삼촌을 맛나지 못하여서 종일 기다리고 잇섯습니다 그러케 기다리노라니 '재영동'이라는데 외잠촌[1]과 가티 갓든 사람이 몬저 돌아와서

"좌수님은 모레나 오시겟답듸다"

하고 긔별을 하엿습니다 그째는 벌서 으슬으슬한 황혼이엇습니다 나는 하는 수 업시 자고 이튼날 써나려고 하엿습니다 그리면서도 마음은 서운하고 조엿습니다 어머니가 눈에 선하고 밤까지 기다리시면서 어듸서 내가 다치지나 안엇나 해서 걱정한 것 가타 여서 한달음에 집으로 가고 십헛습니다

그러나 심삽리ㅅ길을 어두운데 동모 업시 걸ㅅ기는 나의 용긔가 넘어도 부족하엿습니다 나는 주정군들이 들레는 장 거리에 나와서 혼자 쓸ㅅ이 두리번거리고 잇노라니 압흘 지나가는 한 쩨의 어린 축들이 잇섯습니다 그것은 우리 동리 아해들인데 모다 장 보려 왓다가 돌아가는 길이엇습니다

나는 기쌔서 그 축에 씨엇습니다 모다 여섯인데 그중에서 나히가 만흔 것은 복남이니 그는 그째 열하홉이엇습니다 서로 써들고 소리를 질르면서 침ㅅ한 길을 걸엇습니다

'림명'서 우리 동리로 가려면 솔벌이라는 데를 지나가야 합니다 솔벌은 바다ㅅ가로 쌔국이 들어선 소나무가 십 리나 니어서 원산 송도원보다 더 찍ㅅ하엿습니다 서로 써들고 소리를 질르면서 나오노라니 어느듯 솔벌이 압헤 가까윗습니다

바다에서 들리는 파도ㅅ소리、 소나무 사이를 지나가는 바닷바람의 비ㅅ발 가튼 소리 하늘이 보이지 안케 들어선 침ㅅ한 숩숩은 어쩐지 조치 안엇습니다 나는 공연이 가슴이 두군거렷습니다 나샌 아니라 겨테 동모들도 무

---

1 '외삼촌'의 표기 오류로 추정.

서운 듯이 서로 뒤에 서지 안으려고 압흘 다토아 걸으면서 넉 업는 소리만 크게 질럿습니다 압헤 나무 그림자만 좀 쑤두러저 보여도 가슴이 쿵하고 어듸서 무슨 소리만 들려도 머리ᄭ치 줏벗하엿습니다 나는 뒤를 안 도라보리라 하면서도 뒤에 무엇이 따라오는 것 가타 여서 연방 돌아보앗습니다

"공연이 써낫지 자고 오는걸……."

나는 여러 번 후회하엿습니다 다른 애들도 연방 뒤를 돌아다보고 어듸서 나무가지가 썩거지는 소리만 들려도 거름을 멈추엇습니다

이러케 그 '솔벌' 중턱 쯤 나왓슬 쌔엇습니다

"응 저게 뭐냐?"

하고 순돌이라는 아해가 말하면서 걸음을 멈추니까

"으윽"

하고 내 겨테 섯든 정월쇠가 그만 주저안젓습니다 나는 그만 가슴이 쿵하면서 사지가 벌々 썰렷습니다 그들과 가티 그들이 바라보는 데를 바라보앗습니다 그곳은 저편 소나무ᄉ사이 커단 돌이 잇는 데엇습니다

『매일신보』, 1930.10.19

내가 격거본 것 (二)

김영재金永在

구척장신(二)

"잇긴 무에 거기 잇늬?"

제일 나 만흔 복남이는 주저안는 정월쇠를 바라보앗습니다 그의 목소리

도 썰렷습니다

"저……저…… 저것 봐라 저 사람 보아라"

순돌이는 벌々 썰면서 나의 뒤에 몸을 숨엇습니다

"어듸?"

이러케 말하는 순간 나도 깜작 놀라지 안을 수 업섯습니다 침々한 소나무 속 히스름한 돌 겨테 구척장신이 서 잇섯습니다 그것은 어찌보면 발방아[1]를 세여 노혼 것 가타엇습니다

"응 저게 무어냐?"

나도 불으지지지 안을 수 업섯습니다

그 괴물은 치어다보면 볼수록 키가 커 보이고 내려다보면 볼수록 적어 보이엇습니다 금시에 쒸여나와 우리를 덥시는 것 갓고 우리 뒤에서도 그런 괴물이 나타나는 것 갓타엇습니다 모다 오도 가도 못하고 한참이나 서 잇다가

"이놈 무어야?"

하고 복남이가 소리를 질르면서

"너 거기 무에 잇단 말이냐? 모다 미첫구나 어서 가자! 나는 암만 보아도 거기에 돌밧게 업구나!"

복남이는 이러케 말하면서 우리를 동독하엿습니다 우리는 썰리는 다리를 겨우 옴겨노왓스나 그 괴물이 작고 쪼차와서 뒷통수를 치는 것 가타엇습니다

그러자 멀리서 들리는 통경[2] 소리가 가까워지며 달구지 군들이 수레를 몰고 가까이 왓습니다 우리는 그 달구지 군 맞난 것이 큰 구세주나 맞난 것 가타엇습니다

---

1 '디딜방아'의 방언(강원, 경기, 함경).
2 '통경'의 표기 오류로 추정. 통경은 황소의 목에 매다는 큰 방울, 함북 지방의 방언.

×

그날 밤 열 시나 되여서 집으로 돌아왓드니 어머니는

"이 밤에 웬일이냐? 자고 올 일이지! 글쎄 웨 얼골이 저모양이냐 응?"

하고 이상스런 눈으로 나를 바라보앗습니다 나는 그를 바라보앗습니다 나는 그만 털석 주저안저서 한참이나 말을 못하고 잇다가 그 이야기를 서두업시 하엿습니다

"응 큰일 날 번햇구나 그게 독갑이다 상년에두 거기서 독갑이가 나와서 웬 늙은이가 홀렷드니……… 그러게 밤에는 인제 다니지 말아"

하시고 말슴하엿습니다 나는 그 말슴에 더욱 머리끗이 쭛볫하엿습니다 그날 밤 나는 자면서 여러 번 놀라 일어나서 어머니는 큰 걱정을 하섯습니다

그 뒤, 다른 애들은 괜찬엇스나 순돌이는 그날ㅅ밤부터 든 병이 낫지 안엇습니다 그는 각금 "저게 무어요? 저…저…아이구…."

하고 소리를 질으면서 부르르 썰고 잇다가도 피를 토하엿습니다 그는 그러케 석 달을 알타가 죽엇습니다

그 뒤로 나는 밤ㅅ길이라고 다니지도 안엇거니와 각금 그때 생각이 나서 가슴이 두군거렷습니다 그 뒤 내가 이런 말을 하면 모다

"별소리 만치 독갑이가 무슨 독갑이야 거짓말도 분수가 잇지"

하고 밋지 안엇습니다 그러나 나의 가슴에는 그의 문이 늘 서시리어 잇습니다

그것은 무엇인지?

『매일신보』, 1930.10.21

내가 격거본 것 (三)

김영재金永在

벌서 팔구년 전 녯 일입니다 나는 그째 우리 동리에서 오십 리나 되는 읍에 나가서 어썬 회사에 잇섯습니다

눈이 몹시 온 어썬 날 새벽에 나는 집에 다녀오려고 길을 써낫습니다 읍에서 이십 리를 나가면 커단 산이 잇는데 그 산을 넘어가야 우리 집으로 가게 됩니다 어쩌케 쌀리 거럿든지 아츰째가 될락 말락 하여서 그 산을 넘엇

습니다 좁은 산길 눈을 허치면서 산등상이를 넘어 한참 내려가면 길이 골로 쌔지게 됩니다 그 골에는 그리 넓지는 안으나 기픈 내가 흐르고 냇ㅅ가로 험한 좁은 길이 통하엿습니다 쌔는 겨울이라 내는 얼어서 물소리는 들을 수 업고 그 우에 눈이 만히 덥히어서 어듸가 길이고 어듸가 빙판인지 분간키 어려윗스나 나는 익은 길임으로 주저 업시 헤저어 나갓습니다

그날은 어쩐지 아츰부터 그 산을 넘으려니가 무시~~한 것이 마음이 내키지 안엇습니다 그러나 마음을 채처가면서[1] 넘엇습니다

그 골을 거진 쌔지려는 쌔이엇습니다 개천 빙판 눈 속에 무엇인지 박혓는데 눈에 몹시 거치엇습니다 나는 공연이 울렁거리는 가슴을 진정하면서 가싸이 가니 그것은 사람의 옷자락이 보엿습니다 그리자 부서진 갓이 흰 눈 속에 보엿습니다 나는 그만 몸에 소름이 쭉 기치엇습니다 그것은 얼어 죽은 송장이엿습니다 나는 더 보지도 안코 등꼴에 찬짬을 흘리면서 쮜엿습니다

퍼러둥ㅅ한 그 송장이 뒤를 짤으는 것 가타여서 어써케 무서운지 발이 쌍에 붓지 안케 쮜엿습니다

동구 여구를 나오면 주재소[2]가 잇습니다 나는 닷자곳자로 주재소에 들어가서 그 말을 햇드니 주재소에 잇든 순사는

"어듸어?"

하기에 나는 어듸라는 것을 가르처 주엇습니다

"그러면 우리와 가티 가!" 하고 나를 압장을 세엇습니다 나는 바써서 갈 수 업다고 하엿드니

---

1 일을 재촉하여 다그치다.
2 일제강점기에, 순사가 머무르면서 사무를 맡아보던 경찰의 말단 기관. 8·15광복 후에 지서(支署)로 고쳤다.

"안될 말이야! 어서 가!" 하고 등을 미는 바람에 허는 수 업시 압장을 섯습니다 악가와 가티 무섭지는 안엇스나 어쩐지 다시 그리로 올라가기는 실혓습니다

"공연이 그런 말을 햇지" 나는 이러케 혼자 후회하면서 올라갓습니다

현장에 일으자 순사는 대리고 간 면소[3] 하인을 식혀서 그 송장을 눈 속에서 쌉아 노앗습니다 돌덩어리 가티 얼은 송장은 뚱〃 부엇습니다 입술이 주먹 갓고 구부린 한쪽 팔은 펼 수 업섯습니다 그 몸을 뒤저보니 편지와 지갑이 나오는데 지갑 속에는 돈 칠십 원이 들어잇섯습니다 그 돈을 보는 여러 사람의 눈은 모다 둥그러케 커젓습니다 나는 그런 줄 알엇드면 그것을 뒤저 밧지! 하고 후회하다가 무슨 죄나 짓는 것 가테서 혼자 몸서리를 첫습니다

그의 편지를 보고 그의 주소와 성명을 알게 되엿습니다 그가 사는 곳은 산 넘에서도 팔십 리는 가야 합니다 그리로 곳 면소 하인을 보내고

"너는 송장을 처음 보앗스니 임자가 올째까지 긔다려!" 하고 순사는 내려 갓습니다 나는 혼자 써러젓습니다

3   면의 행정 사무를 맡아보는 기관.

『매일신보』, 1930.10.22

내가 격거본 것 (四)

김영재金永在

나는 적ｘ한 번 골작이 눈 속에서 얼어 죽은 송장을 직히고 잇섯습니다 그날짤아 통행이라고 개 한 마리 볼 수가 업섯습니다

그날 해가 지고 황혼비치 어슬~~ 들게되니 나의 신경은 더욱 무서움에 더욱 죄이엇습니다

그 퍼러둥ｘ한 송장은 금방 일어나서 나를 덥치는 것 가타엿습니다 나는 이전에 들은 별ｘ 무서운 생각을 다 하고 잇섯습니다

"어서 날이나 새엿스면!" 하고 밤이 기퍼갈수록 날새기만 일각이 삼추 가 티[1] 기럿습니다 닭 소리가 나면 귀신이 도망한다는 말을 들엇섯든 짜닭에 어듸서 닭 소리가 어서 들려지어다고 원하엿습니다

이러케 마음을 조리고 잇는데 멀리서 사람의 자최가 들리드니 가까이 오 는 것은 면소 하인과 송장의 주인이엇습니다 그들은 송장 겨테 와서 불을 켜 들고 보드니 통곡하기 시작하엿습니다 나는 송장을 그들에게 밀어 막기 고 면소 하인과 가티 그 밤에 집으로 돌아갓습니다

얼마 뒤ㅅ까지 눈아페 그 송장이 선하여서 잠을 잘 수가 업섯고 그 산을 넘어 다니기가 마음에 시언치 안엇습니다

그럭저럭 그해도 지나가고 그 이듬해 봄이 되엿습니다 나는 회상의 일로 어썬 산촌을 간 일이 잇섯습니다 그 째 그곳에는 신령님을 모신 늙은 녀자 가 사람의 길흉화복을 판단한다고 여러 사람은 모혀들엇습니다 나도 그 말 을 듯고 호긔심이 나서 긔위[2] 왓든 길이니 한번 가서 보리라 하고 그를 차저 갓습니다

그는 머리를 산ｘ이 풀고 집방석 우에 안저서 아페 노흔 상 우에 정화수

---

1   기다리는 마음이 간절하여 아주 짧은 시간도 삼 년같이 길게 느껴진다는 말.
2   다 끝나거나 지난 일을 이를 때 쓰는 말, '벌써', '앞서'의 뜻을 나타낸다.

를 써노코 그 아페 절하는 사람을 보면

"어이 너는 열여듧에 과부가 되엿다"

"너는 며칠 후면 죽는다" 하고 긔탄업시 말하엿습니다 제일 웃우운 것은 어썬 젊은 색시가 그 아페 가서 절을 하니까 그는 큰소리로

"부정한 몸을 가지고 이런 데 오다니? 어서 가거라!" 하고 호령을 하니가 그 녀자는 얼골이 쌜개서 쌩손이를 첫습니다 들으니 그 녀자는 녀자로써 한 달에 한 번씩 잇는 구실을 하는 중이엇습니다 나는 가티 간 사람의 지휘대로 그 아페 절을 하엿습니다 그는 나를 한참 보드니

"이놈! 네가 어듸라고 이러케 쌀아 들어왓누? 석 나가거라"
하고 소리를 벽력가티 질르기에 나는 그만 무류하여서[3] 일어서려니까 그 로파는

"당신은 괜챤흐니 안저게시오! 당신을 쌀아 들온 얼어죽은 귀신이 잇소!"
하고 말하엿습니다 나는 얼어죽은 귀신이라는 말에 그만 가슴이 덜컥하엿습니다

"몰을 일이다! 어듸서 저런 놈이 부텃슬까?"

로파는 혼자ㅅ말로 뇌이드니 눈을 부릅 쓰고 큰 소리로

"이놈 쉬 나가라! 올치 올치 나간다! 저놈이 나갓구나!"

하드니 나의 손바닥에 나는 알지도 못할 글ㅅ자를 썼습니다

"이제는 어듸루 가든지 괜챤흐리다 당신 어머니의 병환도 이제는 나흐리다"
하고 그는 말하기에 나는 더욱 놀낫습니다 우리 어머니의 병을 그가 어찌 알엇슬까? 그의 말과 가티 그 뒤로 어머니의 병도 쾌차하엿습니다 나는 지금도 그 늙은이를 생각합니다

---

3 '무안하다'의 방언(충청).

『매일신보』, 1930.10.23

벽도정화薛濤情話 上 (一)

이응李應

각설 지금으로부터 한 五百년 전 어느 해 여름이엿섯다 남쪽 중국 성도라는 곳에서 생긴 일이니 그째 성도에선 새로 부임한 교관 전백록田百錄의 이애기로 고을 안이 자자하다

전백록은 씀직한 학식으로도 유명하엿고 덕행이 놉하서도 유명하엿고 쏘 귀한 아들을 두엇슴으로도 유명하엿다 아직 열여섯 살밧게 안 된 어리다면 어린 아들이엿지만 그는 전교관에게 잇서 남이 써드는 만치 귀하고 장한 아들이엿섯다 슬하에 혈육으로 그것 하나밧게 업는 것으로도 귀한 아들이엿지만 그것보다도 인물이 출중한 고흔 아들로 문필이 조성한 선비 아들로 자랑스러운 귀한 아들이엿섯다 그 아들의 일흠은 맹소라 하엿다

맹소의 일흠은 그가 성도에 온 지 한 달이 못 되여 성밧그로 퍼저나갓다 그째 성밧게 십 리쯤 써러저서 장 씨라는 재상이 살고 잇섯스니 그는 자녀들을 위하야 널니 교사를 구하든 차에 맹소의 문명을 듯고 곳 맹소를 차저오게 되엿든 것이다

전교관은 아들의 년소함을 핑게 하엿스나 맹소를 맛나 본 장 씨는 결코 혼자 도라가려 하지 안엇다

그래서 맹소는 그날로 량친의 압흘 써나 성외 장재상의 집으로 왓든 것이다

그 이듬해 사월四月이 도라왓다 사월은 화조라 하여 친구와 친척 간에 서로 차저보고 서로 선□가 잇는 풍습이라 맹소의 부모님 그리운 정은 다른 째와도 달러 맹소는 소회를 장 씨에게 고한즉 어진 장 씨는 전교관 부치에게 하조선□로 은 두 봉까지 내여주며 어서 집을 다녀오라 하엿다

벌서 보리가 누르러가는 남국의 사월이라 봄날은 무르녹을째로 무르녹앗다 맷 달 동안을 방 속에만 드러안젓든 맹소의 눈에는 모든 물정이 하나갓치 새로윗섯다 저런 쏫이 잇나 하고 복숭아쏫도 처음 보는 사람처럼 듸려다

보앗다 이런 향긔도 잇나 하고 숯을 짜서 코에 대여보기도 하엿다 맹소는 걸음 막는 호접[1]을 헷치며 얼마를 걸어가도다 저도 모르게 풀밧혜 주저안고 말엇다 그째 그의 가슴은 이상스런 정렬에 불타고 잇섯다 사위[2]는 고요하엿다 오직 부얼[3]의 소리가 그윽히 들닐 쑌이요 숯향긔를 날러오는 실바람이 잇슬 쑌이엿섯다

이와 가튼 나긋한 환상에 쌔여 잇는 맹소는 문듯 건너편 언덕 우에 욱어진 복사숯 속에서 그림 가튼 사람 얼골 하나를 발견하엿다 아름다운 녀자의 얼골이엿섯다 란만한[4] 복사숯이 무색하리만치 약간 상긔한 듯한 아름다운 녀자의 얼골이엿섯다 그는 어느째부터인지 그 샛별 가튼 눈으로 맹소를 보고 잇섯든 것이다

---

1 호랑나빗과의 호랑나비, 제비나비 따위를 통틀어 이르는 말.
2 사방의 둘레.
3 벌의 방언(강원, 경기, 황해).
4 꽃이 활짝 많이 피어 화려함.

『매일신보』, 1930.10.24

벽도정화薛濤情話 上 (二)

이응李應

"녀자다!" 맹소는 얼는 고개를 돌니엇다 그러나 그의 눈은 어느듯 다시 건너편 언덕으로 건너갓다 솟가지 속에서 얼골만 드러내논 그 정체 모를 미인은 그저 한모양으로 맹소를 보고잇섯다 맹소는 평소에 "부녀가 동쪽에서 나타나거든 너는 눈을 서쪽으로 도리키라" 하시든 아버님의 말슴이 생각나자 얼는 그 자리를 일어서서 다시 도라볼 용긔도 업시 길을 걸엇다

그러나 그 적은 언덕길을 반도 나려오기 전에 뒤에서 "도련님 도련님" 하고 불으는 소리가 잇섯다 맹소가 거름을 멈츠고 도라다볼 쌔엔 어느듯 한번도 본 적 업는 소녀 하나가 은봉지 하나를 두 손 우에 밧들고 공손히 읍하고 서잇섯다 "도련님씌서 써러트리신 것을 우리 아씨씌서 보시고 집어다 드리라고 하서서……." 맹소는 자긔 품 안을 더듬어보앗다 과연 은봉지 하나가 잇지안엇다 그는 놀내여 그 소녀가 가저온 은봉지를 바덧다 그리고 주인아씨씌 몟 번이나 고마운 치하를 부탁하고 다시 길을 걸엇다

　　×

맹소는 오래간만에 도라온 부모님의 품 속이엿만 어뒨지 그의 가슴 족애는 집에 도라온 그것만으로 몟궈지지안는 공허가 잇섯다 맹소는 이러한 감정을 품어보기는 처음이엿섯든 그는 그여히 그 이튼날 석양에 집을 써나고 말엇든 것이다

그는 어제 그 언덕길을 그냥 지내칠 수가 업섯다 이리 두리번 저리 두리번하고 섯다가 건너편 복사꼿밧 넘어로 전에 보지 못하든 고래등 가튼 기와집 한 채를 발견하엿다 그는 놉흔 곳으로 발을 올려 듸디며 그 집안 전경을 살펴보앗다 뜰 안엔 연당[1]까지 보히며 길이 넘을 듯한 축대 우에는 날어갈

1　연꽃을 심은 못.

듯한 대청이 노혀잇섯다 은ㅅㅅ한 풍경 소리는 맹소의 귀에도 울려왓섯다

뉘 집일싸? 아마 그 녀자의 집인가보다 하고 맹소는 정신업시 바라보고 섯다가 어대서로인지 그 널은 쓸 안에 공작의 무리 가튼 찬란한 소녀들이 한 쎄 몰려나오는 것을 보앗다 그 소녀들의 무리 속에는 그들의 호위에 쌔인 하 얀 부인의 날신한 그림자가 하나 잇섯다 맹소는 그 흰 그림자는 소녀가 아닌 것을 알엇고 어제 그 부인만 가태서 멀니서 아득한 얼골 모양을 바라보앗다 그러나 맹소 자긔가 바라보는 것과 가티 그 흰 그림자도 언덕 우에 웃둑 섯는 자긔를 바라보는 것을 쌔다를 쌔 맹소는 그만 움직이지 안을 수가 업섯다

한거름 두거름 묵어운 발을 옴겨노을 쌔 "도련님!" 하는 맑은 少女의 목소리는 어제와 갓치 맹소의 거름을 멈처 노앗다

"우리 아씨쎄서 어제 그만 것으로 치하하시려고 서 게신 것을 보시고 도리혀 황송하여 못 견듸겟다고 잠간만이라도 쉬여가시라고⋯⋯."

"아니 무얼⋯⋯ 아니"

『매일신보』, 1930.10.25

벽도정화薛濤情話 上 (三)

이응李應

그러나 소녀는 한 사람이 아니엇섯다 맹소는 자긔의 길을 더 나갈 수가 업게 여러 소녀가 길을 막고 섯섯다 그는 할 일 업시 압뒤로 소녀들에게 쌔여 그들이 인도하는 대로 걸엇다 숩속으로도 좁은 길을 한참이나 쌔저나갓다 꼿송이가 쌤을 시치는 꼿나무 밋도 도라나갓다 화원과 화원 새이도 돌고 대문도 큰 문 적은 문 여러 마당을 지낫다 그러고 길다란 복도를 지나고 넓은 마루도 지낫다

얼마 후에 맹소는 풀 밋헤 잇기를 밟는듯한 푸근~~한 보료 우에 발을 멈을엇다 그러고 그제야 정신을 가다듬어 사방을 둘너본즉 자긔는 엇던 훌륭한 규방[1]에 드러선 것을 놀라지 안을 수가 업섯다 그러고 다시 놀낸 것은 자긔를 인도한 소녀들이 하나도 남지 안코 사라진 것이엇섯다

방안은 으리으리한 자개 그릇으로 가득하엿스나 외광이 멀어서 물속가티 은은하엿스며 썩거다 쇠즌 꼿은 빗치 빗나지 못하는 대신 은근한 향긔가 방안에 가득 찻섯다

맹소는 엇지할 줄 몰낫다 문을 차즈려 할 쌔다 어듸가 문이엿든지 이 방의 주인이 낫타낫다 물결가티 슬니는 흰 비단에 쌔이여 호릿한 그림자는 어제 복사꼿 속에 뭇치엿든 얼골을 쏘렷하게 드러내엿다 그러고 그 그림가튼 얼골에서 입술이 먼저 움직이엿다

"이처럼 루옥[2]에 드러오시라고 하여서…."

"천만에 말슴이심니다"

"저이는 선생님을 누구신지 잘 압니다 전선생님이신 것 장 씨댁에 게신 것까지 다 압니다"

---

1 부녀자가 거처하는 방.
2 좁고 너저분한 집, 자기가 사는 집을 겸손하게 이르는 말.

"엇더케 짐작하심니까"

"장 씨는 우리와 갓가운 친척임니다"

"그러시면 댁도 장 씨심니까"

"그럿치는 안슴니다 이 집은 본래 성도 구가로 평 씨댁 이올시다"

"네 평 씨"

명소[3]는 두근거리는 가슴을 진정할 수가 업섯다 그러나 주인은 태연히 말을 니엿다

"저는 문효방의 딸 설이라 하오며 이 평 씨 집 강에게 시집왓다가… 저는 박복하여 신혼 삼 일만에 가장이 작고하여 그래서 남은 세상을 이런 한적한 곳에서 보냄니다"

주인은 가는 한숨을 흘리며 눈을 지긋이 감엇다 써다 색까만 눈섭에는 이슬이 먹음엇는 슬퍼하는 주인은 맹소의 눈엔 더욱 아름다운 게집으로 보혓다 눈을 보면 눈이 고왓고 입을 보면 입이 고왓스며 얼골 전체 아니 몸 전체를 보면 몸 전체가 그 눈이나 입처럼 고왓다

"만일 장 씨가 아신다면 선생님보다도 저에게 큰 쇠중이 내릴 것도 압니다만 기위 드러오섯고 저녁 진지도 채리오니 자리를 편히 안즈십시요 마음 노시고! 쏘 이 집에는 제가 부리는 게집애들 밧게 아모도 잇지 안슴니다"

주인 설은 모양만이 미인이 아니엿섯다 그의 간열픈 입술 속에서 굴러나오는 말소리 그것도 맹소는 처음 듯는 소리엿다 구태여 형용한다면 어름장 우에 흐르는 물소리처럼 차고 맑기도 하며 귀를 붓잡고 속사기듯 짜쯧하고 은근하기도 하였다

---

3 '맹소'의 표기 오류로 추정.

『매일신보』, 1930.10.26

벽도정화薛濤情話 上 (四)

이응李 應

해는 어느듯 산을 넘어 나는 새도 검은 그림자만 주렴 우에 번듯~~ 지나 갓다

한울에 북두칠성이 눈을 쓸 째에는 설薛의 방에도 등에 그린 황룡이 눈을 쓰고 잇섯다

"선생님 어서 이것도 맛보서요"

맹소孟㳅는 그의 절까락이 그의 마음과 함께 방황하엿다 널는 교자 우에 즐비하게 느러노힌 은그릇 그릇마다 전이 뭇치게 싸아논 음식 그리고 압헤 안즌 아름다운 주인의 얼골! 맹소는 술을 들기 전에 임이 취한지가 오랫섯다

"선생님 저는 더 못합니다 이 잔은 선생님이 어서…."

설은 맹소에게 권하기 위하야 자기부터 술잔을 들엇다 차고 검붉은 술이 엿스나 긔이 불과 가티 두 사람의 몸은 타는 듯 하엿다

"선생님 외람한 말슴입니다마는 저는 벌서 전부터 선생님이 이 성도에 오시기 전부터 선생님을 사모하엿습니다 풍모가 출중하신 것 륙예六藝[1]에 달하신 것 선생의 고명하신 함자는 벌서 전부터 제 가슴 속에 집히 품고 잇섯습니다"

"천만에 저 가튼 우둔한 서생을……."

"선생님 저는 별로 악도樂道[2]에 나선 일은 업습니다 그럿치만 오날밤 선생님을 모시게 된 영광으로 제가 제일 조와하는 노래 하나를 읊겠습니다 선생님 듯기만 하시지 마시고 가티 불러주서야 해요… 네"

시녀가 커다란 누른 표지黃表紙의 책 한 권을 은반에 밧처들고 나왓다

---

1   중국 주대(周代)에 행해지던 교육과목으로, 예(禮)·악(樂)·사(射)·어(御)·서(書)·수(數) 등 6종류의 기술이다. 예는 예용(禮容), 악은 음악, 사는 궁술(弓術), 어(御)는 마술(馬術), 서는 서도(書道), 수는 수학(數學)이다.
2   칭찬.

맹소는 집어들고 장을 넘겼다 그리고

"아 이런 보물을"

하고 부르지젓다

"네 가보로 여러 대채 전해옵니다"

그 책은 당시로부터 오백여 년 전 당나라 시대에서 시선詩仙이라고 일커르든 고변高騈 원진元稹 두목杜牧들의 육필시고肉筆詩稿를 모아둔 책이엿섯다

"선생님 저는…."

설은 갑분 숨소리를 누르며 무슨 동정을 바라듯 맹소를 처다보앗다

"네"

맹소는 책에서 눈을 들엇다

"저는 이 중에서도 고변 고변의 시를 제일 조와합니다 선생님은"

"저도 고변을 조와합니다 그는 위대한 시인이엿고 위대한 정치가엿지요"

"그럼요 사천성절도사四川省節度使[3] 엿지요 선생님 어서 그의 시를 읽어요 네 소리내서요 네"

"먼저 을프세요 제가 싸라하지요"

"갓치 시작해요"

도다노은 초불 압헤 고변의 시편은 펼처젓다 두 젊은 남녀의 울엉찬 노래는 봉황의 소리처럼 어둠을 흔들고 울려 나왓다

그러나 맷 구절 가지 안어서 노래는 한 사람의 소리가 되고 말엇스니 그것은 성량聲量을 싸라갈 수 업슬 뿐만 아니라 무서운 매력을 가진 설의 목청이 맹소의 들쓴 넉을 쎄앗고 말엇기 째문이엿다

---

[3] 당나라 때에, 변방에 설치하여 군대를 거느리고 그 지방을 다스리던 관아, 또는 그 으뜸 벼슬.

설의 목청은 참으로 듯는 사람의 령혼을 울니는 소리엿섯다 한번 가슴을 펴서 웨우칠 째에는 급한 빗줄기가 쏘다지듯 하다가도 붓그러운 듯 아미를 수그리면 먼 산속에서 실오리가튼 가는 물소리가 흘러 오듯 그윽하엿다

"선생님 왜 듯기만 하서요 네 고변의 시가 실으서요"

"안요 안요 넘어 감격해섬니다 멧백 년 전 변고의 혼이 이 자리에서 생동함니다 참 잘 무르심니다"

밤은 점점 깁허갓다 맹소는 결코 돌아갈 길을 잇지 안엇다 그러나 설은 맹소에게 일어설 긔회를 주지 안엇다 이애기로 붓들고 노래와 거문고로 붓들고 나종에는 손으로 붓들고 말엇다

밤은 아조 깁헛다 노래도 싯치고 거문고도 잠 들은 듯 고요한 방안에선 두 사람의 숨소리만 놉하갓다 그리하여 바다가티 울넝거리는 맹소의 가슴 속에 설의 붉은 얼골이 파뭇지고 말엇든 것이다

『매일신보』, 1930.10.27

벽도정화薛濤情話 下 (一)

이응李應

아츰이 도라왓다

새들도 눈을 쓰고 곳들도 잠을 쌔엇다 맹소와 설의 단쑴도 쌔지 안을 수 업섯다 그리고 곳과 나븨는 이제 맛나려 할 쌔 그네들은 슬프나 리별하지 안을 수 업섯다

설은 멀니 문밧까지 맹소를 짜라나왓다

"선생님 언제든지 선생님 마음이 오고십다고 졸을 째마다 쓱々 오세요 쏘 이것도 이저서는 안 됩니다 우리의 두 그림자를 본 것은 저 살아지는 새ㅅ벌들쑨이란 것도…… 그리고 이것을 가지고 가서서 책상 우에 노으세요"

설은 황옥黃玉으로 맨든 문진文鎭[1] 하나를 품속에서 내여 맹소의 소매 속에 너어주엇다

"그럼 쏘 오구말구"

맹소는 다짐할 수 업는 자긔엿만 쏘 온다는 말을 들녀 설을 즐겁게 리별하고 십헛다 "그럼 비밀을 직키고 말구"

맹소는 자긔네들의 두 그림자를 본 것이 새ㅅ별밧게 업다는 설의 말이 비밀을 직켜달라는 말인 줄 알아들엇섯다 맹소는 몟 번이나 설을 돌아보며 길을 걸엇다 그러나 한 거름 두 거름 설과 멀어질사록 마음은 그와 반대엿섯다 영々 날이 새지 안는 긴 밤이 잇섯스면 하면서 장 씨張氏 집으로 돌아왓다

맹소는 견딀 수가 업섯다 이 세상에 이처럼 견듸기 어려운 일이 잇다는 것을 그음쌔다럿다 드듸여 그는 생후 처음으로 거짓말을 시험한 것이다

"어머님씌서 말슴하시기를 날도 차츰 더워오고 운동도 조흐니 저녁이면 집에서 자라고 하섯습니다"

---

1   책장이나 종이쪽이 바람에 날리지 아니하도록 눌러두는 물건.

장 씨는 읍이 그리 멀지 안음으로 또 무엇보다도 맹소를 밋는 만치 맹소의 량친을 존경함으로 의심할 여지업시 승락하고 말엇다

맹소는 열 길이나 뛸 것처럼 즐거웟다 그는 그날부터 날이 어서 어둡기를 기다렷다

설은 맹소가 올 것을 밋엇다 약속은 업섯스나 하로 후도 이틀 후도 아니요 그날 저녁으로 맹소가 차저올 것을 밋엇다 그리하여 설은 나타나기 시작하는 저녁 별을 헤이며 맹소를 기다렷든 것이다

그들은 다시 맛낫다 붉은 술잔을 주고 밧엇다 누른 표지의 책이 열니엇다 노래를 불으고 검은고를 탓다 운자를 내고 시를 짓고 또 바둑도 두엇다 그럿치 안은 째면 설과 맹소는 마조 안지 안엇스니 언제든지 설의 그 부드러운 몸은 맹소의 어느 곳이나를 의지하고 잇섯다

설은 모양과 노래만으로 맹소를 정복한 것은 아니엿섯다 아직 나흰 어리나 박학으로 일홈이 퍼진 맹소엿만 설의 글을 눌으지 못하엿다 시를 지으면 시에 눌니고 글씨를 쓰면 글씨에 눌니잇다 바둑판 우에서도 몰니고 패하는 것이 맹소엿섯다 그러나 설은 잇지 안코 맹소를 존경하엿고 사랑하엿다

이와가티 즐거운 향락 속에서 지리한 여름 한 철도 숨결가티 지나가고 어느듯 푸른 가을 달빗이 그들의 깁흔 방안을 엿보기 시작하엿다

『매일신보』, 1930.10.28

벽도정화薛濤情話 下 (二)

이응李應

　가을이 돌아오자 그들에게도 서리온 날 아츰의 싯밧가튼 불길한 하로가 돌아오고 말은 것이다

　그것은 장 씨와 맹소의 아버지 전교관과의 우연한 맛남이엿섯다

　"웨 아드님을 날마다 드나들게 하심니까 아츰마다 피곤한 긔색이 보히든데요"

　"네 무슨 말슴이심니까 날마다라니요 그 애가 사월에 한 번 다녀간 후 한

번도 다시 온 적이 업슴니다 그럼 필경 무슨 좃치 못한 일이 잇나봅니다 날마다 나갓슴니까"

"그럿슴니다 그러나 이 근처엔 화방花房도 업슬쑨 아니라 맹소가 결코 그럴 사람이 아니오니 무슨 우리까지 속히지 안을 수 업는 비밀이 잇나보외다 그런즉 오날 밤엔 내 하인 하나를 식켜 미행을 해 보도록 하고 자서한 것을 아는 대로 긔별하겟슴니다"

그날 저녁이다

맹소는 자긔 뒤에 이런 음모가 생긴 것도 아지 못하고 어서 어둡기를 기달려 집을 나섯다 그는 물론 하복 하나가 뒤를 싸름도 아지 못했다 그러나 미행하는 하복은 공교스럽게도 맹소의 그림자를 일허바리고 말엇다 어둡긴 하엿스나 멀지 안은 압헤서 방금 빗탈을 돌아선 맹소는 간 데 온 데 업시 살아지고 말엇든 것이다

하복은 소리를 처 불으지도 못할 형편임으로 사실 그대로를 주인에게 고할 수밧게 업섯다

맹소는 평일과 다름업시 설의 방을 들어섯다

그러나 설은 평일과 갓지 안엇다 하로 갓티 설 자신이 밧어 걸든 맹소의 의관을 오날은 시녀들이 대신 바다 걸엇다 설은 울고 잇섯다

설은 울음을 진정하드니 맹소의 옷깃을 잇스러 갓가히 와 안게 하엿다 맹소는 눈이 휘둥그래서 무슨 사연인지 몰낫스나 눈물에 저즌 설의 얼골이 평시보다도 더 매력이 잇는 것만은 은근히 늣기엿섯다 "선생님 저는 첫 번부터 선생님을 처음 뵈옵든 그째부터 오날 이러케 될 것을 다 알고 잇섯슴니다 첫날부터 하로 한 장식 쓰더 오든 숙명입니다 우리는 오날 그 마즈막 한 장을 쓰더바려야 함니다 더 울지 안켓슴니다 아모것도 리유를 뭇지는 마서

요 저는 대답할 용긔가 업스니까요….”

맹소는 뭇지 안엇다 리유업는 눈물이라 하엿다 한녀름 동안이나 눈물이 업는 사랑 넘어 단조한 사랑에서 설 역시 게집의 담정이라 단순이 눈물이 그리운 눈물이라 생각햇섯다

눈물이 지나간 설의 눈알은 비 개인 호수처럼 아름다윗다 아름다운 설의 입에서는 다시 노래가 흘러나왓다

아름다운 설의 손에서는 다시 검은 고줄이 울니엇다 눈물이 잠긴 설의 가슴은 더욱 타는 듯

“선생님!”

하고는 맹소의 목을 흰 팔로 감군 하엿다

“왜”

맹소가 대답할 째는 설은 “아모것도 아니애요”

하고 쓰거운 얼골만 맹소의 가슴에 파뭇군 하엿다

그날 밤도 이럿케 깁허갓다

『매일신보』, 1930.10.29

벽도정화薛濤情話 下 (三)

이응李應

날이 새엿다

그들의 동창에도 어둠의는 행복을 쫏 아츰 햇발이 빗칠 것이다

설은 다시 울엇다

"오 선생님 날이 벌서 다 밝앗습니다 우리는 리별해야 됩니다 날마다 하
든 리별이 아니라 오날은 원원한[1] 리별임니다 선생님은 몰으시지요 뭇지 말

고 가세요 쏘 슬퍼하시지도 마세요 선생님은 불원하여 고귀한 관위에 올으십니다 쏘 저를 일허바린 대신 명문의 귀한 싸님과 어진 배필이 되심니다 그러나 선생님 저도 아조 잇지는 말아주세요 쏘 아모에게나 내 말을 내지 말아주세요 영원히….”

설은 문밧까지 싸라나오며 눈물에 저즌 정표를 맹소에게 주엇다

그것은 긔묘한 조각이 잇는 마뇌[2]필통瑪瑙筆筒 이엿섯다 맹소는 멧 번 돌아도 보지 안코 길을 걸엇다 무어 오날도 밤만 되면 틀님업시 설과 맛날 것을 밋은 싸닭이엿섯다

그러나 설만은 어느 날보다 더 오래 서서 언덕 넘어로 사라지는 맹소의 그림자를 바라보고 잇섯다

맹소가 장 씨 집에 다다럿슬 쌔다 그가 대문 안에 밋처 두 발을 다 드려놋키도 전에 벽력갓흔 호령이 쩔어젓다 거기는 주인 장 씨와 함께 엄부[3] 전교관이 맹소가 도라오기 기다리고 섯든 것이다

“이 자식 우리를 쇠기고 밤마다 가는 곳이 어드냐”

전교관은 집헛든 집행이로 맹소의 등을 첫다 맹소의 가슴은 울니엿다 맹소는 부명을 거역하는 자식은 편달일백鞭撻一百이라는 당시의 법률보다도 평소에 잘 아는 아버지 성미가 더 견듸일 수 업섯든 것이다

맹소 쩔니는 입술을 움직이엿다 설과의 비밀은 실오리처럼 풀니여 나왓다

그러나 누구보다도 놀나는 것은 장 씨엿섯다 첫재 그 길 우에는 맹소와

1　근원이 깊어서 끊임이 없다.
2　석영, 단백석(蛋白石), 옥수(玉髓)의 혼합물. 화학 성분은 송진과 같은 규산(硅酸)으로, 광택이 있고 때로로 다른 광물질이 스며들어 고운 적갈색이나 흰색 무늬를 띠기도 한다. 아름다운 것은 보석이나 장식품으로 쓰고, 그 외에는 세공물이나 조각의 재료로 쓴다.
3　엄격한 아버지.

말하는 그런 집이 업섯다 둘재 장 씨에게 평 씨니 설이니 하는 일가가 업섯다 그러나 맹소가 내여놋는 문진이나 필통을 볼 새 맹소의 말을 밋지 안을 수도 업섯다

장 씨와 전 씨는 이 수수꺽기 갓흔 애기를 풀어볼 도리가 업섯다 그래서 마츰내 맹소를 압세우고 설의 집을 차저 가기로 한 것이다

맹소는 길을 압섯다 자긔의 비밀한 락원의 길을 안내하지 안을 수 업섯다

그러나 맹소는 언제든지 그 빗탈을 돌아서면 얼는 설의 집이 보히든 그 빗탈을 도라서자 입을 싹 버리고 서지 안을 수 업섯다

밤마다 차저오든 그 고래동가튼 기와집이 웃둑 소사잇슬 곳엔 구름 한 점 업는 가을 푸른 한울만 빗겨 잇섯다 아츰마다 아니 얼마 전에도 설과 작별하든 뜰 안과 대문이 잇슬 곳엔 락엽지는 복숭아 나무 숩이 욱어저 잇슬 쑌이다

『매일신보』, 1930.10.30

벽도정화薛濤情話 下 (四)

이응李應

　세 사람은 서로 얼골만 바라보고 말업시 숨속을 거닐다가 바람과 비에 달아 비문碑文도 보히지 안는 녯날 무덤 하나를 발견하엿다 그러자 장 씨는 무엇을 쌔다른 듯 '소도화요설도분小桃花繞薛濤墳'이란 글구를 읍흐며 전교관에게 무덤을 가리키엿다

그리고

"자제분을 유인한 미인은 이 무덤의 주인이 틀니지 안슴니다 그 녀자가 아드님한테 한 말이 모다 모호하지 안슴니까 그러나 이제 녯날 시인 정곡鄭谷의 글 한 구로 모든 것을 해석할 수가 잇슴니다 들으십시요 그는 문효방文孝坊의 쌀 설薛이라고 했다지요 그러나 그 문효방이란 사람 일홈이 아니라 글 문자文와 효도 효孝자를 합하면 가리킬 교敎 자를 쓸 수 잇슴니다 그러니까 문효방이란 교방敎坊을 일른 것이요 남편을 평강平康이라 햇스나 그것은 평강이라고 당대唐代에 명긔名妓들만 모혀 살든 거리 일홈이며 쏘는 고변高駢을 조와햇다는 것을 보드라도 설도薛濤가 틀니지 안슴니다 그째 평강항교방平康巷敎坊에서 설도라 하면 그의 압헤 얼골을 드는 계집이 업섯고 그째 학부에서 그를 내려다 볼 문장이 업섯슴니다 설도란 절세의 미인이엿고 절세의 녀문장이엿슴니다 그는 그째 사천성절도사四川省節度使엇든 고변과 두텁게 지냇슴니다 그 황옥문진과 마뇌필통은 고변에게서 밧은 청완품淸翫品 이겟지요 쏘 이곳에는 고목된 복숭아숩이 깁흔 것을 보고 소도화요설분이란 정곡의 시를 생각하면 이 고분의 주인은 설도가 분명함니다 그럿슴니다 죽엄이라도 엇지 설도를 앳기지 안엇겟슴니까 설도만은 아조 죽지 안은가 봅니다" 세 사람은 더 말이 업섯다

잇다금 소슬한 가을 바람이 기ㄴ 배암이 지나가듯 우수수 숩을 흔들고 지나갈 쑨이엿섯다

그럴 째마다 마른 풀닙들은 설도~~~하고 속살거리는 것 갓기도 하엿다

전교관은 그 후 즉시 아들을 고향되는 광동廣東으로 돌녀보냇다

맹소는 과연 설도의 말과 갓치 후년에 다복하엿다

쏘 그의 문갑 우에는 언제든지 황옥문진과 마뇌필통이 가즈런히 노혀 잇

섯스며 그 두 개 미술품의 유래를 뭇는 사람이 만헛지만 맹소는 결코 그의

자녀들에게까지라도 대답하지 안엇섯다 (쯧)

『매일신보』, 1930.10.31

만득의 어머니와 정체 몰을 그 아들 (一)

진천군鎭川郡 이월면梨月面 신복균申福均

　세상에는 년々생으로 아희를 낫는 사람이 허다하지만은 그것은 대개 아희난 지 백일 후에야 다시 잉태하게 되며 잉태한 지 십 삭이 되야 비로소 해산을 하게 되는 것임은 말하지 안터라도 누구나 자세히 아는 바입니다

　그러나 사월에 아희 난 일이 확실한 녀자가 그해 십이월 중순에 또 다시 옥동자[1]를 낫다하면 아모래도 참말로 듯지 안을 것입니다 더욱히 이 사건이

작년에 호서지방湖西地方 어느 시골에서 발생된 현대 사람으로는 도저히 수긍치 안을 것입니다

×

"××촌 정참봉假名의 안해가 사월에 친정에 가서 아들을 나가지고 와서 섯달 스무날 또 아희를 낫타니? 그런 변괴가 잇서!"하는 촌녀자들의 수군거리는 소리가 이웃집에서 이웃집으로…… 이 마실에서 저 마실로 차々 전파되야 한참 동안 일반의 화제가 되엿슬 그째 나는 호긔심에 쓸녀서 갓갑지도 못한 오십 리나 되는 ××촌을 한다름에 쮜여가서 실지를 목견하고 온 일이 잇습니다 그러나 이 사건의 주인공이 남의 부인이엿스며 더구나 그 부인이 죽기를 한하고 누구에게나 그 내용을 토설치 안는 관계로 인하야 이 사건의 정체를 분명히 알어볼 도리가 업섯스며 그 동네 사람들도 하나도 이 일의 진상을 자세히 아는 사람이 업섯던 이만큼 그 리면에는 긔々묘々한 로맨쓰가 상당히 서리여 잇섯던 것입니다

나는 그째 실지로 보고 들은 바와 밋 그들의 환경 또 그 후에 성립된 결과 등 이 모든 사살을 종합하여 가지고 지금에 이것을 솔직하게 그려보랴 합니다

×

××촌 정참봉은 원래 위인이 변々한 중에 농업에나 상업에나 상당한 리력이 잇스며 체격과 용모에 위엄이 나타남으로 동네 사람에게 만흔 존경을 밧어옴은 물론이요 근처 시장市場에서도 ××촌 정참봉이라면 모다 한목 처주게 됩니다 오십 평생에 별노히 만흔 재산은 모으지 못하얏슬망정 집안 의식에는 조금도 걱정이 업슬 만한 생활을 합니다 그러나 이째까지 슬하에 아

---

1 어린 사내아이를 귀엽게 이르는 말.

들이 업고 다만 아홉 살 된 딸 하나 쑨이엿습니다 그럼으로 정참봉은 항상 슬허하며 첩이라도 으더서 아들을 두어볼가 하고 자기 내외간 수차 상의하여 본 일도 잇섯습니다 그리던 차에 행인지? 불행인지? 그 안해의 몸에서 월경이 씃치고 업덧니 낫습니다 그리하야 사오 삭이 되매 차々 배가 불너컷습니다 이것을 본 정참봉은 만심 환히하야 다만 순산 생남하기만 고대하엿습니다

그리하야 □래할 약도 자다 먹이고 흰 숫닭도 과 먹엿습니다 쏘 단골 무당에게 점도 해보아 확실히 아들 낫켓다는 바람에 동네 사람들을 모아놋코 한 턱도 단々히 내엿습니다 그리고 밤에 잘 쌔에는 반드시 안해의 배를 어루만지며 얼마 아니 되야 세상에 나올 사긔의 귀여운 아들이 그 속에서 펄덕~~놀고 자라는 것이 무한히 질거윗습니다

×

언으듯 날이 가고 달이 가서 이듬해 봄 삼월이 되얏습니다 하로는 중참봉[2] 이 장에 갓다가 술이 얼근하게 취해가지고 저물게 집에 도라왓는데 허리에서는 대장곽 세 닙을 쓸너 내노앗습니다 그것은 말할 것도 업시 새달에 해산할 자긔 안해의 산곽[3]이엿습니다 그것을 본 그의 안해는 아지 못할 수심이 가득하여지며 아모 말 업시 그것을 밧어 실영에 집어 언젓습니다

---

2 '정참봉'의 표기 오류로 추정. 이후에 등장하는 '중참봉' 모두 '정참봉'의 표기 오류로 추정.
3 아이를 낳은 사람이 먹을 미역.

『매일신보』, 1930.11.1

만득의 어머니와 정체 몰을 그 아들 (二)

진천군鎭川郡 이월면梨月面 신복균申福均

　정참봉은 취한 중에 그런 눈치 저런 눈치도 몰고으 저녁도 먹는 둥 마는 둥하고 구만 씨러저 잣습니다 그 잇흔날 새벽에 잠이 쌘 정참봉은 일변 엽헤 잇는 안해의 배를 어루만젓습니다 그 안해는 그째까지 잠을 잣는지? 아니 잣는지? 즉시 그 남편에게 말을 붓첫습니다

　"여보서요! 저는 암만해도 이번에 아희 날 닐이 걱정되야 잠이 아니와요!"

　안해의 이 말을 들은 정참봉은 눈을 번적쓰며

"별안간 그게 무슨 소리요? 아희를 인제 처음 낫는 처지도 아니요 벌서 죽은 놈들까지 오 남매나 낫쿠서 새삼스럽게 걱정이 되야 잠이 아니 올 것이 무엇이란 말이요"

하고 이상하다는 듯이 안해를 처다보앗습니다

"아니야요 그런 것이 아니라 단골 무당의 말이 이번에 아들을 쏙 날 터인대 여기서 나면 쏘 길하지 못하겟다고 서울 친정에 가서 나가지고 오라하니 아모리 하야도 그 말대로 하는 것이 조흘 듯하여서…"라고 하는 안해의 말이 채 슷나기 전에 정참봉은 깜짝 놀내는 태도로

"아 여보 지금 저 배를 하여 가지고 이백여 리나 되는 서울을 엇더케 간단 말이요? 아모리 타고는 간다더라도…… 자동차 긔차에 몸이 얼마나 흔돌닐 것이며 쏘 지금 만삭이 되야 오늘 애가 나올지 내일 나올지 몰으는 터에 만일 가다가 중로에서 해산을 하게 되면 엇더케 할냐고…… 쏘 그도 그러하려니와 서울 처남의 집 생활노 말하면 겨우 로동품이라도 팔어서 하루 오륙십 전 생기는 날은 엇더케 여러 식구 죽물이나 흘녀 먹기도 하지만은 그럿치 못하는 날은 그도 저도 못 웃어 먹고 굼기를 한 달이면 보름 이상을 하고 지내는데 가서 사글세¹ 집에 집세를 못주고 이리 쏫겨나니고 저리 쏫겨다니는 터에 엇더케 거긔서 해산을 한단 말이요? 아모리 소견 업는 여자기로서니……" 하는 남편의 준절²한 책망에는 그 안해도 아모 대항할 말이 업섯습니다

    ×

그리한 자 수일 후에 정참봉이 쏘 어데를 갓다가 저물게 집에 도라오니

1　집이나 방을 다달이 빌려 쓰는 일, 또는 그 돈.
2　매우 위엄이 있고 정중하다.

마누라의 눈치가 암만해도 수심이 가득하고 얼골에는 눈물 흔적이 완연히 잇섯습니다

"여보 엇재 어데가 압호오?"

하고 걱정스럽게 정참봉은 그 안해에게 물엇습니다

안해는 아모 대답도 아니하고 훌적어리며 울기 시작을 하얏습니다

정참봉은 이상한 중에도 언뜻 직각적으로 생각나는 것은 그 배속에 잇는 어린 아희의 일이엿습니다

"혹시 낙태?"

이 생각이 번개갓치 머리속에 써돌게 될 째 정참봉은 자긔도 몰을 사이에 발서 그의 손은 안해의 배로 건너갓습니다 그러나 거긔에는 아모 이상도 업섯습니다

"그러면 무슨 까닭일가?"

하면서도 위선 안심은 되는 듯이 의관을 벗어걸면서

"대관절 엇잔 까닭이요? 말을 좀 시원히 하오!"

하며 안해의 손을 잡어 흔들엇습니다

그리하야 그의 안해는 한참 동안이나 울음을 계속한 후에 자긔는 엇더한 닐이 잇서도 이번에 긔여히 서울로 가서 해산을 하지 안으면 도저히 안심을 할 수 업다는 강경한 주장을 하엿습니다 정참봉도 처음에는 사세[3]를 타서 잘 양해하여 보앗스나 결국은 그 안해에게 지고 말엇습니다

    ×

그리하야 정참봉은 할 수 업시 그 잇혼날 로수[4]를 작만하여 가지고 안해

---

3   일이 되어 가는 형세.
4   먼 길을 떠나 오가는 데 드는 비용.

와 가티 갓가운 정거장까지 가서 안해를 긔차에 태워놋코 부대~~ 몸조심
잘하야 순산생남 하여 가지고 속히 나려오라고 몃 번이나 당부한 후 려비도
후히 주어 써나 보내고 도라왓습니다

『매일신보』, 1930.11.2

만득의 어머니와 정체 몰을 그 아들 (三)

진천군鎭川郡 이월면梨月面 신복균申福均

　그러한 후 사월이 지나고 오월이 되여도 서울 간 안해에게서는 이럿타는 소식이 업섯습니다 중참봉 생각에는 전에도 각금 달을 걸러 해산한 일이 잇섯스닛가 이번에도 쏘 달을 걸느는게지…… 하고 과히 궁금하게 역이지도 안엇습니다 그리다가 오월이 다 가고 륙월이 되엿습니다 그제서는 벗적 궁금증이 생겨서 즉시 서울 처남에게로 편지를 하엿습니다 그런지 일주일 만에 그 편지는 도로 반환이 되엿는데 씨지[1]에는 '수취인불재'라고 붓헛습니

다 중참봉은 실망 락담되야 그때부터 각처로 수색하여 보앗스나 도모지 그 안해의 행방은 묘연하엿습니다 그 후 어느 사람의 전하는 말이 음성陰城 땅 어느 곳에서 방물 짐을 지고 다니더라 하야 즉시 그곳으로 알어 보앗스나 결국 찻지 못하고 헛애만 쓰고 말엇습니다

그럭저럭하는 동안에 그달도 다 가고 칠월이 도라왓습니다 중참봉은 하는 수 업시 인제 이러케 추측이 드럿습니다 "필경 서울가서 거의 오라비 집을 찻다 못하고 허둥지둥하다가 아희를 나서 일코서는 집에 도라올 면목이 업스닛가 환장이 되여가지고 이리저리 도라다니는게지……."
하고 아모 째라도 설마 도라올 것이닛가 그째까지 기다릴 수밧게 업다고 생각하엿습니다

    ×

그리다가 그 달 어느날 읍내 장에를 드러갓던 중참봉은 우연히 그곳에 자는 자긔 매가를 들녓더니 천만 쑷밧게 자긔 안해가 그곳에 잇섯습니다

중참봉은 너무나 의외의 일이라 긔가 막히는 중에 그 안해의 품에는 엇던 간난아희가 안기여 잇는 것을 보고
"여보 엇제 여기 와 잇스며… 그 아희는 쏘 누구요?"
하고 그 안해에게 물엇습니다

안해는 천연스럽에 올봄에 서울가서 이놈을 나가지고 지금 나려오는 길이라고 하엿습니다

그 째에 중참봉은 귀가 번적 씌여서 일변 아희를 밧어 안어보니 자긔 모습이 만히 달문 것도 갓고 엇던 데는 저의 모친도 달문 듯하엿습니다

---

1   특별히 기억할 만한 것을 표하기 위하여 글을 써서 붙이는 좁은 종이쪽.

하도 신긔하고 반가운 바람에 밋처 자세한 이약이도 할 겨를이 업시 즉시 인력거를 엇어서 그의 모자를 태워가지고 집으로 도라왓습니다

그 후로 중참봉의 집에는 남의 업는 경사갓치 밤이나 낫이나 어린애 얼으는 소래 우슴 소래가 써나지 안엇습니다

그리하야 아희 일홈은 만득이라고 짓고 한업시 깁분 세월을 보내던 가운데 그럭저럭 그해 겨을이 되자 다시 중참봉은 의운[2]의 수심이 생기게 되얏스니 그것은 다름이 아니라 사월에 만득이를 나가지고 온 안해가 또 배가 불너 벌서 만삭이 되얏다는 것입니다 그러면 이 배속에 든 아희의 아바지는 누구일가?

    ×

이와가티 번민하는 가운데 슷달 스무날 긔여히 그 어린애가 쉽사리도 나왓습니다

중참봉은 하도 어처구니가 업는 긔막히는 쏠을 보고 구만 울화병이 생기게 되얏습니다 동네 사람들은 숙덜~~ 써들기 시작하야 차々 이 말이 일 읍에 쏵 퍼지고 말엇습니다 그 길노 경찰 관리가 온다 신문긔자가 온다 하야 날마다 중참봉의 집을 차저 여러 가지 됴사를 하엿습니다

멧칠 동안 이 야단이 난 긋헤 하로는 엇던 낫 모르는 절믄 녀자와 남자 두 사람이 중참봉의 집을 차저왓습니다

그러더니 그 녀자는 불문곡직하고 안방으로 드러가서 닷자곳자로 만득이를 두리처안고 나오며 밧게 잇는 남자에게

"여긔 잇서요!"

---

2   의심스러운 점이나 사건을 비유적으로 이르는 말.

라고 밋도 슷도 업는 말을 하닛가 그 남자도 벗적 안쓸로 올러스며

"아 참말 거긔 잇소?"

하며 만득이를 쎄서 안어봅니다

『매일신보』, 1930.11.3

만득의 어머니와 정체 몰을 그 아들 (四)

진천군鎭川郡 이월면梨月面 신복균申福均

"여보 당신들은 어대서 왓스며 대체 그 아해는 누구인 줄 아오?"

하니 그 녀자는 입을 빗죽하며

"내 자식 내가 차저가는데 누가 무슨 잔소리여!"

하고 혼자말갓치 중얼거렷습니다

중참봉은 하도 긔가 막혀서 아모 말도 못 하고 잇다가 한참 만에 대관절 이 방으로 드러와서 자세한 말을 좀 하여 보라고 하야 그 두 남녀를 방으로 드러

안치고 차근~~히 그의 이약이를 드러보니 그들의 말은 이러하엿습니다
자긔들은 오십 리 밧 ××촌村에 사는 사람인데 이 아해를 올봄에 낫섯다 합니다 그리하야 그 아해가 방추갓치 잘 아는대 하로는 엇던 방물장사 녀자가 오더니 그 아해를 보고 대단히 귀여워하며 그 뒤로 갓금~~ 과자도 사다 주고 안어도 주고 하며 자긔 아들갓치 친절히 하여 주더니 엇던 날 그 남편이 동네 사랑에 마실가자든 날밤에 집에서 녀자 혼자만 아해를 찌고 자다가 깨여보니 엽헤 뉘엿든 아해가 그만 간 곳이 업서젓다 합니다 그리하야 동네 사람이 불슌 뒤집히여 사방으로 차저보앗스나 영々 그 아해를 찻지 못하고 말엇다 합니다 그리하야 그곳에서는 갓금~~ 늑대가 도야지와 어린애 갓흔 것을 잘 물어가는 까닭으로 그 아해도 늑대가 물어간 것으로 인증되고 말엇섯다 합니다
그러나 그 부모는 그 후에 그 방물장사 녀자의 종적까지 업서진 것이 이상하야 다소간 그 방물장사에게도 의심을 두엇던 차에 이번에 이곳에서 사월에 친정에 가서 아희를 나가지고 온 녀자가 일전에 또 아희를 낫다는 말을 듯고 혹시 그 여자가 방물장사 행세를 하고 도라다니며 올여름에 자긔 아들을 훔처간 것이나 아닐가! 하고 허々 실수로 차저왓던 길인대 서보니 과연 저 녀자가 그때 그 방물장사가 분명하며 이 아희가 자긔의 이러버린 아들이 분명하다 하엿습니다
중참봉은 잠々히 이 말을 자세히 듯고 나니 최후로 심판할 곳은 자긔 안해밧게 업섯습니다 그리하야 중참봉은 간신히 나오는 말노 자긔 안해에게
"여보 이 애가 분명히 이 사람들의 자식이요?"
하는 남편의 말을 밧어가지고 즉시
"어서 내주어 보내시요!"

하는 그 안해의 대답 한마듸는 고등법원 재판장의 마즈막 판결 언도와 다를 것이 무엇이겟습닛가

그리하야 만득이의 모양은 그 길노 영々 중참봉의 압헤서 사러저 바리고 말엇습니다

그러면 지나간 사월에 쏙 낫치 아으면 아니 될 아희는 지금 엇더케 되얏는지?

쏘 숫달에 난 아희의 아버지는 그 누구일지?

이 두 가지 내용은 중참봉 안해의 입에서 나오지 안으면 도저히 세상에 알 사람이 업는 것입니다 그러나 중참봉의 안해는 죽엄을 무릅쓰고 이 두 가지 사실을 발표치 안엇습니다 그리하야 결국 중참봉과 리혼까지 당하고 맛참내 쏫겨나게 되얏습니다

그러나 이 사건은 단순히 중참봉의 안해의 교묘한 수단으로 그짓 헛 애를 배여가지고 삼월에 자기 집을 나와 그 길노 사방으로 다니며 방물장사의 행동을 하고 천신만고하야 남의 아들을 훔처가지고 와서 감족 갓치 남편을 속히랴다가 공교히도 집을 써나든 삼 월달에 중참봉의 씻친 혈육이 배속에 들어잇던 것임을 누가 알 사람이 잇겟습닛가

다만 말 못하고 번민하는 중참봉의 안해의 가삼 속에만 깁히깁히 숨어잇서 세상을 원망하고 중참봉을 한탄할 쑨입니다 (쯧)

『매일신보』, 1930.11.5

산상山上의 괴화怪火[1] (一)

정학철鄭學哲

  김병설金炳卨=假名이라 하는 사나희 그는 지금 함흥咸興 근처에서 조고마한 가가를 버리고 여생餘生을 안락히 보내고 잇는 륙십이 훨신넘은 온화스러운 얼골을 가진 로인입니다만은 그가 젊엇슬 적에는 그는 맛치 선천적先天的으로 방랑성放浪性을 씌인 사람 모양으로 전선 팔도를 헤매이고 도라다니엿습니다

---

1 까닭을 알 수 없이 일어난 불.

여긔에 내가 만약 그의 용모와 성격을 능난한 필치로 뚜렷하게 재현再現 식혀놋는다 하면 여러 독자들 가운데는 반드시

"응 그 사람"

하고 고개를 끄덕끄덕 하실 분이 적어도 각 도에 평균 백 명식은 게실 것입니다 그만치 그는 전 조선 어느 곳을 막론하고 발 아니 듸려논 곳이 업고 쏘한 그의 특이特異한 성격으로 말미암아 여러 사람에게 영원히 닛치지 아니할 긔억을 쌕리 박아 준 것입니다

그러나

나는 여긔서 여러 독자 압헤 그가 엇더한 변질자變質者이엿고 쏘한 어듸~~를 엇더케 써도라 다니엿는가를 이약이하랴는 것은 결단코 아닙니다 다만 지금부터 한 삼십여 년 전 그러케도 방랑성을 씌엿든 그가 엇더한 동긔動機로 말매암아 잠시 동안을 강원도江原道 산골 속에 가 들어백혀 잇섯든가를 이약이하야드리려 할 짜름입니다

모든 것을 과학科學이 해결解決하야 주고 잇는 이십세긔二十世紀에는 잇슬 것 갓치도 생각되지 안는 쑴결갓흔 이약이 그 이약이의 시초는………

(본인에게서 들은 이약이를 한 점의 분식[2]도 업시 여러분 압헤 펼처놋키 위하야 본문本文에서는 일인층一人稱을 사용하기로 하얏습니다)

◇

엇지하야 내가 "고양이를 먹어보앗스면" 하는 마음을 갓게 되엿는지 그 원인은 지금 확실히 긔억치 못합니다만은 하엿튼 내가 스물다섯살 되든 해 가을이엿습니다 고양이 고기를 먹어보앗스면 하는 생각이 불일 듯 가슴을

---

2 실제보다 좋게 보이려고 사실을 숨기고 거짓으로 꾸밈.

태운 것은 사실입니다 밤마다 창지 밧게서 귀찬케 우는 것이 듯기 실혀서 혹은 두 머리가 붓고 날쒸는 것에 싀긔를 늣겨서 그것이 발전되여 "잡어 먹을가" 하는 생각으로 변화되엿는지도 몰으지요

그런 것은 엇지 되엿든지 간에 하여든 나는 그 억제치 못할 충동을 견딜 수 업서서 하로는 드듸여 고양이 산양을 하기로 결심하엿든 것입니다

그날 나는 아츰에 일즉이 일어나서 노ㅅ끈을 꾀아 올갬이를 맨들어 가지고 항상 고양이가 지나다니는 돌담 밋혜 가 숨어 잇섯습니다 다른 째는 그리도 자조 지나단기든 놈이 그날에 한하야 엇지도 그리 아니 오는지요 두서너 시간은 아마 기다렷슬 것입니다 이제나 올가 저제나 올가 속을 태이고 잇스니 맘놋코 담배 한 대 먹지 못하고 온 정신을 담 위 일점에다 집중하고 잇섯기 째문에 나종에는 극도의 피로를 늣기게 되엿습니다

"오늘은 틀녓고나" 이러케 중열거리면서 단념한 듯이 몸을 이르키엿슬 째입니다

"오!"

하고 나는 부지중 가늘게 소래치면서 손에 쥐엿든 올갬이에다 힘을 주엇습니다

기다리고 기다리든 고양이의 쏘부라진 등더리[3]가 쌍창 저편 담 위로 쒸여 올낫든 것입니다

'인제는 되엿다'

나는 숨을 죽이고 고양이가 닥어오기만을 기다리엿습니다

3　등(사람이나 동물의 몸에서 가슴과 배의 반대쪽)의 방언(경상).

『매일신보』, 1930.11.6

산상山上의 괴화怪火 (二)

정학철鄭學哲

고양이는 바로 턱 밋헤 이러한 마수魔手[1]가 숨어잇는 줄은 쑴에도 생각안코 어엽분 회색 털을 가을 햇발 아래 반□ 식히면서 조용히 고개를 들엇습니다

그 순간이엿습니다 나는 쏜살갓치 내달어서 고양이 목에다 올갬이를 씨 위가지고 급히 내 방으로 끌고 들어왓습니다 이 광경을 혹시 누가 보지나

---

1 음험하고 흉악한 손길.

안을가 하는 근심이 □섯기 째문입니다

고양이는 깜짝 놀내서 무의식중에 방까지 슬녀들어 오드니 다음 순간에는 본능적本能的으로 죽엄을 째달엇는지 죽을힘을 다하야 나에게로 쒸여들엇습니다 그러나 나는 미리부터 이런 일쯤은 잇스리라 생각하엿기 째문에 준비하야 두엇든 몽둥이를 집어서 고양이 면상을 내려갈기엿습니다

'캑' 하드니 고양이는 그 자리에 가 잡바젓습니다 모든 원망과 독을 다 품은 눈으로 사지를 바르르 썰면서 고양이는 얼마 동안 나를 치이다보드니 면상에서 흘너나리는 피를 견듸지 못하야 드듸여 스르르 눈을 감어 버렷습니다 그째

나는 별안간 방안에 찬김이 휘돌며 둥어리에 진쌈이 쑥 흐르는 것을 째달앗습니다 그리고 오 그 눈! 눈!

나는 황망히 고양이를 보에다 싸가지고 이웃집 동모에게로 쒸여갓습니다 그날 밤

그 동모와 나는 고양이 껍질을 빗겨가지고 국을 쓰려서 동리 사람들에게 개장국이라 하고 나노아 주엇습니다 좀 맛이 이상하다 생각하엿갯지만은 고양이 고긴 줄은 몰낫든지 그 후 아모 말도 듯지는 못하엿습니다

그 후 나에게는 아모 별달은 일이 업섯습니다만은 한 열흘 지나드니 나와 갓치 고양이 껍질을 볏긴 동모에게 관하야 이상한 소문이 돌기 시작하엿습니다

그 소문은 이러하엿습니다 그는 갓금가다 고양이 우는 시늉을 하고 쏘 째째로는 자다가 벌떡 이러나서 온 집안을 기여 도라다니며 긔괴한 소리를 지르면서 "괭이가 왓다 괭이가 왓다" 하고 밋친 듯이 부르지즌다 하는 것이엿

습니다 처음애는 그쌘이더니 이삼일 지나닛가 해만 써러지면 고양이 흉내를 나기 시작하야 밤새도록 집안사람이 잠을 이루지 못하게 하고 이튼날은 싼 사람갓치 새 정신으로 도라간다하며 그 이약이를 하여 주어도 조금도 긔억치 못헌다는 것이엿습니다 내가 이 이약이를 들은 것은 그 동리 뒷산을 넘어서 마을 주막까지 놀너가기로 정한 그 바로 전날 밤이엿습니다 그러나 나는 그 잇흔날 일에 너머 정신을 팔고 잇섯든지 과히 거긔에 대하야 두려움도 늣기지 아니하고 편안히 그날 밤은 새일 수 잇섯습니다 아츰에 일즉 일어나보니 발서 산 넘을 시각이 닥어왓는지라 어제밤 이약이는 아주 넘두에서 업서 저바리고 마랏습니다 그날 나는 온종일을 마을 주막에서 쭝썽거리고 놀다가 저녁째가 되여서 시쌜건 얼골로 다시 산을 넘기 시작하엿습니다

　어느듯 해는 야조 써러저버리고 사방은 캄々하야젓습니다 그러나 나는 밤닛다니는 길이요 쏘한 술김이라 아모 근심도 업시 비틀비틀하면서 코노래를 부르며 어둔 길을 더듬고 잇섯습니다

『매일신보』, 1930.11.7

산상山上의 괴화怪火 (三)

정학철鄭學哲

임의 사방은 아조 어두어지고 마랐습니다 나무 사이로 하날을 치어다보니 시커먼 구름장이 이리저리로 휘날니고 잇습니다 쌀ㅅ한 가을 바람이 매서웁게 겨드랑이 속으로 기여들어왓습니다

'비가 오려나'

좀 마음이 불안하여지기는 하엿습니다만은 나는 취한 긔운으로 여전이 천천히 어둔 길을 더듬고 잇섯습니다

고개를 한 반쯤 넘엇슬 적에 드듸여 비방울은 써러지기 시작하엿습니다 바람은 더욱 그 세력을 맹렬히하야 숩 사이를 요란스럽게 뒤흔듭니다 그쑨 아니라 가을에는 듬은 벽력까지가 머리 위에서 호령을 첫습니다

나는 부르々 전신을 썰엇습니다 술도 단번에 쌔여버리고 새삼스럽게 두려움과 치움을 쌔달엇기 쌔문입니다 좀 위험하다고는 생각하엿지만은 나는 위선 비를 좀 피하기위하야 길 엽헤 서 잇는 느틔나무 밋흐로 급히 쒸여들어가서 몸을 숨기엿습니다 그 순간 별안간에 눈 압헤 시퍼런 불덩이가 낫하나더니 푸드득 푸드득 사방으로 튀기 시작하엿습니다

"악"

이것을 보자 나는 부지중 소래를 질으면서 나무 색리에 가 주저안저버리고 마랏습니다 입째까지 조금도 념두에 업든 '고양이 이약이' 나의 친구가 밤중이 되면 고양이 흉내를 내이기 시작한다는 이약이를 생각하고 전신에 소름이 쏙 씨치는 것을 쌔달앗습니다

그리자 나는 쏘 한번

"악"

하고 소리첫습니다 눈압헤 쌧치잇는 나무가지란 나무가지가 다 일시에 새파란 불덩이를 내쑴기 시작하엿기 쌔문입니다 푸드득 푸드득 소리를 내이며 그것이 나무가지 슷헤서 튀여나올 적마다 나는 간담이 조라드는 것 갓핫든 것입니다

나는 그것을 부지 아니하려고 두 손으로 눈을 가리윗습니다 그리자 이번에는 내 머리 슷에서도 그와 쏙갓흔 새파란 불길이 튀여나오기 시작하엿습니다

일시에 사방이 훤하야젓다가 금방 쏘 모 든 것이 어둔 속에 사라저버리고

마랏습니다 그리다가는 또 다시 새파란 빗갈 속에서 어슴푸려히 기어 올으기 시작합니다

나는 임의 무서웁다는 정도를 지나서 거의 아모 감각도 늣기지 안을 지경이엿습니다 다만 얼싸진 사람 모양으로 쎈이 그 새파란 불을 쏨고 잇는 나무나 바위 돌을 바라보고 잇슬 짜름이엿습니다

'나도 그예 고양이 혼령을 뒤집어 썻구나'

나의 손이 닷는 곳이면 어데서이든지 새파란 불이 튀여나왓습니다 나는 함부로 전신을 내리 문질느면서 시름업시 서 잇섯습니다 나 자신은 쎄닷지 못하지만 그쌔의 내 몸이 다른 사람의 눈에는 반듯이 고양이로 빗최엿슬 것입니다 얼골의 비방울을 쎠서 내릴 제 나는 맛치 고양이의 등이나 문지러주는 듯한 쌀쌀하고도 밋근밋근한 늣김을 어든 것을 지금도 긔억하고 잇스닛가요 그러나 이것이 공상쑨이 아니라 드듸여 현실성現實性을 씌이게 되여왓습니다 별안간 나는 지도 몰으게 고양이 우는 소리를 입 밧게 내어보앗기 쌔문입니다 나는 이 소리를 듯고 쌈작 놀내서 사방을 살펴엿습니다 그것은 내 목소리 이외에 어듸서인지 내 목소리와 쪽갓흔 고양이의 우는 소리가 들녀왓기 쌔문니다 나는 부지중 쏘 한 번 고양이 소리를 내엿습니다

"아웅"

그러자

"아웅"

쏘다시 어데서인지 고양이 소리가 들녀왓습니다 나는 한층 소리를 놉혀 쏘 한 번 흉내내엿습니다

"아웅"

"아웅"

우뢰 소리 가운데 확실히 고양이 우는 소리가 역시 커다랏케 들녀왓습니다 동시에 이곳저곳에서 시퍼런 불쏭이 쐬엿습니다

『매일신보』, 1930.11.8

산상山上의 괴화怪火 (四)

정학철鄭學哲

　그때엿습니다

　"쌍"

하고 천지가 문허지는 듯이나 요란한 소리가 산중을 울니더니 금방 산 전체

가 시썰건 화염火焰 속에 싸혀버리고 마랏습니다 그 순간 나는 거의 정신을

일코 잇섯습니다만은 그 화염 속에 쑤렷이 낫하나 잇는 한 머리의 고양이

결코 입째까지의 괴담怪談에 항상 나오는 큰 고양이가 아니요 보통 형상의 회색 고양이가 독살스럽게 나를 노려보고 잇는 것을 확실히 보앗습니다

오! 그 눈! 눈! 그리고 이마에서 흐르는 그 피! 피! 그대로 나는 그 자리에 가 정신을 일코 쓰러져 버리엿습니다

◇

잇혼날 아침 나는 겨우 나무군의 구원을 바더 집으로 도라왓습니다

그러나 이째부터 나는 항상 무엇인지가 쫓처다니는 것 가튼 늦김을 갓게 되엿습니다 어느 째는 그것이 고양이 갓기도 하고 쏘 어느째는 그것이 사람 갓기도 하얏습니다 혹간가다[1] 개나 말 갓흔 적도 잇섯습니다 그러나 언제든 내 머리를 안 써나는 것은 그 이마에서 피를 흘니고 나를 노려보든 회색 고양이엿든 것입니다

어느 날 새벽

좀 급한 볼일이 잇든 나는 일직이 일어나서 세수를 하려 창지에다 손을 대엿습니다

이게 뭐야

나는 쌈작 놀나 내밀든 손을 다시 잡어쓰럿습니다 창지 박게는 어느 틈에 자랏는지 나팔쏫이 잔득 얼켜잇섯습니다

나는 크나큰 불안을 늣기엿습니다만은 워낙 급한 일이 잇섯기 째문에 얼는 쮜여나와서 그것을 쏩아버린 후 세수를 맞추엇습니다

그날은 모든 것을 닛고 잇섯거니와 쏘한 아모 일도 업시 무사히 지낫습니다

그러나 잇혼날 아침 그 자리에서 그것을 쏘다시 발견하얏슬 째 나의 머리

---

1 '간혹가다'의 방언(경북).

는 드듸여 극도로 혼란되고 마럿습니다

"에이 비러먹을 것 밋혜 무엇이 잇길래 그 모양야" 나는 하랴든 세수는 집어치어 버리고 급히 광으로 쒸여가서 삽을 들고나와 그 밋홀 파헤처 보앗습니다

"오"

얼마쯤 파 내려가다가 나는 삽을 집어 던지고 얼골이 새파랏케 질녀서 급히 방안으로 쒸여들어가 이불을 뒤집어 썻습니다

대체 그 밋혜는 무엇이 잇섯겟습니가 여러분 놀나지 마십시요

시커머케 썩은 살이 앙상한 쎼 우에 흐늑흐늑 붓허잇는 고양이의 해골이 고양이의 해골이 아 생각만해도 소름이 씨치는 고양이의 해골이 천만 쯧밧게도 그 밋혜서 튀여나왓든 것입니다

(이것을 이약이하는 그의 얼골은 새파랏케 질녓섯고 그럴서라 해서 그런지 말소리도 가늘게 쩔고 잇섯습니다)

아! 고양이! 고양이!

고양이 한 머리가 이러케도 악착스럽게 나한테 싸러다니나!

나는 이 이상 더 그곳에 머물너 잇슬 수가 업섯습니다 맛치 무엇에나 쫏기는 듯이 그럿치요 확실히 고양이한테 쫏기엿지요 급히 행장을 수습하여 가지고 잇흗날 일즉이 그곳을 써나버리고 마럿습니다

그러나 나는 어리석은 사람이엿습니다 그곳을 써난 것쯤으로 나는 고양이의 원한을 버서날 수는 업섯든 것입니다 야 맛치 석가여래 손바닥 안에서 득의양양하야 날너다니든 손오공孫悟空의 신세와도 가티 안습닛가 그곳을 써나는 것으로써 나는 모 든 일이 결말이 낫다고 굿게 밋고 잇섯스닛가요 그러나 사실은 그러치 아니하얏습니다

『매일신보』, 1930.11.9

산상山上의 괴화怪火 (五.)

정학철鄭學哲

　드듸여 나는 강도強度[1]의 공박[2]관념恐迫觀念에 붓잡히고 마랏습니다 눈에 씌이는 것 귀에 듯는 것이 모다 고양이의 환영幻影으로 보엿고 들니엿습니다 이런 상태가 그 후 몃 해나 계속되엿는지 저금 긔억이 확실치는 못합니다만은 아마 적어도 삼 년은 게속 되엿슬 것입니다

1　강렬한 정도.
2　무섭게 으름.

가는 족々 어데이서든지 나는 고양이의 환영을 아니 보는 곳이 업섯고 맛침내 나는 내 몸속에 그 회색 고양이가 숨어잇나 보다 하는 엉터리업는 사실을 굿게 밋도록 되엿습니다

'산중에서 폭풍우를 맛낫슬 제 내 몸은 고양이로 변하야 버린 것이 아닐가' 이러한 공포恐怖도 늣기게 되엿습니다

어느째는 이런 일이 잇섯습니다

어느 산골 오막사리 친구의 집에서 멧칠 류숙하고 잇슬 째. 째는 맛침 장마 째이엿기 째문에 련일 구진비가 쏘다젓습니다 그리자 하로는 문득 자다 일어나서 시선視線을 벽으로 던지닛가 아 거긔도 쏘 고양이가 와서 안저잇지 안습닛가

쌈작 놀나 쒸여 이러난 나는 별안간에 달겨들어 비고 자든 목침으로 벽을 내리갈기엿습니다

그러나 사실은 아모것도 업섯습니다 다만 천정으로부터 새여도러온 비물이 벽을 적시고 잇슬 쑨이엿습니다 암만 주의를 하여 보아도 그것이 나에게는 고양이로 밧게는 보이지 아니하엿습니다

"밋친 소리 말게 이 사람 그런 괭이가 어듯나"

다른 사람들은 모다 이러케 나를 비웃엇습니다 그러나 나에게는 그것은 너모나 엄연嚴然한 사실이엿고 너모나 굿은 신념이엿든 것입니다

그 후 그는 엇지 되엿는가 이것에 대하야는 독자 여러분은 그러케 큰 감흥을 늣기지 못하실 것입니다 그런고로 필자筆者는 간단이 이를 소개하고 이 엉터리업는 이약이의 씃을 막으려 합니다 완전히 공박관념의 소유자所有者가 되여바린 그는 맛침내 의사에게 진찰을 청하게까지 되어바렷습니다

그럿튼 그가 뜻하지 안튼 일로 인하야 이 병적망상病的妄想에서 버서나서 다시 건전한 사람이 된 그 원인은 아니 이러면 이약이가 기러질 터이니 다음은 필자가 대신 설명하여 드립렵니다

천문학자天文學者의 말하는 '에루모'³ 화火라는 것은 넙흔 산속에서 갓금가다 일어나는 일종의 방전현상妨電現像⁴인 것입니다 김병설이가 산상에서 만난 괴화怪火도 쏘한 그가 고양이의 령혼이라고 굿게 밋고 잇든 환상幻象도 필경은 이 '에루모' 화라는 방전현상에 지나지 안습니다 이 '에루모' 화는 방전할 쌔에 엇던 물건이든지 첨단尖端일 것 가트면 거거서 새파란 불쏭을 발한다는 특장을 가지고 잇습니다 그리고 그 방전 중에 사방에 잇는 물상物象이 여러 가지 광선의 굴절작용屈折作用을 바더 혹은 우뢰와 함께 이상한 음향을 전하야 김병설이로 하야금 긔괴한 신경작용을 이르키게 한 것에 지나지 안습니다

김병설이는 지금 이 이약이의 주인공主人公이라고는 쑴에도 생각 못할 만치 건전한 정신과 신테를 가지고 용감이 세상과 싸아나가고 잇는 것입니다
(씃)

---

3 에루모는 세인트 엘모의 불(Saint Elmo's fire)에서의 엘모(Elmo)를 의미함. 세인트 엘모의 불은 지표의 돌출된 부분에서 대기 중으로 향하여 방출되는 다소 지속적인 방전현상(放電現象)을 말한다.
4 기체 따위의 절연체를 사이에 낀 두 전극 사이에 높은 전압을 가하였을 때, 전류가 흐르는 현상. 불꽃 방전, 진공 방전 따위가 있다.

『매일신보』, 1930.11.10

은인의 보복 정체 모를 총각 (一)

용수생龍洙生

× ×

김일선은 외롭고 가여운 청년이엇다 어렷슬 째 어머니를 일코 아버지와 함께 서울로 올라와 과거 할 공부를 하다가 아버지도 그만 여위고 서영천이라는 장사하는 사람의 손에서 길리움을 밧은 청년이엇다 김일순[1]이는 나희 이십 세이엇다

× ×

김일선이가 밥을 어더 먹으며 경주에 이르럿슬 째에는 비 오는 초가을이엇다

의정부의 교수[2]로 학정을 마음대로 하다가 필경은 백성의 탄핵을 만내여 실각을 하고 고향으로 도라와 은거를 하고 잇는 리정경의 주소를 발견한 째는 사흘채 되던 날이엇다

김일선이는 폼에 칼을 품고 이러한 결심을 가지엇섯다

'내 은인의 무덤이 이곳에 잇지만은 은인의 원수를 갑기 전에는 성묘도 아니 할 터이다'

김일선이를 길러준 은인 서영천이는 리정경의 학정에 희생된 사람 가운데 한 사람이엇다

하루 아츰 서영천이는 김정경[3]의 나졸에게 붓들리엇다 리유는 형수와 밀통하엿다는 엉터리 업는 죄명이엇다

기에가 늠늠하든 서영천이는 싯싯내 반항을 하다가 옥 가운데서 죽어버렷다

김일선이는 이 은인의 원수를 갑고저 은거하는 리정경을 차저온 것이엇다

리정경은 백성의 탄핵을 만내여 실각한 대관인지라 경향을 물론하고 도척가튼 놈이라고 욕을 아니하는 사람이 업섯다

'아모리 한울이 무심한들 저런 놈을 그대로 두다니'

리정경은 이러한 귀먹는 욕을 아니 먹는 째가 업섯다

그러나 리정경의 한 부하이엇던 경주의 관찰사는 백성의 여론도 돌보지 안코 보호하엿다

이리하야 어느 백성한테던지 생명을 쌔앗길 김정경[4]은 만년을 무사히 지내 보낼 수 잇섯다

× ×

금음밤이엿다 순리[5]군의 발소리도 피곤하여진 째엿다 김일선이는 쒸는 가슴을 제어하며 리정경의 집 뒷담을 넘으려 하엿다 쓸 안에 잇는 세 마리의 개가 너머 짓는 까닭에 김일선이는 베르고 베르던 기회를 쏘한 노치고 말엇다

김일선이는 발소리를 죽여가며 골목~~~을 훠도라 불국사 엽 산까지 와서 주저안즈며 탄식하엿다

'그놈을 오늘도 쏘 못 죽엿구나 가슴에 칼을 콱 박고 콸々 쏘다지는 붉은 피를 한입 마시고 목을 잘라 허리에 차고 은인의 무덤 압헤 참배를 하는 것을'

김일선이는 피곤한 풀밧에 누이고 발 쌧엇다

어림푸시 잠이 들려고 하는 째 "일선아 일선아" 하고 부르는 소리가 들리엇다

다시 니어서 "너를 잡으려는 병정이 갓가히 왓스니 도망을 하여라"는 말이 들리엇다 이 소리는 분명히 은인 서영천의 목소리이엇다

---

4 '리정경'의 표기 오류로 추정.
5 순시하는 관리.

『매일신보』, 1930.11.11

은인의 보복 정체 모를 총각 (二)

용수생龍洙生

　김일선이는 화다딱 이러낫다 사방을 살펴보앗스나 이러타는 인적기가 업섯다

　서리발에는 저즌 갈립이 바람결에 바삭바삭할 쑨이엇다

　"수상도 한 일이다" 하며 기웃기웃하고 잇는 동안에 저편쪽에서 칼 쓰는 소리가 들리엿다 김일선이는 몸을 날려 바위틈에 숨엇다 이윽고 십여 인의 병정은 총과 칼을 차고 김일선의 압흘 지나가며

"리정경을 죽이려는 자객이 들어왔다는데 이 산에 숨엇다고 하엿지"

"이 사람 잔말 말고 싸러만 오게"

병정들은 이런 말을 하엿다

김일선이는 자기가 경주에 들어와 쇠하는 닐이 벌서 관찰사의 귀에 들어간 줄을 알고 그날 밤으로 경주를 탈출하야 싯업는 길을 써낫다

× ×

김일선이는 북으로 북으로 싯업시 거럿다 해가 한 마정이나 올라왓슬 쌔에는 시장하고 피곤하야 촌보[1]를 옴겨놀 수가 업섯다 마을로 드러가 한 집에서 밥을 어더먹고 시장기를 멋추고 또 거럿다

이러케 어더먹으며 길을 것기를 월여[2]를 하엿다

쌔는 벌서 가을도 지나고 초겨울이 되엿다 비방울에 석겨나리는 일혼 겨을의 눈비를 길 가며 두 차례나 마젓다 이러고 평양성 중에 이르니 이 북국성 중에는 겨울이 한창 깁헛다 모란봉 우에는 눈발이 덥히여 백옥경白玉景을 일우웟고 대동강에는 어름이 부터 인마[3]가 쎄를 지여 래왕을 하엿다

기한[4]에 피곤할쌔로 피곤한 김일선이는 조곰 전 거리를 지나 대동문 통에 이르러슬 쌔에는 기동할 기운이 업서 그냥 길까에 쓸어젓다

겨을의 찬 기운은 사정업시 김일순의 몸을 얼쿠엇다[5] 몃 시간만 더 지나면 김일선이는 이 세상 사람이 아니 되리만치 위험하엿다 이쌔 마츰 불란서 선교사 한 사람이 지나가다가 이 광경을 목격하엿다

---

1 몇 발짝 안 되는 걸음, 아주 가까운 거리를 비유적으로 이르는 말.
2 한 달이 조금 넘는 기간, 달포.
3 사람과 말.
4 굶주리고 헐벗어 배고프고 추움.
5 '얼리다'의 방언(평안).

김일선이는 이 선교사에게 구원을 밧엇다 그리하야 이 선교사의 집에 의탁을 하게 되엿다 이 선교사는 의사이엇다 김일선이는 의술을 싸라 배웟다 한약밧게 모르던 일반 사회예서는 이 선교사가 베푸는 신약을 구々한 말로 비평을 하야 잇는 소리 업는 소리 써도랏다 이 신약은 외과에 속한 병에는 그 효과가 특별하엿다

김일선이는 이 년 동안 이 선교사의 일을 도와주는 동안 여러 가지로 신약에 대한 지식을 어덧다

나종에는 훌륭한 의사가 되엿다 이 선교사는 선교회의 사정으로 조선을 써나 중국 광동으로 가게 되엿다

선교사는 김일선이를 다리고 가려 하엿스나 김일선이는 은인의 원수 갑흘 일 째문에 동행을 거절하엿다 김일선이는 선교사가 써나는 것을 기회로 자기도 평양을 써낫다 김일선이는 여러 가지의 약품을 짊어지고 남으로~~~~ 길을 재촉하엿다

× ×

첫 번 일에 실패한 김일선이는 일부러 저근 산길을 더듬어 경주를 향하엿다 그것은 경주로 들어가는 동안에 관찰사의 눈에 알리여질싸함을 렴려한 싸닭이엇다

산간의 벽지를 답파하기를 월여나 하엿다 경주도 얼마 남지 안엇다

째는 여름이엇다 김일선이는 달이 □으로 시내싸에 안저 발을 씻고 잇섯다

이째에 키 륙 척 가량 되는 덕기머리 총각이 다리를 질질 끌며 산 우에서 나려왓다

『매일신보』, 1930.11.12

은인의 보복 정체 모를 총각 (三)

용수생龍洙生

산길을 거를냐기에 사람 구경좃차 만히 못한 김일선이는 단정한 마음과 반가운 생각으로 총각을 보고 말을 부첫다

"어듸가 압흡니까"

"산양군의 활에 달이가 상햇습니다"

김일선이는 지고 오던 보짐에서 약을 쩌내여 발러주고 치료하는 방법을 가르켜 주엇습니다

"나는 의사인데 내가 하라는 대로만 하면 곳 낫지요"

"고맙습니다 이런 산속이니 약이 잇습니까 나는 쪽 죽는 줄만 알엇습니다 노형을 만나서 이가티 살게 되니 한울이 베푼 은혜인 줄 압니다"

약을 발은지 한두 시간이 못 되여 그 총각은 압흔 것이 얼마간 나엇다고 하며

"집이 변변치 안흐나 제 집으로 가서 하루밤만 주무시고 가십시요"

김일선이는 총각의 간곡한 안내로 집으로 갓다 집은 산 넘어 굴 속이엇다 즘생이 아니면 살지 안을 듯한 굴 속이엇다

김일선이는 무시무시한 생각이 들어 들어가기를 주저하다가 그냥 들어갓다

굴 속 안에는 두 간 방이 잇섯다 총각의 어머니라고 하는데 머리가 하야케 센 늙은이 한 분이 잇섯다

김일선이는 여러 산즘생의 고기로 차려준 음식을 먹고 그날 밤 잣다

그 잇튼날 써나려하엿스나 구지 붓잡는 바람에 또 한밤을 자게 되엿다

밤이엇다 총각은 김일선에게 무엇하려고 산속으로 단니시냐고 물엇다

김일선이와 총각 사이에는 이야기가 버러젓다

× ×

"나는 일생을 통하여서도 한 가지 일만은 쪽 일우워야 하겟소"

"무슨 일이요"

총각은 의심이 나는 듯이 밧삭 닥어 안즈며 재차 물엇다

"내 은인의 원수 갑흘 일이요"

"일의 자초지정을 말슴하시구려"

김일선이는 은인이 자기를 길러주던 이야기로부터 루명을 쓰고 옥 가운데서 무참히 죽은 이야기를 천천히 하엿다

"은인 죽인 놈은 지금 어대 잇습니까"

"경주에 와서 숨어산답니다"

총각은 한참 무엇을 생각하엿다

"경주 누구입니까"

"리정경이라는 사람 아시우"

"알고 말구요"

"그놈이 우리 은인을 죽엿답니다"

그리고 김일선이는 말긋을 니여 이 년 전에 경주에 들어가 암살하려다가 실패를 하고 도망하든 이야기를 하엿다 이 말을 다 들은 총각은

"내 힘이 업스나 노형 일에 도와들이지요"

"고맙소"

"내 다리가 다 낫는 날까지 제 집에 잇다가 저와 가티 경주로 갑시다"

김일선이는 써나려든 길을 중지하고 총각의 집에서 열흘을 묵엇다

약물로 헌 데를 씻고 깨끗한 고약을 발러주엇다 총각의 화살 잣쵀는 날을 쌀아 나엇다 이 동안에 김일선이는 품에 품엇던 칼만 갈엇다

그리고 총각과 함께 잇싸금 산에 올라 사방을 살펴보며 이야기하기로 소일하엿다[1] 열하루 되는 날 총각의 다리는 완전히 나어 길을 것게 되엿다 두 사람은 드듸여 이 굴 속 집을 써나 경주로 가게 되엿다

---

1 하는 일 없이 세월을 보내다.

『매일신보』, 1930.11.13

은인의 보복 정체 모를 총각 (四)

용수생龍洙生

× ×

써나는 날 아츰 총각은 김일선에게 호피 한 장을 례물로 주엇다

"이 호피는 우리 집의 귀중한 밋물입니다 내 목숨을 구해준 은혜로 들입니다"

"감사합니다 그러시다면 내 일생 이것을 잘 간수하야 형의 쯧을 잇지 안을까 합니다"

김일선이는 감사하다는 뜻을 말하고 호피를 밧어 보에 쌋다

"이 호피는 위급할 쌔에 사용하면 매우 좃습니다"

총각은 김일선이를 밋고 호피 사용의 설명까지 이야기하여 주엇다

두 사람은 손을 마조 잡고 길 쩌낫다

김일선이는 은인의 원수 갑흘 생각에 가슴이 쮜엿다 더욱히 동지의 한 사람을 어더 두 사람이 힘을 아울리게 된 것을 마음 든든히 생각하며 길을 걸엇다

총각은 힘이 세고 몸이 날쎈지라 김일선이가 길을 못 가고 허덕이면 등에 업고 개천을 맛나면 안고 그냥 건너 쮜엿다

집 쩌난 지 이틀 만에 경주에 이르럿다 두 사람은 불국사 업 산에 숨어 일을 쇠하기로 하엿다

총각은 산에서 먹을 것을 준비하고 김일선은 성안으로 나려가 리정경의 동정을 내탐하엿다

이쌔에도 역시 백성들의 리정경에 대한 반감은 심하야 관찰사는 부하로 하여금 리정경의 신변을 경계하게 되엿다

어두운 밤 김일선이는 리정경의 집 위로 돌며 주먹을 썰엇다

싯퍼런 칼은 번적번적 빗이 낫다 그러나 긔회는 용이히 오지 안엇다

김일선이가 왼종일을 돌다가 산으로 도라오면 총각은 어대서 낫는지는 모르나 산즘생의 고기로 료리를 맨들어놋코 기다리엿다

두 사람도 한 주일을 지낫다 그러나 긔회는 역시 오지 안엇다

×

어두운 밤이엇다 두 사람은 매닥불을 놋코 둘러안저서 원수 갑흘 이야기를 비밀히 하고 잇슬 쌔에 저편에서 난데업시 달어오는 사나희 한 사람이

잇섯다

두 사람은 놀래여 눈을 크게 쓰고 숨을 죽엿다

갓가히 온 사람은 중놈이엇다 중놈은 염치 불고하고 달려들며

"사람 좀 살려주십시오"

하며 그냥 와서 꼭구라 백인다 두 사람은 중놈을 다리고 잠자는 바위틈으로 들어갓다

중은 얼마나 쒸여왓는지 헐덕이며 숨좃차 거두지 못한다 두 사람은 겁을 지버먹은 중의 태도에 그저 눈만 둥그러케 쓰고 잇슬 쑨이엇다

이욱고 총각이 말을 붓첫다

"여보 당신은 누구요"

중은 이제야 겨우 숨을 거두고 대답하엿다

"나는 석불암 중이야요"

김일선이는 이상하다는 듯이 물엇다

"무슨 일로 이럿든 안인 밤중에 산중으로 왓소"

"붓그러운 말슴이나 그만 파게[1]를 하고 도망을 왓습니다"

"파게破戒를 하다니요"

김일선이는 중의 말이 싯나자마자 이러케 반문하엿다

---

1   계(戒)를 받은 사람이 그 계율을 어기고 지키지 아니함.

『매일신보』, 1930.11.14

은인의 보복 정체 모를 총각 (五)

용수생龍洙生

중은 천천히 말을 계속 하엿다

"달은 게 아니라 리정경의 매느리가 불전에 제사 지내려 온 것을 그만 실수하야 상관을 하엿지요"

김일선이는 리정경이라는 말을 듯고 주먹을 불근 쥐며 말을 가로채여 가지고

"학정하다가 백성의 탄핵에 실각하고 은거하는 리정경이요"

하고 물엇다

"그래요"

"이야기를 해보시요"

"이 일이 그만 관찰사의 귀에 들어가 나졸[1]들이 나를 잡으러 온 까닭에 그만 간신히 도망하야 오던 길입니다"

두 사람은 자긔네가 이곳에 와 잇는 뜻을 중에게 말하고 협력하기를 청하엿다 중도 응락하엿다

× ×

리정경의 행동을 탐지하려 나아갓던 중이 저녁에 도라와 이러한 보고를 하엿다

"내일 리정경이 석불암으로 온담니다"

세 사람은 긔회를 놋치지 말고 거사하기를 약조하엿다 그리고 이러케 의론하엿다 중이 총각과 함께 석불암에 온 리정경을 면전에서 욕을 하면 싸러왓던 사람들이 야단을 치며 쌀어올 터이니 이째에 김일선이는 호피를 쓰고 숨어 잇다가 리정경을 찔러 죽이자고 하엿다

"우리가 실수하야 잡히면 엇지하겟소"

총각은 꾸짓는 듯이 반박하엿다

"내 등에 업고 달어날 터이니 걱정마시요"

날은 밝엇다 리정경이가 석불암으로 불공지 내려오는 날은 밝엇다

아츰 일즉 세 사람은 의론한 대로 일을 시작하엿다

김일선이는 호피를 쓰고 석불 뒤에 숨엇고 두 사람은 석불암 주위로 빙빙

---

1   조선시대에, 포도청(捕盜廳)에 속하여 관할 구역의 순찰과 죄인을 잡아들이는 일을 맡아 하던 하급 병졸.

도라단니엇다

느즌 조반 째이엇다 리정경은 사인교²를 타고 십여 인의 장정군³을 다리고 석불암으로 올라왓다

총각과 중놈은 리정경을 향하야 욕을 하엿다

"도척이 가튼 이놈 네가 아직도 낫을 들고 대낫에 나오느냐 이놈"

두 사람은 호령을 하엿다 쫏차오던 장뎡군들은 몽둥이를 들고 총각과 중놈을 잡으려 하엿다

다 두 사람은 달어나기를 시작하엿다 수십 명의 장정군은 짤엇다

총각은 등에 중을 업고 나는 새가티 산으로 올랏다 이째에 이 총각 모양은 사람이 안이고 범 모양가티 보이엇다 장뎡군들은 그저 고함을 지르며 산으로 올랏다

리정경은 석불암 쓸에서 이 광경을 바라보며 통쾌하다는 듯이 웃고 잇섯다

이째이엇다 김일선이는 쮜여나왓다

리정경은 범이야 하고 소리를 치며 달어나려 햇다 절에 잇던 중들도 범이야 하며 사방으로 달어낫다

산에 올랏던 장뎡군들도 범이라고 내려오던 발길을 돌렷다 리정경은 석불암에 불과 얼마를 도망가지 못하고 김일선의 칼에 너머젓다

× ×

김일선이는 리정경의 목을 베여 나무가지에 걸은 후 호피를 버서 던지고 싼 길로 도망을 첫다

'리정경은 범한테 물려 죽엇다'

---

2 앞뒤에 각각 두 사람씩 모두 네 사람이 메는 가마.
3 나이가 젊고 기운이 좋은 남자.

경주성 내에 소문이 떠도랏다 관찰사는 포수를 노아 석불암 일대의 산을 뒤젓다

범은 업섯다 호피 한 장만 포수의 눈에 씌엿다

김일선이는 경주성에서 의사로 살엇다

범 모양으로 달어난 총각은 그 후 중과 함께 소식이 업섯다

범인지 사람인지 그 정체를 알 수가 업섯다

『매일신보』, 1930.11.15

새쌀안 그 눈쌀 (一)

정택수鄭澤洙

내가 설흔 다섯 째 일입니다 그째 나는 남편을 짤아 네 살 먹은 짤을 다리고 함경도 경성鏡城으로 갓스니 그째 남편은 그 고을 군수로 부임하게 된 까닭이엇습니다

남문 안에 잇는 군청은 녯날 동헌 터로 군수 사택은 바로 그 겨치니 그것도 녯날 내아[1]이엇습니다 횡한 고가에 세 식구가 살랴니 적々하기도 짝이 업섯고 밤 되면 뷘방과 으슥한 데가 만허서 무섭기도 하엿습니다 그러나 차

첨 올애 잇게 되니 닉어서 나종은 심상하여젓습니다[2]

　그러케 지내다가 나는 이상한 것을 보게 되엿스니 그것은 남편이 부임하든 이듬해 일은 가을이엇습니다 하로는 남편은 서무[3] 주임댁 만찬회에 가서 밤늦도록 돌아오지 안코 나는 그때 다섯 살 된 쌀년을 다리고 바누질을 하엿고 밥 짓는 늙은 로파는 저편 방에서 무얼하고 잇섯습니다

"어무니! 아버지 웨 안 오시우?"

하고 옥순(쌀의 일홈)이는 아버지를 기다리노라고 자지 안코 눈만 쌈박～～하면서 바느질하는 나의 겨테 안저 잇섯습니다

"옥순아 너 왜썩[4] 주랴?"

　나는 아버지를 기다리는 어린 쌀이 넘어도 가엽서서 그를 보고 다정스럽게 물으니까

"응 나 줘"

하고 옥순이는 기쁜 듯이 빙그레 웃엇습니다

　나는 바느질 품을 아페 밀어 너코 웃방[5]으로 올라갓습니다 미다지를 열고 웃방에 들어서려니싸 어썬지 무시무시하엿습니다 어둑한 구석에서 무엇이 쒸여나와 나를 붓잡는 것 갓기도 하고 이 구석 저 구석에 무슨 보이지 안는 괴물이 서 잇는 것 가타엿습니다

1　조선시대에, 지방 관아에 있던 안채.
2　대수롭지 않고 예사롭다.
3　특별한 명목이 없는 여러 가지 일반적인 사무, 또는 그런 일을 맡은 사람.
4　밀가루나 쌀가루를 반죽하여 얇게 늘여서 구운 과자.
5　강원도 영서지방, 충청남북도 지역, 경기도 동북부에서 나타나는 실내 공간의 형태이다. 일반적인 전통가옥 구조에서 가장 안쪽에 위치하는 안방보다 더 깊은 곳에 위치한다. 한 칸 정도의 규모이며, 마루에서 직접 출입하거나 안방을 통해 출입한다. 주로 살림살이를 저장하는 데 쓰였다.

"무섭긴 무에 무서워"

나는 이러케 혼자 마음을 도사려 먹으면서 그 방에 들어서서 시렁[6] 우에 언즌 왜썩을 집어 들고 아랫방으로 내려왓습니다 그 방을 나서려고 돌아서니까 무엇이 뒤를 잡는 듯하여서 나는 누구에게 쫏기는 듯이 내려왓습니다

나는 가운데 미다지를 얼른 닷고 태연한 얼골로 두군거리는 가슴을 진정하면서 옥순이에게 왜썩을 주엇습니다 어린 눈에는 나의 행동이 이상스럽게 보이엇든지 옥순이는 나를 유심이 치어다 보앗습니다

"맛나?"

나는 억지로 웃슴을 지으면서 옥순이를 바라보니까 그는 고개만 끄덕~ ~하면서 나를 치어다 보앗습니다

"어무니!"

겨테 안저서 왜썩을 옴속옴속 먹든 옥순이는 내 겨테 닥아 안즈면서 웃방 장지[7]문을 바라보고 나를 바라보면서 나를 불럿습니다 그의 어린 얼골에는 공포가 잔쏙 홀럿습니다

"웨?"

나는 공연이 가슴이 울렁거렷습니다

"저게 뭐요? 어무니?"

하고 옥순이는 웃방 사이ㅅ문을 바라보앗습니다

"어듸?"

나는 옥순의 그 소리에 머리씃이 쭈ㅅ빗하엿습니다

6　물건을 얹어 놓기 위하여 방이나 마루 벽에 두 개의 긴 나무를 가로질러 선반처럼 만든 것.
7　방과 방 사이, 또는 방과 마루 사이에 칸을 막아 끼우는 문. 미닫이와 비슷하나 운두가 높고 문지방이 낮다.

『매일신보』, 1930.11.16

새쌜안 그 눈깔 (二)

정택수鄭澤洙

"어머니 저것 봐요!"

옥순이는 점々 내 겨트로 닥어 안젓습니다

"거기 무에 잇늬?"

나는 온몸에 솔음이 씨치는 것을 참으면서 장지문을 바라보앗스나 아모 것도 보이지 안엇습니다

"거기 무어 잇늬? 게집애 미첫나부다!"

나는 이러케 썰리는 말을 하면서도 견딜 수가 업섯습니다

"저것 봐요 작구 내다봐요! 저거… 저것… 새쌝안 눈이 저기서 내다봐요!"

하고 옥순이는 몸을 움칠이엇습니다 나는 더 참을 수 업섯습니다 방바닥에 노혓든 목침을 장지문을 향하야 온몸의 힘을 다하야 내던지면서

"거기 무에 잇서! 옹 글쎄 누가 거기 잇담!"

하고 소리를 질럿습니다

내던진 목침에 장지문 살은 불어지고 목침은 웃방에 가 써러젓습니다 나는 목침을 던지고 그 문을 잡아 열엇습니다 그러나 그 방에는 아모것도 업섯습니다

"웬일입니까?"

그 바람에 저편 방에 잇든 로파가 쒸여왓습니다 나는 일 업시 악쓴 것이 붓그럽기도 하고 어쩐지 가슴이 썰리기도 하여서 아모 말 업시 안저잇섯습니다.

그러나 어듸서 짝근하고 큰소리가 나기에 그만 혼비백산이 되여 머리를 번쩍 소리 나는 데로 돌리니까 웃방 반다지[1] 우에 언저 노앗든 경대[2]가 써러저서 산々이 부서젓습니다

"에그머니!"

로파는 웃방으로 들어가 보드니

"경대가 어쌔 써러젓슬까?"

하엿습니다 나는 더욱 무시무시하엿습니다 아모리 생각하여도 그 경대가 써러진 것은 알 수 업섯습니다 목침에 울리어 써러젓다면 목침을 던질 째에

---

1   앞의 위쪽 절반이 문짝으로 되어 아래로 젖혀 여닫게 된, 궤 모양의 가구.
2   거울을 버티어 세우고 그 아래에 화장품 따위를 넣는 서랍을 갖추어 만든 가구.

써러젓슬 것인데 목침을 던저서도 한참 뒤에 써러진 것은 암만해도 사람의 짓 갓지 안케 생각되엿습니다

그째 남편은 들어왓습니다

"웬일이어!"

방안에 들어선 남편은 큰 싸홈 뒤 가튼 방안을 둘러보드니 의아한 눈으로 나를 보면서 물엇습니다 나는 그 이야기를 하엿드니 남편은

"별 요사스러운 소리 다만치 어쌨든 녀편네들이란 허는 수 업서"

하고 나물하엿습니다 나는 더 항의를 못하고 밤도 늦고 하엿기에 남편과 가티 어린 것을 씨고 자리에 들어누엇습니다

불을 쓰고 누우니 나는 보지도 못하엿 것만 옥순이가 말하든 그 새쌝안 눈이 이 구석 저 구석에서 써올으고 목침에 구멍 쑤러진 장지문 구멍에서까지 무엇이 내다보는 듯하여서 잠은 못 들고 혼자 찬 쌈을 흘리고 잇섯습니다 그리자 겨테서 잠이 기피 들엇든 남편은 싱々하고 알는 소리 가튼 소리를 치드니

"이놈!"

하고 벌썩 일어나 안젓습니다

"웨 이리시오?"

나는 쌀아 일어나 안젓습니다

"으음 쑴도 고약하다"

남편은 입맛을 다시면서 초에 불을 달어 노앗습니다

『매일신보』, 1930.11.17

새쌜안 그 눈쌀 (三)

정택수鄭澤洙

"무슨 꿈인데⋯⋯."

나는 썰리는 가슴을 겨오 진정하면서 물엇습니다

"어 꿈 고약하다!"

남편은 나의 말대답은 안 하고 담배를 부치면서 말하엿습니다

"왜 그러서요? 근쎄!"

나는 그의 무서운 쑴 이야기가 그의 입에서 흘러 나올까보아 가슴이 두군
~~~하면서도 한편으로는 듯고 십헛습니다

"그 쑴! …… 쑴에 내가 이러케 누엇는데 식컴언 장정이 저 웃방으로 내려
오드니 내 가슴을 가루 타고 목을 쏙 막기에 암만 몸을 틀어도 노치 안키에
그만 소리를 질럿서! 으음 쑴 고약하다!"

하고 웃방 장지문을 바라보기에 나도 그리로 나로는 몰으게 눈을 돌리엇습
니다

나의 머리에는 별々 생각이 다 써올낫습니다 악가 옥순이가 새밝안 눈깔
이 보인다고 하든 것이며 경대가 써러진 것은 반듯이 그 쑴과 무슨 관게를
가진 것 가타엿습니다 나는 그날ㅅ밤을 한잠도 못 잣습니다

"아씨 어듸가서 무러보서요!"

하로 로파가 점치기를 권하엿지만 나는

"별소리 다만치"

하고 거트로는 가장 아모러치도 안은 체 하엿스나 속으로는 점이라도 처보
고 십헛습니다 그러나 신식 군수의 마누라오 쏘 신녀성으로 그런 일을 한다
는 것은 체면에 큰 관게가 될 것 가타여서 그런 내색은 조곰도 내지 안엇습
니다

그 뒤부터 그 집이 몹시 실엇습니다 밤 되면 남편을 쏙 붓잡아노코 쏨작
못 하게 하엿습니다

"원 별일 다 보지 사내가 늘 겹에만 들안져서……"

하고 남편은 짜증을 여러 번 내엿고 그 째문에 내외간 싸홈까지 하엿습니다

"여보 어듸 다른 데로 이사합시다"

나는 늘 이러케 권하엿스나 고집이 세인 남편은 나의 청을 들어주지 안엇

습니다 그럭저럭 한 달 두 달이 지낫습니다 나는 쏘 무서운 일을 격것습니다

그것은 어썬 눈 오는 날ㅅ밤이잇습니다 그날ㅅ밤은 여너 째보다 일즉 자리를 깔고 들어누엇습니다

한밤ㅅ중이 되여 나는 무슨 소리에 소스라처 잠을 쌔엇습니다 그러나 아모 소리도 들리지 안엇습니다 나는 공연이 두군거리는 가슴을 혼자 씨남으면서 가만이 숨을 죽이고 잇는데 누군지 마루에 덥석 올라서는 소리가 들리엇습니다 나는 그만 온몸이 밧작 오그라젓습니다 그리고는 아모ㅅ소리도 들리지 안엇습니다 그러케 한참 잇다가 웃방 미다지 여는 소리가 드르륵 들리엇습니다 나는 더 참을 수가 업섯습니다

"여보!"

겨오 목구멍으로 나오는 소리로 남편을 쌔엇습니다 누가 장지문을 박차고 나오는 것만 가타엇습니다

『매일신보』, 1930.11.18

새쌀안 그 눈쌀 (四)

정택수鄭澤洙

잠을 깨인 남편은 장지문을 열엇습니다 그도 무서운지 서슴거리며 그 문을 열엇습니다

"잇긴 거기 누가 잇서?"

남편은 뷘방을 듸려다 보면서 이러케 말하엿습니다 그러케 웃방에는 아모도 업섯고 누가 문을 열어논 일도 업섯습니다

"그제서는 내가 넘어도 무서운 김에 잘못 들엇나?"

나는 이러케 속으로 생각하면서 아모 말도 업시 안저잇섯습니다

이튿날 아츰 밥 짓는 로파가 나를 보드니

"아씨 밤ㅅ중에 누가 왓다 갓서요?"

하고 물엇습니다

"오긴 누가 와요?"

나는 눈이 둥그래서 다시 뭇지 안을 수 업섯습니다

"그러면 그게 무엘까?"

로파는 이상한 낫비츠로 머리를 기웃하엿습니다

"왜?"

나는 무시무시하엿습니다

"한밤ㅅ중에 마당에서 저벅저벅 자최ㅅ소리가 나드니 누가 이 방 미다지 여닷는 소리가 납듸다!"

로파가 이 방이라는 것은 물론 우리 방입니다 초저녁에 들어누운 뒤로 문이라고 여닷지 안엇는데 로파도 그와 가티 문ㅅ소리를 들엇다는 것은 참으로 이상한 일입니다

그 뒤로는 그 집이 더욱 무서웟습니다 내가 그러케 무서워하니 남편도 격정을 하다가 심부름 할 늙은 령감 하나를 쓸아래ㅅ방에 두엇습니다

그러케 지내다가 그해 섯달 금음부터 남편은 병들어 자리에 눕게 되엿습니다

남편의 병이 중하여질수록 나는 별々 흉한 생각이 다 낫습니다 그러나 그런 내색은 조곰도 내지 안코 의사니 약이니 그저 남편의 병 낫기만 고대~~하엿습니다

하로는 밤 늣도록 약을 대리노라고 불을 보고 잇다가 뒤ㅅ간에 가려고 마루에 내려서니 저편 부엌으로 누가 슬적 들어가기에

"그 누구요?"

하고 소리를 질러도 대답이 업섯습니다 나는 어써케 무서운지 심부름꾼 령감을 불러내여 부엌으로 들어가 보게 하엿스나 아모도 업섯습니다 그러나 나는 뒷간에도 못 들어가고 돌오 방으로 들어왓습니다 병석에 누어잇든 남편에게 걱정이 될까보아 그런 말은 못하고 나는 그저 뭉긋한[1] 가슴을 틀어쥐고 잇노라니 겨테서 자든 옥순이가 갑작이 놀라며 일어나 엉엉 울엇습니다

"웬일이냐? 응 옥순아!"

하고 나는 옥순이를 안으려니까 옥순이는 작고 웃방을 바라보며 벌々 썰엇습니다

"아버지!"

옥순이는 아버지를 불으드니 더욱 설세~~ 울면서

"누가 거긔서 작구 나만 내다봐요!"

하고 쏘 울엇습니다

"누가?"

---

1 약간 기울어지거나 굽어서 휘우듬하다.

나는 장지문을 열엇스나 아모도 업섯습니다 그러나 나도 어써케 무서운지 그날ㅅ밤부터 밥 짓는 노파를 웃방에서 재엿습니다

　그리자 얼마 안 되여 남편은 이 세상을 써낫습니다 뒤에 들으니 그 집은 흉가로 거기 들엇듯 사람은 다 조치 안엇다고 합듸다 (끗)

『매일신보』, 1930.11.19

선왕당 소나무 (一)

김영재金永在

　내가 어려서 글ㅅ방에 다닐 째 일입니다 그째 글ㅅ방은 우리 집에서 한 삼
마장 가량 써러저 잇섯는데 그 중간에는 조그마한 재[1]가 잇섯습니다 그 재

1　길이 나 있어서 넘어 다닐 수 있는, 높은 산의 고개.

는 그러케 놉지 안으나 그 재의 머리를 올라가려면 깁숙한 골을 한참 들어가야 하는데 그것이 나는 퍽 실혀서 항상 동모들과 가티 넘어다녓습니다

그 골을 한참 들어가서 재에 올라서면 바른편[2]으로 선왕당이 잇고 그 선왕당ㅅ뒤에 휘임한 늙은 소나무가 서 잇습니다 그 소나무 가지가지에는 헌겁 오래기[3]를 죽죽 걸어노왓습니다 보통 째에는 무시무시한 그곳은 밤이 되면 더욱 무시무시하여서 어른들도 혼자 넘어다기기를 쩌립니다

"그 소나무를 비여 버려야지! 흉한 나무야!"

"누가 거기다 감히 손을 댄담! 치벌은 누가 맛고…."

어른들 아이들 할 것 업시 이러케 말하엿습니다

그것은 까닭이 잇스니 그 소나무에서 각금 목을 매여 죽는 사람들이 잇섯습니다 그 근방 촌에서 자살하는 사람은 대개 그 소나무에다 목을 매고 죽습니다 그러나 누구나 그 소나무를 다치지 못하엿습니다

"거기는 귀신이 잇서! 목 매여 죽은 귀신이 홀리나 보아!"

하고 사람들은 말하엿습니다 이상스러운 것은 아모 불평도 업는 사람이 그리를 지나다가 목을 매여 죽기도 하고 쏘 목 매이는 것도 지나는 사람이 보고 구조하엿습니다

그리고 안개비가 쌕리고 날이 음침한 째면 거기서 귀곡성이 들리엇습니다 어썬 녀름ㅅ밤이엇습니다 글ㅅ방에서 글을 읽다가 잠을 자려는데 비ㅅ소리ㅅ속에 이상한 소리가 들리어 왓습니다

"저게 귀신의 울음ㅅ소리다!"

하고 접[4]장이 말하니까 모다 몸을 움치리고 공포에 싸이어서 아모 말도 못

---

2 북쪽을 향하였을 때의 동쪽과 같은 쪽.
3 실, 헝겊, 종이, 새끼 따위의 길고 가느다란 조각.

하엿습니다

　그 소리는 "으웅으" 하는데 조곰도 마듸를 썩지 안코 들렷습니다 그 선왕
당은 우리 글ㅅ방 마루에 나서면 바로 바라보엿습니다

　그 밤을 우리는 겨테서 누가 부스럭하여도 숨도 크게 못 쉬엿습니다 어써
케 무서운지 방의 구석~~~에서 무엇이 나오는 것만 가타엿습니다 그러케
그 근방 사람들은 그 선왕당을 무서워만 하는 것이 아니라 그 선왕당을 잘
못 위하면 큰일이 난다하야 춘추로 거기 제사를 듸렷습니다

4　글방 학생이나 과거에 응시하는 유생의 동아리.

『매일신보』, 1930.11.20

선왕당 소나무 (二)

김영재金永在

그것은 어썬 느진 봄ㅅ밤이엇습니다 늣도록 글을 읽다가 잠이 들락 말락 하엿는데 가티 자는 동모들이 모다 일어나서

"웬일여? 응……"

하고 눈들이 둥글해서 서로 바라보앗습니다 나도 어썬 영문을 몰라서 이 사람 저 사람을 보고 물엇스나 모다 몰으는 모양이엇습니다

그리자 모다 아래ㅅ방을 내려보기에 나도 내려다보니까 아래ㅅ방 아래ㅅ

목에서 자든 선생님이 민상투ㅅ바람으로 일어나서

"어 그 고약하군! 어서 가봐라! 홰ㅅ불은 어찌 되엿느냐?"

하고 말하엿습니다

"지금 홰를 매는뎁시요 곳 가겟습니다"

나 만흔 접장들은 들락날락하기에 나는 하도 궁금하여서 겨테 잇는 애를 보고 물엇스나 그도 몰랏습니다 그리자 접장들은 홰를 매여 불을 달아가지고 어듸론지 갓습니다

"성왕당으로 갓서!"

그들이 써난 뒤 어수선한 방에 모아 안즌 동모들 가운데서 누가 말하엿습니다

"응 선왕당에는 웨?"

"선생님이 쑴을 쑤니까 순돌이가 그리로 사령에게 잡혀 가드라구…"

하고 쏘 누가 말하엿습니다

순돌이라는 것은 우리 글ㅅ방 가운데서도 가장 쏙ㅅ하고 글 잘 읽는 아이엿습니다 선생님은 그 아이를 퍽 사랑하엿습니다 그는 늘 글ㅅ방에서 잣는데 그날ㅅ밤은 늦도록 글을 읽다가

"집에 제사가 잇스니 가야겟습니다"

하고 혼자 써나려고 하기에 선생님쎄서는

"제사가 갑작이 무슨 제사란 말이냐"

하니까

"오늘ㅅ밤에 제사가 잇습니다"

하고 부득~~ 가겟다고 하엿습니다

"누가 가티 가렴으나!"

하고 선생님도 허는 수 업시 누가 동모 하기를 명령하엿스나 아모도 선왕당
재 넘기가 무서워서 나서지 안엇습니다 그런데 순돌이는

"괜찬습니다 혼자 가면 뭘 합니까?"

하고 써낫습니다 어른들도 밤이면 그 재 넘기를 써리는데 순돌이가 그러케
대담한 줄이야 누가 알겟습니까 뒤에 알고 보니 그는 그째부터 벌서 마음이
틀리엇던가 봅니다

"가다가 못 가겟거든 돌오오너라"

　접장들은 이러케 말하엿스나 순돌이는

"못 가긴 웨 못 가요!"

하고 항의를 하다십히 하면서 써낫습니다 그가 써난 뒤에도 선생님은

"그놈 별안간에 제사라니?"

하고 걱정을 하기에 우리는

"애! 선생님이 제사ㅅ술 생긴다고 조와서 저리 누나!"

하고 서로 수군거리며 웃다가 잣습니다

『매일신보』, 1930.11.21

선왕당 소나무 (三)

김영재金永在

접장들이 홰를 들고 나간 뒤 우리는 그러케 무시~~한 긔분에 싸히어서 서로 짓거리기는 하엿스나 다들 제정신을 가지고 잇는 것 갓지 안엇습니다 어듸서 바람ㅅ소리만 들리어도 무엇이 오나? 아랫방의 큰 기침ㅅ소리에도 눈이 둥글하엿습니다 그리자 이슥하여서 밧게 나갓다 들오든 어썬 접장이

"무슨 일이 낫나부다! 지기서 저리고 잇스니!"

하기에 우리는 문을 열고 내다보앗습니다 바로 맛바라보이는 선왕당 재에 홰ㅅ불이 벍어케 보엿습니다 그 불은 이리 갓다 저리 갓다 낫추엇다 들엇다 움직이엇스나 더 넘어가지도 안코 이리로 내려오지도 안코 한참이나 거기서 벍어케 터을랏습니다

물론 그 불빗 속에는 여러 사람들의 그림자가 보이엇습니다 그러나 그림자가티 희미하여서 어믈거리는 것은 보엿스나 무엇을 하는지는 몰랏습니다

"그지 무슨 일 낫군! 어허"

아래ㅅ방에 안젓든 선생님도 걱정을 하엿습니다

만일 아모 일도 업다면 그들이 거기서 그리고 잇슬 리가 업습니다

"죽엄!"

"목 매여 죽은 귀신!"

나는 이러한 생각이 머리ㅅ속에 써올라서 어쩌케 무서운지 겨테 사람이 슬른데도 가슴이 두군거렷습니다

그러케 선왕당 재만 바라보는데 누가

"인제 내려온다!"

하엿습니다 그 벍언 불은 이편으로 향하고 내려오다가 점々 골로 써러지자 침々한 허공에 붉으레한 여광만 보이고 홰ㅅ불은 감초이엇습니다 그리자 마을에 개 짓는 소리가 나면서 홰ㅅ불은 마을에 일으럿습니다 글ㅅ방에

잇든 동모들은 너나 할 것 업시 선생님까지 쮜여나갓습니다 홰人불 가지고 나갓든 그들은 무어라고 말하면서 우리 잇는 데로 갓가이 오는데 그중 키가 큰 접장은 누구를 등에 업엇습니다

"목 매인 사람!"

그것을 보는 나의 머러에는 이러한 생각이 번개가티 지나갓습니다 나 쁜 아니라 모다 긴장한 표정으로 그것을 바라보는대 가까이 오는 것을 보니 아니나 다를까 그것은 죽은 사람이엇습니다

"순돌이가 목을 매엿다!"

하는 소리가 어듸로선지 일반의 귀에 울리엇습니다

"허 그놈 벌시 죽으려고 그랫구나!"

하고 선생님은 업힌 순돌의 죽엄을 듸려다 보앗습니다 죽엄은 마당에 노흐려다가 선생님의 명령으로 방에 듸려다 누이엇습니다

"집에 알려야지!"

하고 선생님이 말하니까

"셋이 갓습니다"

하고 나갓든 사람 중에서 누가 말하엿습니다

접장들의 말을 들으니까 선왕당 고개에 올라서려니까 소나무에 허연 그림자가 축 느러저 잇섯습니다 가까이 가보니까 그것은 순돌인데 허리씀으로 목을 매엿스며 바지는 아래로 밀러 내려왓드랍니다

『매일신보』, 1930.11.22

선왕당 소나무 (四)

김영재金永在

그리자 얼마 잇다가 순돌의 아버지 어머니가 울고 뛰여왓습니다 그들은
방에 들어서는 길로 아래ㅅ목에 누인 순돌을 부둥켜 안고 울엇습니다

부모의 외아들로 태여난 순돌이는 무엇이 부족하야 목을 매엿슬까요? 이
것은 영원한 비밀이엇습니다 그는 집안이 넉ㄹ하엿슴으로 남보다 잘 먹고
잘 닙엇스며 글ㅅ방에서도 귀글[1] 잘 짓기로 늘 칭찬을 바덧스니 그의 장래

는 불언가상[2]으로 빗날 것입니다 그런데 순돌이는 웨 목을 매엿슬까요?

그날ㅅ밤 자긔 집에 제사가 잇섯다는 것은 멀쩡한 거짓말이엇습니다 그 어머니의 말을 들으니 언젠가 순돌이는 집에 가서

"그 선왕당을 지나려면 어썬지 나도 목 매고 십허…"

하고 웃으며 말 삼어 한 일이 잇섯습니다 그째 어머니는

"미첫나보다! 그런 소리나 해라"

하고 쑥중을 하엿습니다 그러나 어머니는 그째부터 마음을 놀 수가 업섯습니다

"저 애가 목 매여 죽은 귀신에게 홀리지나 안나?"

하여서 밤낫 마음이 뭇직하엿습니다 그러케 지내든 차에 이러한 변을 당한 것입니다

사건은 이에서 쓰치고 말엇스면 아모 문제도 업고 그리 이야기꺼리도 되지 안켓지만 순돌의 죽엄은 죽은 뒤에도 다시 이야기꺼리를 남기엇습니다

그 뒤로 각금 순돌의 유령이 우리 글ㅅ방에 나타낫습니다

"정월쇠야!"

어썬 날ㅅ밤에는 밧게서 순돌의 목소리로 친한 친구들을 불으는 소리가 들리엇습니다 그리고 밤ㅅ중에 뒤ㅅ간에 나갓든 어썬 애가

"으악"

소리를 질으고 질겁을 해서 쮜여 들어와서는

"순돌이가 저 뒤울 안으로 들어갓다"

하고 말하엿습니다 그 뒤로 우리는 오줌 누러 나가도 서로 가티 나갓습니다

---

1   한시(漢詩) 따위에서 두 마디가 한 덩이씩 되게 지은 글.
2   아무 말을 하지 않아도 능히 짐작할 수 있음.

"그놈덜 별소리 다 한다"

선생님과 접장들은 이러케 말하면서도 무서운지 밤이면 밧게 나가기를 써리엇습니다 그런데 이상한 것은 순돌의 유령을 보고 순돌이가 불으는 동모는 모다 어듸가 어써케 압혼지도 몰으게 신음신음 알케 되는 것이엇습니다

그리하야 일반 학부형들의 제의로 글ㅅ방을 옴기엇습니다 글ㅅ방을 옴긴 뒤에도 그 집에는 여전히 순돌의 그림자가 각금 나타나고 병이 써날 사이가 업서서 그 집 식구들도 이사를 하고야 말엇습니다 그 뒤에 그 집은 뷔이엇는데 밤에 그 아프로 지나다니든 사람들은 각금 순돌의 그림자와 맛난 일이 잇섯다합니다 그리하야 그 집은 사는 사람이 업섯고 그대로 뷔여두고는 보기가 안 되엿다 하야 불을 질러버렷습니다 불 질은 뒤에는 그것을 갈아서 바틀 만들엇는데 그 뒤에도 비나 오고 안개씨인 밤이면 그기서 울음ㅅ소리가 들리엇습니다

(씃)

『매일신보』, 1930.11.23

목 업는 그 사람 (一)

개천价川 백유향白柳香

　류월 장마에 길이 싣허저 개천에서 희천으로 가랴든 자동차들이 오늘 밤이 마을价川郡北面院里에서 묵게 되엿습니다 폭포갓치 쏘다지는 비를 무릅쓰고 자동차 우에 '갑싸'[1]를 씨운다 긔관을 닥는다 하든 운전수와 조수들이 일을 맛치고 주인집 사랑으로 드러온 째는 샬분 람푸에 불이 켜진 째엿습니다

　주인 박령감은 화로에 불을 담아다 놋코 쏘이기를 권하면서 이갓치 장마

1　비옷, 우장(雨裝).

ㅅ비 오는 저녁이면 닛치지 안코 생각되는 일이 잇느라고 멍 하니 무엇을 생각하고 잇습니다

방 안에 잇든 젊은 사람들의 간청으로 박령감은 다음과 갓치 그 닛치지 안는다는 이약이를 시작하엿습니다

○ ○

그럭저럭하는 동안에 벌서 이십 년이 넘엇습니다

아직 누런 양복 입은 헌병이 경찰을 할 적에 나도 헌병 보조원 노릇을 하여 본 일이 잇는대 지금과 갓치 장마비가 줄 줄 오는 철에 요 웃마을에 륙혈포 가진 강도가 드럿다고 하여서 '스기우라' 라는 일본 사람 헌병과 내가 출장을 나왓댓는대 도적은 벌서 자최를 감추고 또 날이 저문대 비까지 와서 활동이 마음대로 안 되여 좌우간 날이 밝은 다음에 좀 더 활동할 법 잡고 그날 밤은 그대로 마을에서 자기로 하엿습니다 '스기우라'는 잡화상 하는 일본 사람의 집에서 나는 동장의 집 사랑에서 한밤을 지나게 되엿는데 직업이 직업이요 출장 온 목적이 목적이니만치 마음이 노히지 안하 별로 깁흔 잠을 못 들고 우래 소래만 크게 들녀도 놀나서 눈을 쓰군쓰군 하는대 새벽 세 시나 하여서 문밧게서

"안인 밤중에 미안하외다만 지나가든 사람이 목이 정말 갈하니 물 한 그릇 주세요" 하는 말소리가 비ㅅ소리와 석겨서 어렴풋이 들녓습니다

갯다나 신경이 비상히 날카라와진 째라 무시~~한 마음에 본능적으로 륙혈포를 차젓스나 그만 장총만 가지고 오고 륙혈포를 묵어웁다고 안 가저 온 생각이 나서 다시 마음을 가다듬어 "누구요?" 하고 위엄 잇게 무르니 문밧게서는

"네 한 달에 열아문 번식 이 마을을 헤매이는 녀석이외다 물 한 목음만 주

시오" 아조 애원하는 듯한 말소리가 드러왔습니다

그래서 내가 문을 열고 물그릇을 준즉 침々칠야라 엇더한 사람인지는 모르나 물그릇을 덤석 밧드니 물을 먹지 안코 썰々 쏫찌 안켓소?

"웨 목이 갈하다면서 물을 마시지 안코 모조리 솟치오?" 하고 무르매 그자는 "네 목이 업서々 그럽니다" 하며 물그릇을 돌녀주고 고맙다는 인사와 내일 모래 쏘 오겟다는 말을 남기고

어대로인지 사라저버렷습니다 나도 그 시절에는 별에별 고생과 경험을 하엿서 웬만한 일에는 그다지 놀나는 사람은 안이엿으나 이날 밤만은 엇썬 영문인지 전에 드른 무서운 이약이까지 련상되며 쏘 "목이 업서々 그런다" 는 그 사람의 행동이 아모래도 이상하야 그 밤을 새우다 십피 하면서 밝히고 잇흔날 주인 동장의게 그 이약이를 하니까 "이 마을에선 요새 한 달에 열아믄 번식 잇는 일인대 그게 필경 무슨 요몰이리다" 라고 대답하여줍니다

조반을 먹고 동장과 갓티 '스기우라'를 차저가서 어젯밤 이약이를 하니까 요물이 무슨 요물이랴 지나가든 사람이 물 어더먹고 간 것을 귀신이고 요물이고 하는 우리들의 상식을 의심한다는 등 비양[2] 총을 노흐며 동장과 내가 아모리 력설을 하여도 고지듯지 안습니다 그러면 자네가 한번 격겨보면 알니라하고 그 요물이 오마한 다음 다음날 '스기우라'와 나와 동장 세 사람은 동장의 집 사랑에서 잠을 자는대 역시 새벽 세 시나 하여서 발자최 소리는 안 낫것만 문밧게서 "안인 밤중에 미안하웨다만 목이 갈하니 물 한 그릇 주세요" 하는 소리가 그젯 밤과 갓티 들닙니다

---

2   잘난 체하고 거드럭거림.

『매일신보』, 1930.11.24

목 업는 그 사람 (二)

개천价川 백유향白柳香

　무서운 마음으로 기다리고 잇든 나와 동이나 그럴 일이 잇슬 수 잇느냐는 '스기우라'나 다갓치 벌々 썰면서 서로 얼골만 치여다보고 잇는대 창밧게서는 "참말 목이 갈하니 어서 물 한 그릇만 주세요"라고

　독촉이 드러옵니다 그러나 누구 하나 문을 열고 물을 내여줄 사람은 업섯

습니다 두 번 세 번 독촉에도 대답 한 마대 못하고 썰고만 잇느라니싼 그 다음엔 궐자도 성이 낫든지

"안이 세상에 인심이 그럴 법이 어데잇소 목이 갈하야 방금 죽겟다는대 물 한 목음 은사로 대답부터 안으니 내가 써도라다니는지 삼십 년에 이런 일은 처음이요

목이 방금 타오르니 물 한 목음만 어서 내보내시오"라고 남으람을 씀으로 할 수 업시 '스기우라'의게 총을 장진케 하야 내 뒤에서 문밧글 겨누게 하고 문을 열고 물그릇을 준즉 역시 형체는 안 보이나 물그릇을 덥석 밧아들고 철덕철덕 쏫치고 잇습니다

평생 잇는 정신을 다 가다듬어

"너 엇썬 놈인지 쪽ㅅ히 말을 해야지 총을 쏘고 말 테다"

라고 고함을 지르니까 그자는 유ㅅ히 물그릇을 돌녀 보내면서

"나는 사람이 아니요 삼십 년 전에 죽은 사람의 원한 만혼 귀신입니다 내 잇지 못할 원수는 이 마을에서 제일 가는 장재[1] 노릇을 하니 그놈의 내력을 조사하여 보세요" 하고 쪽ㅅ한 대답을 합니다

가지고 잇돈 회중전등으로 사방을 빗추어 보앗스나 개색기 하나도 업는데 방금 그자가 한 말은 아직도 귀에 쪽ㅅ히 남어잇습니다

회중전등 불을 씨니까 쏘다시 그 목소리가 한 번도 아니고 늘 신세를 저서 미안하다는 인사를 하고 사방은 이전과 가티 고요하게 되엿습니다

이러는 동안에 먼동이 훤 히 터오르고 닭이 울기 시작하엿습니다 '스기우라'도 그제야 내 말이 웃터운 말이 안닌 줄을 알고 아모래도 이것은 심상치

---

1 돈의 출납을 맡아보는 사람.

안은 일이라 하야 철저히 조사하여 보자고 합듸다 동내에 제일 부자라면 배삭주를 쏩지 안을 수가 업는대 그 사람의 근본에 대하야 동장이나 동리 사람들이 아는 범위는 이러하다 합니다

지금은 망하고 업스나 한 삼십여 년 전에 이 마을에 제일 되는 부자 김진사라는 이가 잇섯습니다

부모는 일즉이 도라가고 별로 근친도 업는 사람인데 젊어서 과거하려 서울 갓다 오다가 길에서 도적을 맛나 죽게 된 것을 지나가든 참빗 장사가 보고 구원하여준 일이 잇는대 김진사는 그 은혜를 생각하야 참빗 장사를 고향으로 다려다 쌍을 주어 살게 하엿는데 참빗 장사는 다른 사람이 안이라 지금의 배삭주엿스니 이리하야 그가 이 마을에 드러온 이후 몃 해 안 가서 김진사는 연긔와 가티 스러저 도라오지를 안코 그의 부인은 남편 나간 지 몃칠 만에 칼로 목을 찔너 자살을 하야 자손 업는 김 씨의 집은 영〃 향화[2]가 쓴허젓스나 배삭주만은 해마다 논밧을 사고 아들 쌀 번창하야 지금엔 마을에 제일가는 부자가 되엿고 어느 째부터 인지 그가 삭주 사람이라는 것이 근본이 되여 동리 사람들은 배삭주라는 존칭까지 밧치게 되엿담니다

평상시 갓흐면 그다지 심상히 치지도 안켓지만 이상한 일을 본 후에 이 말을 들은 우리들은 밝는 날 무슨 단서나 엇은 듯이 은근한 호긔심에 쓸니워 배삭주 집의 놉고 꾕장한 대문 안으로 드러갓습니다 긔미 납부게는 눈을 깜박어리며 우리를 마자주는 배삭주는 오십을 넘은 지 삼사 년밧게 안된 사람이엿만 윤긔업는 어룰 마른 피부 그리고 더듬는 듯하며 깜박어리는 눈 등은 륙칠십의 로인과 갓티 늙어보엿습니다

---

2   향을 피운다는 뜻으로, '제사'를 이르는 말.

우리가 김진사와의 관계를 무를 쌔 그 늙은 얼굴에 근육의 경련을 식혀가며 하는 말이 부합되지 안는 점이 잇서 분대 사무소로 동행하야 엄중한 취조를 한 결과 그는 맛침내 아래와 갓흔 무서운 범죄 사실을 자백하고야 마랏습니다

『매일신보』, 1930.11.25

목 업는 그 사람 (三)

개천价川 **백유향**白柳香

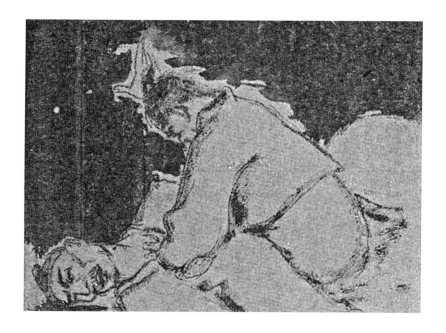

　삼십여 년 전 그가 고향에서 사람을 죽이고 도망질을 하야 등에 참빗을 지고 굶으며 먹으며 그늘 속에 방랑 생활을 할 쌔 황해도 봉산 지방 어느 산 비탈 길을 해가 저믈게 지나려니까 멀니 압헤서 이상한 긔배가 잇드니 도적이야! 하는 외마대 비명과 함께 터덕~~ 사람의 다름질 하는 발소래가 들 님으로 평소에 힘 자랑하든 그는 곳 소리 나는 곳으로 달녀가 본즉 엇써한 사람이 칼을 맛고 쓸어젓고 주인 일흔 나귀만이 저믄 하늘 아래 헤매이는

것을 보앗습니다

　그래서 부상한 사람을 나귀에 태워가지고 급〃히 인가를 차저가 응급 치료를 하는 동시에 관가에 알니워 일변 도적을 수탐케 하엿는데 다행히 상처가 얏서서 병인이 곳 정신을 회복하야 그날 아침부터 뒤짜르든 이상한 남자의 풍채 긔상을 자상히 설명하야준 덕으로 도적은 어렵지 안케 잡히고 멧칠만에는 완치하야 고향으로 도라가게까지 되엿는데 이 목숨의 은인도 그 나그네의 간청으로 함께 길을 써나게 되엿스니 독자도 짐작하는 바와 가티 김진사와 배삭주와의 인연은 이에 매자진 것입니다

　이로부터 김진사는 배삭주를 비상히 사랑하야 쌍을 주고 안해를 엇어주고 대소사 간에 그의 지혜와 찬성을 엇게 되엿스나 음흉한 마음의 소유자 배삭주는 김진사의 각별한 사랑도 모르는 척 이 리욕에 타는 눈알이 단 하로라도 혓되히 구으는 날은 업섯습니다 어느 가을날 밤 건넌마을에 국수 추념 갓다오든 배삭주는 김진사의 집 뒤 솔밧 속에서 꿈을거리고 잇는 흰 그림자를 보앗습니다 그의 교활한 마음엔 날낸 예감이 번득어려 발소래를 숨기여 갓가히 가본즉 다른 사람도 안이고 김진사가 손수 늙은 소나무 밋헤서 광이와 삽으로 무엇을 파고 잇섯습니다

　호긔심은 더욱 닐어 숨을 죽이고 보고 잇노라니 이윽고 조그만 항아리가 나타나고 그 항아리 속에서 한 개 두 개 세 개 네 개의 요강이 나왓습니다

　진사는 이 요강 속을 일〃히 조사하여 보고 다시 항아리 속에 넛코 흙을 씨우고 벳겻든 씌를 고히 씨우고 사방을 휘둘너 본 후 집으로 나려갓습니다

　동내 사람들이 전해 말하는 김진사의 숨겨둔 보화를 지척에서 보고 잇든 배삭주의 얼굴에는 긔미 납쌘 우슴이 써올낫습니다 그 길노 다름질을 하야 집으로 도라가서 광이와 삽을 가지고 와서 그 자리를 파기 시작하엿습니다

그의게 은혜도 의리도 아모것도 업시 오직 크다란 탐욕만이 잇섯습니다

김진사의 밋헤서 살기만 하랴 나도 한 번 부자 노릇 하지말나는 법이 잇드냐?

이 보화만 잇스면 그리고 이 밤으로 이 마을에서 줄행랑만 노흐면 넷날의 참빗 장사도 세상에 머리 흔드는 부자 노릇을 할 수 잇스리라는 마음으로 쉬지 안코 쌍을 팟습니다 열심히 팟습니다

그러나 보는 사람이 업서야 이 수풀 속이엿것만 거진 항아리가 낫하나리만 할 째에 그의 등을 가벼히 치는 이가 잇섯습니다

놀내여 도리켜본즉 어둠 속에서도 쏙々히 알 수 잇는 집으로 도라간 줄만 아랏든 김진사가 "엇전 일이요?"라고 침착히 그리고 책망하는 듯이 말하고 잇습니다

배삭주가 놀내인 것은 잠시의 일 그는 광이를 드러 이 몽상의 파괴자를 힘잇게 후려갈녓습니다

쓸어진 김진사가 도적이야 소래를 지르렬 째 그는 날새게 한 손으로 목을 조이고 한 손으로 자긔의 허리씩를 풀어 그것으로 목을 매여 다시금 숨을 못 수이게 만드른 후 목적하든 보물을 내여놋코 김진사의 시체는 항아리에 담아서 그 자리에 뭇고 마랏습니다

애초에 도망할 작정이든 그는 김진사의 죽음으로 인하야 게획을 좀 더 비위 조케하야 막대한 재물을 안은 채 이 마을에 주저안게 되엿습니다

그의 악한 마음은 싯갈 줄도 몰나서 이 일이 잇는지 몃 날도 안되여 남편의 행방불명으로 뢰심하고 잇는 김진사의 부인을 욕뵈여 그 부인은 천추의 한을 먹음고 칼노 목을 찔너 자살하고 말앗스니 이리하야 자손업는 김진사의 집은 망하얏스나 용납하지 못할 배삭주만은 천도도 모르는 척 이 지금과

갓혼 롱성을 이루엇든 것이라 함니다

그러나 말년의 배삭주는 이 원한 만흔 귀신의 출현과 함씌 부닥끼고~~~ ~~~ 하야 남의게 한 마듸 동정도 못 하는 가운데 살은 여이고 마음은 가시 방석에 잇는 듯한 그날~~~을 보내게 되엿습니다

목 업다는 귀신 재반[1]에 한 목음 물을 청하는 사랑과 돈에 얼키운 한 기픈 귀신의 애끗는 사정도 배삭주의 죄 만흔 몸을 청천백일 아래 낫하내임으로 풀어줄 수가 잇싯는대 현대 과학이 용납지 안는 이 귀신 이약이가 내의게는 부정치 못할 사실노 이가티 비 오는 날이면 더 쏙々히 머리에 써오르군 함 니다

◇ ◇

박녕감의 이약이는 이로써 끗낫습니다 번끗하는 번개불의 뒤밋처 요란한 우뢰 소래에 창이 흔들닐 쌔 일동은 흠칠하면서 서로~~~들 얼골을 치여다 보앗습니다

목 업는 귀신이 창밧게 온 것이나처럼 (끗)

---

1 '한밤중'의 방언(평북).

『매일신보』, 1930.11.26

수동이의 죽엄 (一)

정학득丁學得

지금 생각해보면 수동이가 죽은 것은 아무래도 정체 모를 일이엇다 수동
이 그는 H읍에서 나와 함께 동몽선습[1]을 세고 날마다 고리고개鴨峴를 지나서
온고학숙溫古學塾[2]을 댕기엇다 그 애는 H읍에서 김별장으로 유명한 김치명金治

---

1   조선 중종 때에, 박세무(朴世茂)가 쓴 어린이 학습서. 오륜(五倫)의 요의(要義)를 간결하
    게 서술하고, 중국과 조선의 역대 세계(世系)와 개략적인 역사를 덧붙였다. 『천자문』을
    익힌 어린이들이 『소학』을 배우기 전에 공부하는 교과서로 널리 사용하였으며, 덕행의
    함양에 많은 도움이 되었다.

明의 막내아들로 부모에게 귀염밧고 자랏다 그째나 이째나 집안에 먹을게나 잇는 집 아해들은 어렷슬 째 부모들이 각구기도 잘하는 법이어서 천품으로 무지막지하게 되여먹은 성질이 아니면 대개 성품도 온화한 편이 만코 인물도 해ㅅ므르하게 되는 것이다 그째에 온고학숙에 댕기든 아해들 중에서도 제집에 논마직이나 잇고 행세나 하는 집 하해들은 모다 외형도 반ㅅ하고 댕기는 것도 추잡하지 안엇다 수동이도 그중에서는 제일 얼골 고읍기로 유명햇스니 그째에 우리들 어린애의 입 버르장머리가 흔히 그 애를 놀닐 째에

"수동이자식 ××쟁이!"하든 것이엇다 이것이 물론 정말은 아니엇지만 어느째 누구의 입에서부터 흘너나왓는지 모르게 우리들 간에 퍼젓다 수동이는 이런 것을 아는지 모르는지 아마 분명히 몰랏슬 것이다 그 이듬해 그 애가 열세 살 적에 죽기까지

어느째 이런 일이 잇섯다

원래 H읍에서 온고학숙까지 가는 도중에 상투뫼라고 하는 조고마한 산이 잇고 그 산 중턱을 허러내어 길을 맨든 것이 오리고개라고 하는 것이엇다 이 오리고개에서 내려다보이는 곳으로 별남이 집 수전이 남쪽으로 싲나는 곳에 무슨 김승[3] 형상으로 된 커단 바위가 잇고 그 바위 엽헤 씰그러저가는 집 한 채가 그 바위를 의지하고 잇섯다 낡은 초가집웅 문허질 데로 문허진 토담 이런 것이 맛치 초라한 거지 노파가티 쓸ㅅ하게 잇섯다 볏이나 청명한 날은 여럿이 몰켜서 써들고 고개를 넘나들기에 그런 것 저런 것 몰낫지만 날이 조치 못 하든지 비바람이라도 하는 날은 고개에서 내려다보이는 그 집이 그째에 나어리든 우리들 짠에도 몹시 흉하여 보엿다 그러니 물론 거기

---

2 자제를 모아 가르치는 사설 학교.
3 '짐승'의 방언(경기, 경북).

사람의 그림자 이를 까닭이 업다 고개에서 그 집에 이르는데 조고마한 길터가 잇섯지만 오래동안 사람의 발이 다어본 적은 업다 혹시 봄새 날 짜뜻한 날 먼 산에 아지랑이 끼고 할 째 어듸선지 강아지가 대여섯 마리식 그 집 압 조고마한 쓸 압헤서 쮜여노는 것을 볼 쑨이엇다 올치 참 이런 일이 한 번 잇섯다 언젠가 느진 봄이엇다 우리들이 일즉이 엽헤 책들을 끼고 글방으로 가노라 막 오리고개를 올나슬 째에 그 집쪽에서

'캉 캉' 하는 소리 '왈 왈' 하는 소리와 함께 어느 틈엔지 부지런한 강아지들이 그곳에 모혀서 아츰 유회를 하는 것이 보이엇다 우리들은 일제히 그쪽으로 머리를 돌니어 보기는 하얏지만 노상 보는 일임으로 아무 말도 업섯다 나도 그째에 아무 소리 업시 그것을 보면서 속으로 다만

"그 강아지들 재미잇게 논다"

하면서 지나노라니까 이리 쮜고 저리 쮜고 하든 강아지 한 마리가 별안간 그 집 마당 압헤 잇는 움물 속으로 훌덕 드러가 버렷다

"저런… 강아지가 움물에 쌔젓다!" 하는 소래가 내 입에서 써러지자 모도들

"하々" 우섯다 그리하야 그쪽으로 고개를 돌니엇다 뒤밋처 쌔진 강아지의 놀난 소리가

"쌔갱 갱" 하고 들녀오자 함께 놀든 다른 강아지도 겁난 얼골로 이쪽으로 쮜여 달어나왓다

『매일신보』, 1930.11.27

수동이의 죽엄 (二)

정학득丁學得

우리들은 그 강아지를 구하여주려 그 흉한 집 압흐로 가지 안으면 안되엿섯다 우리가 손에 작댁이 즉오래기 가튼 것을 가지고 우물에 가보니 강아지는 쌔저서 닷츤 곳은 업섯지만 극도로 놀나서 눈자위가 이상하게 되엿섯다 그러나 본능적으로 물 우에서 헤염은 치면서 잇섯다 그런데 그 강아지도 엇더케 하여서든지 구하여주엇다 그리하야 이 쌔문에 우리는 나종에 글방에 가서 늣게 왓다고 선생님쎄 꾸지람은 톡々히 들엇지만 그런데 그쌔에 강아지 구하여주노라 그 집 압헤 가서 쪽々히 볼 수 잇섯든 그 집은 지금에 생각만 해도 흉하다

허릴업시 해골 썩은 것 가티 처참한 긔분이 써돌앗다 한쪽 문은 문설주에서 부러저서 그대로 대문 안에 잣바젓고 한쪽 문은 녹 스른 고리에 다른 한편 문의 쪼개진 조각을 느럿틔고 섯다 밧갓쪽으로 난 돌창에는 잡초가 푸릇~~~ 엄을 돗고 엇지 햇든 처음부터 우리가 무서움을 가지고 보기는 한 쌔문이겟지만 일종 야릇한 공포를 일으키엇다

그 후에 우리들은 이 집을 '귀신집'이라고 불넛다 실상 이럿케 하는 것이 올핫든 것이다

二

이 '귀신집'에 이상한 이야기 하나가 H읍에 써돌앗다 듯기에도 씀직씀직한

×

지금부터 오 년 전에 이 '귀신집'에는 젊은 내외가 살엇다 그들이 결혼하엿슬 쌔에는 바야흐로 인생의 향복이 샘솟듯 할 쌔이엇다 남자는 얌전하고 녀자는 절세미인이엇다 그들은 서로 긔질이 마젓다 그들은 결혼하고 동시에 깁히깁히 사랑하엿다 그들 내외의 행복스러운 사랑의 보금자리는 엽헤서 보아도 부러울 만 하엿다 남편이 아츰에 일터로 나갈 쌔 여자는 대문까

지 나와서 전송하엿다 남자는 가다가 또 도라다보고 또 도라다보고 하엿다 녀자는 그대로 문깐에 서서 남자의 뒷그림자 아득하게 업서질 쌔까지 서서 보앗다 저녁째 남편이 일터에서 도라올 쌔 안해는 동구 밧까지 나가서 마저 들어왓다 그리하야 이럿케 한 쌍 비닭이[1] 가티 화목하게 지나는 '젊은 내외'는 왼 동리의 이야기쩌리가 되엿다 그리고 저마다 부러워하엿다 그들에게는 재산이 업섯다 남의 소작 노릇을 한다 그들은 죽도록 일을 하지 안으면 안되엿다 그러나 젊은 안해를 지극히 사랑하는 남편은 안해에게 애써 힘드는 일은 식히지 아니하엿다 그리하야 남편의 일은 그만큼 고되엇지만 그것은 그들의 아름다운 사랑의 행복에 의하야 쉬웁게 회복되는 노릇이엇다

그러나 지극한 행복 다음에는 지극한 불행이 긔회를 엿보고 잇섯다 이것이 주책업는 운명의 악희는 다시 더 과학적인 말로 하면 그릇된 인위의 죄업 쌔문이다

한 쌍 비닭이에서 수컷이 병이 들엇다 아직 젊은 나이로 힘에 고된 고력로 하엿기 쌔문인가 결혼한 지 만 일 년 지난 첫봄부터 남편은 싀름싀름 알는다 처음에는 대수롭지 안케 몸살 긔미로 감긔 가튼 것을 몃 번 알트니 어이한 일인지 얼골에 노랑 쏫치 피고 긔침을 하고 그리고 차々 원긔가 업서저서 조고마한 일에도 권타를 늣기고 두 달 지난 뒤에 맛참내 남편은 병저 누어 쏨작도 못햇다 참 큰일이다 한 집안에 가장 중요한 생산자가 못쓰게 되엿스니 살림사리에 군졸할 것은 말할 것도 업다

---

1 '비둘기'의 방언(전남).

『매일신보』, 1930.11.28

수동이의 죽엄 (三)

정학득丁學得

그러나 젊은 안해는 용긔를 내엇다 그는 그의 힘으로써 능히 남편을 즐겁게 하고 남편을 회복하게 할 것은 모조리 하엿다 녀자이니만치 먼저 무당 판수에게 정성듸렷고 매일 젊은 몸으로 의사의 집을 드나들며 지성것 병 곳치기에 힘썻다 그러나 이들에게 대하야 운명은 누구보다도 더 참혹한 것을 하엿다 병저 누은 지 한 달 후에 젊은 남편은 사랑하는 안해의 손목을 쥔 채 눈도 감지 못하고 다시 오지 못하는 나라로 갓다 젊은 안해의 애통하여하는 모양이란 이로 말할 수 업섯다

세월은 흐른다 다시 한 달이란 시간은 눈 깜작하는 사이에 너머갓다 세상은 남에게 못 니즐 슬픔이 잇는 것도 모른다 젊은 안해의 한울에 사뭇치는 원한도 남에게는 가비야운 입 슷해ㅅ 동정으로 그만두려 한다 그리하야 어언 간에 니지버리는 것이 올흔 노릇이다 그러나 이 슬픔은 이것으로 슷막지 안이하엿다 너내도 참혹하다

"살인 낫다!" 어느 날 H읍에 이러한 소리가 퍼젓다 사람들의 가슴은 두군거렷다 그것은 한 달 전에 젊은 과부된 그 집에서 발생하엿다 젊은 과부를 누구인지 찔너죽엿다 피가 흘너 아직 더럽지도 안이한 소복을 싯뻘엇케 물들이고 방안에까지 찻다

"젊은 과수[1]를 죽엿대" 이것은 숨 좀 돌니고 전하는 말이엇다 듯는 사람들은 아무 대답도 못하엿다 입만 버리고 서로 두려운 듯이 바라볼 쑨이엇다 그리고 마음속으로 그 과수의 미모를 생각하엿다 마음에 가리키는 것이 잇섯다

범인은 쉬웁귀 잡히엇다 남편의 병 치료하노라 젊은 안해는 그가 스사로

---

1 남편을 잃고 혼자 사는 여자.

놀나울 만큼 얼골 어여쑤다는 것도 생각지 안코! 아니 생각할 여지업시 H읍 어느 의사의 집을 매일 드나들엇다 의사는 쉬웁게도 그의 미묘에 취하엿다 그는 대담하게도 젊은 안해의 애정을 거역한다 그는 될 수 잇스면 이여쑨 녀자의 남편이 세상에서 업서지기 바랏다 그리하야 그는 부질업슨 흥분제 만 써서 남편의 죽음의 길을 재축하엿다 그리하야 그것은 성공하엿다 어여 쑨 녀자가 과수 된 지 한 달이 지낫다 그는 어느 날 밤에 담을 넘어 괴로히 슬픈 숨에서 헤메이는 젊은 녀자의 방에 들엇다 그러나 녀자는 항거한다 분 김에 의사는 제 비밀을 폭로한다 녀자는 놀나고 원통하여 복수할 것을 외오 친다 의사는 겁남과 착란함과 흥분된 쌔문에 녀자를 죽인다 도망 피신 그러 나 그는 잡히엇다 이리하야 젊은 내외가 불상한 죽엄을 한 뒤 그 집에서는 쌔々로 이상한 변괴가 이러낫다 어느 쌔에는 그 집에서 울음소리가 들녀왓 다 날 굿고 비쌜리는 저녁에 그 집 집웅 우에 머리 풀어 훗혼 젊은 녀자가 입 에 칼을 물고 '획 획' 소리를 내이며 멀니~~ 슬어젓다 엇던 쌔에는 젊은 내 외가 서로 맛붓잡고 통곡하는 정상으로 집 주위를 쌩々 돌기도 하엿다

그들은 사랑의 원귀가 되엿다 이 세상에서 못다 피고 원통하게 죽은 애정 을 뒷세상의 사랑하는 남녀의게 저주의 불길은 낫하나리라고 어느 쌔 누구 에게 귀신이 니야기한 적 잇단다 이러한 두려웁고 처참한 니야기를 그 조고 마한 집은 지니고 잇다 이미 저 일이 잇슨 지 오 년이 지낫다 지금은 원통한 정령도 원긔가 흐리어젓는지 저러한 현상을 목견하는 사람은 업섯다 집은 그대로 은제든지 제가 썩어서 업서질 쌔까지 둔다 누가 참아 손대어 처치할 수 업기 쌔문이다 너머도 불상하고 두려워서

그러나 니야기의 발단은 이 '귀신집'에서부터 출발하는 것이 아니다

『매일신보』, 1930.11.29

수동이의 죽엄 (四)

정학득丁學得

다시 말머리를 돌니어 수동이에게로 가자

수동이와 함께 온고학숙 댕기는 동모가 모다 일곱이엇섯다 첫 대 수동이와 까불기 잘하든 별남이 으젓하고 슬그로웁든 거북이 쏘 갑득이 칠성이 철수들이엇다 그런데 그중에 이채[1] 잇든 아해로 우리들 틈에 제일 년장자(그째 스므 살이 넘엇섯다)로서 얼골 검고 늠을늠을하든 아해가 정갑득이엇다 재조도 업서서 그째에 수동이와 나와는 열두 살 적에 론어를 배호고 잇섯는데 그 애는 그째에 겨우 통감 첫 권을 배윗다 그나마도 지멸잇게 못 배호고 한 달이면 설혼두 번은 선생님께 쑤지람으로 벗되어 갓다 이러한 아해들이 매일 아츰에 함께 몰녀서 글방에 갓다가 저녁째 몰녀서 집으로 오곤 하엿다 그런데 그째에 갑득이가 웬일인지 좀 수동이를 미워햇다 이것은 그째에는 우리가 째닷지 못햇다 뒤에 생각하니 분명히 그랫는 것에 틀님업다

온고학숙까지 가는 중도 아직 오리고개까지는 채 못 가서 길에서 한 백여 보 드러가서 쑥쇠의 집이 잇섯다 쑥쇠는 어려서 죽고 그의 누이 하나만 다리고 두 늙은이가 지나갓다 이 쑥쇠의 누이라는 처녀가 쏘한 미인이엇다 이 미인이 수동이의 죽엄에 대하야 이상한 원인이 된다

우리들이 글방에 가고 오는 길에 그리 멀지 안은 곳에 이 집 두 늙은이는 쌀 하나를 데리고 밧헤서 일을 하엿다 그러다가 차々 쌀의 나이가 먹어가니 어느 틈엔지 쌀은 집에서 몸을 숨기어 버리고 두 늙으니만 밧헤서 눈에 씌우게 되엿다 쌀이 우리들을 자유로 볼 수 잇슬 째 우리들은 어릴 째엿만 그의 미모가 눈 씌워 뵈일 만큼 하엿다 그리든 것이 수삼 년 인제 만날 수가 업섯다 그리하야 우리들도 어느 틈엔지 그 처녀를 이젓다 그리든 것이 어느

---

1 특별히 두드러지게 눈에 뜨임.

째 우연히 우리들 눈에 다시 그 처녀가 낫하나게 되엿다 그째가 바로 수동이가 열두 살 적 그 처녀의 나이가 열륙칠 세 되엿슬 것이다

어느 날 아츰에 우리가 글방에 가느나니까 그 처녀가 밧헤서 김을 매고 잇든 부모에게 므엇인지 갓다주려고 나왓다가 우연히 우리들과 마주치게 되엿다 그째의 그 처녀의 어여쑴이란 참 놀날 만 하엿다 그런데 그 처녀가 우리들과 마조치자 그 처녀의 시선은 언듯 수동이에게로 쏠니엇다 오오 그째의 그 처녀가 수동이를 유심히 보든 그 촤잉한 눈! 수동이는 엇던가 하면 그도 그 처녀를 마조 바라보앗다 그러나 그 처녀의 눈이 너머도 제 얼골에 머믈너잇슴을 째닷고 계면적어 얼골을 조곰 숙이엇섯다 이런 것이 비록 지극히 싸른 순간에 이루어진 것이지만 우리는 충분히 구경할 수 잇섯다 그 후에 각금 그 처녀는 밧헤서 논에서 또는 길에서 맛날 수가 잇섯다 그럴 째마다 이상하게 그 처녀는 주접은 듯이 수동이를 보앗다 이리하야 일 년이 지나갓다 수동이가 열세 살이 되엿다 그 애는 무척이나 숙성한 아해엿다 동무 중에 그중 입이 무거윗다 그러나 그에게는 으젓함과 슬긔로움이 잇섯다 엇지햇든 지금 생각하드라도 그는 H읍에 한낫 보배라 엿섯다

대체 이런 노릇을 무엇이라고 일홈지어야 올흘가 지금쯤이면 이것을 간단한 초련의 엄이라고 할가 그리하야 그 쑥쇠 집 처녀와 수동이가 그 초련의 불길에 섯다고 할가 엇지햇든 우리에게 당하야 그 처녀의 행동은 수상하엿다

그쑨 아니엇다 우리가 글방에 오고 갈 째에 쑥쇠 집 뒷 겻헤는 장성한 처녀가 넌짓이 뒷문을 열고 우리를 □고 보내고 한다 오리고개를 넘어가면서 무심코 도라다보면 그째까지 그 처녀는 그곳에 서々 우두머니 서々 우리를 바라보지 안는가 이러한 행동이 모다 수동이 째문에 하여지는 것일 것은 물

론이다 그러나 그쌔에 우리는 이 짓에 대하야 아무 말도 하지를 아니하엿다 마음으로 이상하다고 눈치는 채엇지만 남녀의 무엇에 하얀 절대로 검단의 열매엿든 그쌔의 우리들이다 아뭇 소리도 못햇다

세월이 흘넛다 지금은 일흔 봄이다 모든 것이 첫 싹을 □디

어느 쌔 놀나운 소문이 H읍에 퍼젓다

"쑥쇠네 집 처녀가 움물에 쌔지 죽엇다 그 흉한 귀신 집 움물에 쌔저 죽엇다 그 원귀들이 아마 그 처녀를 데려간 것이다"

대체 이런 긔괴한 것이 엇지한 까닭인가

몃칠 후에 이 사건에는 다음과 갓흔 실명이 붓헛다

"그 처녀는 한 달 전부터 무슨 몹슬 병을 아럿다 그리하야 요즈음에 와서는 각금 이상한 소리를 하엿다 귀신이 집에서 누가 작구 부른다는 등 그 집 움물〃이 먹고 십다는 등 그리하드니 어느 날 저녁에 자쵯도 업시 그 움물에 쌔저 죽엇다 아츰에 그 움물 압헤서 몹시 짓는 강아지 쌔문에 시체는 발견햇다"

『매일신보』, 1930.11.30

수동이의 죽엄 (五)

정학득丁學得

　생각하여보니 한 달 전부터 병 알엇단 말이 사실인 듯하다 그 처녀를 우리가 한 달 동안 보지 못했다

　우리들은 참말로 저러한 돌발 사건에 대하야 놀낫다 그것은 어린 마음에도 형용할 수 업는 슬픔이엇다

　우리들은 그 '귀신 집'이 더 한층 보기 실헛다

우리들은 그 후에 넌지시 "날 구진 밤 날에는 그 귀신 집에 세 사람이 들어가는 것을 보앗다 두 사람은 붉은 저고리에 청치마 입은 녀자요 한 사람 한 상투짠 젊은 남자엿다" 하는 것이엇다 이것이 얼마큼 사실이엇는지 모른다 우리들은 한 사람도 그것을 보지 못햇다 그러나 H읍 내에서는 이런 소문이 정말인거나 가티 써돌앗다

먼저 우리 동무 중에 그 느물~~한 갑득이를 이야기한 적이 잇다 이 인물이 이 압흐로 이야기할 사건의 장본인이 된다

×

어느 날 그날은 공교하게 날세까지 흐리고 진눈갑이까지 쌘리엇다 우리는 글방에서 무슨 일이 잇서서 늦게 집에 도라오게 되엿다 찰말로 마음에 조치 안엇섯다 그 흉한 '귀신 집'을 바라보고 지나갈 것을 생각하니

그리지 안어도 글방에서 써나기 전부터 우리들은

"귀신 집에서 원귀가 나와 아무개를 홀닌다" 하며 부질업슨 공포심을 일르키엇든 것이다

우리들이 무서운 마음을 억지로 진정하고 여럿이 쓸데업는 헛 고함을 질느기도 하고 크게 웃기도 하면서 오리고개를 넘어서 그 보기 슬흔 '귀신 집'을 정면으로 대하엿다 이곳에 와서 우리들은 일층 고함을 질느면서 용기를 내엇다 그러나 부질업슨 흥분 뒤에는 다시 무서운 침묵이 왓다 이째야말로 신경은 극도로 흥분되여 '유모어'를 석글 여지도 업섯든 것이다 우리는 그 지긋~~한 '귀신 집'을 멀니 바라보고 거기서 지나갓다 그 귀신 집은 우리를 등 뒤로 노이엇다 우리들은 맛치 뒤에서 무슨 소리나 들녀오지 안는가 하고 숨을 죽이고 거름거리도 자박~~하면서 거러갓다 이째이엇다 벌안간에 소리를 질는 자가 잇섯다 오오 그 격동적인 놀나운 소래! 그 소래는 그

갑득이의 소리엇다

"야! 저것 바라! 저기서 쑥쇠 집 처녀가 이쪽으로 오는구나 둥々 써 온다 수동이 수동이! 하면서 이쪽으로 써 온다!"

우리들은 대번에 "으악" 하면서 쮜엇다 정신업섯다 왼몸은 찬물을 씨언는 것갓치 땀이 쫙 흘넛다 그 순간에 우리들의 흥분되엿든 상태는 무엇이라고 형용할 수 업섯다 나중에 집에 도라와서 생각하니 엇더케 집에까지 왓는지 모른다

이런 일이 잇슨 뒤 우리들은 더 한층 그 '귀신 집'이 보기 실혓다 엇더한 일이 잇드라도 늦게는 그곳을 지나가지 말 것과 쓰는 날 구진 날은 각별히 일즉이 도라오기로 하엿다 그런데 수동이도 그쌔에 퍽 놀난 것 갓다 누구나 겁결에 몰낫지만 뒤에 생각하니 수동이도 놀나 쮜기는 하엿지만 엇지한 까닭인지 몃 발자족 가지 안어서 천々히 쮜든 것이엇다 은제나 수동이는 우리들 중에서 행동이 얌전하엿다 말도 결코 잡스럽게 짓거리지 안코 남이 써들 쌔에 한 엽헤서 어여쑌 미소를 씌우고 하나하나 들어두곤 마음속에 깁히 감춰두는 성질이엇다

그날도 남들은 황란[1]하게 달어날 쌔에 수동이만이 몃 발자족 가지 안어서 조곰 듯추 쮜든 것이 수동이에게는 을에 그럴 것이니 하고 생각되엇다

그러나 일은 의외에 크게 버리집어젓다

---

1   정신이 얼떨떨하고 뒤숭숭함.

『매일신보』, 1930.12.1

수동이의 죽엄 (六)

정학득(丁學得)

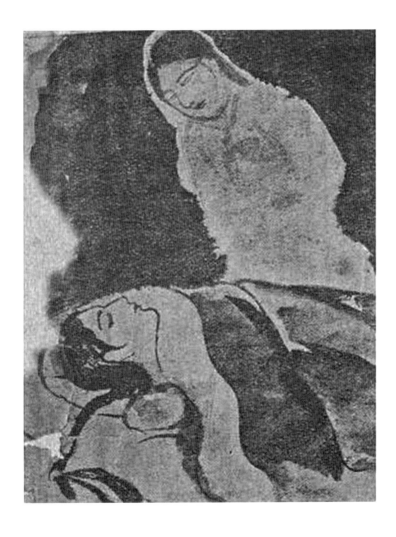

저런 일이 잇슨 뒤 항상 수동이는 '귀신 집' 압흘 지나올 째 얼골에 비창한 빗을 씌우는 것 갓다 남들은 그 집을 대하게 되면 모도 외면을 하고 써들 것만 수동이는 그 집 갓가히 와서 일층 종용하여지고 얼골에 괴로운 빗이 써돈다 쑨만 아니라 수동이는 그 '귀신 집'을 유심히 바라보곤 하엿다

어느 날 아츰에 저런 일 잇슨 지 일주일 후에 우리는 수동이를 불느러 그의 집에 갓슬 째 그는 누어서 알코 잇섯다 어제밤부터 신열이 몹시나고 고통하드니 오늘은 자리에서 일어나지 못하게 되엿다고 그의 어머니가 근심 석거서 전하는 것이엇다 우리가 방에 들어서 몹시 신음하는 그의 병상 압혜 이르럿슬 째 그는 눈을 써서 우리를 보고 몹시 반가워하엿다 아마 무엇이라고 말은 하지 안엇다고 지금 긔억하고 잇지만 그의 맑은 눈에 써돌든 그의 고흔 우숨은 지금도 내가 생각하여 무한々 정서가 씐다 엇지햇든 우리는 그날 섭々히 수동이를 냉기어 두고 여엿이서만 글방에 갓다왓다 도라올 째에 다시 수동이 집에 들녀서 좀 늦게까지 놀다가 헤여젓다

그다음 날 아츰에도 우리는 수동이 집에 들넛섯것만 수동이는 역시 알코 잇섯다

그다음 날도 쏘 그랫다 그다음 날 쏘 그랫다 수동이의 병은 점々 더하여 갓다 하로 사이의 그 애의 얼골이 달너지고 하로 사이에 달너지고 하엿다 약인들 윈만큼 썻스랴 무당 판수인들 여간 불너들엿스랴 십여 일 후에 우리는 수동이의 병실에서 나와서 울엇다 여월대로 여위여진 그 애의 얼골을 참아 오래 보지 못하고 나와서는

그의 어머니는 늣기여가면서 귀여운 아들의 불상함을 니야기하엿다

이런 일이 잇섯다 어느 날 글방에서 도라와서 우리들은 수동이의 머리 맛혜 안저서 서로 수동이 위로하여줄 니야기를 하고 잇슬 째 수동이는 수척한

손을 내여 밀어 우리들의 손목을 번가러 쥐이며 한참 동안 아무 말도 업시 고요히 우섯다 그러나 그의 우숨은 지극히 쓸ㅅ한 우숨이엇다 한참 만에 그는 입을 여럿다 천ㅅ히

"이 애 학득아!" 하고 그는 나를 불넛다

"내 이야기 하나 할가?" 하고 또 조곰 쓸ㅅ하게 우섯다

대답은 여럿서 햇다

"어서 해라 어서!"

"저어 어적게 내가 꿈을 하나 꾸엇지 이상한 꿈이야 저어 뚝쇠 집 처녀 잇지!"

우리는 이 말을 듯고 갑작히 찬 쌈이 솟는 것을 늣기엇다 두려움 가득히 그의 뒷말을 기다리엇다

"그 처녀가 이럿케 이쪽으로 내 머리 맛헤 와서 한참 섯드니 왼일인지 나를 보고 울드구나 나는 꿈이라도 사내가 무엇이라고 니야기할 수가 잇니… 그냥 잠ㅅ하고 하는 짓만 보고 잇섯드니 별안간에 엇지한 까닭인지 꿈이 슬적 밧구이드니 우리들이 너하고 모두들 말이야 온고학숙에 가는데 그가 일상하듯키 자긔 집 뒷문에서 나를 우드머니 바라보겟지 그리드니 이번에는 별안간에 그 처녀가 내 압흐로 오드니 나를 넌짓이 붓잡드니 작구 그 귀신 집으로 가자고 하겟지 꿈에도 나는 엇지 무서웁든지 그만 소리를 질느고 쌔이니까 그것은 꿈이겟지 엇더케 시원한지 모르겟드라"

하면서 그는 또 조곰 우섯다 그리고 무엇을 깁히 생각하는 것 갓치 한참 동안 말업시 천정을 바라보앗다

『매일신보』, 1930.12.3

수동이의 죽엄 (七)

정학득丁學得

한쪽으로 수동이가 알는 째에 다시 업친 데 덥치기로 수동이 집에 변괴가 일어낫다 그것은 갓득이나 이 병의 원인이 긔괴한데 안악네들의 뭇수리인 가 무엇인가의 결과가 쏘한 긔괴하다

"어느 동남쪽으로 가는 녀귀가 수동이를 꼭 데려가려고 한다" 이것이다 그리하야 이 '동남쪽'으로 가는 녀귀라 함은 곳 쑥쇠 집 처녀가 죽은 것을 말한 것일 것은 물론이다 이리하야 두려움과 불안에 전々긍々할 째에 과연 귀신

의 짓이라는 증명이 쑤렷하게 들어낫다 그것이 다른 것이랴 어느 날 저녁에 누가 보느라니까 다홍저고리 청치마 입은 녀자가 수동이 집 뒷담을 넘어서 수동이 알는 방으로 들어가드란다 누가 보앗는지 제일 감응하기 쉬워하는 안악네들의 입에 의하야 무서웁게도 쌜니 전파되엿다 그나 그쑌인가 저녁마다 수동이 집 뒷겻테서는 무엇인지 사람의 수군거리는 소리가 나고 그리하다가는 째々 "솨아 솨아" 하고 무엇인지 집웅 우흐로 씨언는 것이엇다 그것을 마즌 사람은 놀나운 째문에 병난 사람도 잇는데 혹시 정신 차리어 써러진 것을 집어보면 그것은 모래와 흙이 석기엇다 "이것은 모다 분명히 쑥쇠 집 처녀의 귀신이 수동이를 데려가려고 하는 것이다!" 이런 것이엇다

그런데 놀날 일은 어느 날 우리들이 몃치서 수동이 방에 안젓스랴니 무엇인지 수루루 하고 집웅과 쓸 우에 써러지는 소리가 들넛다 우리들은 쑤볏하여엇다 그러나 사내의 패긔가 '그까짓 것' 하는 마음을 낫케 하여 우리들은 일제히 방문을 열고 쓸에 나와서 진위를 다지려고 하엿다 그랫드니 그것이 틀님업섯다 방향은 분명히 수동이 집 뒷겻 나무 잇는 곳인데 그곳에서 맛치 사람이 한 움큼식 집어서 씨언는 것 갓치 모래가 넘어와서는 우리들 머리와 억개에 써러젓다 우리들의 마음의 흉하든 것이란 지금도 생각하면 조치 안타

이러하니 수동이 집의 경황 업슴은 말할 것도 업고 왼 H읍이 이 '귀신 니야기'로 판을 쌋다 그리하야 날이 어둑어둑하여 귀신이 출몰할 째쯤 되면 모든 사람들은 산갓치 수동이 집 압헤 모히엇다 그리하야 그 이상하고 두려운 귀신의 짓을 구경들 햇다 그리하야 그것은 틀님업는 사실이엇다 분명히 모래가 넘어와서는 구경하는 사람의 면상을 째리엇다 모든 사람은 두려움과 기이함에 이상한 눈들을 하고 서로 치어다보고 수군거리엇다

과연 귀신의 작회가 분명하엿다 수동이가 병저 누은지 열 일헤 만에 어여

쌘 미소를 입 가장자리에 냉기어놋코 끗업는 나라로 갓다 그가 숨 지을 째에 한 손으로 방문을 가르치며

"쑥쇠 집 처녀가! 쑥쇠 집 처녀가" 하면서 무엇에게 니야기하는 듯 하드란다 그의 어머니까지도 이 소리를 듯고는 놀나서 방에서 쒸여나왓다고 한다 이리하야 이십 년 전에 우리들에게 가장 니즐 수 업든 동무 하나는 세상에서 업서젓다 지금 생각하여도 기 애가 그대로 성장햇든들 하는 마음이 날 째마다 더 한층 애처로움이 간다

수동이의 죽은 경로가 이럿타 그러나 우리는 쏘 한가지 긔이한 사실을 니야기하지 안으면 안 될 것이 잇다

수동이가 숨지우든 그날 동리 사람들은 여전히 수동이 집 압헤 모히어 '귀신의 짓'을 구경하고 잇섯다 여전히 모래는 넘어왓다 그러나 그중에 담대한 몃 사람이 귀신이면 대체 엇더한 쑬을 하고 인슬가고 귀신이 모래를 씨엇는 곳으로 쒸여 갓다 어둑~~한 담 밋치엇다 여러 사람이 쒸여가니 그곳에는 과연 괴물이 움크리고 안저서 모래를 씨언다가 놀라 쒸엇다 여러 사람들이 "와!" 하고 달녀들어 괴물을 쏙々히 보니 그것은 쑥쇠 집 처녀의 원귀도 아니오 '귀신 집 젊은 내외'의 원혼도 아니엇다 그것은 갑득이엇다 즉시 갑득이는 붓잡히엇다 그리하야 뒤에 그의 고백을 들어보니 "사람을 좀 놀래여주려고" 그랫다는 것이다

엇지햇든 우리에게는 둘도 업는 수동이가 죽엇다 그것만이 우리에겐 애처러웁고 악까운 것이다 엇지하여서 그가 죽엇다 그리하야 죽을 째까지 그 '쑥쇠 집 처녀'를 입으로 외이며 죽엇나

저러한 일이 잇슨지 이미 이십 년이 지낫다 그 뒤에 세상은 밧귈 데로 밧귀엿다

나는 그 은제인가 H읍에 갓슬 째 생각하는바 잇서 그 '귀신 집'을 내 자의
로 불살너버리엇다 동리 사람들은 퍽도 무서워 하엿것만 (씃)

『매일신보』, 1930.12.4

처가의 비밀 (一)

오국주吳國周

　내가 열여섯 살 째 고등보통학교 삼 학년에 재학 시절이엇습니다 늙어가시는 우리 부모는 당신네 환갑還甲 전에 며누리를 보아야겟다 하시고 나를 부득~~ 장가를 듸리섯습니다 조혼早婚이 낫부다는 것은 그째만 해도 새 사람들 사이에 식그러울 만큼 써드는 째이엇고 발서 장가를 드럿든 사람들은 리혼離婚하는 비극悲劇이 류행성 감긔流行性感氣 모양으로 여기저기서 뒤이어 니러나는 째엿습니다 나 역시 조혼이 조치 안타는 것을 막연히나마 알기는 하

엿서도 결혼이라는 그 사실에 대한 호긔심好奇心과 부모들의 강권을 물리치지 못하야 고만 다수굿하고 장가를 드러버렷습니다 자 이 이약이는 내가 장가를 든 데서부터 시작됩니다

◇

째는 삼월 금음 봄도 바야흐로 무르녹으려하는 시절이엿습니다 성례를 하는 날은 아조 길일吉日을 택하엿다는 데도 불구하고 성낸 아기네 울음이나 터저 나올 것처럼 금새 비가 퍼불 것 가텃습니다만은 그대로 겨우겨우 넘기어 저녁째까지 아무 일도 업시 지내여버렷습니다 밤이 이슥하기까지 새 처가의 젊은 사람들과 멋적은 농담으로 꼿을 피우고 나서 일은바 신방新房[1]으로 인도되엿습니다 신방은 아마 세 간통이나 되는 넓은 방이엇는데 세 면으로는 병풍을 들너 처노코 북쪽 뒷동산으로 향한 미다지만이 해방解放되여잇섯습니다 신부를 안내한 수모는 마루로 드나드는 큰 문까지를 병풍으로 가려노코서 나가버렷습니다 젊은 작난군들은 첫날밤 엿본다고 한쪽 터저잇는 북쪽 미다지로 와서 손가락으로 창호를 쑬코서 엿을 보기는커녕 혹은 작댁이까지 듸미러 우수운 것이 지나처서 귀찬키가 짝이 업섯습니다 밤이 발서 새로 두어 시가 되여 몹시 곤하엿슴으로 나는 어렴푼시 잠이 드러버렷는데 잠들기까지 신부는 목우인[2]처럼 내 엽혜 죽은 드시 안저 잇는 것을 보앗습니다 얼마나 되어서엿는지 무어세 놀난 것처럼 눈을 번쩍 쓰니까 신부는 몸을 벌벌썰면서 눈을 크게 쓰고 북그러움까지 이젓는지 내가 드러누어 잇는 아랫목으로 달겨드럿습니다 나는 그 하는 행동이 하도 수상하여서

"왜 그러느냐"

---

1 혼례를 마친 신랑과 신부가 첫날밤을 보내는 방.
2 나무를 깎아 만든 사람의 형상.

고 말을 건늬엿습니다 신부는 얼골이 새파라케 질려가지고 바르르 썰며 손을 가만이 드러 북편 창문을 가리키엇습니다 나는 심상치 안은 일이라 온몸이 옷삭하여지면서 그편을 바라다보며 벌쩍 이러낫습니다 창문은 여전히 그대로 잇고 악가 작난군들이 쑤러노혼 구녕이 그대로 잇섯습니다 방 안에는 조고마한 촛불(그째도 전둥은 잇섯습니다만은 신방에는 촛불을 켜는 풍습이라해서 촛불을 켯든 듯 십습니다)이 명멸明滅하엿습니다 창호의 쑬린 구녕은 시컴어케 방 밧의 어둠을 인치고 잇섯습니다 나는 창을 바라보아야 별로 수상한 일도 업슴으로 다시 신부의 얼골을 바라다본즉 신부는 그저 눈을 창 편에다 두고 유심히 바라다보면서도 겨우 안심은 한 모양 가탓습니다 나는 엇제선 너무 이상해서 한참 신부와 창을 엇박구어 바라다보며 안젓스려니 세상은 이미 죽은 듯 고요하여지고 바스럭 소리라도 귀를 난카릅게 울리는 것 가탓습니다 얼마나 잇다가 별안간 나는 뒤가 몹시 보고 십헛습니다 배가 압호기까지 하야 뒤를 안 보고는 견딜 수 업게 되엿슬 째 이상하지 안습니까 북편 창이 누가 흔드드키³ 바르르 썰며 무수하게 쑬려간 구녕으로 반짝~~하는 불긔운이 비처 드러왓습니다

---

3 '듯이'의 방언(경상).

『매일신보』, 1930.12.5

처가의 비밀 (二)

오국주吳國周

　나 역시 이 광경을 보고 온몸이 옷삭하여지며 몸이 사시나무 썰리듯 극도의 공포를 이르키엇습니다 나 스사로도 아지 못하게 몸은 이부자리 속으로 파무처 드러가고 눈만이 괴상한 북창北窓을 향하야 샛별과 가티 반짝여젓든 것임니다 이 사이 나는 엽헤 신부가 잇는 것도 이저버렷섯습니다 얼마 후에 문득 생각이 나서 신부를 도라다 보매 그는 나보다도 더 이불 속으로 몸을 숨켜버렷습니다 불늑한 이부자리가 들먹어리는 것을 보면 그는 이불 속에

서 벌벌 써는 모양이엇습니다 과연 우수운 광경이엇습니다만은 우술 판은 아니엇습니다 더욱이 나는 배가 몹시 압흐고 뒤가 급하여저서 온몸엔 쌈이 철々 흘너내렷습니다 그러나 저 무서운 괴현상怪現像은 단속적으로 보혀젓습니다 나는 뒤를 참다~~ 못하야 그러타고 방안에서 뒤를 보잘 수도 업는 일임으로 신부에게 뒷간을 무럿습니다 내 목소리를 듯고서 이불 속에서 고개를 들고 내다보는 신부는 눈이 만경[1]이나 한 사람처럼 멀건해가지고 나를 물스럼이 이상타는 듯 처다만 보앗습니다 나는 너무도 갓갑해서 엉거주춤 이러스며 뒷간이 어듸냐고 재처 무럿습니다 신부는 쌈싹 놀나는드키 싸라 이러스며

　이 밤중에 뒷간은 엇더케 가서요 참으세요

　하엿습니다 그 대답은 당신이 지금 뒷간에 간다는 것은 무슨 조치 못한 증조임니다 하는 것 가헛습니다 나 역시 무서움이 극도에 달하야 뒷간에 갈 수 업는 것이 사실이엇스되 그러타고 방안에서 뒤를 볼 수도 업는 일인지라 엇절 수 업시 이러섯든 것임니다 신부는 여러 차례 뭇는 바람에 거역치 못하고 이 북창을 열고 나가 서서 왼손 편으로 도라가시면 막다란 실골목 안에 잇습니다 하엿습니다 나는 북창문을 열고 나가라는 바람에 머리가 더 쑵볏하여젓습니다 그러나 이째의 배속은 금새~~ 폭포가 쏘다저 내릴드키 몹시 쓸코 급하엿슴으로 바지를 웅켜쥔 채 방문을 냅다 열고 밧그로 내다럿습니다 밧갓은 캄캄하야 어듸가 어듸인지? 어둠이 이마를 싹 째리고 지나가는 속으로 더듬~~ 왼손 편 실골목을 향하야 뒷간을 차저갓는 것입니다 나

1　경풍의 하나. 천천히 발병하는데 잘 놀라거나 눈을 반쯤 뜨며 감지 못하고 자는 것 같으면서도 자지 않고 손발을 떨면서 전신이 차가워진다. 큰 병을 앓거나 구토나 설사를 많이 한 후에 몸이 허약해져서 생기거나 급경풍에서 전환되기도 한다.

는 뒷간 속에 드르스며 큰기침을 세 번 하고 왼발을 세 번 굴넛습니다 이것은 그 전부터 악귀를 예방하는 비법秘法이라 하야 얼은들에게 드럿든 것임으로 한 번 시험하여 본 것입니다 그리고 뒤를 보고 안젓스랸 즉 그때는 저윽이 무서움도 가라안고 악만 치바처 올나 오냐! 귀신이고 무엇이고 다 덤벼드러라 나를 엇절테냐! 하는 마음밧게 업섯습니다 그러면서도 안진 뒤가 서먹~~하고 매화틀² 밋이 무섭고 천정이 무서워 보혓습니다 얼마 후에 뒤를 다 보고 이러스랴니까 멀리 신방의 북창 쪽에서 무엇인지 허연 것 쓱 키가 구척장신이나 되는 것 가튼 허연 물건이 신방 문 압혜서 뒤동산을 향하야 화다닥 다러나는 것을 보앗습니다 나는 더퍼노코 뒷간을 버서나서 쒸여나 갓습니다 어둠 속에서 신방 북창으로 흘러나오는 간얄푼 불긔운이 쌍바닥을 물듸렷슬 쑨 륜곽만 어스레하여 보히는 동산은 긔가 막히도록 싯컴어 보혓습니다 나는 뒤에서 누가 잡어 다리는 듯한 늣김을 바드면서 북창을 열고 방안으로 드러섯습니다 방안에는 이부자리가 허트러저잇고 새파라케 질인 신부가 숨을 몰며 잇섯습니다

---

2 궁중에서 가지고 다닐 수 있게 만든 변기(便器)를 이르던 말.

『매일신보』, 1930.12.6

처가의 비밀 (三)

오국주吳國周

　나는 서먹~~한 것도 이저버리고 신부를 안어서 자리 우에 안치고 수족을 주물너주며 엇지 된 리유를 무럿습니다 신부는 얼마 후에 겨우 마음을 가러안친 모양으로 나를 치여다보기를 쓰리면서 입을 여러 아래와 가티 말하엿습니다

　"나가신 뒤에 열려진 북창문 압헤서 인긔척이 나며 이상하게 허연 물건이 (그것은 물채物體로 보히지 아니하고 긔체氣體로 보히드람니다) 키가 하늘에나 다을 것

처럼 커지고 어른~~ 거리다가 그것이 다시 동산 편으로 물너가는 모양 갓다가는 쏜살가티 이 방을 향하고 쒸여드러옴으로 고만 긔색을 하다십히 하엿섯는데 그 후 일은 도무지 몽롱하야 생각이 잘 안 남니다"

나는 이 말을 듯고 뒷간에서 나오다가 이 방으로부터 쒸여나가든 괴물怪物을 생각하고 올치 그것이 그것이로구나 하엿슴니다 나는 지금도 생각함니다만은 이날 밤의 이 무서운 광경을 씍소리 한 마듸 못하고 당한 우리가 너무도 체면體面을 차리다가 봉변을 한 것인 줄로 암니다 나는 나대로 장가까지 든 일테면 대장부가 요사스럽게 무섭다고 날칠 수가 잇나? 하는 생각 신부는 신부대로 새색시의 체면상 신랑을 엽헤다 두고 호들갑스럽게 무섭다고 소리를 칠 수가 업다는 생각 서로~~ 체면만을 생각하다가 그 무서운 광경을 씾씾내 당하고 마럿든 것임니다

우리들은 너무도 무서워서 서로 체면도 돌보지 안코 삼면으로 갈녀처 노혼 병풍을 씌러다가 북창까지를 막어버렷슴니다 구녕이 무수하게 쏠려잇는 창이 보히지 아니하니까 다소 안심은 되엿섯슴니다만은 엇전지 병풍 넘어로 무엇이 쏙 너머다 보는 것 가터서 역시 공포증恐怖症은 사러지지 안엇슴니다 밤은 이미 새벽이 갓가워 왓슴니다만은 시러저가는 촛불과 반비례反比例하야 우리들의 눈은 점々 밝어갓슴니다

무엇이 부스럭만 해도 우리는 주춤! 눈을 반작이엇슴니다

째가 어느 째나 되여서인지 북창 밧게서 쏘 이상한 발자최가 들려왓슴니다 나는 이불을 뒤집어쓴 채 안저서 북창 편으로 귀를 기우렷슴니다 신부역시 귀를 기우리는 모양이엇슴니다 북창 밧의 발자최는 몹시 조심성스럽게 거니는 듯 하엿슴다 단속적斷續的으로 씌처젓다 이여젓다 하다가는 얼아후에 아조 자최가 사라지고 마럿슴니다 나는 신부에게 동산 위로는 무엇이

잇느냐고 물은즉 신부의 대답이 "동산에는 산정山亭이 잇고 산정에는 부리는 하인의 집이 잇서요"

하엿습니다 그 말을 듯고 나는 하인의 집에는 엇던 사람들이 잇느냐고 쏘 무러보앗습니다 신부는 늙은 내외와 젊은 아들과 나어린 밋며누리가 잇다고 대답하엿습니다 나는 이 말을 듯고 나서 앗가보다도 더 가슴이 설녜임을 쌔다럿습니다 나는 현대 문화과학文化科學의 한 학도學徒이다 과학의 학도가 미신迷信을 물리치고 요귀妖鬼를 부인하는 것은 당연 이상의 당연으로 나 스사로 지금까지 그러한 괴현상을 보지 못하엿슬 쑨 아니라 극력 부인하여 왓섯다 그런데 오늘 저녁 이 괴변이 엇지된 일인가? 과연 그것이 귀희鬼戲일가? 아니다 이 괴변의 리면에는 엇더한 사정이 수머잇슬 것이다! 나는 동산 우의 산정과 그 산정에 잇는 하인과 하인들 중에도 젊은 아들놈이 우리의 결혼에 엇더한 미묘한 관계를 가지고 잇서 그자가 작난을 하는 것이 아닐가? 하고 생각을 하기 시작하엿든 것입니다

『매일신보』, 1930.12.7

처가의 비밀 (四)

오국주吳國周

　신부와 나는 쓴눈으로 밤을 새이고 마럿습니다 이튼날은 아츰부터 머리
가 직신~~ 압흐고 몸이 씨쌕드듯하야 종일 심긔가 조치 못하엿섯습니다
오후에 본집에 다닐러 가기까지 하엿스나 장가까지 든 이를테면 어른 된 놈
이 더구나 학생으로서 그런 미신의 요사스러운 이약이를 하는 것이 위신과

체면에 관계되는 것 가터서 집에서도 그런 이약이를 하지 안코 그대로 신방 제이이夜新房第二夜를 치르기 위하야 처가로 와버렷습니다 처가에 온 후에는 동산 일이 퍽 마음에 걸리여 사랑에 잇는 젊은 사나이를(내 안해는 무남독녀로 처남은 하나도 업섯습니다) 이끌고 동산에 올라가 보앗습니다 동산은 제법 넓은데다가 솔 버들 기타 완상식수翫賞植樹[1]가 색색히 드러서 잇고 긔암괴석翫賞植樹을 운치잇게 인위人爲로 배치排置한 데다가 정상頂上에는 연못까지 파고 그 가흐로 통칭 산정山亭인 련당蓮堂[2]을 지어노앗습니다 그리고 그 후면에 부속가사附屬假舍 가티 지여노혼 것이 녀름이나 가을이나 겨울이나 봄이나 이 련당에서 잔치를 할 째에 료리방料理房으로 쓰고 보통 째면 신부가 말한 것 가티 이 집에 누대 나려오는 씨종이 살고 잇는 것입니다 나는 산 우흘 일주하야 제법 풍치잇는 원근遠近을 바라보고 나서 그 료리방 하인의 방을 가서 듸려다 보앗습니다

그 안에는 아무도 업고 밋며누리라는 열댓 살 되여 보히는 계집아이만이 설거지를 하는지 그릇을 썰거덕어리고 잇섯습니다 나는 가티 간 사람에게 이 집 내용을 모르는 것처럼 무러보앗드니 대개 신부의 말과 가튼 대답을 하엿습니다 그래서 나는 시침이를 쑥 쎄이고 젊은 아들이란 자는 저 어린 계집아이를 안해로 만족하고서 얌전히 잇느냐고 무러보앗습니다 그는 물론 궐厥[3]의 성행性行[4]을 알기 위한 질문이엇든 것입니다 그는 글세 자긔도 자세히는 모르겟스나 그자가 늘 집에 부터잇지 안코서 밧가트로 나다니니까 밧게 나가서 무슨 짓을 하는지는 모르고 돈을 버는지 아니 버는지 집안 살림에는

---

1 관상용으로 심은 나무.
2 연꽃을 구경하기 위해 연못가에 지은 정자.
3 '그'를 낮잡아 이르는 말.
4 성품과 행실을 아울러 이르는 말.

보태지 안는 모양이라고 하엿습니다 나는 이것을 미루어 궐짜가 품행은 조치 못한 자이려니 하엿습니다 여기까지 문답한 나는 그러면 어제 저녁엔 이 자가 드러와 잣는지? 안 잣는지? 를 아러야 하겟슴으로 밋며누리라는 계집아이에게 직접 무러보앗습니다 그랫더니 그 계집아이는 글세요 어제 저녁에 저는 너무도 곤해서 초저녁부터 잣스니까 어느 새 드러왓는지는 모르고 아침에는 새벽가티 나가 드라고 하엿습니다 여기서 나는 가진 생각이 다 써올낫습니다 어젯밤 괴변은 확실히 이자의 작난이 아닌가? 궐짜가 젊은 자이어니 평소에 내 안해된 신부에 대하야 엇더한 련모戀慕를 가지고 잇섯지 말나는 법이 어듸 잇겟는가? 그러다가 필경 나라는 사나히에게 쌔앗기고 말매 치미러오르는 격정激情을 것잡지 못하야 혹은 복수적 악심으로써 작난을 한 것이 아닌가? 이가티 생각하며 산 아래로 내려왓습니다 그리하야 밤이 되기를 기다려서 신방에 드러간 후 신부에게 동산의 젊은 사나이가 엇던 성행을 가진 자냐고 무럿습니다 그는 그자가 행실이 부정한 자이라는 것을 말하엿습니다 그래서 우숨을 석거 평소에 당신을 보고 수상적게 하든 일이 업섯느냐고 무럿습니다 그는 얼골이 쌀개지면서 머뭇~~ 거리다가 학교에 가고 오는 길목에서 잇다금 맛나면은 공연히 싱글벙글 웃고 척척 부니럿다고[5] 말하엿습니다 나는 이 말을 듯고 비로소 오냐! 이자가 필경 작난을 하는 것이로구나! 오늘 저녁에 만일 또 그 가튼 짓을 하면 나는 학교에서 대강 익혀둔 유도柔道를 한번 쏜대 잇게 쓰리라 하고 오하려 그 시간이 오기를 고대하엿습니다

『매일신보』, 1930.12.8

처가의 비밀 (五)

오국주吳國周

　밤은 깁허갓스나 기다리는 괴현상은 도무지 보혀지지 아니하엿습니다 나는 자리에 비스듬이 두러누어서 북창을 향하고 날카라운 눈초리를 련해 쏘앗습니다 나는 기다리기가 너무도 무료해서 무엇이던지 화제를 한 가지 잡어내려고 머뭇~~거리다가 필경엔 그전에도 어제밤가티 귓 것의 작난인 듯 십흔 괴이한 현상이 잇섯느냐고? 신부에게 무러보앗습니다 신부는 머리를 가루 흔드러 그런 일이 업섯다고 부인하엿습니다 밤은 발서 깁허버려 만

뢰가 구적합니다[1] 안방에서 건너오는 코 고으는 소리가 귀창을 울립니다 머리 맛헤 노힌 회중 시계의 시침時針이 두 시를 반이나 지나게 가리키고 잇섯습니다 그째! 바로 그째! 북창을 지긋~~ 흔드는 듯한 긔맥이 보혓습니다 신부와 나는 물론 이불 속에 수머잇섯습니다 조금 잇더니 북창문이 바시시 열럿습니다 그리자 방 중간쯤에 노혀잇던 촛불이 그를 쓰는 듯 멧 번 펄너덕거리더니 고만 써지고 마럿습니다 방은 캄캄하여지고 찬바람이 한 갈래 부러왓습니다 나는 유도고 무엇이고 엇지 겁이 낫든지 온몸이 옷삭하여젓습니다 그러나 그대로만 잇슬 수도 업서 나는 슬그머니 고개를 들고 신부가 잇는 편으로 멈춧멈춧 나갓습니다 손으로 더듬더듬 신부 잇는 곳을 만저보앗스되 신부는 잇지 안엇습니다 나는 그제야 가슴이 몹시 설네면서 벌쩍 이러낫습니다 그리고 촉대에 잇는 성양을 집어서 불을 드윽 것습니다 불이 확 켜지자 방안은 환하여젓습니다 이상치 안습니까? 열린 줄만 아럿든 북창문이 그대로 다처잇고 방안은 악가 그 모양 그대로 잇습니다 그러치만 이상치 안습니까? 신부는 보히지 안엇습니다 나는 너무도 긔가 막혀서 소리를 질넛습니다 이 소리에 안방에서들 모다 건너왓습니다 사람들은 신방 밧게 와서 들네는 것을 방안으로 불너드렷습니다 그리고 황々히 대강 이약이를 하고 나서 북창 밧그로 신부를 차저 나섯습니다 집안은 발칵 뒤집히여 동산으로 뒷간으로 온 집안을 구석~~~이 다 차저보앗습니다 그러나 신부는 인해 보히지 안엇습니다 나는 동산에 산다는 하인의 아들놈을 잡어 오라고 하엿습니다 그러나 이날 밤 그자는 아침에 나간 채로 그째까지 도라오지 안엇다고 잡어 오지 안엇습니다 변! 괴변! 이런 괴변이 어데잇겟습니까? 나는 신방에

---

1 밤이 깊어 아무 소리 없이 아주 고요해짐.

도로 드러와서 여러 사람과 엇더케 하면 신부를 차질가 하고 걱정을 하는 판이엇습니다 그째! 돌연 내가 등지고 안진 아랫목의 병풍이 불쑨 내밀며 무엇이 픽하고 쓰러지는 것 가터ㅅ습니다 나는 쌈짝 놀내여 자리에서 이러나면서 그 병풍을 한구석에서부터 마러드러갓습니다 괴이하지 안습니까? 그 안에는 게거품을 잔쯕 먹음은 신부가 눈을 흽 써쓰고 쓰러저 잇지 안습니까 우리들은 곳 그를 안어 이르켜서 주물느고 약을 해먹이고 한 수라장[2]을 이루엇습니다 얼마 후에 째여난 신부는 북창문이 열리고 불이 쩌지면서 정신을 일코 마럿다는 것밧게 다른 아무 말도 아니하엿습니다 대체 이것이 무슨 일일까? 이리하야 신방제이야는 수선한 중에 밝고 마럿습니다

　그 이튿날 나는 뒷동산에 잇는 하인의 아들을 불너오라 하엿습니다 그러나 그자는 도라오지 안엇습니다 귀신의 작난인지? 궐짜의 작난인지? 나는 이것을 밝히지 안코는 견델 수 업섯든 것입니다 마음에는 귀신의 작난보다도 궐짜의 짓이라는 것이 더욱 분명하게 역여젓든 것입니다

2　싸움이나 그 밖의 다른 일로 큰 혼란에 빠진 곳, 또는 그런 상태.

『매일신보』, 1930.12.10

처가의 비밀 (六)

오국주吳國周

　제삼 일의 해가 다 기울도록 궐싸는 도무지 보히지 아니하엿습니다 온 집 안은 수선수선하며 모다 불안에 싸혀잇고 신부는 종일 심긔가 조치 못하야 자리에 드러누어 잇섯습니다 아무리 생각을 하여도 알 수 업는 일은 이 일 이엇스니 그러타고 경찰에 신고할 수도 업스며 명탐정名探偵을 차저 의뢰할 수도 업슴으로 그대로 내여버려두고 또 밤이 오기를 기다리는 외에 다른 도 리가 업섯습니다 해가 아조 저무러 전등이 드러왓슬 째에 나는 위선 처가

식구에게 명령하야 오늘 밤은 전등을 켜노라고 일넛습니다 그리고 병풍을 모두 지버치우고 방문이 활짝 해방되여서 혹 무슨 일이 잇드라도 어느 곳으로던지 다 자유롭게 민첩하게 드나들 수 잇게 만드럿습니다

그리고 나서 나는 지나간 이틀 밤의 소경사도 이저버리고서 사랑에 나아가 젊은 친구들과 잡담으로 밤이 이슥하기를 기다렷습니다 그리고 나제 우리 집에서 비밀히 가저온 시컴엄 教服校服을 박구어 입고 컴々한 동산으로 기여 올나갓습니다 그리하야 궐짜의 집 동정을 살펴 보앗더니 두 늙은 내외는 밋며누리와 놀너온 듯한 동리 녀자들과 안자 방금 신방의 괴변을 이약이 하고 잇는 모양이엇습니다 나는 오랫동안 몸을 숨키고서 동정을 살펏스나 아무래도 궐짜의 거림자는 보히지 안엇습니다 본대야 한 번도 보지 못하던 자임으로 곳 아러낼 수는 업스나 이 집에서 나온다든지 이 집으로 드러가는 젊은 자이면 궐짜아니고 누가 잇슬 것인가? 하는 생각으로 젊은 사나이만을 기다리는 것이엇습니다 그러면서 나는 내 눈 압헤 궐짜의 얼골을 그려보앗습니다 음흉스럽고 흉악하게 생긴 넙쩍한 얼골! 긔운 쓸이나 잇서 보히는 긔골이 장대한 그 체격! 이러케 생김~~~을 行想行想하고 잇슬 째에 돌연 동산 아래에서 들네□ 소리가 나며 무엇인지 허연 물건이 동산 위로 쒸여 올나왓습니다 나는 곳 숨은 곳으로부터 쒸여 내다러서 그 물건의 정체를 잡으랴 하얏습니다 그 물건은 내가 내닷는 것을 보자마자 동산 중툭에서 고만 스러지고 마럿습니다 나는 그 물건이 스러진 자리에서 다시 몸을 쌔여처 수머 잇든 자리로 곳 쒸여 올나와서 얼마를 기다렷는지 궐짜가 도라오기를 기다렷스되 영연 오지 안엇습니다 나는 헐 수 업시 방으로 도라와서 비밀히 다른 사나이를 불너가지고 밤을 새일지라도 궐짜의 집을 주의하야서 들고 나는 것을 보라고 하얏습니다 그리고 나는 신부와 더부러 신방 제삼 야를 마

지하엿습니다 우리의 신방은 실상 괴변을 기다리는 신방과 가탓습니다 밤이 아마 새벽 세 시나 되엿슬가 아무리 기다려도 괴변은 보히지 안엇습니다 멀니서 닭 우는 소리까지 들려온 뒤에 별안간 전긔가 탁 쩌짐니다 그리고 나서 쫘 쫘 모래를 퍼부띳는 소리가 북창에서 들려왓습니다 나는 벌떡 이러나서 북창을 확 여니까 모래가 한 줌이나 내 얼골을 째리고 흐터짐니다 나는 압홈과 눈의 부자유를 억지로 참고 내다럿습니다 이러케 되니까 무서움도 업서젓습니다 내다러서 가만이 동정을 보라니까 등 뒤가 이상하게 서운한 듯 하엿습니다 그래서 고개를 홱 돌려 도라다보니까 북창문이 열린 방안은 어둠컴컴한데 그 속에서 무엇이 풀떡어리는 것 가터서 다시 방안으로 쪼차드러갓습니다 방안에는 역시 아무 일도 업고 신부가 벌벌 썰 샏 착각이엇나? 환영이엇나? 나는 전등쩌진 원인을 알고자 소리처 사람을 불너내여 조사시켯드니 이 방 '스위치'가 끈처 잇섯습니다 그 '스위치'는 안방과 건는방 신방 사이의 마루에 잇는 것인즉 엇던 자의 소위라 하면 퍽 대담한 일임니다 동산의 궐짜는 인해 그날 밤도 아니 도라왓습니다 삼 일이 지난 뒤 신부는 곳 우리 집으로 데려왓슴으로 그런 일을 당하여 보지도 못하엿거니와 궐짜는 그 후에 일본으로 로동을 한다고 건너가 버렷는데 누구 하나 궐자에게 이런 사실을 무러보지 안엇슴으로 아직도 이 일은 한 개 비밀로 괴변으로 당한 내 머리에 인처 잇습니다 (끗)

『매일신보』, 1930.12.11

유령탐방幽靈探訪 (一)

김황金鎤

　지금으로부터 오 년 전 일혼 봄 엇던 날 밤!

　아즉도 쌀々한 바람은 몸을 에이는 듯 하였다 갓득이나 음산하게도 아침부터 부실~~~ 나리든 봄비는 겨우 긋첫스나 하날에는 먹장가티 식컴언 구름으로 포장을 둘러친 것가티 캄々한 밤길은 더욱 인적을 끈치게 하엿스며 비록 도시都市라 하지만은 궁벽한 농촌에서 볼 수 잇는 정적靜寂을 늣기리만큼 군산공원群山公園은 쓸々하엿다 그날 밤 벽상의 시계는 하나를 쌩 하고 울려 나오는 자정에 홀로 담대히도 유령탐방幽靈探訪을 나섯든 나는 과연 그 무슨 소득이 잇섯는가? 이것은 사실담이요 아울너 지금 생각하면 허급피도 우슬 일이엿섯다

　그째에 군산에는 한 입 두 입을 것서서 다음과 가튼 허무맹낭한 소문이 전판하여 일시 군산 시민은 일종의 공포를 늣기는 동시 밤중에 출입을 삼가이 한 것은 이에 군산시민은 긔억에 새로운 일일 것이다

　십팔 구 세 쯤 되여 보이는 꼿가튼 어엽분 일본 시악씨는 시마다마게島田髷 (일본 녀자의 단장한 머리의 일홈)를 곱게 틀엇스며 조혼 의복으로 성장盛裝하고 길거리를 밤중 열두 시부터 새로 두 시까지 군산공원 부근으로 출몰을 하면서 젊은 사내만 보면 홀겨서 욕을 뵈인다고 하얏다 엇던 대서代書하는 리모李某는 그의 친구와 가티 술을 먹고 자긔 집을 가는 길에 공원 못 밋처 일본 절 엽 우물 압흘 지나는데 갈증이 심하자 웬 젊은 일본 시악시는 공긔에다가

물을 주기에 감지덕지로 바다먹은 후 맷칠 동안을 자긔 집에서 복통으로 신음을 하얏다고 하며 부청[1]압 길(그 전 부청)과 다른 길거리에는 무엇의 작난인지 샛빨간 피를 동이로 퍼부엇다고 한다는 둥 여러 가지로 소문은 전파되자 엇던 사람은 공원 못 밋처 신흥동新興洞 절골 가는 길 우에서 어엽부게 차린 일본 녀자가 손짓을 하면서 오라고 부르는데 겁이 나서 도망질을 하얏다고 한 일이 잇다 하야 일반의 추측은 매우 구々하야 이러하엿다 보앗다는 사람 욕을 당한 사람이 잇스니 그 일은 사실인데 그것이 어썬 원혼된 헛독개비의 작란이라고도 하며 그것은 귀신이 아니고 천년이나 묵은 여호狐가 둔갑을 하고 다니는 작란이라고도 하며 그것도 아닌 것이 젊은 사나희들을 유인하는 것을 보면 색광녀色狂女로써 그것한테 붓들리기만 하면 큰 욕을 볼 것이라는 대체로 보아서 세 가지 추측의 전설은 심히 일반에게 불안을 주지 아닐 수가 업섯다 더욱이 군산에서 발행하는 ××일보××日報는 전면에다가 연일 유령의 전설을 보도하고 그 정체를 발견하얏다는 것은 업섯슴으로 심히 의아疑訝와 일층 일종의 공포恐怖를 더하얏섯다 나는 그째에 모보지국某報支局을 경영할 째이다 물론 과학科學이 발달된 현대에 그짜위 허무맹낭한 소리를 밋기보다 그가티 유언비어流言非語를 전파하는 자가 실로 가증하기 짝이 업는 일종의 의분義憤과 직업적職業的 호긔심好奇心은 그 유령의 정체를 탐방하야 세상 사람의 의아와 공포를 풀어보고저 하야 단연코 그 길을 써낫던 것이다 세상 사람이 듯기에도 으시시한 그 길을 단독히 나서는 나도 싼으로는 담대하다니 보다 도로혀 그리한 것을 밋지 아은 까닭이엿다

그러나 어느 모인지 자미업는 생각이 전혀 업섯던 것도 아니다 다행인지

---

[1] 식민지 시기에 부(府)의 행정 사무를 처리하던 관청.

맛참내 공원을 향하는 도중에서 전숳이라는 친구를 맛나서 그의 가는 곳을 무르니 그도 역시 나와 가튼 목적으로써 나선 길이라 하야 매우 고적하던 나는 동지를 만나서 일층 닥처올 장면을 상상想像하면서 가장 출몰이 빈번하다는 공원 못 밋처 도서관圖書舘 바로 엽 골목 엇던 집 첨하 싯헤서 쏘고리고 안젓다

『매일신보』, 1930.12.12

유령탐방幽靈探訪 (二)

김황金鎤

　행여나 무엇이 나타나면 엇더케 할가 과연 그것이 유령? 여호? 색광녀? 무엇일가? 헛독개비도 아닐 것이며 여호도 아닐 것이며 만일 그런 것이 사실로 나온다면 색광녀나 아닐가? 나의 추측은 색광녀가 제일 갓가운 결론이 되고 마럿다 그리는 동안 엇던 일본 상점의 반도[1] 가튼 젊은 사나이가 자전거를 타고 오기에 불러서 무르니까 그도 역시 무엇인가 하야 보러 왓다고

1　반란을 꾀하거나 그에 가담한 무리.

한다 그리하야 그 사람도 나의 일행에 참가하야 나의 뒤에 숨소리도 업시 죽은 듯이 그 무엇을 보려고 기다리고 잇섯다

사면은 고적하얏다 개미 색기 한 마리도 업는 그리고 음산한 찬 바람만 옷깃을 싯처 갈 쓴[이]다

그런데 난데업는 공원 쪽으로부터 게다 싹 소리가 삽푼삽분 들려왓다 나는 가장 긴 장미로써 뒤에 잇는 두 사람에게 그 연유를 통지하고 그 발자욱 소래가 나는 곳을 바라보자 나는 낙망을 하지 안을 수가 업섯다 그것은 확실한 일본 녀자인데 등불을 켜들고 오는 싸닭이엿다 그 녀자는 나와 거리가 갓가윗다 그런데 그대로 지나가야 할 그 녀자는 거리가 약 한 간쯤 되얏슬 째 별안간 두 손을 놉히들면서 "으악"

하며 나에게로 달려들엇다 이것저것 생각에 잠잣코 잇던 나는 그만 실색하는 동시 올타 이것이 색광녀로구나 번개가티 생각이 들자 이거야 참으로 큰일이로구나 하야 대응 전은 개시되얏다

그러나 으악 소리는 점々 나에게 일종의 공포를 늣기리만큼 련발하면서 조금도 굴치 아니하며 더욱 긔세는 놉하가는데 긔를 쓰면서 덤벼댄다

이럿케 되아서는 나도 한편으로는 뒤에 두 사람이나 응원대가 잇스니 저윽이 안심이 되얏는데 그 녀자가 긔세를 놉힐사록 아모 응원이 업섯던 것은 차치하고 자전거를 타고 왓던 사람은 번개가티 자전거를 집어타고 도망을 하엿다 그 얼마나 나에게는 확실이 그 녀자와 싸호는 장면이 적극적으로 일초라도 헛되이 그 녀자를 접근식혀서는 큰일일 것을 주의하고 싸왓던 것이다 즉 싸혼다는 것은 창졸[2] 일인 싸닭에 급한 마암만 압흘 가리어서 올타 이

---

2 미처 어찌할 사이 없이 매우 급작스러움.

게집이 색광녀니까 나를 붓들랴고 이럿케 두 손을 들고 으악 소리를 지르면서 덤비는 것으로만 속단적으로 해석이 들엇섯다 그 꼴이 지금 생각하면 퍽 긔가 맥힐 일이엿다 그리는 동안에 대략 십분 가량은 되얏슬 째 전이란 사람도 도망할 준비를 한 것인지 응원을 하랴고 그런 것인지 컴컴한 속에서 나타낫던 것을 그 녀자는 먼저 보앗던지 갑작이 뒤로 물리나섯다

그리고 쑤러지리만큼 노려서 보다가 목구먹 소리로 숨이 턱에 닷는 말로써 그 녀자는

"안다 닌겐데수까?"(당신이 사람이요)라고 한다

그 얼마나 긔가 막히며 밉기가 짝이 업섯스랴?

"쌔가 조 단자나이요" 나는 홧김에 욕 석대긴 답을 하고 보니 그래도 그 녀자가 무엇인가를 알고 십헛다

"엇재서 그럿케 남을 혼난케 하엿는가" 하고 무럿다 그러나 그 녀자는 심히 썰리며 숨찬 목소래로 자혜병원慈惠病院[3](지금은 □□병원이요 공원 압혜 잇다)에 자긔 남편이 병으로 입원하얏는데 간호를 하고 집이 비엿슴으로 자긔 집으로(나의 안젓던 엽집) 향하야 오는데 그럿치 아니 하야도 자미 업는 소문은 자긔 집 근처를 중심 삼아 잇는 터에 조마~~한 마음으로 오는 길에 무엇인지 식컴엇케(나는 굿째 검은 양복에 근시 안경을 썻다) 무엇이 쏘그리고 잇는데 그것은 반드시 유령이 아닌가 하야 겁결에 으악 소리를 질넛던 것이라 한다

실패한 우리는 다시금 용긔를 내여가지고 그째 해망수도海望隧道라고 서쪽 바다를 향하야 공원에 굴을 쑬키 시작할 째이다 그리하야 그곳까지 석냥불

---

3 1909년 8월 21일 빈곤한 사람들의 질병을 치료하는 데 목적을 두고 설립된 병원. 처음에는 일본군 후지다의 진언과 알선으로 일본군의 의약품, 의료기계 등 약 5만 원어치를 무료로 기증함에 따라 함흥, 청주, 전주 등 3곳에 설치되어 운영되었다. 그다음 해인 1910년에는 13도의 총 14곳에 자혜의원이 설치되었다.

을 빗처 가면서 일々히 둘러도 보앗스며 쥐 죽은 듯키 길 복판에서 사면에 무슨 소리가 나는가 하고 귀를 기우렷스나 다만 어데서인지 십분 가량 하야 "쎅쎄글 쎅쎄글" 하는 소리가 들렷슬 샌 다른 동정은 보며 듯지 못하얏다………… (끗)

『매일신보』, 1930.12.13

도취국陶醉菊 (一)

윤해병尹楷炳

지나에서 예전부터 전하야 오는 이약이 중에서 국화의 정령이라는 자미 잇고도 이상한 말을 한 가지 써보겟습니다

넷적에 마자재라고 하는 사람이 잇섯습니다 그 사람은 국화를 조와하는 사람인고로 국화의 조흔 씨가 잇다면 어듸던지 가서 그 씨를 구하야 오게 되 엿습니다 하로는 자긔 사는 순천부를 써나 금릉이라는 곳까지 가서 국화의 조흔 씨를 구하야 오게 되여 그 씨를 어더가지고 도라오든 째의 일입니다

로새말을 탄 한 사람의 소년과 마차를 탄 한 사람의 젊은 녀자가 뒤로 싸 러가다가는 압헤로도 가다가 하며 쏘는 그 두리 정다운 이약이를 하기도 하 얏습니다

그런대 그 소년과 자재와 어느 사이에 말을 교환케 되엿습니다 그 사람은 다른 사람이 아니라 도 씨라는 성을 가진 사람이엿습니다 자재는 도 씨로부 터 국화 심는 법에 대하야 이적까지 모르든 여러 가지 방법을 배우게 되엿습 니다 자재는 깃버하야 도 씨와 그 녀자를 자긔 집으로 다리고 왓습니다 그런 대 그 녀자는 별사람이 아니라 즉 도 씨의 누님이엿습니다 그 남매들은 이적 까지 금릉이라는 쌍에서 살다가 다른 곳으로 방금 리사하든 째인고로 그 아 름다운 남매들은 쓸녀서 자재의 집에서 갓티 살게 되엿습니다 도 씨는 자재 와 갓티 국화 심는 일을 하얏습니다 엇덧튼지 이상한 일이다 말너 시들은 국 화도 도 씨가 한 번만 다시 곳처 심으면 곳 쌔여나서 풀읏풀읏하야젓습니다

하로는 도 씨가 자재의게 향하야 "당신의 생활이 곤란하니 한 번 국화 장 사를 하야 돈을 모아 부자가 되는 것이 엇더하냐고" 무러보앗습니다 그러나 자재는 그 말을 좃지 아니하얏습니다 그리고 자재는 다음과 갓치 대답하얏 습니다

"그것은 풍속 사람이 하는 일이다 나는 그런 일을 하기가 실타 생각하야

보아라 저럭케 말고도 아름다운 국화를 풍속 사람에게 팔 수가 잇는가?"

그 후로 도 씨는 수차 말을 하야보앗스나 자재는 결코 신청치 아니하얏습니다

도 씨는 혼자 생각에 이 국화를 팔어 부자가 되든 못 되든 쏘 굿태히 가난한 서름을 밧을 필요가 업다하야 그 잇튼날 도 씨는 자재가 내여버린 국화를 주서가지고 자긔가 거처하는 은익한 방으로 드러가 버렷습니다 그 후로는 자재와 갓치 대면을 아니하얏습니다

(二)

세월이 여류하야[1] 어느듯 국화 시절을 맛나게 된 도 씨는 국화를 팔기 시작하얏습니다 세상 사람들은 이상하고도 조혼 국화를 보고 다투어가며 서루 사갓습니다 자재는 그것을 보고 처음에는 눈섭을 씹흐렷스나 그 국화의 조혼 꼿을 보고 할 수 업시 도 씨를 차저가 보앗습니다 그런대 자재는 엇던 까닭임을 몰나 눈방울을 둥굴니며 란만하게[2] 피여잇는 국화꼿을 보고 잇슬 쓴이엿습니다 그것은 자재가 그전에 살는 집터이엿습니다 다만 풀만 욱어저잇든 곳이 어느 사이에 한 번도 보지 못하든 아름다운 꼿이 이곳저곳에 란만히 피여잇섯습니다 그는 자재가 내여버린 국화를 도 씨가 주서다가 심은 것입니다 도 씨는 쑷박게 자재를 맛나게 되엿슴으로 깃분 쑷으로 자재를 마저드려 그 사이 술도 먹어가며 잘 지냇다는 전후 말을 이약이하야 들니든 차에 도 씨의 누님 황영이가 술상을 밧들고 나왓습니다 자재도 조혼 쑷으로 도 씨와 잔을 나노와 가며 진々한[3] 이약이를 시작하얏습니다 그리하자 황영

1 　물의 흐름과 같다는 뜻으로, 세월이 매우 빠름을 비유적으로 이르는 말.
2 　꽃이 활짝 많이 피어 화려하다.

의 신세 이약이가 되여 자재는 언제 시집을 가는냐고 도 씨더러 무러보앗습니다 도 씨는 '사십삼개월四十三個月'만 지나면 시집을 보내겟다고 대답함으로 자재는 이상하게 생각하야 그 까닭을 무러보앗스나 도 씨는 웃기만 하고 그 까닭은 말하지 아니하얏습니다 도 씨는 국화를 팔러 타향에 갓다가는 봄이 되면 쏘 이상한 꼿을 가지고 도라와 팔기도 하고 쏘 심기도 하얏습니다 작년에 사람들이 사간 국화는 오래될수록 꼿빗치 변하야지는고로 다시 도 씨 사는 곳에 와서 국화를 사가게 되엿습니다 도 씨는 국화의 가지를 쇠자두기만 하면 그 잇튼날부터 별안간 쌕리가 생기고 꼿이 피게 되는고로 실로 무진장의 국화라 하게 되엿습니다

그럼으로 도 씨는 쯧박게 큰 부자가 되엿는고로 자재와 상의도 업시 큰 집을 짓코 쏘 만흔 토지를 사서 국화밧을 만들고 쏘 국화 팔러나갓다가는 봄이 되면 집으로 도라오는 것이 일생의 넉〃한 살림사리이엿습니다

3　재미 따위가 매우 있다.

『매일신보』, 1930.12.14

도취국陶醉菊 (二)

윤해병尹楷炳

그러구러 자재의 안해가 세상을 리별하엿습니다 그가 죽을 째에 자재더러 황영이를 재취로 장가들어 살나고 유언이 잇섯습니다 이째 도 씨는 전과 가치 국화 팔러 나간 째이엿습니다 그러나 아즉 봄철이 되지 안하엿슴으로 도 씨가 도라오지 아니하야 황영이는 할 수 업서 자기가 국화밧을 매여주기도 하고 여러 가지 일을 간섭하게 되엿습니다 하로는 도 씨로부터 자재에게 편지가 왓습니다 그 편지에는 자긔 누님을 장가드러달나는 말이 씨어잇섯습니다 그 편지 부친 일자는 자재의 안해 죽든 날이엿습니다 손을 곱아 세여본즉 지금이 자재가 도 씨의 집에서 술 먹든 째로부터 쑥 四十三箇月이 되엿는고로 자재는 이상하게 생각하엿습니다

자재는 그 편지의 이약이를 황영에게 말하엿습니다 황영은 그리하라고 쾌히 허락하엿습니다 그러나 황영은 자재더러 말하기를 당신의 집은 가난하닌짜 자긔 집으로 와서 살나고 말하엿스나 자재는 일절 신청치 아니하엿습니다 황영은 미안히 녁여 자재의 집을 곳처 지어주엇습니다 자재는 그것이 불평하야 다시 조고만한 초집 한 간을 짓고 살게 되엿습니다 그러나 황영이가 여러 번 쇠여 말하엿슴으로 자재의 결심도 쓸대업시 되고 결국 황영의 집으로 가서 살게 되엿습니다

하로는 자재가 긴히 볼 일이 잇서 금릉까지 가게 되엿습니다 그째는 맛침 국화의 조혼 시절이엿습니다 자재는 깃붐을 참지 못하고 도라단이며 국화를 구경하며 도라단기노라니 쯧박게 도 씨가 국화를 팔고 도라단기엿습니다 자재는 일변 반가워하야 그새의 그리든 정을 대강 말하고 억지로 자긔 집으로 끌고 도라왓습니다 집에 도라와서 보니 황영이는 발서 도라올 줄을 쌔닷고 여러 가지 음식을 갓초아노코 기달리고 잇섯습니다 그 후로 도 씨는

다시 자재와 가티 동거하게 되엿습니다

그러구러 사오 년이 되엿습니다 자재의 친구 증생이라는 사람과 도 씨와
자연 친절하게 되엿습니다 증생과 도 씨는 술을 잘 마시엿습니다 그러나 도
씨는 이적 취하도록 술을 마신 적이 업섯습니다 그런데 하로는 증생과 도
씨 두 사람이 술을 만히 마시게 되엿습니다 증생이라는 사람을 하날이 돈싹[1]
만케 보이도록 취하엿습니다 도 씨도 대단히 취한 째엿습니다 도 씨는 증생
이를 전별[2]하려고 문 압 국화밧까지 나갓습니다 도 씨는 술이 만작[3]이 되여
비틀거름을 치다가 그만 잣바젓습니다 그럴 동안에 도 씨의 몸은 열 송이의
곳이 부튼 큰 국화로 변하엿습니다

그것을 본 자재는 급작히 놀나 황영의게 그 말을 알녀주엇습니다 왕영[4]은
급히 그 국화를 쏩아다가 엽헤로 뉘여노코 의복을 덥허노코서 자재의게 "보
지말나고" 단절하얏습니다 이상하게 그 잇튼날은 여전한 도 씨가 되어 잠을
자고 두러누엇잇섯습니다 자재는 그제사 처음으로 도 씨의 남매가 국화의
정령인 줄을 쌔닷고 이상하게 녁여습니다 그 후 몃칠 지나 증생과 도 씨 두
사람은 술 마시기를 시작하엿습니다 이쌔는 자재가 일부러 도 씨를 취하게
술을 권하얏습니다 그런대 도 씨는 술이 만작이 되자 쏘 전과 가티 국화로
변하엿습니다 자재는 황영이가 하든 일과 가티 옷을 덥허주엇습니다 그러
나 국화는 사람의 형상으로 쌔여나지 안코 도리혀 시들~~ 말느게 되엿습

---

1 엽전의 크기.
2 잔치를 베풀어 작별한다는 뜻으로, 보내는 쪽에서 예를 차려 작별함을 이르는 말.
3 저녁에 술을 마심, 또는 그 술.
4 '황영'의 표기 오류로 추정.

니다 자재는 그것을 보고 놀내여 급히 황영의게 알녀주엇습니다 황영은 그 말을 듯고 눈물이 글성~~하며 "당신은 나의 아오를 죽엿다"고 말하며 여러 가지로 치료를 하얏스나 도 씨는 영 국화가 되고 말엇습니다

황영은 그 줄기를 썩거다가 화분에 심자두엇습니다 멋칠 지난 후에 이상하게도 가는 국화가 생겨 나왓습니다 쏘 멋칠 후에 그 국화가 쏫이 피고 쏫에서 술 향긔가 낫습니다 그리하야 자재는 도취^{陶醉}라고 별명을 짓고 대단히 사랑하얏습니다 그러나 황영은 아무 탈이 업시 자재와 일생을 잘 보냇다고

(쯧)

『매일신보』, 1930.12.15

녀자 통곡성 (一)

김석구金石龜

　거금 일백오십여 년 전 삼화읍 금당리라 하는 동리에 차좌수라 하는 사람
이 잇섯습니다 이 차좌수로 말하면 원래 향리 토반[1]으로서 글도 잘하거니와
녀력도 과인하고 짜라서 덕의심도 잇기 째문에 읍내 일반이 이 차좌수라 하
면 모다 울으러 보왓습니다 그런티 이 차좌수는 남이 다 가지지 못한 특성

1　여러 대를 이어서 그 지방에서 붙박이로 사는 양반.

이 잇스니 이는 즉 금당리에서 읍에 가는 거리가 삼십 리나 되고 중간에는 긴 구렁이라는 무인지경[2]의 협한 곳도 잇건만은 이 차좌수는 쏙々 춘하추동 사시절에 풍한[3] 서우[4]를 불구하고 조석으로 래왕하며 사진[5]을 하여 왓습니다 그리하야 아모리 읍에를 들어갓다가 사퇴 후 혹시 술이 취하거나 쏘는 밤이 깁거나 하여도 밤을 묵는 일은 절대 업섯습니다

　그런데 어느 해 봄날 밤이엿습니다 이 차좌수가 사진을 하엿다가 사퇴 후 맛츰 친한 친구를 맛나 술을 밤이 깁도록 마신 후 빗틀거름으로 집에 오는 길을 써낫습니다 그리하야 얼마를 오다가 정신을 좀 차리여보니 전긔 긴 구렝이라는 무인지경에 당도하엿습니다 째맛츰 봄 싸직인 날 밤이라 밤도 이슥하엿슬 쌘 외에 안개까지 몹시씨여 지척도 분간치 못하게 어두컴컴하야 길은 잘 뵈이지를 안이하고 잇다금 귀 밋치 옷삭하며 누린 냄새만이 코를 씨르고 지나갑니다 이째에 차좌수도 마암에 무슨 감각이 잇섯든지 길만을 일허버리지 아니하려고 안젓다 섯다하면서 한참 헤매이는 판에 어데서 난데업는 절믄 아씨의 슬피 우는 곡성이 별안간 들리여왓습니다 아 이것이 무슨 곡성이엿습닛가 이째에 차좌수는 정신이 아득하여지며 소름이 쪽 씻치고 머리가 쓥벅하엿습니다 그러나 원대 쌕々하고 겸하여 녀력도 잇는 차좌수인지라 이에 겁을 먹지 아니하고 정신을 더욱 가다듬어 가지고 그 괴이한 우름소래나는 방향만을 살피고 이섯습니다 그런데 이상하게도 그 우름소래는 점々 갓까워옵니다 그리하야 그 어두운 밤에도 길 저편 새 무덤 압헤 무엇이 희미하게 뵈이는대 그것이 귀신인지 사람인지는 알 수 업스나 여하간

2　사람이 살고 있지 않는 외진 곳.
3　바람과 추위를 아울러 이르는 말.
4　더운 여름날에 내리는 비.
5　벼슬아치가 규정된 시간에 근무지로 출근함.

우름 소래가 거긔에서 나는 것이 분명은 하엿습니다 이에 차좌수는 가만히
거름을 옴기여 그리로 가본즉 과연 어썬 소복한 녀자가 새 무덤 압헤 업데
여 사람이 엽헤 와서 잇는 줄도 몰으고 슬피 울기만 하는데 귀신이 아니오
사람임이 틀림업섯습니다

　이째에 차좌수는 입을 열어 그 녀자에게 말을 건늬게 되엿습니다 "엇던
녀자가 이 밤 중에 더욱이 이 무인지경에 와서 울고 잇느냐" 한즉 그 녀자는
드른체 만체하고 쏘는 도라보지도 아니하고 그저 울기만 합니다 차좌수는
다시 말을 크게 하며

　"녜가 사람이냐 귀신이냐" 하고 의복을 잡어 닐으킨즉 그 녀자는 울음을
쑥 근치고 도라보며 원망스럽고도 정다운 어성으로 길을 가시든 분이면 길
이나 갈 것이지오 남의 우는 상정은 왜 뭇습닛가 하엿습니다 이에 차좌수는
그래 남자도 아니오 녀자로서 이 밤 중에 더욱이 이 험한 곳에서 울고 잇는
것을 보고 사람으로서 보고야 엇지 무심히 지나간단 만이냐 나는 아모개인
대 네의 사정을 말하여라 역울한 사정이 잇다면 내가 다 일업시 하여줄게
하며 위로의 말을 하면서도 좌수의 권리를 가지니만침 호통을 쏩앗습니다
이에 그 녀자는 십분 수태[6]를 씌이고 감사한 포정을 하면서도 아모 말할 사
정이 업다고 하며 그저 입을 담으럿습니다 그러나 차좌수는 그러면 녀자의
몸으로서 상스럽지 못하게 엇지하야 이와 가티 우느냐 하며 구지 힐는을 한
즉 그 녀자는 견듸지 못하는 척하며 일장 설화를 다음과 가티 하엿습니다

　나는 아모개의 무남독녀로 얼마 전에 이 아래 장촌 아모개의 집으로 싀집
을 갓섯는데 제가 팔자 긔박하야[7] 얼마 전에 남편이 이 세상을 써나고 마럿

6　부끄러워하는 태도.
7　팔자, 운수 따위가 사납고 복이 없다.

습니다 이 무덤이 즉 내 남편의 무덤입네다 그런데 제가 즉시 남편의 뒤를 싸르지 못한 것은 남편의 삼 년 집상[8]이나 다하고 죽으려 결심하엿든 것인데 오늘 저녁에 싀부모에게 아모 허물 업시 품행 부정한 년이라는 책망을 듯게 되니 이러고 사라서 무엇을 합닛가 저는 오늘 밤에 남편에 뒤를 싸라 죽으려고 임의 결심한 바이니 당신은 아에 참간치 마시고 어서 도라가심을 바랍니다

　이 말을 드른 차좌수는 그 정경이 측은할 쑨만이 아니라 그 녀자의 부모와 쏘는 그 싀부모들도 모다 아은 처지이오 쏘는 이 녀자의 남편이 죽어서 장사 지난 지 얼마 되지 안은 것도 분명히 다 아는 일임으로 좌수는 아모 의심은 커녕 결국 이 녀자에게 대하야 힘 자라는 데까지는 모든 것을 잘 수선하여 주려는동 정심을 두게 되엿습니다 그리하야 차좌수는 이러케 말하엿습니다 "그러면 네일은 내가 다 담임하고 펴여줄 터이니 걱정말고 내 집으로 가티 가자고 하엿습니다 그러나 그 녀자는 절대 거절하는 것을 좌수는 달내기도 하며 책하기도 하야 구지 쓸고 갓습니다"

8　어버이 상사에서 예절을 지킴, 또는 예절에 따라 상제 노릇을 함.

『매일신보』, 1930.12.16

녀자의 곡성 (二)

김석구金石龜

이에 녀자는 못 익이는 척하고 싸라섯습니다 그런데 그 녀자는 뒤에 세여서 쌜리 싸라오지를 아니함으로 차좌수는 그 녀자를 압세우고 가티 옵니다 이째에 그 녀자는 죄축죄축하면서 길을 잘 것지를 못함으로 좌수는 무럿습니다 너 왜 길을 잘 것지를 못하고 죄축죄축하느냐 한즉 그 녀자는 대답하기를 발이 모다 불우터서 길을 잘 것지를 못한다고 하엿습니다 이에 좌수는 그러면 나에게 업피여라 하고 업는데 엇지된 세음[1]인지 겁분한 것이 사람 업는 것 갓지 안으며 별안간 맘에 이상한 감각이 드러가는 동시 머리가 쏩벅하엿습니다 그러함을 불구하고 그 녀자를 등에다 업은 후 손수건으로 밧싹 매이고 취하엿든 술이 쌔이며 으스ᄼ하든 몸에 쌈이 벗썩 나도록 달음질을 처서 동리를 거반[2] 오게 되자 개 짓는 소래가 들리는데 그 녀자는 별안간 개 짓는 소래에 놀내이며 내리려고 발버둥이를 첫습니다 이째에 차좌수는 무심히 하는 말로 얼마 가지를 아니하면 집이 다 되니 걱정을 말나고 하면서 집 대문 박글 거반 당도하엿습니다 바로 이째엿습니다 사면으로 개들이 몰리여들며 지즐 샏만이 아니라 달리여 드는데 그 녀자는 사지를 옥으라치고 꼼작을 못하며 음성쏫차 쏙ᄼ치를 못하엿습니다 아마도 사람에게는 그것이 사람으로 뵈엿지만은 개에게는 그것이 무슨 다른 괴물로 뵈엿든 것입니다 이째를 당하야 차좌수도 비로소 일종의 의혹심을 일으키게 되는 동시 이것이 필시 사람이 아니오 무슨 다른 괴물이 분명하다는 직각을 가지게 되여 돌연히 공포심이 일어나게 되야 겁결에 그 엽혜 맛츰 모닥불이 아즉 써지ᄼ 아니하고 익을익을 사라잇는 우에다가 풀어서 몟째렷습니다 그리하엿드니 과연 그것은 사람이 아니오 괴물의 정체인 제 본색을 나타내이며 “캥”

1 어떤 일이나 사실의 원인, 또는 그런 형편. ‘셈’을 한자를 빌려서 쓴 말이다.
2 거의 절반.

소리를 치드니 쇠리를 닷발이나 쌔어고 다라나는데 이는 백 년 묵은 여호 즉 부술하는 구미호엿습니다 이 얼마나 놀라운 일입니까 이째 차좌수는 이 광경을 보고 넘어도 어이가 업고 쏘는 맘에 섬쩍은 하기도 하엿습니다 그리고 그 여호를 사람으로 알고 쌈이 나도록 업고 온 것이 생각할사록 어리석어도 뵈이며 쏘는 고놈의 여호를 아조 잡아 업새지 못한 것이 분통이 터저오며 죽을 지경이엿습니다 그러나 일편으로 생각하면 그 괴물에게 해를 당치 안은 것이 만행이라는 생각도 드러갓습니다 그리하야 그 후부터 차좌수는 밤길은 영히 것지 안키로 맹서하엿습니다 바로 이 일이 잇슨 지 얼마 후이엿습니다 차좌수가 무슨 거래쪼로 환 잡을 일이 잇서서 평북 운산 북진 방면에 려행을 갓는데 째맛츰 일세가 저물무로 목적지에 채 도착하지를 못하고 중도 어느 려관에서 하로밤을 묵게 되엿습니다 그런데 이째 그 안 동리에는 무슨 사변이 잇슴인지 사람들이 사면으로 모히여들며 매우 소란하엿습니다 차좌수는 이상히 생각하고 려관 주인에게 그 리유를 물은즉 주인은 다음과 가티 대답을 하엿습니다

이 안 동리에 조목손[3]이라는 무당이 와서 굿을 하는데 사람의 길흉화복을 바늘과 가티 쎄여 알며 아무러한 병이 드럿드래도 그 무당만 불러다가 굿을 하면 영락업시 병이 나흠으로 이곳에서는 그 무당을 명인이라고 하야 써들고 다닙니다 그리고 그 무당은 얼골이 절대가인으로 생기엿는데 다못 [흠]되는 것은 왼손 하나가 어려슬 제 불에 데이여 그리 되엿다는데 손목이 까부러저서 보기에 매우 흉합니다 그래서 자기도 부득이 무당줄신을 하엿다 하며 손목이 까부라젓기 째문에 조막손이 무당이라고 남이 다 일홈을 짓게

<hr>

3 손가락이 없거나 오그라져서 펴지 못하는 손.

되엿다고 합니다 그런데 그 무당은 이상하게도 춤을 추다가는 긋치고는 삼화 금당리 이 좌수가 아니냐 하고 말을 하군함으로 무슨 의미인지를 알지 못하야 혹시 자긔드러 무른즉 자긔도 그저 몰을 말이라고 대답을 한다 하며 주인은 입에 춤이 말을새 업시 칭찬 겸 일장 이야기를 하얏습니다

이때 차좌수는 직각적으로 그 괴물이 여게까지 와서 작폐[4]를 하는구나 하고 주인을 향하야 그러면 내일 가티 가서 구경을 좀 할 수 업겟느냐 한즉 주인은 무엇이 어려울 것 잇습니까 그러면 내일 가티 가서 보자고 서로 약속을 하엿습니다 바로 그 익일 차좌수는 주인과 가티 굿을 하는 현장에 가서 몸을 여러 사람 틈에 숨기여 가지고 잇스려니까 그 무당은 과연 주인의 말과 가티 조막손으로 춤을 한참 추다가 뚝 긋치고 연々한 목소래로 삼화 금당리 차좌수가 아니냐 함으로 차좌수는 이 말이 긋치자 벌짝 뛰여 드러가며 차좌수 여기 잇다고 고함첫드니 고만 그 무당은 돌연히 꼬리를 닷 발이나 쌥고 도망질을 첫습니다 그리고 자근 여호 큰 여호 즉술마리 여호들도 모조리 도망을 첫습니다 그리고 무당이 입쓴 의복과 장고 꽹증이는 관 조각 헌 파긔 습지 낫든 렴복이엿습니다 그리하야 현장에는 보기도 끔즉하게도 일대 수라장으로 화하엿습니다 이때 차좌수는 자긔가 금당리 차좌수라 하며 여러 사람이 뫼인 군중 압헤 나서여서 멧 해 전의 구미호의 이야기를 일장 하엿습니다 이 말을 들은 군중은 요물에게 속은 것을 통분히 생각하며 각히 헤여젓다합니다 이것은 거짓말 가튼 실말로서 지금까지 니야기를 전하여 온다 합니다 (끗)

4 폐단을 일으킴.

『매일신보』, 1930.12.17

괴미인怪美人 (一)

김석봉金石峰

이 말은 지금부터 십여 년 전 우리 이웃집에서 일어난 일입이다 이 말의 내용을 말하기 전에 우리 동리와 ○○항구 사이는 크다란 령嶺이 잇서서 녯날에는 그 령을 넘어서야 왕래를 하게 되엿든고로 아모리 긴한 일이 잇드래도 용하게 래왕을 못하든 것이 이 근년에 와서는 개화의 덕택으로 그 령을 잘르고 널따란 신작로를 만드럿습니다 그런대 이 놉흔 산을 잘를 쌔에 수만

혼 인부가 여기서 종사를 하엿습니다 곡괭이로 파고 '토록크'로 실어다 버리며 이러하기를 근 일 년이나 두고 하엿습니다 해를 두고 이러하는 동안에 광이로 파서 나리우다가 돌이 굴러나려와서 혹은 량[1]에서 써러저서 쏘는 '토록크'에 치워서 이러한 여러 가지 형상으로 가이업는 로동자들은 부상을 당하기도 하고 수만흔 사람이 죽기도 하엿습니다 이리하여 태산 준령[2]은 불상한 생명을 수업시 잡어먹고 비로소 길이 열리게 되엿습니다 그런데 이 길을 만들 새는 물론이엿고 길이 완성된 다음에도 그곳에는 별별 풍설[3]이 만헛습니다 해가 지기만 하면 그곳에서는 원한 품고 사러진 그들의 세상이 전개되기 시작하얏습니다 정체는 뵈이지 안코 어렴풋한 손만 내밀어 "십장[4]님 나의 일급을 주!" 하기도 하고 의지 업는 로천[5]에서도 무엇이 그다지 깃분지 칵! 칵! 우슴소리도 둘리고 구진 비가 나리며 일기가 의시시 한 째면 "내 옷 불살니라"는 긔괴망측한 고함소리도 들리고 하여 대낮에도 이 길을 혼자 지내기를 쓰려하는 곳이엿습니다 바로 우리 집 엽헤 사는 김서방은 ○○항구로 그날 아츰에 장을 보러 갓는데 전 가트면 옴즉한 저녁 째에도 도라오지를 안엇습니다 김서방 안해는 밤이 들어도 도라가지 아니함을 걱정을 하면서도 김서방은 원래 기운이 장하고 정기가 잇든 만큼 그 안해는 별로 크게 넘녀는 업스리라고 쏘 한가지는 ○○항구에는 친척이 잇섯기 쌔문에 혹시나 그곳에서 류하고 오는 줄로 알고 넘려되는 마음을 자위해가며 잠들엇든 모양이엿습니다 비몽사몽간에 대문을 요란히 두드리는 소리가 들녓습니다

---

1 전철이나 열차의 차량을 세는 단위.
2 높고 가파른 고개.
3 바람처럼 떠도는 소문.
4 일꾼들을 감독·지시하는 우두머리.
5 '노천'의 북한어. 사방, 상하를 덮거나 가리지 아니한 곳.

정신을 가다듬으며 귀를 기우렷슬 째도 틀님업는 자긔 집 대문을 두다리는
소리가 고요히 잠든 동리를 흔드러노코 잇섯습니다

『매일신보』, 1930.12.18

괴미인怪美人 (二)

김석봉金石峰

안해는 "누구요" 소리를 련겁허 질를 째 "어서 문 열우!" 하는 날카라운 소리가 들리기는 하엿스나 그것이 김서방의 목소리가 아닌 것은 분명하엿 습니다 "어서 문 열어주우 김서방이 죽어갑니다" 안해는 혼비백상하여 발로 쒸여가 대문을 열어주엇슬 째 거기에는 류혈어 랑자한 시체가 하나 노여이 섯습니다 그 시체는 틀님업는 김서방의 시체이엿습니다 이 시체에는 감탕¹

과 흙이 뭇고 머리는 터저서 선혈이 림리[2]한 흉악한 시체엿습니다 놀란 안해는 시체를 쓰러다가 물로 싯고 간호하여 누여노흐니 다행으로 시체로 알엇든 김서방의 몸에는 온긔가 돌고 정신은 혼미하나 숨은 여전히 고동을 치고 이섯습니다 한 달이 지난 어느 날 병이 완치되여가는 김서방은 비로소 자긔의 그러케 된 리유를 말하엿습니다

　장을 보고서 친고에게 붓듯린 김서방은 술잔이나 톡톡이 마시고 그만 술집에 쓸러저 잇다가 잠이 쌔이고 술이 쌔엿슬 쌔는 벌서 자정에 갓가워 온 쌔엿습니다 자긔의 원긔를 밋는 김서방은 단연히 집으로 도라오기를 결심하고 써나오는 도중이엿습니다 억량 틀고개(그 고개)를 다달엇슬 쌔 갑자기 목이 싸늘해지며 인가가 그리워지기 시작하엿습니다 이러하는 동안에 한 곳을 바라보니 아담한 기와집에 네 귀에 초롱을 달고 사방에는 초불을 싯자 낫가티 밝은 집이 보엿습니다 거기다 두쪽 큰 대문이 누구를 기다리는 듯이 휑하니 열려잇섯습니다 인가가 몹시 그립는 김서방 모든 것을 생각하기보다 몬지 발을 그 집으로 옴겻습니다 대문을 쓱 드르스니 중문이 쏘 반만치 열려이섯습니다 이리 기웃 저리 기웃하며 중문까지 드러섯슬 쌔 마조 보이는 넓다란 어간마루[3]에는 촛불이 밝고 바로 그 엽헤는 가진 음식이 즐비하게 하려노아 이섯고 방안은 죽은 듯이 고요하엿습니다 중문까지는 생각업시 드러섯스나 다시 발길을 더 옴겨 안으로 드러싸지 갈 용긔는 업섯습니다 오직 맛난 음식을 바라보고 어쩌할 바를 모르고 어정그릴 쌔인가 자최도 업든 방안에서는 살그머니 문이 열리며 옥빈홍안[4]이 버들가지 가튼 허리를 반

1　갯가나 냇가 따위에 깔려 있는, 몹시 질어서 질퍽질퍽한 진흙.
2　피, 땀, 물 따위의 액체가 흘러 홍건한 모양.
3　방과 방 사이에 있는 마루.
4　옥 같은 귀밑머리와 붉은 얼굴이라는 뜻으로, 아름다운 젊은이를 이르는 말.

만치 굽히고 내다 보드니 다시 대청으로 진치맛자락을 쓸며 나아왓습니다
둥하에 선 미인! 그는 이십 사오 세 되여보이는 녀자로서의 가진 매력을 다
한 소복한 미인이엿습니다 한참 동안 김서방을 내다보드니 반기는 태도로
간곡히 김서방의 들어오기를 청하엿습니다 김서방은 어썬 셈인지를 모르고
쒸여드러가 차려논 가진 음식으로 후한 대접을 바든 후 소복미인의 안내로
그 넓고 훌륭한 집을 방방곡곡이 구경하며 요요한 자태로 가진 아양을 다
바드며 지내엿습니다 이러는 동안에 차차 정신이 희미해지드니 눈 압헤 보
이는 것이 어렴풋하고 온몸이 한참 매마즌 것 가타왓습니다 그리하여 집을
향해 올랴고 애를 썻스나 밟는 곳마다 다리가 잠기는 감탕이요 손에 닷는
것은 선득~~~한 물이엿습니다 이와 가티 헤매고 애쓰는 동안에 순경 돌든
순사에게 붓들려 구사일생의 목숨을 어덧습니다

『매일신보』, 1930.12.19

흉가凶家

김석봉金石峰

평안도에서도 북쪽으로 드러가 어썬 곳에서 이러난 말입니다

그 동리에는 한 흉가가 잇섯습니다 그 집을 짓기는 서울 퇴로 재상이 은 거 생활을 하기 위하야 그곳에 자리를 정하고 그 집에 만흔 돈을 들이여 지 여노앗섯는데 관가에 밧분 몸에서 버서나서 늙음에 한가하고 안락한 생활 을 경영하려고 공 드리고 마음 써서 지여노혼 이 집이 웬일인지 삼 년을 넘 기지 못하고 그들은 그 집을 써나지 안으면 안 되게 되엿습니다 그들이 나

간 뒤에 니여서 다른 부호가 그 집으로 옴기엿스나 역시 삼 년이 되기 전에 다시 흉가라 하야 이 집을 써낫습니다 그리하여 이 집에는 아모도 들 생각을 하지 못하고 주인 업는 큰 집은 그 동리의 큰 괴물처럼 모든 사람들에게 공포를 주며 밤낫 외로히 서잇섯습니다 그 후 얼마를 지나서 치운 겨을 어썬 날이엿습니다 그 압흘 지나든 한 거지가 해는 저물고 치위는 살을 점이는데 잘 곳을 구하여 헤매이고 잇섯습니다 날이 어두엇스되 다치지 안은 큰 대문이며 안방까지 드려다 뵈이게 열닌 중문은 필경 이 집에 주인 업슴을 말하는 듯하엿습니다 거지는 생각할 여지업시 치위에 쫏기여 이 집으로 몰려드러갓습니다 마당까지 드러가도 불도 안 컨 방에는 무슨 비밀을 가지고 문이 구지 다처잇섯습니다 닷자곳자로 거지는 방문을 열고 드러섯스나 아모 인기척도 업섯습니다 비록 불은 안 쌔엿다 할지라도 로전에서 찬바람을 쏘이든대 비교해서 이것은 부자집 짜쓰한 아랫목가티 거지에게는 황송하엿습니다 이러케 크고 조혼 집에 웨 사람이 업슬가 하고 거지는 하도 수상해서 각 방을 슬금 다니며 보앗스나 역시 제각금 숨소래도 업는 뷔인 집이엿습니다 치위가 어려워 이 집에 몸을 의지하고 이 밤을 새울랴고는 하지마는 신경이 잇고 감정이 잇는 사람이라 엇찌 무서운 긔운이 업겟습니까 거지는 치위와 무서움의 압박을 당하며 잠을 일우지 못하고 안저잇섯습니다 그럭저럭 자정도 지난 듯한 째에 천만 쯧밧게 방문 열니는 소리가 낫습니다 등불이 업는 이 방에서 무엇이 드러오는지는 알 수 업스되 저벅~~ 자긔 압흘 향하고 오는 발자귀 소리는 완연히 들엿습니다 조금 잇드니 굴둑가티 식컴한 것이 자긔 압해 싹 마조친 것을 감각적으로 알게 되엿습니다 그러나 거지는 대담하엿습니다 무서움과 고생을 격글대로 격근 거지는 쏘는 자긔의 生이 불행한 마큼 생에 대한 애착이 엷은 거지는 자긔 정신을 일치 안코 반항적 태도로 안저잇섯습니다 한참 동안 씩 씩 하는 숨소리가 들니드니 거지 압혜는 팔이 하나 쑥 써러젓습니다 다음에 쏘 한 팔이 쑥 써러지드니 그 다음에는 씀직이도 커 뵈이는 대가리가 털석 써러젓습니다 그리하여 두 팔과 대가리는 젯썩 젯썩 란무를 하고 잇섯습니다 하소연할 곳 업든 거지! 인생에 대한 극도의 반감을 가진 거지는 도리혀 이러한 무서운 것을 참고 반역함으로의 자긔의 울분을 얼마쯤 누구에게 호소한 듯 하엿습니다 마치 압흔 곳을 쥐여쯧고 도리혀 쾌감을 구하듯이! 한참 동안 이러하드니 그 무서운 괴물은 팔을 썩썩 다 부치고 마즈막으로 머리를 갓다 언고는 "과연 완전한 사람이로소이다 올혼이여 부대 나의 소청을 들어주소서" 하고 항복을 하엿습니다

그제야 비로소 거지는 입을 쎄엿습니다 "괴상한 물건이여 너는 대체 무엇이관대 이러한 흉악한 시험을 하나뇨 그리고 네의 소청이란 대관절 무엇이냐"고 물엇습니다

괴물의 하는 말이

"나는 본래 이 쌍을 직히는 어득신이[1]옵드니 이 동리에서 제일 오래되고 가장 큰 나무에다가 몸을 부처 살어왓는대 이 집을 짓는 분이 그 나무를 찌어다가 부억에 들보를 만드럿습니다 그리하여 오래ㅅ동안의 처소를 일은 나는 나의 집인 저 들보를 찻기위하야 이 집에 와서 가진 흉사를 다하여도 한 사람도 나의 소원을 말할만한 사람을 발견치 못하고 모다 쫓겨나가기만 하드니 과연 당신이시여 나의 소청을 말하고저 하는 분이로소이다" 이 말을 들은 거지는 그의 진정도 그럴 듯 하엿습니다 바로 부억을 내다보니 거기에

---

1 한국의 귀신 종류 중 하나.

는 굴고 둥그런 대들보가 과연 잇섯습니다 "그러나 저 들보를 쌔면은 이 큰 집이 허물어질 터이니 대단이 어려운 일이다 그러면 네가 잇기에 편하도록 처소를 만드러주면 엇더냐" 말한즉 그 괴물은 순순히 대답하엿습니다 그리하여 그 집에서 제일 한적한 곳을 택하여 잇게 하여주엇습니다 그리하여 주인 업는 이 큰 집은 용감한 정신에 대한 선물로 이 거지가 소유하게 되엿습니다

(쑷)

『매일신보』, 1930.12.20

장로長老집의 『사탄』 (一)

최성석崔聖碩

이사 간 지 메칠 안 되는 엇던 날 저녁이엇습니다 우리 집에서 이단자異端者로 취급을 밧는 나는 집안 식구가 모다 삼일례배三日禮拜를 보러 례배당으로 나가버린 뒤에 수물 다섯 간에 공터까지 꿩장히 넓은 이 뎅그먼한 집을 홀로 직히고 잇섯습니다 여름날인데다가 어스럼 달빗이 마당을 어스레하게 물드려노아 나는 안마루 가에 평상을 내여다 노코 모긔향을 피인 후 가루 드러누어 잇섯습니다 온 집안은 죽은 듯이 고요한데다가 더위만이 소리업시 세루 가루 흘넛습니다 흐르는 쌈을 씨처가며 가마니 누어잇스랴니까 안계眼界가 미치보 하늘로는 검은 구름이 슬금~~ 기어오르는 것이 쭈렷이 는혓습니다 한 보지락 퍼부엇스면 에! 흉악한 더위도 씻겨 가련만 하고 중얼대이며 어서 비가 퍼붓기를 고대하엿습니다 이째에 나츨 시치 지내가는 한 줄기 찬 바람이 잇섯습니다 나는 그 바람이 엇전지 마음에 실쑥하야지며 싼듯한 긔운을 늣겻습니다 담배 한 개를 피어 물고 신문을 집어 드자 집 뒤흐로 기리 구불거린 궁장宮墻[1]을 너머 이상한 새의 우름이 들려왓습니다 마당은 아조 컴ㅅ해버렷습니다 동남 간으로 담 너머 보히는 궁림宮林이 무슨 괴물怪物가티 웅숭거리고 우리 집 안마당을 너머다 보는 것 가터습니다 밤은 아즉 열 시밧게 안되엿지만 발서 도라와야 할 집안 식구들은 한 사람도 도라오지 안엇습니다 기다라캐 중문을 향하야 쌔처 잇는 거는 방 엽 실골목 밧기 엇전지 마음에 쓰리여지며 누가 드러잇지나 안나? 대문을 미는 소리가 금새~~ 들려지지 안나? 하는 생각이 머리를 건드리기 시작하엿습니다 이것이 이 집에 대한 나의 공포증 초긔恐怖症初期이엇든 것으로 자긔 스사로 무섭다는 의식意識은 갓지 안엇스되 무의식적으로 거의 본능적으로 머리속에 무

---

1 궁궐의 담벽.

서움이 배태胚胎되엿든 것입니다 이사 온 지 멧칠이 되지 안어 집안에는 아즉 전등설비電燈設備가 안되엿든 까닭에 초ㅅ불을 대용代用 하엿섯습니다 머리 맛헤 노힌 촛불은 어느 틈에인지 써저버렷습니다 자 온 집안은 참말 긔가 막히게 캄ㅅ하엿습니다 다만 모긔향이 반짝어리고 타올을 샨…… 하늘도 먹장 가러 부은 드시 아조 시컴애버렷습니다 나는 온몸이 옷삭하야짐을 늦기엇습니다 담배를 힘껏~~ 쌔러 내 얼골만을 환하게 어둠 속에 환치기 시작하엿습니다 손을 내미러서 더듬~~ 성양을 차진즉 성양은 얼는 손에 잡히지 안엇습니다 몸을 반만콤 이르키매 등 뒤에 활짝 열녀진 마루 뒷창 그 너머는 사랑을 격하고 잇는 놉흔 담이 잇고 그 담 넘어로 사랑용 마루와 또한 길길이 놉흔 궁장을 불 쥐여지르듯 쑥 내민 궁림宮林의 어두운 휸곽輪廓이 엇전지 마음에 켕기엿습니다 평상 미트로 마루 바닥을 슬슬 만젓스나 성양은 손에 쥐여지지 안엇습니다 나는 몸을 활작 이르키려고 고개를 번썩 드럿습니다 이째! 바로 이째! 내 눈 압헤는 이상한 물건이 희미한 이상한 물건이 소리는 업스나마 화닥닥 튀여 부엌 문이 반만 열린 부엌 속으로 쒸여드러갓습니다 나는 너무도 의외ㅅ일에 깜짝 놀내여서 바로 그 뒤를 싸라 부엌으로 쏘차가 보앗습니다 부엌 속은 참말 컴컴합니다 이마를 싹 째러도 모를 만큼 어두엇습니다 나는 악난 사람처럼 소리를 질넛습니다

"이놈! 나오느라! 읜놈이냐!" 발을 굴넛습니다 소름이 쪽 끼치고 온몸이 옷삭해지고 그리고 머리씃이 쑤뱃하엿습니다

『매일신보』, 1930.12.21

장로長老집의 『사탄』 (二)

최성석崔聖碩

　아무리 부억 속을 기웃거려도 도무지 무엇이 드러잇는 것 갓지 안어서 나는 그대로 돌차스고 마럿습니다 아무래도 그 컴컴한 속을 대담스럽게 쪼차 드러갈 수도 업섯든 것입니다 마루에 도라와 안저서 역시 성양을 찻노라고 기웃 거리랴니까 무엇이 또 마당쪽에서 휙 스처가는 것 가탓습니다 나는 깜작 놀내여서 그곳으로 머리를 돌런 즉 부억쪽으로부터 괴물이 튀여나와서는 마당 아래편 방 속으로 연긔와 가티 스러저버럿습니다 나는 어시호[1] 너

무도 무서움이 복밧처 온몸이 사시나무가티 썰리는 것을 깨다럿습니다 아무래도 성양을 차저야겟다하고 평상 밋과 마루바닥을 한참 더드머가지고 겨우 성양을 차진 째는 더위까지 이젓든 몸이 물에 잠기엿든 것 가티 땀이 쏙 흘넛섯든 것입니다 촛불에 불을 당겨가지고서 아래방으로 쏫차갓습니다 방문은 열려잇섯슴으로 촛불을 방안에 쑥 듸민즉 촛불은 풀덕~~ 춤을 추다가 곳 써지고 마럿습니다 그러나 그 방안에는 아무 것도 업다는 것을 확적히 깨달을 수 잇섯습니다 나는 "아하! 장노(장노는 우리 아버지) 예수의 독신자이며 거룩한 하나님의 사도使徒[2]인 장노 집에 악마惡魔가 잇는 것이로구나…" 하고 머리를 쯰덕이잇습니다 그러치만 무서움은 극도에 달하여서 촛불을 당겨가지고 슬금~~ 겻눈질로 아랫방을 흘겨보면서 대문 간으로 나갓든 것입니다 기다란 실골목을 지나갈 째에 쏙 무엇이 뒷머리를 웅켜쥐는 것 가터서 견딀 수 업섯습니다 이째에 하늘로부터는 제법 굴근 빗방울이 후둑~~ 써러젓습니다 막 중문 간을 너머스랴니까 안 편에서 별안간 장독대를 한꺼번에 부서치는 소리가 날카롭게 들려오며 그 뒤를 이어 녀자의 간드러지는 우슴 소리가 들렷습니다 나는 너무도 겁결에 엇더케 대문을 행하야 쒸여나갓던지! 대문을 확 미러 제트리며 튀여나가다가 무엇과 싹 마조첫습니다 눈에서 불이 번쩍 나며 나는 그 자리에 쓰러지고 마럿습니다 얼마 후에 정신을 차려보니까 나는 집안 마루 평상 우에 누어잇고 집안 식구들도 다들 도라와 잇섯습니다 나종에 이약이를 드르니까 내가 대문 밧까지 튀여나갓슬 째 집안 식구가 막 도라오던 째로 나는 우리 아버지 얼골에 내 얼골을 듸리바덧든 것입니다 이 바람에 나는 몹시 놀내서 곡구라지고 우리 아버

1 이즈음. 또는 이에 있어서.
2 거룩한 일을 위하여 헌신하는 사람.

지는 코피를 몹시 흘리신데다가 안경까지 부서저 버럿다 합니다 엇잿던 집안이 뒤숭숭하고 마음에 조치 안엇습니다 나는 집안 식구들에게 혼자 잇다가 당한 광경을 이약이를 할가 하다가 요사스럽게 그런 이약이를 할 까닭도 업스려니 하야 그대로 쏙 참어버리고 다른 세 가트면 아래방에 가 자야 할 내가 그대로 거는 방에서 자기로 하엿습니다 안해와 가티 거는 방의 발을 드리고서 자리에 누엇슬 쌔는 밤이 이슥해서 새로 두 시 가량이나 되엿슬 쌔인데 방 밧게는 몸부림을 하는 드시 비가 퍼붓고 잇섯습니다 어느 쌔나 되엿든지 잠이 폭 드럿다가 쌔여난 나는 엽헤 누어잇든 안해가 이러나서 부스적대는 것을 보앗습니다 "왜 그러느냐"고 물은 즉 안해는 "래일 아침에 당신이 길을 써나신다고 하엿지요? 그 행장을 차려야 할 것이 아님니까?" 하엿습니다 행장을 차리랴면 아래방으로 내려가야 할 것인즉 그 말을 들은 나는 실죽하지 안을 수 업섯습니다 그래서 "길 써날 것은 고만두엇스니 그대로 자라"고 일너노코 쏘 어느 틈에 잠이 드럿든 모양임니다

『매일신보』, 1930.12.22

장로長老집의 『사탄』 (三)

최성석崔聖碩

　얼마 만에 쏘 잠을 쌔엿슬 쌔에는 내 엽헤 누어잇서야만 할 안해가 보히지 안엇습니다

　나는 하도 이상히 생각을 하면서도 변소엘 갓는가? 하야 얼마 동안 도라오기를 기다려보앗습니다 그러나 도무지 도라오는 긔색이 보히지 안엇습니다 나는 기다리면서도 앗가 당한 광경을 련상하야 혹시 무슨 일이나 당한 것이 아닌가 하고 매우 궁금히 역이엇섯습니다 그래서 얼마 후에 옷을 바로

입고 방 밧글 나섯습니다 비는 끄첫스되 하늘은 무엇에 그리 비위가 틀리엇는지? 잔쓱 씨푸러물고 잇섯습니다 뒷간은 부억 헷간 벽과 실골목을 하나 격하야 동남 편 뒷담을 등지고 잇는 터이엇슴으로 나는 장독대를 씨고서 그 실골목 편으로 도라갓습니다 아닌 게 아니라 학교에서 과학정신科學精神의 샘리를 박어준 덕택도 만히 잇겟지만은 나로서도 내가 퍽 담대한 것을 늣기지 안을 수 업섯습니다 악가는 무서움에 사로잡히어 대문 밧그로 쮜여나가다가 아버지와 마주친 우숨거리를 연출演出도 하엿지만은 이 밤에 뒷간 쪽으로 슬그머니 혼자 안해를 차저 나슨 것도 여간 담이 크지 안코서는 못 할 일일 것입니다 나는 엇잿던 뒷간 속을 듸려다보앗습니다 그러나 뒷간 속은 뎅그머니 비여잇서 더러운 냄새가 코만을 쿡 씰을 쑌이잇습니다 여기서 나는 붓썩 의심이 드러서 부억까지 가보앗습니다 그러나 부억 역시 캄캄한 어둠만이 꽉 차 잇슬 쑌이요 찾는 안해는 그림자도 보히지 안엇습니다 귀신과 쪽 가티 나 홀로 저벅~~~ 온 집안을 거닐며 안해를 차젓습니다 허다못해 텅 부인 사랑채까지를 삿삿치 뒤젓든 것입니다 결국 나는 안해를 발견할 수 업섯습니다 대체 이것이 엇지된 일인가? 승천입지昇天入地[1]를 한 것이 아닌 다음에야 담을 쮜여넘어 나가지 안은 다음에야 중문 대문까지 첩첩히 다처잇스니 밧그로 나갓슬 리치가 도무지 업섯습니다 그러면 엇더케 된 세음일가? 나는 이 이상 더 참을 수가 업섯습니다 집안 식구를 불너 이르키엇습니다 아버지도 어머니도 누의와 동생들도 아주머니 아젓씨도 제각기 다 각기 자든 방에서 비상소집령非常召集令을 바든 경찰서원들처럼 안마루로 모혀드럿습니다 나는 모든 이약이를 비로소 하엿습니다 집안 식구들은 반신반의하는 얼골로

---

1   하늘로 오르고 땅속으로 들어간다는 뜻으로, 자취를 감추고 없어짐을 이르는 말.

써 나를 중심으로 하야 한동안은 아무 말도 아니하고 서 잇섯슬 쓴임니다
얼마 후에 아버지는 그러케들 소동할 일이 아니라고 집안 식구들의 싻싹만
하면 흥분되려는 감정을 견제하시며 마음으로 하날에 기도를 올리라고 말
슴하섯슴니다 집안 식구들은 모다 머리를 숙이고 입속으로 중얼~~ 대엿
슴니다 이쌔에 별안간 내 머리를 스치고 지나가는 것은 아랫방이엇슴니다
온 집안을 그러케 삿삿치 차저다니고도 가장 의심하여야 할 아랫방을 엇지
하야 나는 이저버렷섯든가? 나는 나 스사로 내 머리를 의심하며 아랫방을
여러 식구에게 가리키엇슴니다 "아랫방으로 가봅시다!" 하는 이 소리가 써
러지자마자 집안 식구들은 아랫방으로 내리 몰렷슴니다 이쌔의 내 마음은
엇재 그리 아랫방이 켕기엇든지? 아랫방으로 간 식구들은 모다 주저~~하
며 몬저 방안으로 드러가기를 쓴 아니라 방문을 열기를 쓰려하는 눈치이엇
슴니다 나는 이 광경을 보고 압서서 문을 확 여러저치자 모든 식구의 머리
는 방안으로 모혀드럿슴니다 "악!" 그쌔 압서잇든 나는 소리를 치자 뒤로 펄
쩍 주저안젓슴니다

『매일신보』, 1930.12.24

장로長老집의 『사탄』 (四)

최성석崔聖碩

여러분! 나는 무엇을 보고서 그리케 놀나 잣바진 줄로 아십니가? 참말 지금 생각한다 할지라도 그새의 그 광경 그 인망은 온몸에 소름이 쪽 끼치고 이가 달달~~ 썰리는 것이엇습니다 그 안에는 앗가까지도 내 엽헤 누어잇든 내 안해가 삼층 장 발목에 미명 수건으로 목을 매고 잡바서잇지 안습니까? 과연 의외의 이 참변을 보고서 놀나지 안을 사람이 그 누구이겟습니까? 내가 잡바지는 바람에 달은 식구들도 몹시 놀내엿스나 곳 방안으로들 튀여

드려갓습니다 그리하야 내 안해의 목맨 것을 푸러노코 여러 가지 방법을 써서 살리고자 하엿스나 째는 이미 느저서 영영 도로오지 못할 사람이 되고 마럿습니다 집안은 크게 소동이 되여 엇지햇스면 조흘는지 한동안은 모두 우두망절[1] 하엿든 것입니다 이러는 동안에 먼동이 터와서 날도 활짝 밝어버렷습니다 갑작이 초상집이 된 우리 집안은 더구나 이 급보를 듯고서 달려온 처가집 식구들은 하루종일 눈물 속에서 해를 지윗습니다 나는 이 사이 미친 사람 모양으로 온 집안을 헤매이면서 구석~~~이 뒤저보앗습니다 그러나 조금도 집안에서는 무슨 이상異狀을 발견할 수 업섯습니다 부엌과 아랫방과 광속과 뒷간 속과 사랑채 비여 잇는 행랑방 어느 곳 하나 쎄여노치 안코 두루두루 차지보앗스되 어제밤에 그리 우중충하고 무서워 보히든 집안이 양명하고 조하고 반듯하고 정결하야 그런 귀것 잡것이 의지할 만한 곳이 업서 보혓습니다 이날 밤 우리들은 안해의 시체를 아래방에 두기가 실혀서 거는 방으로 옴겨다 노코 교회로부터도 여러 사람들이 몰려와서 긔도도 하며 찬송가도 올리며 밤들을 새윗습니다 집안에는 아즉도 전등을 가설하지 못한 까닭으로 여기저기 촛불이 황황할 쑨이엇습니다 밤이 이슥하야 교회에서 온 젊은 부인 한 사람이 뒤를 보러 가겟다고 하엿습니다 엽헤서 이 말을 듯는 나는 엇전지 마음에 켕기여젓습니다 그러나 이들은 내 안해의 쯧밧 변사를 모다 이상히만 역일 쑨이지 어젯밤 내가 당하엿던 괴변에는 아무 관련이 업는 것처럼 단정하여버리고 마럿습니다 그럼으로 뒷간에 가기를 조곰도 실죽해하지 안코 혼자 태연히 이러나 갓습니다 그러치만 나는 아무래도 마음이 노히지 아니하야 그쪽으로 귀를 기우리고 마음으로만 경계를 하고 잇

---

1 정신이 얼떨떨하여 어찌할 바를 모르는 모양.

섯슴니다 그가 간 지 한 오 분이나 되여서일가 뒷간으로부터 필경은 날카러운 소리가 마치 비단을 쫙 짓는 소리가티 밤 적막을 깨트리고 소치 나왓슴니다 나는 거의 본능적으로 그리고 달은 사람들도 깜짝 놀내여 일제히 뒷간으로 쏘차갓슴니다 뒷간 속에는 그 녀자가 눈을 흽쓰고서 게게품을 물고 곡구라저 잇섯슴니다 우리는 그를 안어다가 눕혀노코 인공호흡人工呼吸으로 겨우 회생시키엇슴니다 그는 정신을 차린 뒤에 뒷간에서 당한 광경을 아래와 가티 이약이하엿슴니다

　정신을 노코 뒤를 보고 잇스랴니까 무엇인지 눈 압헤 와서 얼은거림으로 바라보니까 뒷간 문 압헤는 머리를 푸러 헤친 류콰 희미한 녀자가 쏘 다른 녀자를 씌을고 와서 손짓을 하는 것 가텃슴니다 그래서 처음에는 집안 식구인가 하고 그저 무심히 보앗는데 놀나지 안켓슴니까 가티 온 쏘 싼 녀자는 지금 거는 방에 누혀 잇는 영애英愛 씨 (내 안해) 시체이겟지요! 머리가 흐터진 채 목을 매인 채 웃는지? 우는지? 분간 못 할 인색으로 나를 건너다보고서 역시 손을 작고하여요 엇더케 놀내엿지요! 고만 소리를 버럭 지르고 마럿슴니다

『매일신보』, 1930.12.25

장로長老집의 『사탄』 (五.)

최성석崔聖碩

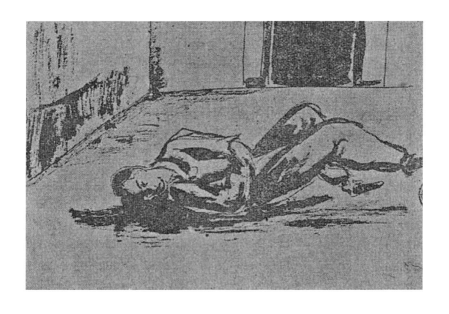

　이 이약이를 듯고난 여러 사람들은 비로소 이 집에 대하야 불안不安을 늣기기 시작하는 모[양]이엇습니다 그중에는 아즉도 그의 착각錯覺이라거니 환상幻像이 보힌 것이라거니 하야 밋지 안는 사람도 잇섯스나 엇잿든 전체가 집에 대한 불안을 가지고 수선~~거린 것이 사실이엇습니다 여름밤은 쌀버서 발서 먼동이 터왓습니다 내 안해의 시체는 교회 여러 사람의 찬송과 기도 속에서 영결식을 마치고 묘지로 써나갓습니다 안해의 죽엄을 영원히 파무든 나는 이날 밤 집으로 도라오기가 대단히 실헛습니다 쌍에 파뭇기까

지 하매 설음이 복바처 오르고 쏘한 귀신의 작난이 이런 참혹한 결과를 가저온 것이라 하는 소름끼치는 생각으로 나는 묘지에서 도라오든 길에 술집을 차저 만취하도록 술을 먹엇습니다 그리고 정신까지 일치 안을 정도에 이르러 매우 흥분된 긔분으로 집에 도라왓습니다 집에 도라오는 동안 길에서 나는 오늘 저녁으로 이 귀것에 대한 단단한 복수를 할 셈 대고 마음을 도스려먹엇습니다 집에 도라와 본즉 어제밤까지도 초불을 켜든 집에 전긔불이 매우 휘황하엿습니다 나는 옷을 활활 버서 부치고 마루에 나안저서 어서 괴변이 눈에 씌우기만을 기다렷습니다 집안 식구들은 모다 불안과 공포에 싸혀 잇스면서도 한 이틀 밤새움에 몹시 □첫는 까닭에 모다들 잠이 드럿습니다 엇전지 한층 더 쓸々한 집안에 홀로 안젓스니 여러 가지 생각이 머리속으로 달음질첫습니다 그러나 술긔운이 몹시도 감정을 흥분시켜 무서움이라고는 조곰도 업섯습니다 아마 닭이 첫 홰나 우럿슬가 할 째인 듯 합니다 나역시 기둥에 기댄 채 막 잠이 들려고 하는데 누구인지 억개를 흔드러 쌔우는 사람이 잇섯습니다 나는 언듯 눈을 써보매 형체가 몽롱한 녀자가 종종거름으로 아랫방을 행하야 드러감니다 나는 올타! 하고 그 뒤를 쏘차서 아랫방으로 신도 안이 신은 채 쏘차 드러갓습니다 그러나 아랫방에는 아무것도 업고 전등도 키여지지 안은 채 깜깜하기만 함니다 나는 그 자리에 그대로 주저 안젓는지?……

그 이튿날 내가 정신을 차렷슬 째는 대낮이엇습니다 집안 식구들은 나마저 죽은 줄 알고서 야단들인 모양임니다 아랫방에 싸무러처 잡바진 것을 발견하기는 새벽역이나 되여 집안 식구들이 자는 방머리에서 엇던 게집의 비단 씻는 소리가튼 간드러진 우슴 소리에 모다 놀나 이러나서 내가 업는 것을 보고 소동이 되여 겨우 아랫방 속에서 죽어 잡바진 것을 발견하고 의사

를 불러온다 가진 야단을 처서 살려논 것이엇슴을 아럿습니다 그날 오후 나
는 정신을 차려 이러나서 이 집을 옴기기로 하엿습니다 그리고 이 집은 허
러버리기로 약속이 되엿습니다 그리하야 이삼일 후에는 이 집이 완전히 헐
려버리고 지단은 일본 사람의 손에 너머가고 마럿습니다 집을 옴긴 뒤에 드
른 말인데 이 집에서는 원래 드는 사람마다 젊은 녀자와 젊은 사나이가 죽
지 안으면 미처 나는 터로 퍽 오랜 녯날에 청상과부[1]가 이 집 아랫방에서 죄
업는 루명을 쓰고서 자살을 한 일이 잇다든가? 본 사람이 업스매 자세히 몰
을 일이나 그 후로 흉가가 되엿다 합니다 일본 사람이 마터다가 새로 집을
지은 뒤에는 그런 소문이 업습니다 나는 지금도 잇싸금 그 근처를 기웃~~
하며 지나갑니다 그쌔마다 옛일이 생각되며 소름이 온몸에 쑥 끼침니다만
은 지금 사는 사람들은 모다 그런 일이 잇섯든가? 하는 생각도 업시 잘들 사
는 모양입니다 (꿋)

---

1   나이가 젊었을 때 남편을 여읜 여자, 나이 젊은 과부.

『매일신보』, 1930.12.26

봉루방¹ 애화哀話 (一)

정 진鄭珍

 필자의 거주군 즉 경북 영일군慶北迎日郡에 기게杞溪란 곳이잇다 거긔는 조고마한 장터가 잇는 산촌이다

 산촌일망정 명색 장터가 있는 마큼 각 처 사람들의 래왕이 얼마쯤 자질다 각종 물화의 집산集散도 쇄 되는 것이다 더욱이 바가지 방망이 홍두째 판…등의 목물木物 매々가 만흠으로 근 읍에 이름잇다 이 가튼 기게에 잇슨 이애기다

---

1 여러 나그네가 한데 모여 자는, 주막집의 가장 큰 방.

장 본 잇흔날이엇다 마츰 비가 몹시 왓다 째는 가을이엇다 여긔 저긔 주막집에는 등짐자사[2]며 기타 행상들과 왼갓 나그네가 쎄를 지어 처저섯다 대개는 거름을 팔고 단이여 사는 신상임으로 비오는 것이 그들에게 잇서서 무엇보다도 타격이엇다 비 굿치기를 기다리다가 그처럼 편안한 자기네가 아님을 쌔다른 듯이 혹은 우중에 길 써나든 나그내가 잇섯다 락천적 구분을 하고 그양 봉루방에 늘 부치는 이가 잇섯다 엇틀 비틀한 사투리 말세들로서 이얘기를 하는 둥 고담책을 읽는 둥 노름을 하는 둥 헌 옷을 줏집는 둥 혹은 여러 날의 로독을 풀기 위하야 낫잠을 자는 둥…… 여하튼 모다들 걱정스러웁고 울화나는 꼴이엇다

엇던 한 주막에는 나히 근 팔십이나 돼 보이는 학발[3] 등짐장사가 하나 알코 잇섯다 감긔로서 그 로인은 전번 장날부터 그 주막에 와서 알는 것이엇다 로인은 기침을 ㅅ□□ 기츠면서 저쪽벽을 기대고 안저 자조 자기를 겻눈짓하는 한 소년을 발견하엿다 나히는 불과 열 오륙 세밧게 안되엿스되 그 말에 말세에 하는 행동이 퍽 음전[4]하고도 민첩하엿다 로인은 유심히 소년을 바라보엇다 소년도 이윽고 로인을 관상하엿다 두 사람의 눈동자는 마조치기를 거듭해젓다 소년의 마음은 조바~~하엿다 로인은 엇전지 산연히[5] 되는 것을 마지 못했다

소년은 좌중에 인사를 하고 자기가 이얘기하기를 청했다 좌중이 환영하엿다 소년은 알코 누은 로인에게 련방 수상한 눈을 보내며 이얘기를 내노핫다 그에 잇서 어데든지 사람이 모힌 데라면 이러케 이얘기를 해보는 외에

---

2 물건을 등에 지고 다니며 파는 사람.
3 두루미의 깃털처럼 희다는 뜻으로, 하얗게 센 머리 또는 그런 사람을 이르는 말.
4 말이나 행동이 곱고 우아함, 또는 얌전하고 점잖음.
5 눈물이 줄줄 흐를 정도로.

아모 삶의 뜻이 업섯다 사람의 모힘을 찾고 그레서 그 사람의 모힘에 다달러 한갓 애화哀話를 내놋는 것이 그의 이 멧 해 동안의 원 사업이엇다 유일한 생활이엇다

이제 소년이 류창한 어음으로 서슴업시 이애기하는 애화로 □□

위선 오늘도 발서 세 번제 어든 곳 봉루방 셋제를 차저온 것이어든

그는 어데서든지 오직 천편일률로 한 가지 이애기만 하는 것이엇다 다른 아모런 소리도 할빌도는 업섯슴으로

　　×

로인은 근본 황해도 사람이엇다

참봉參奉[6] 깨나 지나고 살님도 매우 요부한 이엇다 노비 권속[7]을 두고 풍경 소리가 덜그렁~~~~하는 개와집 속에서 책이나 읽으며 짠에는 태평성대를 누리든 귀골이엇다

김참봉은 서우한일로 아들 하나를 길럿다 다만 딸 하나라도 더 두면야 하엿스나 조강지처를 여히고 재취까지 들엇것만 소원대로 잘 안되엿다 아들이 아들이요 가세가 가세인 마큼 김참봉은 이러탄 규수를 개려서 일즉부터 며누리를 안 보랴 할 수 업섯다

아들은 겨오 열일곱이란 소년 몸으로 장가들엇섯다 그러나 행복스런 첫날밤에 그는 애쑤지도 불귀의 손님이 되여버린 것이엇다

신부가 자다가 깨닷고 볼 째 오々 얼마나 놀나운 광경이 눈압헤 펼처젓스

6　조선시대에, 여러 관아에 둔 종구품 벼슬.
7　한집에 거느리고 사는 식구.

랴! 실랑의 두상은 업서지고 글자 그대로 쌔쌜간 류혈이 신방을 가득 차지 하지 안헛든가?

『매일신보』, 1930.12.27

봉루방 애화哀話 (二)

정 진鄭 珍

신부는 불틔가티 사랑방에 쫏처나가서 상객인 자긔 시아버지께 사실을 고햇다 상객이 그것을 정직히 듯기에는 너무나 억울하고 까다로윗다

"양반의 가정에 참아 이런 일이 잇담"

하고 김창봉은 노발대발하엿다 그래서 불이야 물이야 하고 사환들을 재촉해서 머리 업는 아들의 시체를 갓고 자긔 집으로 서우히 도라섯다

당가에는 온 집안이 물 쓸듯 하엿다 누구~~하여도 애달고도 민망하고

싹한 이는 신부엇다 신부는 사환들에게 명해서 행장[1]을 수습하엿다 가마를 타고 상객 양반의 행차에 곳 뒤싸러부첫다

"귀신이 되여도 발서 김 씨네 귀신이다!"

신부는 청백한 자긔를 잘 알므로 굿게 결심함이 잇섯다 김참봉은 흐리터분한 (아즉 사실이 판명되지 못하엿슴으로) 이 며누리 아씨를 당초 눈압헤도 안 새웟다 방문을 책봉하고 식음을 전폐하엿다 아사~~餓死~~하기를 결심한 싸닭이엇다

김참봉이 그러할 바에야 그 서시모가 며누리 대하기를 형식이나마 온당히 할 리 업섯다 령감 몃 갑절이나 학대할 것이다 사람으로서 대접함이 아니엇다 그에 쌀하 노비 권속들싸지가 사나운 눈초리로서 새아씨를 보고 능멸하는 언사로서 대하엿다 모쪼록이라도 하여서 돌녀새우자는 것이 온 집안의 분위긔엿다 계획이엇다

애련한 며누리는 혼자 울고 혼자 실음하는 것이 일과엿다 그러나 아침저녁으로 사랑방 문 밧게 가서 시아버지께 문안드리기를 정성쯴 하엿다 일이 잇슨지 나흘제 되든 날 밤이엇다 그는 잠을 이를 수 업시 쓸에 내려서 이 수심 저 수심에 눈물 겨워하며 초요[2]하엿다 으스레한 달밤이엇다 봄 뒤안에는 여러 가지 화초가 지부룩히 심어잇는데 이슬을 먹음고 조는 듯이 고요하엿다

넓으나 넓은 온 집안이 깁흔 산속가티 잠들어섯다 그는 집안을 한 바퀴 휘둘너보고 자긔 거처로 들어갓다 이상히도 가슴이 진정되엿다 잠간 잠이 든 것이엇다

"은선아! 어서 이러나서 뒤안 솟밧 속에 가보라 너 남편이 거게 기다리고

---

1   몸가짐과 품행을 통틀어 이르는 말.
2   이리저리 헤매거나 어슬렁어슬렁 걸음.

잇스닛가……."

은선이(그의 이름이다)는 갑작히 숨을 쌔엿다 현몽한 이가 누구인지 모르나 일너주는 사연만은 분명하엿다 은선이는 엇전지 실은 정이 들엇다 일편 무엇이라 기대해지는 일도 잇섯다 즉시 밧갓테로 쌔저나갓다

숫밧 속에서 악가 업는 개 한 머리가 흙을 파며 잇섯다 무슨 이상한 긔슥이 들니는 듯 하엿다 은선이는 개가 파는 곳으로 가까히 가서 이윽고 서 보앗다 개는 작고 파뒤젓다 한참 서 보다는 은선이가 거긔를 팟다 쇠창이로 손으로 얼마간 파노라니 커다란 항아리가 쑥 발가젓다 그 속에는 밀가루가 가득 찻섯는데 쑥겅을 여는 동시에 쎄름한 악취가 확 드러치[켯]다……

은선이는 날만치 깁벗다 그 항아리 속에서 쯧밧게도 인두人頭 하나를 발견하엿스니 자긔 남편의 그것에 틀님업는 까닭이엇다

그는 인두를 치마자락에 주어싸자 즉시 사랑을 향햇다 자는지 죽엇는지 안 자도 자는 듯고 자면 더 죽은 듯 숨긔 하나 업시 두문불출하고 들누어잇는 시아버지 문 압헤가 국궁[3]재배[4]하고 사실 여하를 저々히[5] 아렷다

김참봉은 숫제히 문을 열고 비로소 시아버지다운 자비한 대人구를 하여 주엇다 로인도(그째는 그다지 로인이 아니엇스나) 역시 리이ㅅ진 숨을 쉰 다음일 쌘 아니라 문득 합점되는 일도 잇고 눈압헤 발ㄹ 자긔 아들의 두상이 나타난 바에야 종시 며느리 잡고 원수 대하듯 할 리유가 업섯다 김참봉은 며느리와 함께 인두가 무치엇든 현장을 검시하엿다 며느리게 죄 업슴을 단정하고 며느리를 한껏 지리엇다 귀여워 하엿다 동시에 자긔의 오해와 망단이엇

3 윗사람이나 위패(位牌) 앞에서 존경하는 뜻으로 몸을 굽힘.
4 두 번 절함.
5 있는 사실대로 낱낱이 모두.

든 이 몃칠간 일을 깁히 사과하엿다

밤중임에도 불고하고 김참봉은 내 방에 들어가서 안해를 쌔우고 노비 권속을 죄 이르켯다 그래서 닷자곳자로 몃々 하인을 더부러 안해를 결박하엿다 그리고 방망이 초달^{6}을 막 내렷다

안해는 바른 쏭을 쏼々 싸고 말엇다

옛날이나 지금이나 남의 서모^{7}로서 말성업기가 퍽으나 드물다 서모 중에도 김참봉의 재취마큼 그 전처 아들께 지독히 몹실은 이는 드물든 모양이다 녀자는 지독히 하다 하다 그레도 한에 안 차서 날낸 노복 한 놈과 쇠하고 드듸여 그 가튼 참사를 범행한 것이엇다 그러나 비록 자식을 보기 위한 양법이엇스나 뒷일은 어리석엇다

---

6 어버이나 스승이 자식이나 제자의 잘못을 징계하기 위하여 회초리로 볼기나 종아리를 때림.
7 아버지의 첩.

『매일신보』, 1930.12.28

봉루방 애화哀話 (三)

정 진鄭珍

실상 범행한 그 노복 놈은 약속대로 돈 백 량을 다 갑흐고 인제 종적을 감추어버린 것이엇다

김참봉은 분대로 한다면 당장에서 박살을 내든지 능지처참을 할 일이로되 그래도 □각하는 도리가 잇슴으로 안해의 처벌을 관가에 맛겨섯다 그래서 수일을 두고 가장 처리를 한 뒤에 모든 것을 며누리에 맛기고 표연히 집을 써낫섯다 가슴에 사모처 오르는 화ㅅ김에 그리 안하고는 견대지 못하엿다 외로히 써러지는 젊은 며누리 처지가 말할 수 업시 가엽기도 하지만 한 집안에서 조석 상대로 목격하는 꼴보다 찰하리 일시적 비애를 참고나마 영원한 길손[1]이 되는 것을 가ㅅ타고 생각하엿다

×

에닯은 미망인 은선이는 크나큰 가사를 연약한 혼자 몸에다 차지하고 슬ㅅ히 써러젓다 그러나 용감한 은선이엇다 하늘이 도으섯든지 자기의 더러운 죄명을 벗게 된 것만 하여도 얼마쯤의 위안이 안 되지 못하엿다 그리고 시아버지와 사별死別하는 료량을 하고 볼진대 아모런 설음도 아니엇다 아즉은 그처럼 로약한 어룬도 아니거늘 잠간동안 울화를 풀고 단이시다 언제나 환가還家하실 것이 아닌가?⋯ 그는 이러케 기대하고 날마다~~~~~지성히 기도하엿다 망부의 명복을 축원하기도 하고 시아버지의 객중 긔체에 하로

---

1 먼 길을 가는 나그네.

라도 밧비 집에 도라오시기를 빌기도 하엿다

　그런 중에 뜻밧게도 경사로운 한 가지 일이 잇섯다 은선이 배 속에는 한 갓 사나운 꿈결에 불과하든 첫날 밤의 자최가 남엇든 것이엇다 즉 김 씨네 사랑의 씨가 어느덧 은혜롭게 깃드러젓든 것이다

　시아버지의 객상을 생각하고 배 속에 든 사랑의 씨를 애지중지하는 가운데 은선이의 그날~~~은 비교적 평화롭게 지나갓다

　은선이는 마츰 아들을 나엇다

　애꾸진 과거過去는 하로 잇흘 망각되고 새로운 광명이 은선의 압헤 빗낫다 시아버지를 기다리는 늣김과 할아버지도 아버지도 업는 하나의 자식을 기르는 락에 어려움에 세월은 작고만 흘넛다 한 해 두 해 세 해 네 해 … 일곱 해 여덜 해 … 아이는 자럿다 벌서부터 서당에 취학한 것은 물론이다 그러나 시아버지는 종 무소식이다 엇지된 셈이런가

　아이가 어언간 열두 살이나 되엿다 재조가 비범함으로 남들에게 신동이란 별명을 듯고 학문에 능통하엿다 은선이는 참다 못하야 아들과 의론하고 시아버지를 차지러 내세우기로 하엿다 아이가 겨오 말 배호기를 시작하든 째부터 '압바'와 '할아버지'께 대한 이얘기를 외로운 모자는 자조 소군거려 온 것이다 차々 아이가 장성해짐을 짜라 은선이는 아이에게 루々히 졸니기도 하엿다 할아버지의 출가한 리유에 싸다로운 자긔네 가력家歷에 대한 학실한 내용을 아직 안 가르켜 주엇기 째문에

　아해는 무거운 현금을 로수로 가지고 나설 수 업고 망건網巾을 질슨 한 짐 째² 해젓든 것이엇다 그래서 엄둥스런 망건 장사 바람으로 방방곡々히 헤매

2　짐을 묶거나 매는 데에 쓰는 줄.

엿다 저 국경 지방을 위시하야 어데든지 사람이 모히고 사람이 모힐만한 곳이라면 민첩한 수색의 눈을 던젓다 아모리 어머니쎄 자세한 모색을 들엇슬지라도 생전 보지를 못한 할아버지를 찾는 터이니만큼 좀처럼 맛나질 리가 업섯다 혹시 장문에나 길거리에서 서로 맛나고 지나첫기로니 엇지 알 수 잇섯스리요 아해는 만 삼 년 동안을 찾고 단녓다

×

로인은 소년의 이얘기를 끝까지 들엇다 틀님업는 자긔의 손자로부터 자긔네 가력을 들은 것이것만 너무나 쑴가튼 일임으로 혼 쓴 사람 모양으로 한참까지 멍々히 들어누은 자리에 잇섯다 눈물이 이윽고 쏘다젓다 소년도 울엇다 소년이 몬저 로인의 겻헤 닭어안고 인사를 청햇다

로인은 다 써러저가는 염랑으로부터 출가림시 며누리에게 바든 수표 가락지 한 짝과 조고만 가첩家帖 등사한 것을 내보엿다 소년은 로인을 덥석 틀어잡엇다 소년의 품 안에도 그 가튼 가락지 한 짝과 가첩이 들은 것이엇다

두 할아버지와 손자는 써안을 성 써안길 성 잠잣코 울엇다 깁버도 울고 설어도 울엇다 이 진긔한 사실을 차차럼 알고 목격한 좌중인들 안 울 수 업섯다 일개 가엽슨 목물 장사로서 오날 죽을지 래일 죽을지 아지 못할 늙은 병인을 주인공으로 일어난 이 광경이야말로 기적 가햇다 스년은 할아버지의 동모 나그네쎄 한 탁 내고 쎄끗한 짠 방을 하나 빌녀서 알는 할아버지를 인도하엿다 그래서 지성히 참으로 지성히 병간호를 하엿스나 사흘을 넘기지 못하고 로인은 원통히도 이 생의 숨을 쓴코 말엇다 한다 소년은 몃칠 전까지의 망근 짐쌔 대신 힘에 넘는 하라버지의 시체를 쉿々이 두 억개에다 걸메고 길을 써낫다 한다 이는 지금부터 한 팔십 년 전에 잇슨 일이라 한다 혹 기담 축에 갈는지

제3부

괴담특집 怪談特輯

『매일신보』, 1936.6.25

괴담怪談 제일석第一席 : 괴화怪火

유추강(庾秋岡) 작(作)

쌔는 지금부터 五十년 전 을유乙酉 六월 그믐께인데 당시 명포장이란 일홈을 듯든 신정희 신포장이 제일 두통거리로 밤에도 잠을 못자고 애를 뭇척 쓰든 괴상한 사건이 경성 한복판에 이러낫섯다

이 사건은 삼청동 형제우물[1] 근처에 날마다 밤중이면 괴화(독가비불)가 낫타나서 여름날 길고 긴 해에 더위를 못 이기여 애를 쓰든 사람들이 서늘한

---

1 종로구 삼청동에 있던 우물로, 성제우물, 성제정, 형제정이라고도 하였다.

바람도 쏘이고 차듸찬 물도 먹으러 모혀드는 이들의 가슴을 놀내일 쑨아니라 갓 감투 신발 의복을 모조리 쌔서 가는 일이 잇섯고 또 한 가지는 그쌔 가운데 다방골에 살든 부자 마동지의 시체가 밤중이면 벌덕 이러나서 집안 사람들을 놀래일 쑨아니라 그 잇흔날 아츰에 보면 비단 수의를 다 업새버리고 발가버슨 알송장이 잣버저잇는 사건이 돌발해서 장안 장외의 수만은 사람들은 서로 수근수근하며 전전긍긍하여서 밤잠을 편안이 자지 못하고 신포장 이하 만흔 포교[2]들도 웃지할 줄을 모르고 공연히 써들기만 하며 왓다갓다 분주히 지낼 쑨이엿다

   대체 이 괴이한 사건이 사람의 작란이냐 독개비의 희롱이냐 만일 사람의 작란이라 하면 엇지 하든지 그 정체를 잡어내려고 연구도 해보겟지만은 사람의 작란으로는 너무도 괴이해서 손을 댈 수 업섯다 그래서 옛날부터 내려오는 전설에 고양이가 시체를 너무면 시체가 이러난다는 말이 잇서서 마동지 집 주위에는 사람을 느러노아서 고양이를 보는 대로 잡어 죽이고 쫏차버리게 햇스며 또 포교들도 눈을 까뒤집고 그 정체를 잡으려고 애를 쓰는대 날마다 밤중쯤 되면 마동지 시체는 벌덕 이러나서 관머리[3]로 창문 설주[4]를 쌍쌍 치밧치는 통에 모든 사람들은 이불을 뒤집어쓰고 벌벌 썰 쑨이라 아모리 생각하여도 독가비 작란으로밧게 생각되지 안엇고 또 형제우물 근처에 낫타나는 괴화도 남산 편에서 시퍼런 불덩어리가 공중에 둥둥 써와서는 탁 써젓다가 다시 푸른 불덩이가 하나씩 둘씩 생겨서 나중에는 여러 백 개의 불덩이가 데굴데굴 굴다가 툭 써지고는 별안간 머리를 푸러헷치고 시쌜건

---

2 조선시대에, 포도청에 속하여 범죄자를 잡아들이거나 다스리는 일을 맡아보던 벼슬아치. 포도 종사관의 아래이다.
3 시체의 머리가 놓이는, 관(棺)의 위쪽.
4 문짝을 끼워 달기 위하여 문의 양쪽에 세운 기둥.

피를 흘리면서 등잔 갓흔 눈방울을 굴니며 낫타나는 귀신이 덤벼드는 통에 고만 사람들은 질겁을 해서 다라나고 버서노앗든 의복과 갓 감투를 모조리 이러버리고 마니 이것도 사람의 작란으로는 생각할 수 업는 괴이한 사건이 엿다 이러한 사건이야 도저히 사람의 힘으로 웃지 할 수 업다 해서 당시 명 포장인 신포장도 긔찰[5]을 거두고 되여가는 대로 내버려 둘 수밧게 업섯는데 그 후로 점점 이 독가비 작란이 심해저서 어느 날 밤에는 사직골 뉘 집에서는 처녀의 머리를 잘너 갓느니 쏘 오궁골 뉘 집에서는 장 속에서 불이 낫느니 상사골 뉘 집에서는 밥주발[6] 수까락을 모조리 우물 속에다 넛느니 해서 더욱 인심이 소동되고 독가비 작란은 날로 심해저서 이 세상은 장차 웃지되나 하고 사람들의 마음은 물 쓸듯이 야단이 되엿다.

이대에 신포장은 크게 결심하는 배 잇서서 긔찰 포교들에게 엄명을 나리기를 "아모리 독가비 작란이요 귀신의 희롱이라 할지라도 이 태평성대에 그런 무험한 일이 엇지잇스랴 사불범정邪不犯正이니 三일 내에 그 정체를 잡어 밧처야지 만일 그러치 못하면 너의들은 다 목을 베일 터이야 아러 대령하렷다……."

이 별악 불덩이 갓흔 명령을 밧은 포교들은 마치 머리를 기동에 싹하고 부듸진 짓 갓해서 정신이 얼썰썰한 채로 웃지할 줄을 몰낫다. 그중에 가장 나이도 점고 완력이 든든한데다가 담대하기로 유명하든 위홍운魏洪運은 두 주먹을 불쓴 쥐고 곰곰 생각하엿다. 한 달 동안을 두고 여러 포교들이 밤낮 눈을 싸뒤집고 야단을 햇서도 알지 못하든 이 독가비 작란을 三일 내에 잡어 대령하라니 될 수 잇는 일인가? 그러나 포교에게 대하야 포장의 명령은 절

---

5   예전에, 범인을 체포하려고 수소문하고 염탐하며 행인을 검문하던 일.
6   놋쇠로 만든 밥그릇, 위가 약간 벌어지고 뚜껑이 있다.

대의 권위가 잇는 터이요 쏘 신포장 성미에 한 번 말한 것을 어름어름 넘길 지도 업는 것이니 만일 三일 내에 잡지 못하면 몃 사람의 목아지가 다러날지 모른다. 이리 궁리 저리 궁리 해보아야 별 도리가 업서서 그날 밤중에 위홍운은 포청대문을 나섯다 포청 다리 돌란간에 기대서서 남산 편을 바라보며

"대체 그놈의 불이 무슨 불이야 쏘 그리고 마동지 죽은 송장이 웃재서 야단이란 말이야…."

이러케 혼자말로 중얼중얼 하다가 무슨 생각나는 일이나 잇는 듯이 종로 한복판으로 쏜살갓치 가서는 반듯이 누어서 무슨 소리나 들니지 안나 하고 귀를 쌍에 붓치고 가만히 드르려닛가 쯧박게 삼천동 편으로부터 쌜내 방망이 소리가 들녓다. 위포교는 신기한 생각으로 "이것 봐 이 밤중에 엇던 사람이 쌜내를 하네 요새 삼청동 근처에는 독개비 소동에 사람들이 얼신을 못하는데 혹시나 이것이 무슨 까닭이 잇는 일이 안일가"

하는 생각으로 벌덕 이러나서 삼청동 형제우물 근처로 슬슬 올라가며 귀를 기우려 드러본즉 쌜래 방망이 소리가 분명히 들리엇다 위포교는 쑹무니에 찻든 철편[7]을 쓰내들고 한다름에 쒸여올러가서

"이 년 꿈적마라……"

하는 소리를 산이 써르렁 울리게 지르고 철편으로 쌜래하든 녀자의 억개쭉지를 내리친 뒤에 오라[8]를 지여가지고 포청으로 드러가서 그날 밤이 박도록 조사한 결과 의외에도 괴화 사건 시체 발동 사건이 백일하[9]에 폭로되엿다.

쌜래하든 녀자는 시체에 입힌 수의燧衣를 전문으로 도적하는 소위 묘구墓

---

7 포교(捕校)가 가지고 다니던 채찍, 자루와 고들개가 모두 쇠로 되어 있다.
8 도둑이나 죄인을 묶을 때에 쓰던, 붉고 굵은 줄.
9 온 세상 사람들이 다 알도록 뚜렷하게.

墓[10]도적의 게집으로 도적질해온 수의를 밤중이면 쌀게 하느라고 류황과 린 硫黄, 燐을 사용해서 불덩이를 만드러 가지고 솔개[11] 발에 매여달려 남산에서 솔개를 날려노코 발에 맨 줄을 잡고 삼청동까지 와서는 솔개 발에 매여 단 불덩이를 끌러서 다시 여러 개를 만드러 사면에 헷처바리고 큰 열 박아지 쪽으로 흉악한 탈을 만드러 쓴 뒤에 손바닥에 황과 린을 뭇처서 손을 쥐엿다 펴ㅅ다하는 대로 번쩍번쩍 시퍼런 불이 비치고 탈이 뵈엿다 업서젓다 하는 대로 사람들의 눈에는 흉악한 귀신이 낫타나는 것으로만 생각하게 되여 다러난 뒤에는 버리고 간 물건을 도적하고 종용해지면 쌜내를 하게 한 것이엿다 그리고 마동지 시체 발동한 것도 갓득이나 시체 잇는 방에도 드러가기를 조아하지 안는 사람들이 밤이 되면 시체 방 근처에 가기도 웃재 등골이 웃싹웃싹해서 자미 업시들 넉이는데 별안간 관이 벌덕 이러나서 창문 설주를 싹싹 치는 통에 그만 눈을 뒤집어쓰고 벌벌 썰고만 잇어서 묘구도적은 이 틈을 타가지고 수의를 벗겨간 것이엿다

이 사실을 알게 된 위포교는 일변 포장의게 보고를 자세히 하고 일변으로는 묘구 도적의 굴혈[12]을 습격하야 장물과 도적을 잡어다가 전후 죄상을 자복[13]식인 후에 널리 사실을 공포해서 장안 장외에 소동되든 인심을 진정되게 하엿다.

---

10 무덤 도둑.
11 수릿과의 새.
12 나쁜 짓을 하는 도둑이나 악한 따위의 무리가 활동의 본거지로 삼고 있는 곳.
13 저지른 죄를 자백하고 복종함.

『매일신보』, 1936.6.25

괴담怪談 제이석第二席 : "해골"의 재채기

김정진金井鎭 작作

령남 선비 한 사람이 서울을 향하고 과거를 보러 올라오는 도중에서 당한 일이라 합니다

그 사람의 성은 무엇이엇든지? 상고할 문적[1]이 업업스닛가 괴담하는 이

사람이 림시로 '유서방'이라고 붓치겟습니다 버드나무와 귀신과는 옛날부터 다소 인연이 잇는 듯하니까 이것도 무방할 듯합니다

자아 류서방은 해마다 서울에 올라와서 과거를 보앗지마는 불행이 참례[2]를 못하고 남대문 구틀에 뒤통수를 '탁' 부드치고 자긔 시골로 내려가기를 몃 번이나 거듭하얏습니다

류서방은 과거는 못 하더라도 일 년에 한 번씩 서울 구경이나 하려니와 류서방의 부인이야말로 참 불상합니다 단잠을 못 자가며 길삼[3]을 한다 쌈박쌈박하는 등잔불 밋헤서 삭바누질을 한다 해서 겨우겨우 돈푼을 모아서 자긔 남편의 '로수'[4]를 장만하야주고 과거 길을 떠나 보낸 뒤에는 그야말로 왼갓 정성을 다해서 자기 남편의 등과하기를 축원하다가 급기야 얼골은 야위고 의복은 후줄근한 남편이 너머가는 석양 볏에 피ㅅ기업는 얼골을 빗치며 동리 어구로 힘업시 거러오는 것을 볼 째에 그의 부인은 얼마나 락심이 되엿슬까요? 그의 가슴은 텅 부인 것 갓고 입에서는 쌍이 써질 듯한 한숨이 나올 쑨이겟지요

이와 가튼 슬푼 경험을 거듭한 류서방은 금년에도 과거를 보려고 서울 길을 써낫습니다 그러나 이번 길만은 큰 결심을 가지고 올라옵니다 금년에도 락방을 하면 과거는 영영 단렴이라고 비장한 결심을 했습니다

째는 맛침 칠월 중순인데 안동인 자긔 고향을 써난 지 잇틀재 되는 날부터 비가 시작히야 십여 일을 두고 장마비는 계속합니다 그러나 과거될 날까지에는 서울에 당도해야할 터인즉 한만하게 주막에서 몃칠씩 묵어가며 비

---

1 나중에 자세하게 참고하거나 검토할 문서와 장부.
2 예식, 제사, 전쟁 따위에 참여함.
3 실을 내어 옷감을 짜는 모든 일을 통틀어 이르는 말.
4 먼 길을 떠나 오가는 데 드는 비용.

굿치기를 기다릴 수도 업기 때문에 여윈 등에 찬 비를 마저가며 몃칠 동안을 거러 올라왓습니다 길은 점점 서울에 갓가워서 유명한 '남태령' 밋까지 당도하얏습니다

째맛침 일새 저무러서 이 마을 이 촌에서는 저녁 연긔가 서리고 장마비는 부실부실 오고 잇습니다 노자가 넉넉하면 '남태령' 밋헤서 일즉이 주막을 잡고 피로한 몸을 수일 터이나 류서방에게는 그리할 여유가 업섯습니다 그래서 류서방은 일새가 꼭 어둡기까지는 다리의 힘이 다할 째까지는 비를 마저가며 괴로운 거름을 게속할 수박게 업섯습니다 그리하야 류서방은 행인이 쏙 슨허진 '남태령' 고개로 길을 잡어들엇습니다

고개의 중턱까지 올라왓슬 째에는 밤빗은 임의 깁허서 사방이 캄캄해 들어 오고 비는 조금도 멋지 아니하고 그대로 쏘다집니다

어지간히 담력이 잇는 류서방이지마는 인적이 업는 큰 산속에서 칠벽가튼 밤을 당하고 보니 어쩨 무시무시한 생각이 나기 시작합니다 밤이 어두어서 길이 보이지 아니함으로 더 가는 수도 업고 잠시라도 비를 거을 처소도 업고 해서 류서방은 한참 당황해서 사방을 둘러보앗습니다 "근처에 비나 피할 곳이 잇나해서" 수풀 사이로 이리저리 방황합니다 그리다가 큰 고목을 발견하니 그 고목은 몃백 년이나 되얏는지? 나무 밋둥이 한편은 다 썩어서 소구융과 가티 되엇는데 그 속의 들어가 사람 두엇은 용납할 만치 큰 나무이엇습니다

보통 사람 가트면 비가 오는 캉캄한 밤중에 험상스런 고목의 썩은 밋둥을 보기만 해도 무시무시한 생각이 날 터이나 이 류서방은 보통에 지내는 담력을 가진 사람이라 긔분에 당긔지는 아니하나 차듸찬 비를 맞느니보다 그 속에서 비를 거느겟다는 생각이 긴해셔 어쌔에 메엇든 '괴나리' 봇짐을 쓸러

서 압헤 안고 그 나무 밋둥 쪽으로 드러갓습니다

류서방이 머리를 드리밀 째에는 매우 긔분이 실쭉햇습니다 그 속에서는 므슨 냄새인지? 코를 '쿡' 찔느는 괴상한 냄새가 나고 머리 우에서는 무엇이 "우수수" 하고 써러집니다 그러나 이만한 위협에는 굴하지 안엇습니다

썩은 나무쌕리에 걸터안저서 "나종에는 엇지 되얏든지? 찬 빗ㅅ발은 피하게 되얏다고" 류서방은 태연히 안저서 날이 밝기를 기대리고 잇습니다

밤이 점점 깁허감을 짤아서 산속에서는 별별 숭칙한 소래가 다 들려옵니다 사람의 중얼거리는 소리 녀자의 우는 소리 가튼 것이 빗소리에 석기어 들려옵니다 그러나 이런 괴상한 소리들은 모다 '산새'의 소리엇습니다

얼마 동안 안젓는 중 이 류서방은 피로한 몸에 모진 조름이 혼곤이 와서 몽롱한 정신에 싸여잇는 중에 별안간에 목덜미가 선쯕하며 무엇이 '척' 감기는 듯 햇습니다 류서방은 정신이 번적 씌어서 얼덜결에 바른 손으로 목을 더드무며 뭉쿨하고 손에 닷는 것을 그대로 잡어낙거서 메다첫습니다 여순 간에 류서방의 머리 우에는 기둥 토막 가튼 큰 뱀이 철석 써러젓습니다

앗 얼마나 무시무시한 광경입니까 담력이 만혼 류서방도 그 순간에는 가슴이 서늘해젓습니다

그래서 류서방은 벌덕 이러셔서 나무 밋둥 박그로 쒸여나왓습니다

바로 이째이엿습니다 류서방이 한 발을 박그로 옴겨 내어놀 지음에 바로 류서방에 내어드된 그 발 쌕리에 무엇이 '탁' 막 질리며 별안간 그곳에서 "앳최" 하는 사람의 재채기 소리가 들럿습니다 아아! 이게 또 무슨 괴변임닛까 류서방은 부지중에 몸을 무르청해서 뒤로 물러서며 정신이 앗질햇습니다 지금까지 다른 소리에는 그대지 놀라지 안튼 류서방이지마는 인적이 업는 이 산중에서 별안간에 사람의 재채기 소리를 들엇스니 놀랄 것은 사실이

올시다

그러나 류서방은 마음을 다시 가다듬어서 소리의 정체를 차저보니까 자긔 발 쑤리에 채엇든 것은 어둔 밤에 보아도 사람의 해골이 분명햇습니다

류서방은 다시 마음이 선쯧하며 머리쯧이 쑵빗해젓습니다

그러나 류서방은 인정상 그 해골을 그대로 내어더질 수는 업섯습니다

어두운 밤이지마는 편한 돌쪼각을 차저서 그 우에 해골을 올려노코 자서히 검사를 해보니 그 해골에는 '칙'넝쿨이 얼키고 몹슬 칙줄기가 입에서 코에까지 쌔처잇습니다

류서방은 그 해골을 검사한 뒤에 비로소 '재채기' 소리의 원인을 자긔 스사로 해결하얏습니다

"아! 그 무지한 칙넝쿨이 코를 쑬코 나왓스니 엇지 당신이 '재채기'를 아니 하겟소 내가 당신의 오래동안 고로히 지내든 칙넝쿨을 쌔어주리다" 하며 류서방은 살어잇는 사람에게 말하듯이 간곡히 위로하고 그 이튼날 그 해골을 그 근처에 깁히 무더주엇습니다

이런 괴이한 일이 잇서 그리되얏는지? 류서방은 과거에 등과하엿습니다

『매일신보』, 1936.6.25

괴담怪談 제삼석第三席 : 묘지이변墓地異變

유광렬柳光烈 작作 / 이승만李承萬 화畵

경긔도 ○○군에 심진사 집이라면 상당한 명문으로 그 일경에서는 유소문한 집안이다 심진사의 아들은 일직 죽고 그 소생의 손자를 장가들이엿는데 그 손주며누리가 사람도 얌전하고 인물도 어엿버서 리웃사람들까지 칭찬을 하게 되엿다

그런데 그 손주며누리가 시집온 지 얼마 안 되어 몸에서 몹시 무슨 조치 못한 냄새가 나서 엽헷 사람들도 실혀하고 싀조모나 싀어머니도 염려하야 자조 목욕을 하라고 일러서 사흘에 한 번씩은 목욕을 식히어도 악취는 여전히 나는 것이엇다 이상스런 일도 만타 하면서 이 집안에 한 근심거리가 되엿다

그 동리에는 술 잘 먹고 말 잘하고 소시少時썩에는 장에 가면 사람 잘 치기로 유명한 김선달이라는 사람이 살엇다 지금은 나히 늙어 옛날과 가티 사람은 치지 못하나 그래도 옛날 호긔가 남어서 장날이 되면 어써케든지 장에 가서 막걸리 잔이나 먹고 건화하게 취하야 돌아오는 것이 유일한 노래老來[1]의 락이엇다

어느 날 김선달이 장에 가서 술을 먹고 얼근히 취하야 돌아오는 길인데 마츰 밤은 깁허 먼 촌의 개 짓는 소리도 들리지 아니하고 갈구리 가튼 조각달이 중천에 걸리어 어슴푸레하게 대지大地를 비취인다 그 촌에서 날 구진 날이면 귀곡성鬼哭聲이 들린다는 공동묘지共同墓地 압흘 지나는데 여러 무덤에서는 금시에 해골들이 이러나 처참한 우슴을 웃는 듯하엿다 아모리 호걸남자인 김선달이것만 그리 긔미가 조치는 못하엿다 마침 이째다 멀리 저편 컴

---

1 '늘그막'을 점잖게 이르는 말.

컴한 속으로부터 무엇이 하연 것이 안저서 깜박깜박하는 것이 보엿다 긔골이 장대한 김선달이엿만? 읏씩 하고 머리끗이 쑵볏하엿다 웬만한 사람이면 본체만체하고 다라날 것이요 공자孔子님 가튼 성인이라도 경귀신이원지敬鬼神而遠之[2] 하는 쯧으로 슬적 지낫슬 터인데 아모리 늙엇지만 원래 파락호破落戶[3]인 그는 젊엇슬 째 객긔客氣가 술김에 왓작나서 공동묘지로 뛰어들엇다 무덤과 무덤 사이를 누비질하야 그 하연 것이 안진 데를 가보니 웬 새파라케 젊은 여자가 하얏케 소복을 입고 머리를 푸러 산발한 대로 안저서 하비작 하비작 무덤을 손으로 차고 잇섯다

김선달은 얼른 눈치를 채이엿다 "올지 네가 여호로구나 천년 묵은 여호는 사람이 된다는데… 송장 파먹는 것을 보니까 여호인 것은 확실한데 사람 탈을 썻스니 천년 묵은 여호로구나! 내 저놈의 여호를 한번 잡아보리라" 하고 철장대 가튼 팔을 내밀어 그 여자를 덤썩 붓들엇다 그 여자는 사람의 손이 닷차마자 홱 뿌리치며 다라난다 김선달은 벌덕 이러나 그 여호?의 얼골을 엽흐로 보니 정신의 착각인지 모르겟스나 흠찟, 놀라웁다!? 꼭 현연히 심진사댁 손주며누리 얼골과 갓다 머리에 번개불이 지나간다 쏘차 가보리라 두 주먹을 불끈 쥐고 쏘치니 그 여자는 쏜살가치 심진사 집으로 뛰어가는데 그 다라나는 거름이 어써케 날새인지 짜를 수가 업다

얼마나 놀라우냐 그 여자는 하얀 긴 치마를 입은 채 심진사 집 울타리 뒤로 가더니 그 집의 생대수풀로 세 길이나 되는 울타리를 서슴지 안코 훌적 뛰어넘어간다 김선달은 거긔까지는 쏘차왓스나 자긔로는 그 울타리를 뛰어

---

2 공경(恭敬)하나 가까이하지 않음.
3 재산이나 세력이 있는 집안의 자손으로서 집안의 재산을 몽땅 털어먹는 난봉꾼을 이르는 말.

넘을 기수 업슬 샌 아니라 쒸여넘어 들어간들 별 수가 업고 이 집에 큰 괴변이 난 것만은 짐작이 나섯다 얼른 사랑으로 가니 벌서 밤은 깁허 괴괴 寂ㅅ하다 사랑방 문을 두드리며

"진사님 진사님 주무십니까?"

하고 여러 번 부르자 심진사는

"그 누구인가"

"아랫말 천보⁴이올시다"

"어 이 밤중에 왠일인가? 장에 갓다오나?"

"진사님! 긴히 엿줄 말슴이 잇스니 문 좀 열어주세요?"

"허 쏘 술 먹엇네 그려! 잔말 말고 어서 가서 자고 내일 아침에 맛나세"

"아 글세 문을 좀 여세요 무슨 일이 잇스니…요"

"일이 무슨 일이란 말인가 술 취하엿스니 어서 가서 자게"

한다 김선달이 지재지삼⁵ 문을 열어달라니까 심진사는 귀치안은 듯이 문을 연다

"제가 지금 오다가 본 일이 잇스니 댁의 새 손주며누님 신상에 무슨 일이 잇지 안은가 알아보십시오"

"아 어쩐 것을 보앗단 말인가 말이나 자세히 하게"

"아니올시다 장황히 이야기는 할 수 업스니 위선 안에 들어가서 알어보십시오"

심진사가 안으로 들어가서 자긔 부인과 며누리를 쌔어 이르키어 건넌방 손주며누리 자는 방에를 가보니 손주며누리는 낫晝에 총총히 뫼신 싁조부와

---

4 비천하고 누추한 본새나 버릇, 또는 그 본새나 버릇을 가진 사람.
5 두 번 세 번이라는 뜻으로, 여러 차례를 이르는 말.

싀모를 공괴하느라고[6] 진 일 마른 일을 하여 몹시 피곤함인지 곤히 그러나 평화스럽게 자긔 남편과 벼개를 나란히 하야 잔다

심진사 집 안박에서는 공연히 남의 곤히 자는 중에 김선달이 술이 취하야 취담으로 집안을 소란케 한 것을 나무래고 더욱 심진사는 불쾌히 넉이어

"아 이 사람! 술이 취하엿스니 가서 자라고 몃 번이나 그리지 안튼가"

하면서 남으래나 그러나 원래 김선달과 한촌에서 살며 젊어서부터 그 주정 버릇을 익히 아는 터이라 가벼웁게 용서하엿다

그러나 확실히 이리 변을 눈으로 쑤러질 듯이 본 김선달은 그날 밤 집으로 돌아가서 닭이 한 홰 두 홰 우는 소리를 들으며 잠들지 못하고 생각하엿다

"내가 한창 당년에 장에 가서 육모 방망이[7]를 들고 자 들거라! 소리를 지르고 내치면 만장판[8]이 내쓸리든 매쑨이엇는데 벌서 늙어서 눈에 헷갑이가 보인단 말이냐 앗 취중에 생각한 바와 가치 정말 천년 묵은 여호가 사람의 형상을 쓴 것인가"하고 탄식하엿다

그 이튿날 늦게야 이러나서 생각하여도 아모려도 엇저녁에 본 괴변이 맘에 걸린다

"오냐! 내 오늘 저녁에 다시 직혀 보리다"

하고 이날은 일부러 술 한 잔도 안 먹고 심진사 집 대수풀 울타리 뒤에 숨어 잇섯다 서서 울타리를 처다보니 새 대울타리가 큰 키로도 세 길 이상이 넘어서 도저히 사람으로는 아모리 날 새어도 쒸어넘기가 어렵게 보힌다 이 울타리를 쒸어넘은 것은 과연 귀신의 재조이다 오냐 두고 보자! 하면서 맘도

---

6 음식을 주다.
7 역졸·포졸들이 쓰던 여섯 모가 진 방망이.
8 많은 사람이 모인 곳, 또는 그 많은 사람.

□라먹고 업드리엇다 밤중이 지낫다 세상은 죽은 듯이 고요하다 가을철 다듬이 소래도 쑥 그친 지 오래고 새벽닭이 울려면 아직도 얼마 잇서야 한다 이째이다 대수풀이 흔들흔들한다 일진음풍一陣陰風[9]이 이러나며 일순간 하눌에 잇는 달도 빗을 일혼 듯 천지흑암天地黑暗의 순간 머리를 풀고 소복을 한 심진사 손주며누리가 훌쩍 대수풀 울타리를 쒸어넘는다 소름이 쑥 씨친다 그 괴물이 쒸어가는 대로 뒤를 쫏는데 발이 쌍에 붓지 안코 가는 그 괴물은 상인 이상으로 나는 듯이 공동묘지 무덤을 향하야 간다 (續)

---

9 한바탕 몰아치는 음산한 바람.

『매일신보』, 1936.7.2

묘지이변墓地異變의 속續 괴담怪談 : 흡시혈吸屍血

유광렬柳光烈 작作 / 이승만李承萬 화畵

　김선달은 두 주먹을 불끈 쥐고 묘지로 그 괴물을 조차갓다 그 여자는 역
시 무덤을 골라서 그중 작은 무덤을 하비적 하비적 하는 것이엇다 한참 그
거동을 보다가 별안간 가서 그 팔을 꽉 붓드니 그 여자는 홱 쌔리치는데 범
강장달이[1] 가튼 김선달이 여러 거름 밧게 가서 쩌러지고 그 여자는 나는 듯
이 자긔 집인 심진사 집으로 달려가더니 역시 그 대竹울타리를 쮜어넘는다

1　키가 크고 우락부락하게 생긴 사람을 이르는 말. '범강(范彊)'과 '장달(張達)'은 중국의
　　『삼국지연의』에 나오는 인물로서, 그들의 대장인 장비를 죽인 사람들이다.

김선달은 심진사에게 오늘 저녁에도 심상치 안은 일을 보앗스니 댁 손주며누님의 손을 좀 알아보라 하엿다 심진사는 쏘 안에 들어가서 자긔 부인을 쌔어 건넌방으로 들여보내니 역시 고요히 자긔 남편과 벼개를 나란히 하야 자고 잇섯다 싀조모는 가만 가만 흔들어 쌔우니 손주며누리는 부시시 이러난다 "너 지금 어대를 갓다오지 안앗늬?"

손주며누리는 눈을 부비고 머리를 쓰다듬으며

"네 가기는 어대를 가요?"

하고 천만의외의 말을 뭇는 데에 놀래인다

"그럼 어듸 네 손을 좀 내보여다오!"

하니 손주며누리는 어른이 식히는 대로 손을 내미는데 분셜 가튼 손에 흙한 점 뭇지 안어서 아모래도 송장 파먹은 손 갓지는 아니엿다

그 이튿날은 의문과 불안 속에 지내엿다 손주며누리에게는 일즉 자라하고 싀조부인 심진사와 싀조모 쏘 싀모가 모다 자지 아니하고 밤을 새어 직히고 잇섯다 밤중쯤 되더니 과연 온 집안에 일진의 음산한 바람이 불어오고 건넌방 문이 부시시 열리며 소복에 산발한 손주며누리가 나오는데 심약한 싀조모와 싀모는 어찌 놀라왓든지 긔절을 할 번 하엿다 그 여자는 발이 쌍에 붓는지 마는지 하게 걸어서 마루 뒷문을 열고 생대^{生竹} 울타리를 쮜어넘어서 공동묘지로 살가치² 닷는다 김선달이 이번에는 쏘차가서 가만히 동정만 보고 잇스려니까

그 여자는 애총³을 파서 어린아이의 썩은 고기와 피 쌔라먹고 남은 쌔는 어린 아이를 염하엿든 헌 누덕이에 싸서 엽헤 씨고 역시 살가치 집으로 돌

---

2 쏜 화살과 같이 매우 빠르게.
3 어린아이의 무덤.

아오더니 대울타리를 쮜어넘어 들어가서 누덕이에 싼 송장의 피 무든 쌔는 광 안에 두고 마루 뒷문을 열고 들어와서 건너방 문을 소리도 업시 열고 방 안으로 들어간다 집안 사람들은 울렁거리는 가슴으로 쮜여 건넌방으로 몰려 들어가서 불을 켜고 보니 "언제 그런 일이 잇섯드냐"

는 듯이 색색 숨소리도 안존하게 자고 잇다 쇠조부와 쇠조모는 슬픔과 놀리운 빗으로

"지금 어듸 갓다 왓지?"

손주며누리는 어른들의 자기로 인하여 놀라고 근심하는 것이 어썬 까닭인지 모르겟다는 듯이

"제가 가기는 어대를 가요?"

"손을 내미러라!"

역시 분결 가튼 손에 흙 한 점 뭇지 아니하엿다

이 얼마나 놀랍고 희한한 일이냐 불안한 그 밤도 새이고 그 이튿날에 손주며누리가 송장의 쌔를 광 안에 갓다두든 것을 살피려고 광 문을 여러보니싸 엑! 광 안에는 어린아이 송장과 피 무든 쌔 누덕이가 가득 차 잇섯다

그 후부터 온 집안이 솰발하여 약도 지어먹고 힘 세인 장정들이 수직[4]도 하여보앗스나 밤에 그 시간만 되면 쮜어나가는데 어쩌케 긔운이 세이든지 붓잡을 수가 업다

한 입 건너 두 입 건너 이 괴변의 소문은 주재소駐在所에까지 들어갓다 당시 그 주재소에 수석부장으로 잇든 중촌中村 모는 유도柔道를 三단이나 하는 장한이라 이 소문을 듯고 랭소하며

---

4 건물이나 물건 따위를 맡아서 지킴, 또는 그런 사람.

"당신 사람이 여자 병인 하나 붓들지 못하고 무싱 일이 잇소 나가 유도한 줄 아니까 아모리 귀신이라도 붓들어말이햇소"

하고 하로 저녁을 가서 직히며 밤중에 쮜어나오는 그 녀자를 붓들다가 핵 쓸리치는 바람에 그대로 나가 써러지고 이 사실을 그대로 그 군 경찰서로 군에서는 경긔도 경찰부로 보고하여 당시 '그로테스크'한 사실로 전 조선에 유명하엿다

그 집에서 약도 쓰고 굿도 하고 싀조부모나 남편이 눈물이 나게 나무래기도 하엿스나 일향 그 송장 파먹는 병은 낫지 아니하엿다 뭇구리[5]를 할 쌔에 그 여자를 상 기둥에 결박지어노아도 그 송장 파먹으러 갈 시간만 되면 몸부림을 하고

"오줌이 마려우니 쏭이 마려우니"

하며 풀어달라고 애걸을 하다가 정 안 풀어주면 제 독에 못 익이어 까무러처 잡바지고 용을 쓸 쌔에는 기둥이 웃줄웃줄 움직인다 심진사 집에서는 하다 하다 못하야 '세브란스' 병원이니 총독부 병원으로 다리고 와서 명의의 진찰을 바닷스나 어느 병원에서든지 아모 병이 업다고 하야 그대로 돌아 갓다

그 여자는 그 병으로 인하야 시들고 말라서 그 병 쩨인다는 독한 약을 수업시 먹다가 죽고 말엇다 이상한 것은 그 녀자가 친정에 잇슬 쌔는 그런 병이 업섯다는 것이다

○○군에서는 지금까지도 그 여호가 사람이 되어 그 집을 망하러 왓섯느니 전생에 무슨 원수가 사람으로 환토를 하야 왓섯느니 하야 별의별 말이

5 무당이나 판수에게 가서 길흉을 알아보거나 무당이나 판수가 길흉을 점침, 또는 그 무당이나 판수.

다 잇스나 그 여자가 죽은 후이라 그 정체는 영원히 비밀이 되고 말앗다 그 심진사 집은 어찌 되엇느냐고요? 그 집은 그 후로 그럭저럭 패가를 하고 심진사도 년 전에 작고하고 그 손자(즉 그 병인의 남편)는 서울와서 산다는 말을 들엇스니 아마 어느 깁혼 방안에서 자긔의 평생에 크나큰 암영을 던진 이 괴변의 여자 이전 안해를 생각하며 세상에는 이상한 일도 만타고 필자가 쓴 이 글을 읽으며 탄식할른지 모르지……(끗)

(附記) 이 이야기는 제一차 공산당으로 입옥하엿든 K라는 필자의 친구가 설린상업학교생도善麟商校生 시대에 어느 여름 방학에 고향에 갓서 목격한 일로 '유물사관唯物史觀'을 신봉하는 자긔로도 이 일만은 설명키 어려운 평생의 괴긔로 깁히 감동한다고 째째로 이야기한다

.